KB000654

열한 살
노동자

청소년 소설 _09
열한 살 노동자

글 카시미라 셰트 | 옮김 하빈영

펴낸날 2022년 9월 1일 초판1쇄
펴낸이 김남호 | 펴낸곳 현북스
출판등록일 2010년 11월 11일 | 제313-2010-333호
주소 07207 서울시 영등포구 양평로 157, 투웨니퍼스트밸리 801호
전화 02)3141-7277 | 팩스 02)3141-7278
홈페이지 http://www.hyunbooks.co.kr | 인스타그램 hyunbooks
ISBN 979-11-5741-338-6 43840

편집장 전은남 | 책임편집 노계순 강지예 | 디자인 공지윤 디.마인 | 마케팅 송유근 함지숙

열한 살
노동자

글 카시미라 셰트 | 옮김 하빈영

1

"여기 있다가는 우리 모두 굶어 죽게 될 거야."

아빠가 말했다. 내가 엄마의 손목을 꽉 잡은 만큼 아빠의 목소리도 확고했다.

"아빠, 뭄바이로 이사 가자는 말씀이세요?"

내가 물었다. 나는 흥분과 두려움으로 어지러울 지경이었다. 마치 코코넛 나무 꼭대기에 올라간 것 같았다.

"그래, 고팔."

엄마가 얼굴을 찡그리자 이마에 주름이 졌다. 그리고 이마에 있는 빨간 빈디(인도 여성이 양쪽 눈썹 중간 이마 부분에 찍는 빨간색 작은 점−옮긴이)에도 줄이 생겼다.

"우리 조상의 땅, 우리 고향을 떠날 수는 없어요."

엄마는 속삭이듯 말했다.

나는 이사에 대한 엄마의 걱정과 여기 있는 것에 대한 아빠의 두려움과는 다른 기분을 느꼈다.

아무 근심과 걱정 없이 친구들과 밖에서 놀고 있는 쌍둥이 동생, 시타와 나렌이 부러웠다. 겨우 여섯 살인 시타와 나렌은 모든 것을 이해하기에는 너무 어리다. 하지만 나는 열한 살이다. 지난 삼 년 동안 아빠와 엄마는 우리 집이 겪고 있는 문제들에 대해서 나에게 말해 주곤 했다.

아빠가 눈을 굴렸다.

"이 마을에서 우리가 가질 수 있는 것이라고는 흙으로 만든 벽과 야자나무 잎으로 만든 지붕이 있는 이 집뿐이오! 하지만 도시에서는….."

아빠의 시선이 엄마의 동그란 얼굴에 다다르자 아빠의 말투가 이내 부드러워졌다.

"우리는 농장을 잃었을 뿐만 아니라 절대 그것을 되찾지 못할 거요. 하지만 도시에는 할 수 있는 일이 아주 많고 보수가 좋아. 그러니 그곳에서는 배곯는 일은 없겠지."

엄마는 아빠를 외면하고 초조한 듯 사리(인도 여성들이 입는 전통 의상-옮긴이) 끝을 손가락으로 감았다.

"가족들과 친구들이 없으면 아주 외로울 거예요."

엄마가 그렇게 겁먹은 모습을 본 것은 처음이었다. 나는 엄마를 안아 주며 말했다.

"걱정하지 마세요. 우리는 언제나 함께할 거예요."

엄마는 머리를 가로저었다.

"도시는 사람들로 가득하다오. 분명 그들 중 몇몇과는 친구가 될 수 있소."

조바심에 날카로워진 아빠는 숨을 깊게 내쉬고 이어서 말했다.

"빚쟁이만 아니면 뭄바이에는 나 혼자 갈 수도 있지만, 당신을 이곳에 남겨 둘 수는 없소. 빚쟁이는 당신을 찾아 따라다니고 말 거요."

아빠는 돌아서서 창밖을 바라보았다. 엄마는 아무 말도 하지 않았다.

아빠가 옳다. 아빠가 떠나면 빚쟁이는 엄마를 괴롭힐 뿐만 아니라 나를 데려가서 일을 시킬 것이다. 게다가 엄마와 나렌, 시타와 나는 아빠를 무척 그리워할 것이다. 그러니 함께 가는 것이 더 나을 것이다.

엄마와 다르게 나는 뭄바이를 괴물 같은 곳이라고 생각하지 않을뿐더러 그곳에 가는 것도 두렵지 않았다. 지난해에 뭄바이에 가 봤던 내 친구 모한이 말하기를 그곳은 영화배우, 구름에 닿을 것만 같은 고층 건물, 우리 마을 전체보다도 큰 시장, 거울같이 반짝이는 자동차, 2층 버스, 수많은 언어가 있는 곳이라고 했다. 가게 진열대에 있는 물건들을 보고, 사람들을 구경하고, 다른 언어를 배우는 것은 엄청 신나는 일일 것이다. 모한은 나에게 도시에서 쓰는 단어 몇 가지를 알려 주었다. 하나는 '카주르', '멍청하다'는 뜻이고, 다른 하나는 '빈다스', '걱정 없다'는 뜻이었다.

우리 마을 사람 대부분과 마찬가지로 우리 가족도 땅을 잃었고 농작물을 키울 수 없게 되었다. 안타깝게도 도시와는 다르게 마을에는 다른 일거리도 없다. 게다가 우리는 가난했다. 가을에 벌거벗은 무화과나무처럼 가난했다. 지난 몇 개월 동안 겪었던 배고픔은 어느새 자연스럽고 당연한 것이 되었을 정도였다.

우리가 땅을 가지고 있을 때, 우리는 바즈라(기장류에 속하는 곡물─옮긴이)와 양파를 길렀다. 나는 소금과 후추를 뿌린 신선한 양파를 곁들인 바즈라 빵을 좋아한다. 엄마가 시금치와 감자, 아니면 매운 생선 요리를 밥과 함께 만들 때면 우리 집은 축제 분위기였다. 그리고 숲에서는 늘 달콤한 타마린드, 망고, 구아버 같은 것들이 자라고 있었다.

아빠는 항상 열심히 일했고 제때 세금을 냈지만 비가 아주 잘 내려 모두가 양파 풍작을 했던 해에 모든 게 바뀌었다. 양파 가격은 떨어졌고, 아빠는 씨앗과 비료를 사느라 빌렸던 돈을 갚을 수 없었다. 지난해, 결국 아빠는 농장 일 외에도 채석장에서 돌을 쪼개는 일도 했고, 엄마는 산간 피서지 마을 마테란 근처에서 관광객의 가방을 들어 주는 일을 했다. 그래도 이자를 내고 나면 으르렁거리는 다섯 배를 채우기에 충분할 만큼의 돈이 남지는 않았다.

어느 날, 나렌이 감기에 걸려 몹시 아팠다. 엄마는 나렌을 돌보기 위해서 집에 있어야 했다. 일주일 동안 엄마는 강황을 넣은 따듯한 우유와 생강을 넣은 차를 나렌에게 주었지만 기침이 심해지고 열도 올라 결국 병원에 데려가야 했다. 진료비와 약값은 비쌌다. 알약은 고작 바즈라 씨앗의 4분의 1 크기였지만 아빠의 한 달 치 수입의 대부분을 차지했다. 어쩔 수 없이 돈을 조금 더 빌려야 했다. 그렇게 지난해 말에 아빠는 빚쟁이에게 농장을 팔 수밖에 없었다.

농장을 팔던 그날, 우리는 모두 울었다. 심지어 아빠도. 한동안 아빠는 아무 말도 하지 않았다. 농장을 팔았지만 아무것도 나아지지 않았다. 심지어 빚은 배로 늘었다. 이제 우리를 먹여 살릴 농장은 없었다. 빚은 우리 배 속의 배고픔 같았다. 우리가 지불하는 이자는 우리가 먹는 음식처럼 겨우겨우 살아갈 수 있게만 했다. 빚과 배고픔은 절대 사라지지 않았다.

창밖을 보던 아빠는 엄마 앞으로 걸어와서 말했다.

"그곳에 가는 대로 최대한 빨리 일을 찾을 것이오. 당신도 마찬가지고. 우리, 아이들을 생각해 봅시다. 당신은 우리 아이들이 이곳에서 고생하기를 바라오?"

"하지만 우리 마을, 우리…."

아빠가 엄마의 말을 잘랐다.

"우리가 있든 없든, 마을은 여전히 여기 있소."

"마을에 와 볼 거예요."

내가 말했다.

엄마는 사리 끝을 손가락으로 더욱 세게 감았다.

"아마 그러려면 오래 걸릴 거야."

아빠는 답답한 듯 눈을 굴리고서 땅을 가리켰다.

"그나저나 당신은 왜 돌아오고 싶어 하는 거요? 이곳에는 아무것도 없소. 그저 울퉁불퉁한 땅과 투박한 뿌리밖에 없지 않소! 심지어 수확이 좋을 때에도 우리는 피해를 보았소. 뭄바이는 우리를 위한 곳이오. 사람들이 괜히 뭄바이를 큰 도시, 거대한 도시라고 부르는 게 아니오."

아빠는 정말로 우리 마을로 돌아오고 싶어 하지 않는 걸까? 아빠의 말에 내가 느낀 슬픔과 화를 감추기 위해 나는 손가락을 말아 주먹을 꽉 쥐었다.

"잊지 마세요. 환영의 도시, 환상의 도시라고도 불러요."

엄마가 말했다.

아빠는 작고 좁은 우리 집 안에서 서성거렸다. 우리 집의 한쪽 구석은 아궁이와 그릇들이 있는 부엌이고, 다른 쪽 구석은 깔끔하게 접은 옷들을 종이 상자 위에 쌓아 놓은 곳이다. 우리는 담요가 쌓여 있는 구석에서 잠을 잤다.

등 뒤로 움켜쥔 아빠의 손이 보였다. 빨갛고, 빼빼 마르고, 상처투성이였다. 아빠가 농장에서만 일할 때는 손이 거칠기는 했지만 건강해 보였다. 하지만 채석장에서 돌을 쪼개는 일은 아빠에게 굽은 등과 거칠어진 손가락만 남겼다.

아빠는 물집이 잡힌 손바닥을 내 어깨 위에 올렸다.

"앉아라."

나는 잡고 있던 엄마의 손을 놓고 바닥에 놓인 깔개 위에 앉았다. 엄마도 내 옆에 앉았다.

아빠가 무릎을 꿇으며 말했다.

"둘 다 잘 들어 봐."

나는 깔개의 가장자리에 풀려 있는 실밥을 잡아당겼다. 그러자 깔개가 조금 더 해져 버렸다.

아빠는 엄마의 시선을 끌기 위해 말을 꺼냈다.

"우리가 여기 있는 한 빚을 갚을 방법은 없소. 나는 여기를 벗어나고 싶소."

"돈을 갚지 않고요?"

엄마의 목소리가 날카로웠다.

"여태까지 거의 2년 동안 빚을 갚았소. 하지만 빚은 점점 늘기만 했지. 지난번 빚쟁이를 만났을 때 이렇게 말하더군. '아들이랑 함께 오슈. 아들이 일을 하면 당신이 빚을 갚는 데 도움이 될 거요.' 당신은 그게 무슨 의미인지 아시오? 그자는 고팔의 목을 조를 거요. 고팔은 똑똑한 아이니, 우리는 반드시 고팔의 미래를 위해서 학교에 보내야 하오. 나는 내 아들의 폐가 먼지로 가득 차거나, 인생이 그런 식으로 낭비되지 않길 바라오. 그렇게 되는 꼴은 볼 수 없소."

왜 밤마다 아빠의 숨소리가 그토록 고통스럽고, 무겁고, 가빴는지 나는 이제야 알게 되었다.

"아빠, 하지만 어떻게…."

"물론 우리가 빌린 돈을 갚지 않고 떠나는 것은 창피하고 잘못된 행동이지만 이미 우리는 빚쟁이에게 여러 차례 돈을 갚았단다. 여기 이대로 있다간 그자가 우리를 소유하게 되겠지. 피할 수 있는 다른 방법은 없는 것 같구나."

아빠는 바닥을 바라보았다.

엄마의 뺨을 타고 눈물이 또르르 떨어졌다.

아빠는 손가락 끝으로 엄마의 눈물을 닦아 주었다.

내가 알아채기도 전에 엄마는 내 곁에 다가와서 사리로 나를 감쌌다. 엄마의 사리는 이미 수없이 빨아서 아주 부드럽고, 포근한 엄마의 냄새가 났다. 엄마는 다른 쪽 손을 아빠에게 뻗었다.

"다른 방법이 없다면, 가요. 하지만 그리울 거예요."

엄마의 말에 슬픔이 젖어 있었다. 아빠와 나는 엄마를 꼭 잡았다.

"언제 떠나요, 아빠?"

"내일, 해가 뜨기 전, 빠르고 조용하게. 그러니 누구에게도 말하지 말거라."

엄마의 눈이 커졌다.

"그렇게 빨리요? 뭄바이까지 갈 표를 살 돈이 없잖아요."

"있소."

엄마와 나는 서로를 쳐다봤다. 우리는 누가 아빠에게 돈을 줬는지 동시에 알아챘다.

몇 주 전, 새 옷을 입고 손목에 시계를 차고 반짝이는 가죽 구두를 신은 자마 외삼촌이 우리 집에 왔었다. 외삼촌은 하얀 색과 남색의 소용돌이가 들어 있는 파란 구슬을 나렌에게, 빨간 플라스틱 머리핀을 시타에게 선물로 줬다. 그리고 나에게는 공책 한 권과 연필 한 자루를 줬다. 공책 표지에는 금색 글자로 '주식회사 슈리 툴스'라고 쓰여 있었다.

"내가 일하는 곳이란다."

자마 외삼촌이 말했다.

그날 저녁, 자마 외삼촌은 엄마와 아빠를 설득하려고 애썼다.

"나는 뭄바이에서 열심히 일하기는 하지만 내 몸이 부서질 때까지 힘들게 일할 필요는 없어요. 게다가 아이들은 도시에서 훨씬 나은 교육을 받게 될 거고요. 저랑 함께 지내시면 돼요."

그때, 아빠는 가고 싶어 했지만 엄마가 거절했었다. 아마도 그 후에 아빠랑 자마 외삼촌이 따로 이야기하고 계획을 짠 것이 틀림없었다.

"자마 외삼촌이 폿값을 줬어요?"

나는 확실히 하기 위해서 아빠에게 물었다.

"그래."

"근데 어떻게 자마 외삼촌 집을 찾아가요?"

아빠는 주머니에서 종잇조각을 꺼내 나에게 전해 줬다.

"고팔, 이게 자마 외삼촌 집 주소란다. 자마 외삼촌이 말하길, 우리가 다다르 역에 내리면 걸어서 집까지 갈 수 있다고 하더구나. 어느 가게든, 주인에게 물어보면 우리를 도와줄 거야."

아빠가 황마 자루를 사러 시장에 가자 엄마는 여행길에서 먹을 로티(북인도에서 만들어 먹는 빵–옮긴이)를 만들기 시작했다. 나는 엄마 앞에 책상다리를 하고 앉아 나도 엄마만큼 친구들을 두고 마을을 떠나는 것이 슬프다고 말했다. 나는 엄마에게 공부도, 일도 열심히 해서 꼭 마을에 다시 와 볼 수 있게 하겠다고 약속하고 싶었지만 미처 내가 말을 하기도 전에 시타와 나렌이 느릿느릿 걸어 들어왔다.

"뭐 만드는 거예요, 엄마?"

나렌이 물었다. 시타가 로티를 들어 올리며 말했다.

"로티예요? 엄청 많다!"

놀란 시타의 눈이 커졌다.

엄마에게 말할 기회가 날아갔다. 우리가 떠난다는 것을 쌍둥이가 알면 안 된다. 만약 시타와 나렌이 알게 된다면 곧장 뛰어나가 친구들에게 말할 것이기 때문이다. 나는 밖에 나가려고 일어났다.

"저 잠깐 나가요."

나는 자마 외삼촌이 준 공책을 집어 들고 엄마에게 말했다.

"조심히 다녀!"

엄마는 내가 평소 가장 좋아하던 장소에 간다는 걸 알고 주의를 줬다.

"네."

"어디 가? 우리도 같이 가도 돼?"

나렌이 소리쳤다. 하지만 난 이미 문밖에 나온 상태였고, 구태여 뒤돌아보지 않았다.

나는 무의식적으로 모한과 시바의 집 쪽으로 걷기 시작했다. 떠나기 전에 친구들과 마지막으로 이야기하고 싶었지만, 아빠는 우리가 떠나는 것을 아무에게도 말하지 말라고 했다. 과연 그럴 수 있을까? 일단 내가 모한과 시바를 만나 말을 하기 시작하면 둘은 내가 무언가 숨기고 있다는 것을 내 목소리만 듣고도 알아챌 것이다. 그런 모한과 시바가 질문을 하기 시작하면 나는 비밀을 지킬 수 없을 것 같았다. 결국 그냥 친구들을 피하는 게 낫다고 생각했다.

나는 뒤돌아서 연못 가장자리를 따라 반대쪽으로 걸었다. 타마린드 나무 곁에 멈췄다. 나무에 남아 있는 열매를 한 손 가득 따, 주변 연못 위로 아치 모양을 이루며 우거진 님바 나무(약용으로 다양하게 사용되는 열대 나무—옮긴이)의 큰 나뭇가지 위에 앉았다.

나뭇잎 사이로 비치는 햇빛이 공책 위에서 반짝였다. 그늘 아래 햇살은 시원했다. 나는 나뭇잎 레이스로 만들어진 커튼 사이로 세상을 보았지만 세상은 나를 볼 수 없었다.

평소 엄마는 물 위로 뻗은 나뭇가지 위에 앉아 있는 것이 위험하다고 했지만 그러지 않을 수가 없었다. 이곳에 앉아 나는 왕, 해적, 파일럿, 크리켓 선수, 심지어 마술사가 되는 꿈을 꾸곤 했으니까. 매년 나뭇가지들이 향기 나는 하얗고 작은 꽃으로 뒤덮일 때, 나는 무굴의 왕 악바르가 되어 연못을 넘어 숲까지 뻗은 정원에 앉아 있는 체했다. 하지만 안타깝게도 그런 꿈을 한동안 꿔 본 적이 없었다. 그리고 지금은 우리의 문제를 어떻게 해결할지 생각하려고, 나렌과 시타를 따돌리고 내 계획들에 대해 공책에 적으려고, 새와 나무, 연못을 보기 위해서 이곳에 와 있다.

오늘, 님바 나무의 초록색 봉오리가 꽃이 되었다. 이제 몇 개월 안으로 더 커지고 열매가 익겠지.

나는 무릎 위에 공책을 펼치고 페이지를 넘겼다. 그러자 이렇게 적힌 페이지가 나왔다. '오늘은 내가 무엇이 될 수 있을까? 자신의 땅에 다시 돌아오지 못하게 되었지만 마술사로 변장하여 몰래 돌아온 결백한 남자?' 글 아래에는 수염 난 마술사가 늘어진 겉옷을 입은 그림이 있었다. 비록 연필로 그린 그림이었지만 수염은 은빛이 돌고 겉옷은 빨간색이라는 것을 나는 안다.

또 페이지를 넘겼다. 이야기를 좋아하여 서점을 열고, 읽고 싶은 모든 책을 읽을 수 있게 된 한 남자아이의 이야기가 있었다. 서점은 작았지만 손님들이 선 줄은 길까지 이어졌다.

갑자기 앵무새 떼가 소란을 피우며 연못 위를 날아갔다.

문득 지금까지 우리 마을, 친구들, 이웃들, 내 삶에 대한 이야기는 단 하나도 쓰지 않았다는 것이 떠올랐다. 그래서 연필을 엄지와 중지로 잡고 빈 페이지를 찾았다. 미친 듯이 썼다. 나무, 연못, 새뿐만 아니라 울퉁불퉁한 땅, 느릿느릿 움직이는 솜털 같은 구름, 숲으로 난 구불구불한 길도 묘사했다. 그리고 삐딱하게 미소 짓는 모한과 돌을 던지는 시바를 그렸다. 시바는 늘 나보다 멀리 돌을 던졌었다.

또 다른 페이지에는 어느 날 학교에서 집으로 걸어갈 때 넘어져서 무릎이 까진 이야기를 적었다. 그때, 여섯 살이었던 나는 울었다. 모한은 내 곁에 있어 주었고 시바는 엄마에게 말하기 위해 뛰어갔다. 서둘러 온 엄마는 나를 집으로 데리고 갔다. 모한과 시바의 가족, 우리 학교, 내가 똑똑하다고 생각하는 우리 담임 선생님, 여름에 보았던 말들과 관광객들에 대해서도 갈겨썼다. 모한, 시바와 함께 하루 종일 관광객들의 짐을 옮기며 재미있었던 온갖 것들에 대해서도 썼다. 마테란 언덕에 올라갔을 때, 마치 태양이 빨간 풍선처럼 안개가 자욱한 지평선에 떠 있었다. 가끔 말을 타기도 했지만 우리는 주로 원숭이를 쫓아다녔다. 칼새가 날개를 펄럭거리며 언덕에서 이륙해 우리 머리 위에서 높이 날아오르는 모습을 볼 때면 행복했었다.

내년 여름에는 엄마랑 쌍둥이와 함께 마을에 돌아올 수 있기를 바랐다. 그러면 지난 두 해처럼 나는 모한, 시바와 함께 마테란에서 함께 일할 수 있을 것이다. 하지만 빚을 다 갚지 않으면 돌아올 수 없다는 것을 이미 나는 잘 알고 있었다. 또다시 슬픔이 밀려왔다.

위를 올려다본 나는 생각한 것보다 시간이 많이 지난 것을 알게 되었다. 뒷목이 뻐근해졌다.

아직도 써야 할 것들이 많이 남아 있었지만 모두 써 내려갈 방법이 없었다. 기를 쓰고 조금 더 써 보았다. '님바 나무의 노랗고 신선한 열매를 먹으려고 여기 올 수는 없을 것이다. 뭄바이에도 타마린드 나무가 있을까? 나무들, 나뭇잎들, 연못, 온갖 소리, 땅이 그리울 것이다.' 눈물이 두 볼을 타고 흘러내렸다.

마테란에 오는 관광객처럼 나도 카메라가 있었으면 좋겠다. 그러면 님바 나무, 우리 집, 모한, 시바, 우리 마을을 둘러싼 언덕들을 카메라로 모두 찍을 텐데. 물감과 붓이 있었으면 숲, 연못, 새들을 그렸을 텐데.

보통 시고 강한 맛이 나는 타마린드와 다르게 우리 마을에서 나는 타마린드는 달콤하고 부드럽다. 분홍빛 꼬투리를 깨물어 씨앗이 나오기 전까지 빨아 먹고 뱉어 낸다. 타마린드가 연못으로 떨어지면 작은 물보라를 뿜어냈다. 그리고 곧 연못의 물은 잠잠해졌다.

마을을 떠난다는 생각을 하자, 마지막으로 우리 마을의 타마린드를 먹었을 때 혀로 느꼈던 달콤함과 부드러움이 느껴졌다. 학교가 시작하면 친구들은 내가 어디 있는지 궁금해할 것이다.

나는 꽤 오랫동안 님바 나무의 큰 가지에 앉아 있었다. 저녁은 나뭇가지 사이로 부드럽게 내려왔다. 새들의 재잘거림은 사라졌지만 달빛은 님바 나무의 잎 사이로 빛나고 있었다. 나는 좀 더 이야기를 쓰고 싶었지만 집에 가야 할 시간이었다. 공책을 덮고 잠시 앉아 있었다. 그리고 내가 할 수 있는 한 천천히 나뭇가지에서 내려갔다. 마지막이라고 생각했기 때문이었다. 나는 내 가슴에 새겨진 것처럼 손바닥에도 나무껍질 자국을 새기고 싶었다.

연못은 달빛을 받아 아른아른 빛났다. 올려다본 하늘은 맑았고 별은 축제 때 사원 마당에 몰려 있는 사람들처럼 옹기종기 모여 있었다.

나는 우리 마을 타마린드를 마지막으로 빨며 연못 가장자리에 섰다. 빚을 갚지 않고 몰래 떠나는 것이 부끄러웠다. 옳지 않았다. 아빠도 알고 있었다. 하지만 아빠는 내가 아빠처럼 채석장에서 돌을 쪼개며 살기를 바라지 않는다. 나도 그렇다. 뭄바이에 가면 나는 고등학교를 졸업하고 좋은 일자리를 구해 굶주리지 않을 수 있을 것이다.

그래도 여전히 빚을 갚지 않는 것은 마음에 걸렸다. 이자는 매우 높았지만 돈을 빌렸으니 반드시 되돌려 주어야 한다. 아빠의 빚이지만, 도시에서 내가 잘한다면 이자까지 쳐서 빌린 돈을 모두 돌려줄 수 있을 것이다. 그것이 내가 꼭 해야 할 단 한 가지 옳은 일이다.

밝은 달빛이 길을 비췄다. 나는 모한과 시바의 집 앞을 지나갈 수 있도록 조금은 돌아가는 길을 선택했다. 비록 아빠는 그러지 않길 바랐지만, 나는 어쩐지 친구들을 만나서 작별 인사를 해야 할 것만 같았다.

빚을 갚지 못해 지난해 스스로 목숨을 끊은 시바의 아빠가 떠올랐다. 아빠처럼 양파 농부였다. 만약 우리가 여기 머문다면 아빠도 똑같은 행동을 할지 모른다. 아빠 없는 삶을 생각하자 심장이 오싹해졌다. 우리는 반드시 가야 한다. 훗날 우리는 마을로 돌아올 것이고, 나는 친구들을 다시 만날 것이다.

나는 계속 걸었다.

2

집에 오자 모두가 나를 기다리고 있었다. 시타는 허리에 손을 올리고 말했다.

"이미 어두워졌는데, 어디 있었어?"

"넌 엄마도 아니잖아. 너한테 말할 이유가 없어."

"엄마한테는 꼭 말해야 할 거야."

"엄마가 물으면."

시타와 나는 엄마를 쳐다보았다. 엄마의 눈이 촉촉했다. 엄마가 양파를 썰고 있었나?

"저녁 먹자."

엄마가 양파 몇 조각과 함께 로티를 나누어 주면서 말했다. 나는 로티의 맨 위에 있는 얇은 한 겹을 들어올렸다. 그리고 양파 조각들을 평평하게 놓고 다시 덮었다. 이렇게 먹으면 처음부터 끝까지, 로티를 양파와 같이 먹을 수 있기 때문이다. 물론 기(인도 요리에 사용되는 정제 버터의 일종으로 우유에서 캐러멜 맛과 향이 날 때까지 약한 불에서 천천히 끓인 것—옮긴이)와 함께 먹는 것만큼 맛이 좋지는 않지만 로티만 먹는 것보다는 나았다.

"내 것도 똑같이 해 줄 수 있어?"

나렌이 물었다.

"자, 이거 먹어."

내 것을 주고 나렌의 로티에 양파 조각을 넣어 똑같이 만들었다.

"우리처럼 먹고 싶지 않아?"

나렌이 시타에게 물었다.

"아니. 그냥 이렇게 먹는 게 더 좋아."

삐친 시타는 내 맞은편에 앉아 있었다. 평소 때 같으면 시타에게 장난을 치면서 기분을 풀어 주었겠지만 오늘은 나도 그럴 기분이 아니었다.

"내일 일찍 출발해서 기차를 탈 거야."

저녁 식사를 마치고 엄마가 말했다.

"우리 어디 가요?"

시타가 물었다.

"자마 외삼촌 만나러."

"자마 외삼촌 좋아요! 자마 외삼촌이 우리한테 선물을 또 줄까요?"

이번에는 나렌이 말했다.

"아마도."

"엄마, 내일 빨간색 머리핀 꽂아 줄 수 있어요?"

다시 시타가 물었다.

나렌과 시타는 시끄러웠고 계속해서 깡충깡충 뛰었다. 그때 아빠가 엄마에게 눈짓을 했다. 아마도 아빠는 이웃들이 우리 계획을 엿들을까 봐 걱정하는 것 같았다.

"너희 둘, 지금 자러 가면 이야기 들려줄게."

내가 쌍둥이에게 말했다.

"지난번 구슬 이야기도 아직 안 끝냈잖아. 그 이야기 듣고 싶어."

시타가 말했다.

쌍둥이는 한쪽 구석에 몸을 뻗고 누웠다. 나는 엄마가 낡은 사리 두 개를 이어서 만든 담요를 쌍둥이에게 덮어 주었다. 내 머리는 쌍둥이에게 들려주려고 만들어 내야 하는 이야기가 아닌 마을을 떠나는 것에 대한 생각으로 가득 차 있었다. 하지만 구슬 이야기를 해야 쌍둥이를 조용하게 할 수 있다는 걸 알았

25

다.

"어느 날, 꼬마 아이가 보물을 찾아 떠났어. 근데 꼬마가 원하는 건 은도, 금도, 돈도, 보석도 아니었어. 그저 꼬마는 아름다운 것을 갖고 싶었어. 커다란 배만큼 큰 나무들이 가득한 숲으로 들어갔지. 곧 꼬마 아이는 반짝이는 무언가를 발견했어. 먼지 더미 아래에 있어서 꺼내려고 무릎을 꿇었지."

"그거 먼지 아니야. 지난번에 구슬이 타마린드 나무의 나뭇잎 아래에 있다고 했거든?"

나렌이 끼어들었다.

나는 나렌이 그만 잠들기를 바랐다.

"미안. 그래, 타마린드 나무의 나뭇잎 아래에 있어서 꺼내려고 무릎을 꿇었지. 그리고 몸을 숙여 반짝이는 물건을 주워 올렸어. 그건 바로 구슬이었어. 꼬마가 본 것 중에 가장 아름다웠지."

이때 나렌이 팔꿈치로 땅을 짚고 일어나더니 머리를 좌우로 흔들었다.

"전부 다 틀렸어. 먼저, 꼬마는 구슬을 찾기 위해서 나뭇잎을 치워야 해."

나는 근엄한 표정으로 나렌을 봤지만 나렌의 커다란 눈은 흑돌처럼 반짝이고 있었다. 나는 한숨을 내쉬었다.

"잊어버렸어. 그래, 먼저 나뭇잎을 치우고, 그리고 구슬을 주워 올렸어."

"틀렸어."

"그냥 조용히 들어, 나렌."

시타가 눈을 굴리며 말했다.

"하지만 고팔 형이 잘 모르잖아. 기억 안 나? 꼬마가 구슬을 주워 올리고 나서 구멍을 발견한 거?"

나렌은 내가 말했었던 그 모든 단어들을 다 기억해 뒀다가 날 괴롭히려는 걸까? 책을 읽어 주었으면 좋았을 텐데. 그러면 아무 문제가 없었을 텐데.

"내가 이야기를 만드는 거니까 내가 원하면 원하는 대로 바꿀 수 있어."

내가 말했다.

"아니야, 아니야, 아니야. 같은 이야기면 바꿀 수 없지. 지난 번에 했던 그 구슬 이야기랑 지금 하는 이 구슬 이야기랑 같은 거야, 다른 거야?"

"음."

"그러면…."

아빠가 나렌과 시타 옆에 무릎을 꿇고 앉으며 말했다.

"시간이 늦었으니 너희 둘 다 어서 자야지. 우리가 자마 외삼촌 집에 도착하면 고팔이 이야기를 마저 들려줄 거란다."

쌍둥이는 실망한 기색이 역력했지만 아빠한테 말대답을 하지는 않았다. 아빠가 나를 이야기하는 것에서 구해 주어 정말 다행이었다.

나렌과 시타가 잠들자 엄마는 천 가방을 꺼내 짐을 싸기 시작했다. 옷을 빼면 내가 뭄바이에 꼭 가져가야 하는 것은 책뿐이었다. 내가 가진 책 중에 가장 새 책인 석가모니의 삶에 대한 책과 우리 집의 깔개처럼 낡아 보이는 《악바르와 비르발 이야기》는 나에게 마치 오래된 친구 같은 존재였다. 떨어질 수 없는 친구. 지난해 나는 끈적끈적한 님바 나무 수액을 모아서 낡아 떨어진 책 페이지들을 붙였다.

엄마에게 책을 건넸다. 엄마는 접어 놓았던 사리를 펼쳐 금이 간 거울과 내 책을 놓고 다시 살살 접은 다음 가방 맨 아래에 넣었다. 추가로 옷 몇 가지를 더 넣고, 빗, 검은 리본, 종이로 싼 비누도 넣었다. 가방 맨 위에는 내 공책과 오래되어 빛바랜 엄마의 사리를 올렸다.

"이렇게 넣으면 공책이 바로 위에 있지. 네가 필요하면 꺼내기 쉽게."

나는 엄마를 안았다.

"고마워요, 엄마. 이번 여행하는 동안 쓸 것들이 아주 많을 거예요."

"그리고 우리가 뭄바이에 도착하게 되면 더 많겠지."

엄마가 옳았다. 도시에는 사람, 가게, 건물, 길, 버스, 자동차, 소음뿐만 아니라 심지어 서점도 있을 것이다.

"믿…믿기지 않아요. 내일 밤이면 자마 외삼촌 집에 있을 거라니."

흥분해서 나도 모르게 말을 더듬었다.

아빠는 식료품 가게 주인에게 산 황마 자루 두 개를 챙겼다. 황마 자루는 아주 컸는데, 아빠와 내가 흔들자 곡물 몇 개가 떨어졌다. 밀을 담았던 자루 같았다. 부드러운 천 가방과 다르게 황마 자루는 거칠어서 손가락에 상처를 냈다. 엄마는 황마 자루 하나에 그릇 두 개를 넣었다. 그리고 우리 집에 있는 알루미늄 접시 세 개, 칼 하나, 숟가락 두 개를 모두 챙겼다. 맨 위에는 양파 세 개와 엄마가 만든 바즈라 로티를 가득 채운 둥그런 통을 올렸다. 양파와 로티는 자마 외삼촌 집에 가는 동안 우리의 식량이 될 것이다.

"나머지 황마 자루에는요?"

내가 엄마에게 물었다.

"깔개랑 담요랑 베개를 넣어야지."

"그건 내일 싸야 하겠소. 내일 일찍 일어나야 하니, 어서 이만 잡시다."

아빠가 말했다.

나는 나렌 옆에 누웠다. 내 얇은 담요는 내가 덮기에 너무 작았다. 따뜻한 날씨에는 상관없지만 겨울에는 담요에 온몸이 덮이도록 몸을 둥글게 말아서 누워야 했다. 하지만 올해 겨울에는 더 크고 두껍고 따뜻한 새 담요를 살 수 있을 만큼 돈을 모을 수 있을 것이다.

짐을 싸는 동안 나는 덤덤했는데 막상 자려고 누우니 달리기 시합을 막 끝낸 것처럼 심장이 점점 빨리 뛰었다. 심지어 처음으로 학교에 갔을 때나 처음으로 마테란에 갔던 일도 이렇게 신나고 무섭진 않았다. 그러다 끔찍한 생각이 떠올랐다. 우리가 떠난 걸 알게 되면 빚쟁이는 어떻게 할까? 복수로 우리 집에 불을 지를까? 우리가 어디 있는지 알아내서 쫓아올까? 아빠를 두들겨 패려고 사람을 보낼까?

이제야 왜 아빠가 아무에게도 우리가 떠나는 걸 말하지 말라고 했는지 이해했다. 이렇게 해야 빚쟁이가 친구나 이웃들에게 물어도 우리가 어디 있는지 모르기 때문에 아무 말도 할 수 없을 것이다.

그래도 어쨌든 내일 우리를 보지 못하게 되면 친구들은 슬퍼할 것이다. 어느 날 갑자기 모한과 시바가 가족들과 사라지면 나도 그럴 테니까 말이다. 만약 우리가 떠나는 것을 말하고 작별 인사를 하고 포옹을 한다면 더 좋겠지만 그것은 불가능하다. 가슴 깊은 곳 어딘가가 아팠다. 마치 타마린드 씨앗이 내 가슴속에 박인 것 같다.

3

잠에서 깬 나는 창문 밖을 봤다. 아직 깜깜했다. 아빠는 옆에 서서 내 어깨에 손을 올렸다.

"참 부끄럽구나…."

아빠는 목이 멘 듯했다.

나는 아빠도 엄마만큼 마을을 떠나는 것에 대해 마음이 안 좋은지 미처 알지 못했다. 나도 울컥해 불쑥불쑥 목이 꽉 멨다. 목소리를 가다듬기 위해 헛기침을 했다.

"아빠, 우린 곧 돌아올 거예요."

엄마가 다가와 내 옆에 섰다. 나는 엄마 어깨에 머리를 기대고 눈을 꼭 감았다. 우리 셋은 아무 말도 하지 않았고, 나는 기분이 조금 나아졌다.

"곧 떠나야 할 것 같구나."

아빠가 말했다.

나는 자고 있는 쌍둥이 옆에 가서 무릎을 꿇고 앉았다.

"나렌, 시타, 일어나."

평소에 쌍둥이를 깨우려면 두세 번은 깨워야 하는데 오늘은
그렇지 않았다. 둘 다 마치 진작부터 일어나 내가 깨우길 기다
리고 있었다는 듯이 몸을 벌떡 일으켰다.

"우리가 자마 외삼촌 집에서 얼마나 있을 것 같아?"

나렌이 씻으며 시타에게 물었다.

"우리는 정확히 한 달간 있을 거야."

시타가 또박또박 말했다.

나는 님바 나무 잔가지를 쌍둥이에게 주며 말했다.

"서두르자. 어서 이도 닦고 해. 기차를 놓칠 수도 있어."

"그러면 그냥 내일 가지 뭐."

달빛 아래라서 시타의 얼굴을 제대로 볼 수는 없었지만 분
명 눈을 굴리고 있었을 것이다.

시타는 빚에 대해 모른다. 만약 우리가 오늘 가지 못하면 나
렌과 시타는 친구들에게 우리가 뭄바이에 간다는 것을 말할
것이고, 그렇게 되면 빚쟁이가 알게 되어 우리를 못 가게 할 것
이다.

"내가 먼저 양치하는지, 너희가 먼저 하는지 어디 볼까?"

내가 말했다.

시타와 나렌은 분주해졌다. 우리 셋이 입을 헹굴 때쯤, 모든 준비를 마친 엄마는 마지막으로 황마 자루 입구를 끈으로 묶었다.

"떠나기 전에 우리 가족 모두에게 할 말이 있단다."

아빠가 인상을 쓴 얼굴로 말했다. 갑자기 걱정되었다. 내가 무언가 잘못한 것이 있는지 떠올려 보려고 애썼다.

"뭔데요, 아빠?"

내가 물었다. 나렌과 시타도 아빠를 바라봤다.

"도시에는 자동차도 많고 사람들도 많단다."

"얼마나요?"

나렌이 질문하자, 시타가 타박했다.

"넌 꼭 아빠가 말할 때 끼어들더라. 일단 그냥 들어."

아빠가 그만하라는 뜻으로 손을 들어 올렸다.

"도시에서는 사소한 것 때문에 싸우면 안 돼. 늘 집중하렴. 꼭 옆에 붙어 있도록 하고, 뭐든 조심해. 누구에게도 우리 이름이나 우리가 어디에서 왔는지, 어디로 가는지 말하면 안 된단다. 아빠는 우리가 도시에 처음 왔다는 것을 모르는 사람들이 알게 되는 게 싫거든."

"고팔 형도 똑같이 다 지켜야 하는 거예요?"

나렌이 물었다.

"물론이지. 너희 모두 똑같이 지키는 거야. 무슨 말인지 알겠니?"

아빠는 베개를 두 번째 황마 자루에 넣으며 물었다.

"네, 알겠어요."

내가 대답했다.

"나렌이랑 시타는?"

쌍둥이는 고개를 끄덕였다.

"네, 아빠."

나는 담요를 접었고 아빠는 그것들을 자루 위에 올렸다. 엄마는 낡은 깔개를 들었다.

"엄마, 자마 외삼촌 집에도 깔개는 있을 텐데 그것도 필요해요?"

아빠도 내 말에 동의했다.

"짐은 적을수록 좋소. 무겁게 왜 가져가려는 거예요?"

"가져가는 게 나을 거예요."

엄마는 고집을 부렸다.

아빠와 나는 '엄마가 왜 저렇게 완고하지?'라는 표정으로 눈빛을 주고받았다. 그러나 결국 우리는 그 깔개를 챙겼다.

"이 머리핀 좀 꽂아 줄 수 있어요?"

시타가 엄마에게 물었다.

"지금 말고. 일단 가지고 있으렴."

"엄마가 머리에 꽂아 주면 좋겠어요."

엄마가 나를 쳐다봤다.

"고팔."

나는 시타의 머리카락을 손가락으로 쓰다듬고는 모아서 머리핀을 꽂았다. 이마 쪽 머리카락은 짧아서 곧장 삐져나와 이마로 내려왔다.

"나렌, 구슬 챙기는 것 잊지 마."

시타가 말했다.

나렌은 주머니를 토닥거렸다.

"여기 있어."

아빠는 팬과 그릇이 든 자루를 들어 올렸다.

"가자."

"쉿."

문밖으로 나가면서 엄마는 속삭였다. 엄마는 천 가방을 들었고 나는 침구가 든 황마 자루를 챙겼다.

기차역은 우리 집에서 4킬로미터나 떨어져 있어서 적어도 한 시간은 걸어야 한다. 날이 밝기 전에 마을을 벗어나기 위해서 우리는 가장 거리가 짧은 길로 걸었다.

"나…."

나렌이 입을 떼는 순간 아빠가 검지를 입술에 갖다 붙였다.

나렌은 뭔가가 이상하다는 걸 눈치챘다. 내 손을 꼭 붙잡고 귓속말을 했다.

"왜 말하면 안 되는 거야, 형?"

나는 고개를 가로저었다.

모한의 집을 지나칠 때, 아빠는 나를 바라보았다. 나는 모한이 일어나서 나를 볼 수 있도록 걷는 속도를 늦추고 싶은 것인지, 아니면 모한이 나를 보지 못하도록 달려가고 싶은 것인지 내 마음을 알 수 없었다. 나는 그저 입을 꾹 다물고 쌍둥이의 짧은 다리가 최대한 빨리 움직이는 속도에 맞춰 가족과 함께 계속 걸었다.

다행히 기차역까지 가는 동안 아무도 우리를 보지 못했다.

아빠는 이미 푯값을 꺼내 들고 준비하고 있었다.

"다다르 역, 어른 둘에 아이 셋이요."

표를 파는 판매원 아저씨에게 아빠가 말했다.

판매원 아저씨는 돈을 셌다.

"돈이 모자라네요. 이번 달 초에 요금이 인상된 거 모르셨나 봐요."

요금 인상을 알리는 안내판을 가리키며 판매원 아저씨가 말했다. 마치 판매원 아저씨가 아빠를 한 대 치기라도 한 듯이 아빠는 놀라서 판매원 아저씨를 쳐다봤다.

나는 안내판을 읽었다.

"아빠, 진짜예요. 요금이 오른 지 4일밖에 안 지났어요! 이제 우리 어떻게 해요?"

아빠는 실망한 표정을 감추기 위해서 고개를 숙이고 바닥을 봤다.

우리는 한쪽으로 비켜섰다. 뒤에 서 있던 사람들이 한 명씩 차례로 표를 샀다.

기차 기적 소리가 들렸다. 기차가 곧 도착할 것이다. 이번 기차를 못 타면 집으로 돌아가야 한다. 그러면 우리가 떠나려고 했다는 것을 마을 사람들이 알게 될 것이다. 게다가 빚쟁이가 알게 되면 경찰서에 가서 신고하려고 들 것이다. 그리고 아빠는 감옥에 가게 될 것이다. 마치 진흙 구덩이 속으로 가슴이 천천히 가라앉는 것 같았다. 땀방울이 이마에 맺혔다.

그때 어떤 아저씨 한 명이 달려왔다.

"타네, 어른 한 명이요."

숨을 세차게 몰아쉬며 판매원 아저씨에게 말했다.

나는 다다르행보다 타네행 기찻삯이 싸다는 걸 알게 됐다.

"타네에서 다다르까지 갈 수 있어요?"

숨을 헐떡거리고 있는 아저씨에게 다가가 물었다.

"그래, 그래."

아저씨는 걸어가며 대답했다.

발아래 플랫폼이 진동했다. 기차가 거의 도착한 것이다.

나는 머릿속으로 재빠르게 계산했다.

"아빠, 타네까지 가는 찻삯은 충분한 것 같은데요."

"자마 외삼촌 집에는 어떻게 가려고? 자마 외삼촌이 다다르 역으로 오라고 했단다."

"다른 방법이 없어요. 타네에서 자마 외삼촌 집에 가는 방법 을 찾을 수 있을 거예요."

아빠가 돈을 판매원 아저씨에게 주고 타네행 기차표를 샀다. 마침 기차가 속도를 줄이며 플랫폼으로 들어왔다.

4

우리가 산 표는 가장 싼 이등석 표였다. 엄마가 먼저 기차에 올라탔고, 나렌, 시타, 그리고 내가 뒤따라 탔다. 내가 기차에 올라타자 아빠는 나에게 짐을 하나씩 하나씩 건넸다. 아빠가 가장 마지막으로 기차에 올라탔다. 우리는 통로 쪽으로 발길을 옮겼다. 통로 한쪽에는 창문이 나 있었고, 맞은편에는 객실들이 있었다. 각 객실 안에는 객실 크기에 딱 맞는 기다란 나무 벤치가 서로 마주 보고 있었고, 벤치 끝에는 창문이 있었다.

맨 처음 두 객실은 사람들로 꽉 차 있었다. 아빠는 세 번째 객실로 걸어갔고 우리는 아빠를 따라갔다. 아빠가 짐 가방들을 벤치 아래로 밀어 넣는 동안 엄마는 집에서 가져온 낡은 깔개를 의자 위에 깔았다. 그러자 금세 친숙한 느낌이 들었다. 엄마는 양쪽에 나렌과 시타를 앉히고 가운데에 앉았다. 아빠는 나렌과 창문 사이에 앉았고 나는 시타의 옆에 앉았다. 복도 쪽 자리여서 내 오른쪽으로 통로와 창문이 보였다.

엄마와 아빠, 그리고 내가 나렌과 시타를 보호하는 방법이 마음에 들었지만 나는 가끔 쌍둥이가 부럽기도 했다. 쌍둥이가 근처에 있는 한 나는 절대 엄마에게 귓속말을 할 수 없었다. 심지어 엄마가 없어도 쌍둥이는 언제나 같은 꼬투리에 들어 있는 타마린드 씨앗처럼 항상 함께 있었다. 나는 내가 친구들을 그리워할 것을 알 뿐만 아니라 친구들에게 작별 인사를 하지 않은 것에 대해 죄책감도 느꼈지만, 쌍둥이는 그런 걱정 따위는 전혀 없었다. 그 이유는 무엇보다도 우리가 마을을 떠나 아마도 돌아오지 않을 것이라는 걸 이해하지 못하기 때문이었고, 그다음으로는 쌍둥이는 서로에게 가장 친한 친구이며 항상 함께할 것이기 때문이었다.

사람들이 쏟아져 들어왔다. 우리 맞은편 벤치에 꽉 차도록 남자 세 명과 여자 두 명이 앉았다. 남자 중 한 명은 몸집이 커서 아빠와 나렌이 앉아 있는 공간을 합친 것보다 더 많은 자리를 차지했다.

머리 위에서 선풍기가 미친 듯이 돌아가고 있었지만 땀은 내 등을 타고 흘러내렸다. 나는 일어나 복도 너머에 있는 창문을 열려고 했으나 고정되어 있는 것 같았다. 무언가 센 힘이 필요했다. 숨을 깊게 들이마시고 온 힘을 다해 보았으나 조금도 움직이지 않았다. 포기하고 자리에 앉으려고 뒤도는 순간, 몸은 빼빼 마르고 머리카락이 굵고 검은 남자가 내 자리에 털썩 앉았다. 엄마가 무슨 말이라도 하려고 입을 벌렸지만 너무 순식간에 일이 일어난 바람에 아무 말도 하지 못했다.

"여기 제 자린데요."

내가 말했다.

"그러니?"

남자가 물었다.

"네, 창문을 열려고 잠시 일어났던 것뿐이에요."

"넌 일어났고, 내가 앉았지."

아빠가 남자에게 기차표를 보여 주며 말했다.

"여기는 우리 자리입니다."

"세상에, 맙소사. '당신 자리'나 '내 자리' 같은 건 어디에도 없어요. 우리는 모두 여행자예요. 자리가 있으면 앉고 목적지에 도착하면 일어나서 가는 거지요. 어느 곳이든 이 자리를 당신도, 나도 가질 수 없어요!"

"맞는 말씀이지만 내 아들이 이 자리에 앉아 있었소."

"'앉아 있었다.'는 건 '앉아 있다.'와는 같지 않지요. 그렇죠?

이런 법 못 들어 보셨습니까? '땅은 경작하는 사람의 것이다.' 이런 법도 있지요. '자리는 차지하는 사람이 임자다.'"

"그건 아니죠. 그러니까 제 말은요, 그렇게 제 자리를 뺏어 가실 수 없다는 거예요. 옳지 않아요."

내 말에 남자가 소리 내어 웃었다. 남자의 이는 고르고 깨끗했다.

"옳든 아니든, 그건 난 모르겠고. 상관없어. 나는 매주 이 기차를 타서 항상 자리에 앉아서 가지만, 그 자리가 내 것이라고 항의한 적은 없어. 너도 네가 하고 싶은 대로 하렴. 하지만 나를 이 자리에서 끌어내지는 못할 거야."

남자는 으쓱하더니 마치 내가 없는 것처럼 앞만 바라봤다.

그때 엄마가 상냥하게 말했다.

"바이(형제를 뜻하는 인도식 영어로, 남자를 정중히 부를 때 씀—옮긴이), 우리는 동행인데 공간이 좁아요. 같이 앉는 건 괜찮으니, 우리가 이쪽으로 조금 움직이면 그쪽으로 조금 움직여서 우리 아들이 앉을 수 있는 자리를 좀 만들면 좋겠네요."

엄마가 남자를 바이라고 부르자, 남자의 의기양양하고 거만한 데다 능글맞았던 표정이 멋쩍은 듯 부드럽고 유감스러워하는 표정으로 바뀌었다. 남자는 다리를 꼼지락거리며 옆으로 옮겼다. 아빠, 엄마, 쌍둥이도 모두 똑같이 했고, 덕분에 내가 끼어 앉을 수 있는 자리가 생겼다. 남자가 내 자리의 절반을 차지하기 전만큼 편하지는 않았지만 기차 여행 내내 서 있는 것보다는 나았다.

남자가 의자 아래로 가방을 밀어 넣고, 정돈을 마친 후 나에게 물었다.

"창문 열어 줄까?"

"고맙습니다."

남자가 일어났을 때 나는 내 자리를 되찾기 위해 자리를 넓혀 앉을까 생각했다. 그런 나를 보고 엄마가 미소 지었다.

"그러지 말렴."

엄마가 속삭였다.

남자는 손잡이를 돌리고는 창문을 밀어서 열었다.

"잠겨 있었구나. 내가 어떻게 여는지 봤니?"

남자는 자리에 다시 앉으며 말했다.

남자가 왜 나한테 창문 여는 법을 가르치려 드는지 의아했다. 물론 오만하게 들리지는 않았다.

"네."

나는 대답했다.

기차가 달렸다. 기차가 속도를 올리자 산들바람이 들어왔다. 더는 숨이 막힐 것 같거나 땀이 흐르지 않았다. 엄마에게 머리를 기댄 나렌과 시타는 잠이 들었다. 우리 맞은편에 앉은 남자 두 명도 잠이 들어 있었는데 그중 한 명은 시끄럽게 코를 골았다. 여자 둘은 내가 알아들을 수 없는 언어로 속삭였다.

밖에는 나무, 오두막, 사람들이 빠르게 지나갔다. 한동안 밖을 보고 있는 게 재미있었다. 나는 공책을 꺼내서 기록해 두고 싶었지만 그러기에는 자리가 너무 비좁았다. 설사 내가 글을 쓴다 하더라도 내 옆에 앉은 남자가 내가 쓰는 낱말 하나하나 모두 읽을 수 있을 것이다. 그렇게 되는 게 싫었다.

남자는 뒷면에 파란 구름이 그려진 카드 한 벌을 꺼내서는 나에게 카드놀이를 하고 싶은지 물었다. 나는 하고 싶었지만 진짜 카드놀이를 할 줄 모르는 게 창피했다. 나는 온전한 카드 한 벌을 가져 본 적이 없어서 모한과 시바와 함께 각자가 가진 카드를 모두 합쳐서 우리만의 놀이를 만들곤 했었다. 때때로 우리는 하트 킹은 두 장이었지만 퀸은 한 장도 없기도 했고, 9가 한 장 있기도 했다. 우리 카드가 바뀔 때마다 매번 규칙은 변했지만 무척 재미있었다. 하지만 제대로 된 카드놀이는 전혀 알지 못했다.

"잘 봐. 내가 솔리테어(혼자서 하는 카드놀이-옮긴이)를 보여 줄게."

남자가 가방에서 클립보드를 하나 꺼내며 말했다.

남자는 무릎 위에 클립보드를 올리고 카드 7장을 앞면이 안 보이게 뒤집어서 일렬로 놓았다. 첫 번째 카드 위로 카드 한 장을 앞면이 보이도록 올려놓고, 나머지 카드 6장 위로는 카드를 각각 뒤집어서 올려놓았다. 남자가 카드를 놓는 방법에는 규칙이 있었다. 카드 한 장을 두 번째 카드 위로 앞면이 보이도록 올려놓고, 나머지 카드 5장 위로는 카드를 각각 뒤집어서 올려놓았다. 솔리테어를 위한 준비가 끝나자 남자는 손에 쥐고 있던 남은 카드들을 앞면이 보이게 놓인 카드들과 맞는지 하나씩 뒤집으며 확인했다. 킹, 퀸, 잭 등을 놓고, 블랙 위에 레드, 레드 위에 블랙을 놓았다. 나는 솔리테어가 몹시 흥미로웠다.

"알겠니?"

남자가 물었다.

"조금은요."

남자는 순간 멈추고는 나를 보며 물었다.

"이름이 뭐니?"

"고팔이요."

나는 속으로 남자를 카드아저씨라고 별명 붙였다. 카드아저씨는 나에게 솔리테어를 가르쳐 줬고, 나는 카드아저씨가 좋아졌지만 아빠의 경고가 떠올랐다.

'도시에서는 조심하렴. 누구에게도 우리 이름이나 우리가 어디에서 왔는지, 우리가 어디로 가는지 말하면 안 된단다. 아빠는 우리가 도시에 처음 왔다는 것을 모르는 사람들이 알게 되는 게 싫거든.'

나는 어쨌든 카드아저씨는 우리가 말해 주지 않아도 처음부터 우리가 뭄바이로 간다는 걸 알고 있었다고 생각했다. 카드아저씨는 나에게 카드 한 벌을 건네고는 슬그머니 클립보드도 들이밀었다.

"이제 네가 해 보렴."

카드가 매끄러워서 내 손에서 자꾸 미끄러져 나갔다. 나는 솔리테어를 한 판 하고서 카드를 모았다. 카드아저씨는 움직이지도 않고 창문 밖을 응시하고 있었다. 그 모습은 나렌이 잠들기 전에 조용해졌을 때를 떠올리게 했다. 내가 카드와 클립보드를 돌려주자 카드아저씨는 카드를 호주머니에, 클립보드는 짐 가방에 넣고는 두 눈을 감았다.

그때 나도 잠을 좀 잤어야 했다. 하지만 기차가 속도를 줄이며 칼리안이라는 정거장에 들어설 때 깨 버렸다.

플랫폼에서 들리는 소음은 마치 수많은 벌들이 윙윙거리는 소리 같았다. 간간이 새가 지저귀는 소리와 들개가 짖는 소리도 들리는 것 같았다. 잠에서 깬 나렌과 시타는 배고파했다. 엄마는 피클을 올린 마지막 로티가 담긴 알루미늄 통을 열었다. 엄마는 제일 먼저 카드아저씨에게 로티를 건넸다.

카드아저씨는 로티 하나를 집어 들고는 엄마에게 고개 숙여 인사했다. 우리도 각각 로티를 하나씩 집었다. 행상인들의 소리가 시끄러웠다. 나보다 어려 보이는 한 꼬마는 창문 안으로 머리를 들이밀더니 카드아저씨에게 물었다.

"차이(우유, 설탕, 향신료를 넣어 마시는 인도식 차—옮긴이)?"

꼬마와 카드아저씨는 아는 사이 같았다.

"여섯 개."

꼬마는 어리둥절해 보였다.

카드아저씨는 우리를 가리켰다.

"우리 가족 것까지."

나는 아빠와 엄마를 겁먹은 얼굴로 쳐다보았다. 우리는 돈이 없을 뿐만 아니라, 설령 있다 해도 차 따위에 낭비하고 싶지 않았다. 하지만 카드아저씨는 내 자리를 빠르게 차지했던 것처럼 꼬마에게 빠르게 찻값을 내고 찻잔을 우리에게 건네기 시작했다.

"차이를 대접해 주셔서 고맙습니다."

아빠가 말했다.

"저도 로티를 주셔서 고맙습니다. 차는 어디서나 마실 수 있지만 이렇게 맛있는 홈메이드 바즈라 로티와 피클은 먹기 어렵지요."

차가 뜨거워 나는 천천히 홀짝거렸다. 아직 반도 못 마셨는데 기차는 기적 소리를 냈다. 쌍둥이도 아직 차를 식히느라 후후 불고 있었다. 나는 어쩔 줄 몰랐다.

"꼬마한테 어떻게 찻잔을 돌려주죠?"

카드아저씨는 내 어깨에 손을 올렸다.

"찻잔 걱정은 하지 말고 천천히 마시렴. 나중에 다 거둘 거야."

"저 꼬마도 기차를 타고 가는 거예요?"

"공식적으로는 아니지."

기차가 출발하다가 다시 멈췄다. 내가 당황하자 쌍둥이도 덩달아 당황했다.

"아빠, 왜 기차가 안 움직여요?"

나렌이 다시 물었다.

"글쎄다."

"빨간불이거든. 바뀌기 전까지 움직일 수 없단다."

카드아저씨가 설명했다.

"언제 바뀌는데요?"

나렌이 다시 물었다.

"네가 차를 다 마시면."

"내가 다 마셨는지 사람들이 어떻게 알아요?"

카드아저씨는 하하 웃었다.

"천천히 마시렴."

우리 농장의 습한 흙과 색이 같은 적갈색 차는 향이 강하고 달콤했다. 차를 다 마시자 나는 다시 잠을 잘 수 있을지 의문이 들 정도로 아주 상쾌해졌다. 마침내 우리에게 차를 팔았던 꼬마가 다가와서 우리는 찻잔을 돌려줬다. 꼬마는 이미 많은 찻잔을 넣은 수거함에 우리가 돌려준 찻잔을 넣었다. 나는 일어나 복도에 서서 꼬마를 쳐다봤다. 기차가 플랫폼에 정차한 게 아니라서 꼬마는 수거함 두 개를 기차 바닥에 놓고는 땅으로 뛰어 내려갔다. 그리고 수거함을 챙겼다. 그러자 누군가 기차 문을 닫았다.

나는 꼬마가 학교에는 가는지, 아니면 이 일만 하는지 궁금했다. 꼬마네 집이 몹시 가난하다면 도움이 되기 위해 일을 해야 할 것이다. 아마도 학교에 가기 전, 아침에만 일을 할 것이다. 이렇게 생각하자 나는 기분이 한결 나아졌다.

꼬마는 철도 두 개 사이에서 무언가를 기다렸다. 몇 분 뒤, 요란한 소리가 들렸다. 꼬마의 머리카락이 바람에 흩날렸다. 급행열차가 휙 지나갔다. 기차의 커다란 바퀴는 철도 위에 있는 무엇이든 갈아 버릴 수 있을 것 같았다. 순간 온몸에 오싹

한 기운이 느껴졌다. 꼬마는 매일 조심스럽게 똑같이 반복할 것이다. 그렇지 않으면….

'그렇지 않으면'은 너무 끔찍해서 더는 생각할 수 없었다.

급행열차가 지나간 후에 우리가 탄 기차도 출발했다.

"이제 신호등이 초록색이다!" 시타가 소리쳤다.

"똑똑한 꼬마 숙녀구나." 카드아저씨가 말했다.

꼬마는 우리 기차와 옆쪽 철도 사이에 여전히 서 있었다. 나는 자리에 앉았다.

"저 꼬마는 왜 안 돌아가는 거예요?"

무엇이든 답을 알고 있을 것 같은 카드아저씨에게 내가 물었다.

"반대 방향에서 오고 있는 완행열차를 기다리고 있는 거란다. 우리 기차처럼 기차역에 서면 타려고 말이지. 기차를 타고 좌판에 돌아가서 수거함을 비우고 또 다음 기차에서 팔 차를 가득 채울 거야."

"꼬마에게 좌판이 있어요?"

"아니. 다른 사람 밑에서 일하지."

나는 그저 꼬마가 매일 하루 종일 이 일을 해야 하는 것이 아니길 바랐다.

아빠는 살짝 잠들었다. 나렌과 시타가 엄마의 이야기를 듣고 싶어 하자 엄마는 이야기를 시작했다.

"숲속에 아주 소심한 토끼가 살고 있었단다. 토끼는 길을 잃어버리는 것이 몹시 무서웠어. 그래서 반얀 나무 옆에 있는 자신의 집 근처만 다녔지. 그러다 어느 날, 폭풍우가 숲을 휩쓸었어. 바람은 쉬익쉬익 소리를 내며 울부짖고 나무들은 흔들렸어. 나무 몸통이랑 나뭇가지는 마구 부딪치고 부러졌어. 그러다 무언가가 토끼 머리 위를 찰싹 치며 떨어졌단다. 토끼는 아주 깜짝 놀랐지. 토끼는 '엄마야!' 하고 소리치고는 '하늘 일부분이 내 머리 위로 떨어진 게 분명해.'라고 말했지."

"근데 아니잖아요. 멍청해."

나렌이 끼어들자 시타가 화를 냈다.

"중간에 끼어들지 좀 마. 또 한 번 그랬다간 님바 나무 진으로 입술을 붙여 버릴 거야."

"네가 어디서…."

그때 우리 맞은편에서 자고 있던 커다란 남자가 눈을 뜨고는 쌍둥이를 근엄한 표정으로 바라보았다. 쌍둥이 둘 다 조용해졌다. 엄마가 이야기를 계속했다.

"바로 그때 토끼 위에 있던 잔가지가 툭 하고 부러졌단다. '하늘이 무너진다! 하늘이 무너져! 도망쳐, 도망쳐, 도망쳐!' 토끼는 짧은 다리로 최대한 빨리 달리며 말했어."

엄마는 내가 농장 일을 돕는 동안 이야기를 들려주시곤 했는데, 그럴 때면 확실히 김매기와 수확이 훨씬 수월했다.

나는 이 이야기를 이미 여러 번 들은 터라 집중하지 않았다.

밖에서는 땅이 마치 날아가듯 빨리 지나갔다. 우리는 이제 우리 마을과 이웃들에게서 멀어지게 되었다. 모한과 시바가 학교에 갔을 것이다. 나를 학교에서 보지 못한 둘은 집에 돌아오는 길에 우리 집에 들를 것이다. 우리 가족이 떠났다는 것을 알게 되면 어떤 기분일까? 우리 가족이 어디로 갔는지 정확히 알 수는 없겠지만, 자마 외삼촌이 뭄바이에서 산다는 건 알고 있으니 짐작하기 어렵지는 않을 것이다. 뭄바이가 아니면 우리 가족이 어디로 가겠는가? 모한이 형이랑 뭄바이에 갔을 때 내가 살짝 질투를 느꼈던 것처럼 모한과 시바도 나를 질투할지 궁금했다.

아마도 나한테 화가 났을 것이다. 시바는 아빠가 돌아가셨을 때 너무 화가 나서 모래 위에 '아빠'라고 적은 뒤 몇 번이고 그 위에 침을 뱉었다. 그리고 아기처럼 울었다. 나는 친구들을 슬프거나 기분 나쁘게 만들고 싶지 않다. 왜 우리가 떠나야만 했는지 설명하는 짧은 편지를 남기고 왔으면 좋았을 것이다. 그러면 친구들이 이해할 수 있었을 것이다. 하지만 난 그렇게 하지 않았고, 나에게 화가 난 친구들은 내 이름을 적고서 침을 뺄겠지.

지금 나는 아빠랑 엄마가 뭄바이에서 꾸준히 돈을 벌 수 있는 좋은 일자리를 찾아 내가 공부 말고 다른 것들을 걱정하지 않을 수 있기를 바랄 뿐이다. 아마도 아빠는 자마 외삼촌처럼 일자리를 찾아 우리 모두에게 새로운 옷을 사 줄 만큼 돈을 벌고, 나는 읽을 책을 갖게 될 수 있을 것이다. 이제 연못 옆에 있던 님바 나무는 없지만 님바 나무를 대신해서 책이 나를 도와줄 것이다. 모든 것들로부터 도망칠 수 있도록. 어쩌면 영화를 보러 가거나 영화배우를 만날 수도 있을 것이다. 샤룩 칸(인도를 대표하는 영화배우-옮긴이)을 만나게 되면 뭐라고 말할까?

기차의 속도가 느려지자 내 생각도 느려졌다. 다음 역은 타네였다. 카드아저씨는 카드 한 벌을 나에게 주며 말했다.

"이제 네 것이야."

"하지만….."

"괜찮아. 가지고 있다가 네 동생들과 카드놀이를 하렴. 만약에 동생들이 하고 싶어 하지 않으면 내가 가르쳐 준 솔리테어를 하고."

카드아저씨는 나에게 윙크했다.

"저…저…정말요?"

나는 너무 놀라서 무슨 말을 해야 할지 몰랐다. 처음 보는 사람이 나에게 카드놀이를 가르쳐 줬을 뿐만 아니라 카드 한 벌을 주었다.

"감사합니다."

나는 작은 소리로 중얼거렸다.

아빠가 의자 아래에서 짐 가방들을 꺼냈고 나는 내 공책이 들어 있는 천 가방에 카드 한 벌을 집어넣었다. 플랫폼에 도착하자 엄마는 쌍둥이를 깨웠다. 쌍둥이가 일어난 후에 나는 깔개를 접어 아빠에게 건넸다. 아빠는 그걸 빠르게 짐 가방에 넣었다.

"어서, 어서."

아빠는 황마 자루를 든 채 문 쪽으로 서두르며 말했다.

나는 천 가방을 들고 아빠를 따라갔다. 기차를 타려고 기다리던 사람들이 기차가 멈추자 문으로 돌진했다.

"잠시만요, 잠시만."

카드아저씨가 사람들에게 소리쳤다. 아빠가 먼저 내리고 엄마가 내렸다. 카드아저씨가 나렌과 시타를 들어 올려 차례로 아빠에게 건넸다. 내가 아빠에게 짐을 건넬 때도 도와주었다. 마침내, 나도 기차에서 내렸다. 몇몇 사람들은 꼼지락꼼지락 움직이며 내 옆을 지나갔고, 몇몇 사람들은 계단을 올라가려고 아우성이었다. 나는 우리가 제대로 짐을 모두 가지고 있는지 확인했다.

플랫폼에는 사람들이 바다가 되어 우리를 둘러싸고 있었다. 엄마는 나렌과 시타의 손을 잡았고, 우리 모두 눈을 크게 떴다. 우리 마을 근처의 먼지 쌓인 작고 조용한 기차역과는 다르게 타네 역은 이동하는 사람들로 붐볐다. 알록달록한 사리와 드레스를 차려입은 여자들, 기차를 잡으려고 뛰어가는 남자들, 물건을 팔기 위해 소리치는 장사꾼들. 튀긴 음식과 뜨거운 차의 냄새가 마라티어와 힌디어 그리고 다른 많은 언어들과 함께 공기 중에 섞여 있었다.

값비싼 옷을 빼입은 여자들 무리가 우리를 지나쳐 걸어갔다. 금목걸이와 팔찌를 하고 있었다. 한 젊은 여자는 바퀴 달린 가방을 끌었다. 마테란에서 가끔 바퀴 달린 가방을 옮겨 보기는 했지만 마테란의 길은 기차역의 플랫폼처럼 평평하거나 매끈하지가 않아서 바퀴를 굴려 보지는 못했었다. 기다란 다리가 여러 개의 플랫폼에 걸쳐 이어져 있어, 역의 한쪽에서 다른 쪽으로 건너갈 수 있었다. 다리는 서둘러 건너가는 보행자들로 가득했다. 우리는 잡지와 신문을 파는 가판대 근처 쪽으로 이동했다. 나는 문득 자마 외삼촌 집에 잡지랑 책이 있는지 궁금해졌다.

"여기 있거라. 뭄바이에 가는 방법을 알아볼 테니."

아빠는 우리에게 말하고는 자리를 떴다.

나는 고맙다고 인사하려고 카드아저씨를 찾았는데, 이미 사라지고 없었다. 창문을 통해 재빨리 기차 안을 살펴보며 카드아저씨의 주의를 끌기 위해 손을 흔들었다. 아까보다 훨씬 더 많은 사람들이 객실에 빽빽이 차서 카드아저씨를 찾기란 쉽지 않았다. 그러다 마침내 카드아저씨가 나를 발견했을 때는 이미 기차가 기적 소리를 내고 움직이고 있었다.

"고맙습니다. 정말 고맙습니다."

내가 소리쳤다.

"누구한테 고맙다고 소리치는 거야?"

나렌이 물었다.

"우리 옆에 앉아서 차도 사 주고 기차에서 내릴 때도 도와주고 카드놀이 하라고 카드도 한 벌 준 아저씨."

"그 아저씨가 카드 한 벌을 줬어? 그 아저씨를 다시 만나게 된다면 나도 인사해야지."

나렌의 눈이 반짝거렸다.

나는 나렌의 머리를 헝클었다.

"멍청이! 도시에는 사람들이 너무 많아서 그 아저씨를 다시 볼 수 없을 거야."

"멍청이라고 부르지 마. 그 아저씨가 만약에 뭄바이에 산다면, 우리는 뭄바이에 가고 있으니까 볼 수도 있지. 그렇게 된다면 아저씨한테 말을 걸 거야."

나렌이 발을 구르며 말했다.

"그렇게 해."

나렌을 그만하게 하려고 그냥 말했다.

"그럴 거거든. 형도 그래야 할 거야."

나렌은 팔짱을 끼며 말했다.

"나는 내가 하고 싶은 대로 할 거야."

나는 엄마를 바라보고 작은 소리로 말했다.

"아빠 봤어요?"

엄마는 머리를 가로저었다.

나렌은 플랫폼을 천천히 살펴보았다.

"혹시 아빠가 돌아오지 않으면 어떻게 해? 아빠가 길을 잃으면?"

나렌이 내 손을 잡아당겼다.

나는 엄마를 보았고, 우리 둘은 웃음이 터져 버렸다.

"왜 웃어?"

나렌이 물었다.

"이 커다란 도시에서 낯선 아저씨는 다시 만날 수 있다고 생각하면서, 잠깐 안 보인다고 해서 아빠를 잃어버릴 거라고 생각하니까."

"재밌지 않아."

나렌이 말했다.

"재미없어."

시타도 발을 구르며 말했다.

엄마는 무릎을 꿇고 쌍둥이를 두 팔로 감싸 안았다.

"아빠는 금방 돌아올 거야."

엄마는 주머니에서 각설탕 두 개를 꺼내서 쌍둥이에게 각각 하나씩 빨아 먹으라고 주었다. 나도 하나 먹고 싶었지만 만약 충분히 가지고 있었다면 엄마가 어련히 나에게도 주었을 거라고 생각했다. 맏이가 되는 것은 늘 불공평했다. 내가 상처받은 것을 엄마가 알아채지 못하도록 나는 엄마의 눈을 피했다.

더군다나 나는 미안하다고 말하는 엄마의 눈을 보고 싶지 않았다.

5

플랫폼은 사람들을 천천히 내보내기 시작했고 아빠는 곧 우리에게 걸어왔다. 아빠의 얼굴은 마치 누군가 노래하는 새를 약속하며 녹슨 새장을 준 것만 같은 이상한 표정을 하고 있었다. 엄마, 아빠, 나는 우리가 해야 하는 것들을 함께 생각해 내기 위해 모였다.

아빠가 말했다.

"누구에게 자마 외삼촌 집에 가는 방법을 물어봐야 하는지 모르겠구나. 여기 사람들은 모두 바빠."

"먼저 기차역을 나가요."

엄마가 제안했다.

나는 천 가방을 들었고 아빠는 요리 도구와 침구가 들어 있는 가방을 들었다. 엄마는 쌍둥이의 손을 잡았고, 우리는 출구 쪽을 향해서 걸어갔다.

나렌이 게이트를 통과하려고 하는데 하얀색 제복을 입은 표 확인원이 손을 뻗었다.

"게이트를 통과할 때는 기차표를 미리미리 준비해서 들고 있 어야 합니다."

아빠는 가방을 내려놓고 뒷주머니에 손을 집어넣어 기차표 를 꺼냈다.

기차역 밖에서는 경적이 울리고 자동차와 인력거들이 날아 가듯 빨리 지나가고 있었다. 공기는 휘발유 냄새와 함께 무겁 게 느껴질 뿐만 아니라 먼지와 함께 두꺼워 보였다. 해가 어디 있는지 보기 위해 위를 올려다보았는데 내가 볼 수 있는 것이 라고는 흐릿한 빛과 그 위로 보이는 회색의 덩어리뿐이었다.

나는 다다르에 가기 위해서 얼마나 더 가야 하는지 궁금했 다.

아빠는 자마 외삼촌 집 주소를 적어 놓은 구겨진 종잇조각 을 꺼내 들었다. 아빠는 인력거 운전사에게 종잇조각을 보여 주었다.

"타실 거유?"

인력거 운전사는 아빠에게 물었다.

"아닙니다. 이곳이 얼마나 먼지 알고 싶어서요."

그때 누군가가 인력거를 탔고, 운전사는 아무 말도 없이 가 버렸다. 아빠는 눈을 동그랗게 뜨고 입을 벌린 채 인력거 운전사의 뒷모습을 바라보았다.

우리는 노란색과 검은색의 택시들이 손님을 기다리고 있는 쪽으로 갔다. 아빠는 한 택시 운전사에게 종잇조각을 건넸다.

"여기서 가깝습니까? 걸어갈 수 있습니까?"

운전사가 주소를 읽는 동안 아빠가 물었다.

"지금 걸어가기 시작하면 일출 전에는 도착할 거요."

운전사가 대답했다.

아빠는 뒤로 한 발짝 물러섰고, 얼굴이 어두워졌다. 기차에서 내린 이후로 아빠는 놀라서 움츠러든 것 같아 보였다. 운전사는 갈색의 얼룩진 이를 드러내며 농담인 듯 소리 내 웃었다.

"허, 허, 허."

지금까지 도시에서 마음에 드는 것이 하나도 없었다.

"피곤해요."

시타가 울먹였다.

"목말라요."

나렌이 끼어들었다.

"아빠가 고팔과 함께 우리를 도와줄 수 있는 사람을 찾을 때까지 엄마와 함께 조금 기다리렴."

아빠가 둘을 타일렀다.

아빠와 내가 사람들 사이로 섞이는 동안 엄마와 쌍둥이는 기차역 통로에서 짐 가방을 지키며 앉아 있기로 했다. 우리가 서 있는 길은 보행자들로 복잡할 뿐만 아니라 행상인과 쇼핑 객들로 북적였다. 어떤 행상인은 카트에서, 또 어떤 행상인은 바구니에서 물건을 팔거나 통로에 물건들을 늘어놓고 팔고 있어서 사람들이나 물건들에 부딪치지 않고 걷기란 하나의 도전 같았다.

어느덧 정오가 지났고 날이 뜨거워졌다. 시장을 통과하면서 우리는 사람들에게 자마 외삼촌 집에 가는 방법을 물었다. 구식 도타르(남자가 입는 기다란 천을 가리키는 마라티어로, 허리와 다리에 두르고 허리에서 묶어 입음—옮긴이)와 기다란 셔츠를 입은 남자는 아빠가 자마 외삼촌 집 주소를 보여 줬는데 아빠에게 눈길조차 주지 않았다. 그냥 계속 걸어갔다. 다른 사람들도 주소를 보고는 머리를 좌우로 흔들었다. 모두가 어딘가로 가기 위해 서두르는 것처럼 보였다.

"길 건너 버스 정류장에 사람들이 줄을 서 있어요. 저 사람들한테 물어봐요. 적어도 저 사람들은 걸어서 지나가 버리진 않을 거예요."

아빠에게 말했다.

아빠와 나는 길을 건너기 위해서 기다렸으나 달려오는 차들 때문에 건널 틈이 없었다. 우리가 기다리고, 기다리고, 또 기다리는 동안 다른 사람들은 반대쪽으로 건너갔다. 오토바이가 너무 가까이 붕 하고 지나가자 아빠는 내 손을 세게 잡았다. 나는 다른 사람들이 어떻게 길을 건너는지 유심히 보았다. 몇몇은 대담하게 걸어가 손을 내밀어 차들을 멈췄고, 몇몇은 조금이라도 틈이 보이면 재빠르게 달려갔다. 몇 번은 차들이 멈추거나 기어갔다. 그때 사람들은 차, 자전거, 오토바이, 트럭, 버스, 인력거 사이를 지그재그 모양으로 걸어갔다. 어쨌든 아빠랑 나와는 다르게 모두들 반대쪽으로 건너갔다. 우리가 도시에서 살고 싶다면 반드시 교통 체증을 헤치며 나가는 방법을 배워야 할 것이다.

나는 틈이 보이면 앞으로 조금씩 움직이며 아빠를 끌어당겼다. 아빠는 느렸다. 우리가 조금 앞으로 움직이면 누군가 경적을 시끄럽게 울려 댔고 그러면 아빠는 급히 뒤로 피했다.

내 손을 잡은 아빠의 손은 점점 세졌다.

"고팔, 우리가 건너갈 수 있을 것 같지 않구나."

"이 옆길도 건너지 못한다면 어떻게 큰길을 건널 수 있겠어요? 이리 오세요."

나는 사람들 무리에 다가가며 말했다. 순식간에 사람들이 우리 뒤에도 섰다. 우리 앞에 서 있던 사람들이 앞쪽으로 움직이기 시작했고, 나는 아빠를 끌어당겼다.

"어서요."

"아주 영리하구나."

길을 건너 반대편에 도착하자 아빠가 말했다.

아빠는 버스 정류장에 서 있는 남자에게 종잇조각을 보여주었다. 나는 새 샌들과 반짝이는 시계를 찬 그 남자를 보자자마 외삼촌이 떠올랐다.

"마라톤 시장 거리에서 30번 버스를 타세요. 다다르 역에서 내리는 것 잊지 마시고요."

남자가 말했다.

"그 버스 정류장이 어디 있어요?"

내가 물었다.

남자는 손을 들어 가리켰다.

"이쪽으로 걸어가렴. 약 10분 정도만 걸으면 될 거야."

그때 버스가 도착했고 사람들이 앞쪽으로 돌진했다.

남자에게 고맙다고 말하려는데 이미 남자는 버스에 올라탄 후였다.

나는 놀라서 입을 딱 벌리고 서 있었다. 승객이 뚱뚱하거나 마르거나, 키가 크거나 작거나, 나이가 많거나 적거나, 남자거나 여자거나 상관없었다. 기차를 타기 위해 승객들이 그랬던 것처럼 사람들은 버스에 올라타기 위해 급하게 서둘렀다.

아빠랑 내가 마라톤 시장 거리 쪽으로 걸어가는데 30번 버스가 우리 옆을 지나갔다. 아빠는 머리를 가로저었다.

"고팔, 저것 좀 보렴. 버스 안에 승객들이 마치 봉지에 가득 들어 있는 바즈라처럼 가득하구나."

"어쩌면 이른 아침이나 늦은 저녁에는 저렇게 붐비지 않을지도 몰라요."

"그럴 수도 있겠구나. 우리 가족 모두가 버스를 탈 만큼 돈이 충분하지는 않으니 아빠가 버스를 타고 가서 자마 외삼촌을 데리고 오마. 하지만 다다르까지 가서 자마 외삼촌 집을 찾아 함께 돌아오는 데 시간이 얼마나 걸릴지는 모르겠구나. 곧 저녁이 될 텐데 어둠 속에 너희만 두고 갈 수도 없고."

"그러면 내일까지 출발할 수 없잖아요. 오늘 밤엔 어디서 자요?"

아빠는 대답하지 않았다. 잘 곳을 찾기란 쉽지 않을 것 같았고 아빠도 그렇게 생각하는 것 같았다. 아빠는 내 손을 잡았다.

"다시 건너가자."

내 손을 잡은 아빠의 손은 우리가 갓돌 쪽으로 섰을 때 세졌지만, 이번에는 길을 건너도록 내가 잡아당겼을 때 망설이지 않았다.

돌아오는 길에 나는 채소 행상인이 여름 호박과 양배추를 팔고 있는 것을 봤다. 배가 몇 번이고 꼬르륵 소리를 냈다. 나는 아빠가 알 수 있도록 거리에 있는 상점들의 간판을 큰 소리로 읽었다. 락슈미 오토 파츠, 사가르 일렉트로닉스, 얼반 테일러스.

기차역에 거의 도착한 우리는 디팩 푸드 스토어 앞에 멈췄다. 앞쪽에 무지개색 사탕이 가득 들어 있는 유리병을 주인아저씨가 정리 중이었다. 무지개색 사탕은 각설탕보다 맛있어 보였다. 입에 침이 고였다. 혹시 여행자들을 위한 장소가 있는지 아빠가 주인아저씨에게 물어보자, 아저씨는 '돈 없이는 없소.'라고 대답했다. 면도를 말끔하게 한 주인아저씨의 벗겨진 이마는 천장에 갓 없이 매달려 있는 전구의 불빛을 반사했다.

아빠가 길 건너를 가리키며 말했다.

"가족이 기차역에서 기다리고 있답니다. 어린아이가 두 명 더 있습니다. 우리 가족에게 하룻밤을 보낼 만한 곳을 알려 주신다면 신께서 당신을 가호하시기를 기도하겠습니다."

채솟값을 내던 한 남자가 돌아보며 말했다.

"당신 가족의 가호나 비는 게 좋을 거요. 당신이 쓸 수나 있게 말이오."

지금까지 그 누구도, 단 한 번도 이 도시에서 사람들이 그랬던 것처럼 아빠를 모욕한 적은 없었다. 나는 남자의 입에 돌을 쑤셔 넣어 막아 버리고 싶었다.

나만 그런 게 아니었다. 거스름돈을 건넨 주인아저씨는 고객이 나가자마자 말했다.

"다른 사람에게 동정심을 느끼고 표현하는 것을 루피(인도, 파키스탄 등의 화폐 단위-옮긴이)가 드는 일이라고 생각하는 사람들이 있지요."

주인아저씨는 나를 보고 물었다.

"뭐 좀 먹었니?"

나는 머리를 가로저었다.

"렌틸콩(중앙아시아, 유럽, 북아메리카 지역에서 주로 섭취하는 콩-옮긴이)이랑 쌀을 조금 주마. 내가 해 줄 수 있는 건 그게 전부구나."

"정말 고맙습니다."

아빠의 목소리가 떨렸다.

"당신은 더 나은 삶을 찾아서 교외에서 뭄바이로 흘러들어 오는 수천 명과 같은 처지예요. 이곳은 크지만 모두에게 충분히 크지는 않지요.”

주인아저씨는 날짜가 지난 신문을 펼치며 말했다.

“수천 명이요? 무슨 말인지 모르겠군요.”

아빠가 물었다.

주인아저씨는 신문 한 장을 빼내 반으로 자르더니 원뿔 모양으로 말았다. 하나에는 쌀을, 하나에는 렌틸콩을 채웠다.

“네, 매일매일 비하르, 벵골, 구자라트, 카르나타카, 아삼, 마디야 프라데시 등 여러 곳에서 사람들이 좋은 삶을 찾아 이 도시로 온답니다. 하지만 모두에게 음식과 집을 줄 수는 없지요.”

주인아저씨가 중얼거렸다.

“우리 가족은 일을 할 겁니다. 사람들의 도움으로 살지 않을 겁니다.”

아빠가 반박했다.

“알지요. 허나, 일자리를 찾는 당신 같은 사람이 너무 많다는 걸 모르겠소?”

주인아저씨는 소금, 고춧가루, 강황을 조금씩 작은 상자에 넣었다. 그리고 마지막으로 비닐봉투에 모두 넣어서 나에게 주었다. 아빠는 주머니에서 돈을 꺼냈다.

“오늘은 내 손님이오. 돈은 내지 않아도 됩니다.”

주인아저씨가 말했다.

아빠는 고개를 숙여 인사했다.

"신께 당신의 가족이 모두 행복하고 건강하기를 기도하겠소."

나도 고개 숙여 인사했다.

"엄마랑 쌍둥이한테 돌아가는 게 좋겠어요. 지금쯤이면 분명 겁먹었을 거예요."

"그래. 오늘은 충분히 돌아다닌 것 같구나."

엄마, 시타, 나렌은 통로에 옹송그리고 있었다.

"손에 그거 뭐야?"

내 손의 봉지를 보자마자 시타가 물었다.

"이것 봐. 어떤 아저씨가 준 거야. 쌀이랑 렌틸콩이랑 양념들이야."

봉지 안에 든 것들을 보여 주며 내가 말했다.

"다른 건?"

"많지 않아? 다 공짜로 준 거야."

"어떻게 먹는데?"

시타가 물었다.

순간 시타의 말에 짜증이 났다. 식료품을 얻게 되었는데 시타는 여전히 음식에 대해 징징거렸다. 불평 좀 그만하라고 말하려는데 시타가 말했다.

"쌀이랑 달(인도에서 렌틸콩을 부르는 말—옮긴이)을 요리할 불이 없잖아."

"엄마, 로티는 얼마나 남았어요?"

내가 물었다.

"두 개밖에 없구나. 자마 외삼촌 집에 가게 된다면 무슨 문제겠니? 어떻게 가는지 방법은 알아냈어?"

"내일 아침에 내가 버스를 타고 가서 이곳으로 아이들 외삼촌을 데려오기로 했소."

아빠가 대답했다.

엄마의 얼굴은 경직되었고, 이마의 빈디는 미간과 함께 주름졌다. 엄마는 아무 말도 하지 않았다. 아빠는 주머니에 감춰 두었던 돈을 꺼냈다.

"고팔, 음식을 좀 사 오자."

아빠가 말했다.

"너무 멀리 가지 마요."

엄마가 우리 뒤에 대고 소리쳤다. 모퉁이를 돌기 전에 나는 뒤돌아서 엄마에게 손을 흔들었다. 시타의 손을 잡은 엄마는 여전히 얼굴을 찡그리고 있었다. 그 옆에 나렌이 쭈그리고 앉아 있었다. 아마도 내가 그곳에 함께 있는 게 더 좋았을 수도 있지만 아빠가 함께 가자고 했기 때문에 싫다고 말할 수가 없었다.

아빠와 나는 사람들과 부딪치지 않으려고 애쓰며 천천히 걸었다. 운이 좋게도 길을 건널 필요는 없었다. 근처에 요깃거리를 파는 리어카가 있어서 튀긴 파코라(감자와 양파뿐만 아니라 다른 채소들을 넣은 튀김의 종류로, 병아리콩 가루에 찍어 먹음—옮긴이) 두 봉지를 포장해서 돌아왔다. 아빠는 황마 자루에서 냄비를 꺼내 물을 담으러 갔다. 나는 포장을 하나 뜯었고 엄마를 뺀 우리는 파코라를 하나씩 들었다. 엄마는 아빠가 돌아오기를 기다렸다.

파코라는 감자, 베산이라고 불리는 병아리콩 가루, 향신료를 넣어 만든다. 마테란에서 한 관광객의 가방을 들어 주자 그 관광객이 사 준 적이 있었는데 이것보다 덜 매웠다.

아빠가 떠 온 물 몇 모금과 함께 먹으니 맛이 좋았다. 아빠랑 엄마가 먹기 시작할 때, 우리는 한 봉지를 다 먹은 후였고 쌍둥이는 더 먹고 싶어 했다.

"고팔."

아빠는 남은 것을 내 쪽으로 꺼내 들었다.

아빠와 엄마가 충분히 먹기를 바라는 마음에 망설여졌다.

아빠는 큼지막한 파코라 하나를 나에게 건넸다.

"그럼 딱 한 개만요."

한 개를 더 먹고 물을 좀 더 마셨더니 나는 배가 꽤 두둑해졌다.

"베산의 좋은 점은 물을 마시면 위에서 붇는 거란다."

엄마가 말했다.

만족스럽게 배가 부르자 나는 졸렸지만 많은 사람들이 우리 옆을 지나다녀서 잠을 잘 수 있을 것 같지 않았다. 엄마는 쌍둥이를 위해 통로 가장자리에 낡은 깔개를 펼쳤다. 나는 벽에 등을 기대고 앉아 앞을 보았다.

저녁은 따듯했고, 연기는 무거웠고, 소음은 빡빡했다. 흐릿한 회색 구름은 하늘에 낮게 매달려 있었다. 등불만이 어두운 공간을 밝히고 있었다. 나는 하늘을 올려다보았지만 단 한 개의 별도 볼 수 없었다. 지난밤 연못 위에서 아주 밝게 빛났던 사랑스러운 달은 스모그 뒤에 숨어 있었다.

나는 가족과 함께 있지만 무서웠다. 지금쯤이면 자마 외삼촌 집에 있어야 했는데 아니었다. 이곳은 사람들로 가득했고 많은 일들이 일어났지만 아직도 나는 이곳에 있는 게 어색했다. 사람들은 모두 영화 속 인물들 같았다. 진짜 영화지만 진짜가 아닌. 옳은 일이었을까? 마을을 떠나기 전, 하늘의 별들이 뭄바이에서 우리의 운을 바꿀 거라고 생각했는데 여기서는 심지어 하늘의 별들은 우리를 볼 수도 없고 우리도 하늘의 별들을 볼 수가 없다.

"이야기해 줄래?"

나렌이 나에게 물었다.

"했던 것도 좋아, 피곤하면."

시타가 내 팔을 쓰다듬으며 말했다.

나는 하고 싶지 않았지만 나를 보고 웃는 엄마의 표정이 마치 '동생들에게 이야기를 해 주렴. 부탁이야.'라고 말하는 것 같았다.

엄마에게 싫다고 말할 수는 없었다.

"비르발(16세기 초, 인도 무굴 제국의 황제 악바르의 재상을 지낸 인물−옮긴이) 이야기 어때?"

나렌이 머리를 좌우로 흔들었다.

"지난번에 구슬 이야기도 다 안 했…"

나는 이야기를 지어낼 기분이 아니었다.

"그 이야기는 자마 외삼촌 집에 가면 해 줄게. 이 이야기 듣기 싫으면…."

"들을래. 조용히 할게."

시타가 말하며 나렌에게 알아듣겠느냐는 듯이 쏘아보았다.

나는 책을 읽어 기억하고 있던 이야기를 시작했다. 그러면 생각할 필요가 없기 때문이다.

"옛날에 무굴 제국의 황제 악바르가 인도를 지배했어. 그의 궁중에는 아홉 개의 보석이라고 불리는 아홉 명의 특별한 사람들이 있었지. 그들은 악바르의 조언자이자 친구였어. 그들 중 한 남자의 이름이 비르발이었지. 비르발은 똑똑하면서도 유쾌했고, 진실을 말하는 것을 꺼리지 않았어. 그래서 악바르는 비르발이 자신의 제국에서 가장 똑똑하고 현명한 사람이라고 생각했지. 그러다 보니 악바르의 다른 조언자들이 비르발을 시기했어. 비르발이 왕의 사랑을 독차지하자 비르발을 제거할 계획을 짠 거야. 악바르의 이발사에게 뇌물을 준 거지. 뇌물을 받은 이발사는 악바르에게 가서 이렇게 말했어. '샤한샤(왕 중의 왕을 뜻함—옮긴이)시여! 비르발은 우리 모두를 기쁘게 하고 웃게 하지요. 우리 모두 대단히 그를 사랑하고요. 그가 천국에 가서 선조들을 즐겁게 만들면 선조들이 얼마나 기뻐할지 모르겠습니다!'라고."

"그 사람들은 바르발을 사랑하지 않아. 죽기를 바라는 거야."

나렌이 무심코 말했다.

"쉿!"

시타가 속삭였다.

나는 쌍둥이를 신경 쓰지 않고 이야기를 계속했다.

"사실 악바르는 이미 이발사의 수상한 요구 뒤에 다른 조언자들이 있다는 걸 눈치챘지만 비르발이 그들보다 한 수 앞설 것이라는 걸 확신했지. '훌륭한 생각이로구나.' 악바르가 말했어. '비르발을 천국에 보내도록 해라.' 그날 저녁 궁중에서 악바르는 비르발에게 그가 왜 자신의 선조들을 기쁘게 하러 천국으로 가게 되었는지 말해 주었어. '기꺼이 그렇게 하겠습니다. 이곳에서 해야 할 일들을 끝낼 수 있도록 며칠만 시간을 주십시오.' 비르발이 말했지. 그러다 비르발이 천국에 올라갈 준비가 끝난 날, 악바르는 조언자들과 이발사를 묘지에 모이게 했어. 모두가 비르발에게 작별 인사를 했고, 비르발은 조금 떨어진 곳에 있는 자신의 장례 장작더미 쪽으로 걸어가서 그 위에 올라섰지. 그리고 그곳에서 연기가 피어나자 악바르는 사람들에게 말했어. '음, 내 친구가 갔네. 나는 정말 그가 그립겠지만 나의 선조들은 행복하겠지.' 이발사는 깊숙이 고개를 숙였어. '그러실 겁니다. 샤한샤!' 두 달이 지났고 더는 그 누구도 비르발에 대해 말하지 않았어. 그러다 어느 날 저녁, 궁중 보초들이 비르발이 천국에서 왔다고 알렸어. 모두의 얼굴에 어두운 먹구름이 드리웠지만 악바르는 기뻐서 얼굴이 밝아졌어. '들어오도록 하게.' 자신의 친구를 환영하기 위해서 왕좌에서 일어나며 악바르가 말했어. 악바르는 비르발에게 자신의 아버지와 어머니, 할아버지와 다른 가족들에 대해서 물었어. '모두들 안녕하십니다. 한 가지 문제를 빼면 말이지요.' 비르발이 말했어. '말해 보아라. 무엇이 필요한 것이냐?' 악바르가 물었어. 비르발은 자신의 수염을 쓰다듬으며 말했어. '아시다시피 그곳에는 이발사가 없습니다.' 악바르의 웃음소리가 궁중을 가득 채웠어. '그러면 이발사를 보내야겠구나.' 악바르가 말하자 이발사는 얼굴이 하얗게 질리고 몸을 파르르 떨었대."

쌍둥이는 금방 잠이 들었다. 쌍둥이에게 담요를 덮어 주었다.

"들려주기 좋은 이야기를 잘 골랐구나. 결말을 알면 긴장이 풀리고 잠이 들기 마련이지."

엄마가 나에게 말했다.

"이렇게 끝이야?"

왼쪽에서 어떤 목소리가 들렸다.

고개를 돌리자 옆에서 책상다리로 앉아 있는 내 또래 여자아이가 보였다. 어둑한 불빛밖에 없었지만 여자아이의 미소는 밝았다. 나는 다른 사람이 내 이야기를 듣고 있다고 생각하지 않았기에 너무 놀랐다.

"응. 이게 끝이야."

"근데 나는 비르발이 죽었다고 생각했어."

"아니, 아니. 비르발은 며칠 동안 자신의 집에서 묘지까지 연결되는 땅굴을 팠어. 그래서 불이 자신을 태워 버리기 전에 장작더미에서 땅굴로 내려온 거야. 그리고 두 달 동안 집에서만 지냈지."

"그런 말은 안 했잖아."

여자아이가 혼란스럽다는 표정을 지으며 말했다.

"응. 내 동생들은 이미 이 이야기를 많이 들어서 말할 필요가 없었거든."

"좋은 이야기였어."

여자아이가 말했다.

나는 웃어 보였다. 좋은 이야기였다는 여자아이의 칭찬을 듣자 행복함이 느껴졌다. 이제 통로는 가득 차서 여자아이의 옆에서 자고 있는 사람들이 여자아이의 가족인지 아닌지 분간이 되지 않을 정도였다. 가족이나 집 없이 이 도시에서 산다는 건 정말 끔찍할 것 같았다. 나는 아빠, 엄마, 나렌, 시타와 함께여서 정말 다행이라고 생각했다. 게다가 내일이면 우리는 자마 외삼촌 집에 갈 것이다.

나는 통로 쪽으로 몸을 뻗고 누웠다. 마을에서도 가끔 오두막 밖에서 자곤 했지만 그때와는 달랐다. 자신들은 돌아갈 집이 있지만 우리에게는 그런 집이 없다는 걸 아는 낯선 사람들이 옆을 지나갔다. 나는 여기서 자는 것이 창피했고 우리도 갈 곳이 있다고 말할 수 있었으면 좋겠다고 생각했다. 지금은 어쩔 수 없지만, 내일 이 사람들이 집으로 돌아갈 때면 우리를 볼 수 없을 것이다.

밤이 내리자 차들도 줄어들었다. 대낮에는 도시가 붐비는 축제처럼 압도적이었는데 밤이 되자 적군의 막사처럼 으스스했다. 많은 사람들이 우리처럼 통로에 줄지어 있었다. 어떤 사람들은 낡은 깔개나 담요를 가지고 있었고, 어떤 사람들은 눕기 위해 판지나 방수포를 깔았다. 내 이야기를 들었던 여자아이는 천 조각을 펼쳐 놓았다. 그리고 어떤 사람들은 아무것도 가진 것이 없었다. 화려한 옷을 입고 집으로 돌아가는 사람들을 빼고는 아무도 걷지 않았다. 그 사람들은 우리에게 조그마한 관심조차 없어 보였다. 내 생각에 이 도시의 사람들 중 절반은 밖에서 자는 것 같았다. 차갑고 딱딱한 콘크리트 위에 누우려니 몹시 괴로웠다. 나는 흙바닥이 그리워졌다.

졸음이 밀려오면서 여러 가지 소음과 목소리들이 멀어지는 것처럼 느껴졌다.

나는 갑자기 소리를 지르며 일어났다. 무언가가 내 배를 아주 세게 찼다. 너무 아파서 몸이 앞으로 구부러졌다.

"왜 여기서 자는 거야?"

목소리는 나를 향해 울렸다. 나는 눈을 떴다. 내 얼굴 바로 앞에 있는 검은 신발이 보였다.

6

"고팔, 무슨 일이니?"

아빠가 물었다.

나는 간신히 검은 신발을 신은 남자를 올려다보았다. 남자는 카키색 제복을 입고 있었다. 경찰이었다.

"당신 가족입니까?"

남자가 아빠에게 물었다. 어둠 속이라 남자의 이목구비는 제대로 보이지 않았지만 콧수염이 두껍고 무성해 보였다.

아빠는 즉시 일어났고, 나도 따라 일어났다.

"여기서 자면 안 됩니다!"

경찰이 빽 하고 소리 질렀다.

우리 양옆에도 자고 있는 사람들이 있었다. 왜 우리한테만

이러는 거지? 아마도 다른 사람들은 돈을 찔러 주었을 텐데 아빠는 그러지 않아서일 것이다.

"어제 막 왔는데 갈 데가 없어요. 오늘 밤만 여기서 자게 해 주십시오. 어린 자식이 둘이나 있어요."

아빠가 시타와 나렌을 가리키며 애원했다.

경찰은 우리를 노려보고는 잠시 기다렸다. 엄마도 일어났다. 엄마는 나에게 조용히 하라는 신호로 입술에 손가락을 갖다 댔다.

아빠는 기도하는 것처럼 손바닥을 마주했다.

"부탁합니다. 자비를 베풀어 주십시오. 이 한밤중에 어디를 갈 수 있겠습니까?"

경찰은 조금도 움직이지 않았다. 아마도 뇌물을 기다리고 있었을 것이다.

"우리는 몹시 가난해서 돈이 없어요."

아빠가 말했다. 아빠의 얼굴은 고통으로 괴로워 보였다. 나는 아빠가 이곳에서 당한 일들이 너무도 싫었다. 마을에서 아빠는 단 한 번도 이런 식으로 말한 적이 없었다. 나는 즉시 마을로 돌아가 다시는 돌아오지 않았으면 좋겠다고 생각했다.

경찰은 발을 가볍게 두드렸다. 또 발로 찰까 봐 내 몸이 뻣뻣해졌다. 하지만 발로 차지는 않았다.

"만약에 내일 밤에도 여기서 보이면, 잘 곳은 생길 겁니다. 감옥 말이오."

경찰이 말하고는 가 버렸다.

다시 잠드는 데 시간이 꽤 걸렸다.

나는 보통 물레방아 돌아가는 소리, 새들이 짹짹거리는 소리, 엄마와 아주머니들이 뒷마당을 쓸면서 내는 가벼운 발걸음 소리에 깨곤 했다. 그러나 오늘 아침 내가 들은 소리라고는 시끄럽게 울려 대는 경적 소리, 행상인들이 외치는 소리, 수많은 신발이 보도 위를 걸으며 내는 소리뿐이었다.

다른 사람들이 씻고 있는 기차역 밖 수도꼭지에서 우리도 세수를 했다. 아빠와 나는 우리 가족이 나눠 먹을 아침 식사로 차 3잔을 샀다. 우리는 남은 로티 두 개를 나누었다. 로티는 오래 보관할 수 없을뿐더러 돈도 얼마 남지 않았기 때문에 돈을 아끼는 것이 현명했다.

"이제 나는 자마 외삼촌 집에 가는 버스를 타러 가야겠구나."

아빠는 차를 다 마시자마자 말했다.

엄마는 몸을 감싸고 있던 헐거워진 사리의 끝을 잡아당겼다. 우리가 도시에 도착한 이후로 엄마의 이마는 줄곧 걱정으로 주름져 있었는데, 지금은 공포심이 엄마의 얼굴 전체에 퍼져 있었다.

"우리 모두 함께 갈 수 없어요?"

나렌이 물었다.

나는 우리 모두 갈 수 있을 만큼 돈이 충분하지 않다는 걸 알고 있었다.

"안 돼. 시타와 너는 여기서 엄마와 고팔과 함께 있으렴. 버스는 너무 붐빈단다. 자마 외삼촌과 함께 올 테니, 그러면 인력거를 타고 외삼촌 집에 갈 수 있을 거야. 그게 더 빠를 거야."

아빠의 목소리는 억지로 만든 흥분으로 어색하게 들렸다.

쌍둥이는 방방 뛰었다. 어제만 해도 걱정으로 가득했던 쌍둥이는 자마 외삼촌이라는 말을 듣자마자 행복해진 것 같았다. 아마도 쌍둥이는 이 도시 모험이 더 나아지리라고 생각하는 게 틀림없었다.

아빠가 어떻게 길을 건너고, 정거장에서 내리고, 자마 외삼촌 집을 찾을지 걱정스러웠다.

"자마 외삼촌 집에 찾아갔다가 돌아올 수 있을까요?"

"나는 언제나 너를 찾을 거란다."

아빠의 입술은 잔주름을 만들며 희미한 미소를 지었다. 아빠가 자마 외삼촌 집 주소를 꺼냈다.

"종잇조각이 너무 구겨졌어요. 아빠, 읽기 힘들 거예요. 다시 적은 걸 가져가세요." 나는 공책에 주소를 옮겨 적고 페이지를 찢어서 아빠에게 주고, 구겨진 종잇조각은 내 공책 사이에 끼워 넣었다.

7

기다리는 것 말고 하는 일 없이 보도에서 지내는 것은 매우 힘들었다. 돌아다니고 싶었지만 그래도 되는지 엄마에게 물어봤을 때, 엄마가 내 손목을 붙잡고 이렇게 말했다.

"안 돼. 엄마 바로 옆에 있어."

그래서 우리는 보도 위에 조약돌처럼 나란히 앉아서 사람들을 구경했다. 나보다 조금 나이가 많아 보이는 여자아이가 빗, 플라스틱 장난감, 카드 한 벌을, 길게 머리를 땋은 여자아이가 잡지를 팔고 있었다. 손님을 발견하면 서로 바라보고 웃는 걸 봐서 둘은 친구 사이 같았다. 시타와 나렌은 구슬로 장난을 치고 있었고 엄마는 나처럼 길을 바라보고 있었다.

어쩌면 나도 잡지를 팔 수 있을 것이다. 그렇게 되면 잡지를 읽을 수도 있을 것이다. 내가 돈을 좀 모으면 판자 몇 개를 쌓아 가판대를 만들 것이다. 그러면 책도 좀 팔 수 있을 것이다. 그다음에는 좀 더 많은 책을 파는 작은 가게를 차릴 수도 있을 것이다. 그다음에는 다양한 언어로 된 잡지와 책을 파는 조금 큰 가게를 차릴 수도 있을 것이다. 도시에는 아주 다양한 사람들이 많기 때문에 그런 가게도 잘될 테고, 어린아이들을 위한 책들을 꼭 갖출 것이다. 이야기를 아주 좋아하는 나렌과 시타는 일단 읽는 법을 배우면 책도 즐겨 보게 될 것이다. 심지어 가게를 도울 수도 있을 것이다. 그러면 가게 이름은 '세 명의 독자'라고 지어야지.

"이야기 하나 들려줄 수 있어?"

나렌이 내 손을 당기며 물었다.

아무도 나를 방해할 수 없는, 연못가에 있는 님바 나무 나뭇가지가 벌써 그리워졌다. 엄마가 '공기 정원'이라고 표현하는 최고의 장소였다.

"새로운 이야기 해 줘. 구슬 이야기 빼고."

시타가 말했다.

"왜 빼?"

나렌이 물었다.

"여긴 아직 자마 외삼촌 집이 아니잖아."

"그래서?"

"아직 이야기해 주겠다고 말하지도 않았는데 너희 둘은 벌써 싸우네."

내가 쌍둥이에게 말했다.

"안 싸울게."

나렌이 말했다.

"약속해! 뭄바이 이야기 들려줘."

시타가 애원했다.

엄마는 사람들로 붐비는 길을 살펴보면서 입술을 세게 다물고 있었다. 지금은 어떤 말도 엄마 귀에 들어오지 않을 것이다.

아빠가 돌아오는 데 오랜 시간이 걸릴 것 같았다. 쌍둥이에게 이야기를 들려주면 쌍둥이가 엄마를 귀찮게 하지 않을 것 같아 나는 이야기를 시작했다.

"자, 뭄바이 이야기야. 가족과 함께 뭄바이에 온 가난한 여자아이가 있었어. 어느 날, 여자아이는 부자가 떨어뜨린 1,000루피 지폐를 봤지. 여자아이는 얼른 그 돈을 주워서 부자에게 돌려주었어. 부자는 여자아이가 입고 있는 누더기 같은 옷과 맨발을 바라보았어. '나보다 네가 더 돈이 필요하다고 생각하지 않니? 왜 가지지 않았니?' 부자가 물었어. '그건 옳지 않기 때문이에요.' 여자아이가 대답했지. 여자아이의 검은 눈동자가 반짝거렸어. '너는 정직한 아이구나. 내가 널 도와주고 싶은데, 널 가장 행복하게 만드는 게 무엇이니?' 부자의 말에 여자아이는 눈을 감고 곰곰이 생각했지. 여자아이는 어렸을 때부터 서점을 열고 싶었지만 말하기가 겁이 났어. 부자가 자신을 멍청하다고 비웃을 것 같았거든. 아마도 여자아이는 음식이나, 옷가지, 살 곳을 말해야겠다고 생각하고 있었지. 근데 '명심하렴. 정말로 특별한 걸 말해야 해. 원하거나 필요한 것을 말하면 내가 다 알아챌 거야.'라고 부자가 말했어."

"나는⋯."

나렌이 말했다.

"중간에 끼어들면 안 돼. 이야기를 끝까지 못 듣게 될 거야."

시타가 말했다.

시타의 목소리가 너무 커서 아빠의 손을 잡고 지나가던 남자아이가 뒤돌아봤다.

"너희 둘이 다투면 지금 당장 이야기하는 거 멈출 거야."

나는 겁을 주며 말했다.

쌍둥이는 머리를 가로저었다.

"안 그럴게."

나는 계속했다.

"'서점이요.' 여자아이가 말했어."

마치 무언가를 말하려는 충동을 참으려는 듯 나렌은 다리 아래로 손을 아무렇게나 툭 놓았다.

"'서점?' 놀란 부자는 눈썹을 추켜올렸지. '정말이니? 확실해?' 여자아이는 가슴에 손을 올리고 대답했어. '네. 정말이에요.' 부자는 여자아이가 서점을 열 수 있도록 도와주었어. 여자아이는 자신이 파는 모든 책이 좋은지 확인하기 위해 모조리 다 읽었어. 뭄바이 사람들은 여자아이의 작은 가게를 무척 좋아했고, 덕분에 여자아이는 아침부터 저녁까지 바쁘게 보냈어. 그러자 여자아이는 과일, 채소, 심지어 생선까지도 살 수 있을 정도로 돈을 벌었지. 가족들이 신을 신발도 샀고 가족들에게 각각 옷을 세 벌씩 사 주었어. 그래도 그중에 가장 좋아진 점은 살 곳이 생긴 것이었지. 궁전만큼 크지는 않았지만 꼭대기 층에다가 방이 4개나 있었어. 구름이 하늘에 낮게 깔리는 날이면 여자아이는 손을 뻗어서 구름을 잡아당길 수 있을 것만 같은 기분을 느꼈지. 그런데도 여자아이는 자신을 도와주었던 부자를 잊지 않았어. 부자에게 고맙다는 인사로 책 한 더미를 건네자 부자가 말했어. '이제 더 큰 가게를 열 때구나.' 여자아이는 부자의 생각이 아주 마음에 들었어. 좀 더 큰 곳을 사기 위해 돈을 저금하고 있었거든. 서점의 나무 선반 위에는 먼지 한 점도 없을뿐더러 책으로 가득했고, 공간은 종이,

잉크, 물감 냄새로 가득했지. 여자아이는 책을 사러 온 손님들과 이야기하고 도우며 온종일을 보냈고, 밤이면 문을 닫고 다음 날에 대해 생각했어. 여자아이는 웃음이 났어. 서점은 여자아이를 정말로 행복하게 만들었단다."

내가 이야기를 마치자 시타는 고개를 갸우뚱했고 나렌은 나를 노려보았다.

"이야기가 마음에 안 들었어?"

내가 물었다.

"나는 그게 여자아이가 아니라 남자아이라고 생각해. 바로 오빠야."

시타가 말했다.

"나렌이 아니고 나라는 걸 어떻게 알아?"

"나였으면 장난감 가게를 말했겠지."

"맞아. 나렌은 그랬을 거야."

시타가 동의했다.

"아빠가 곧 오실까?"

나렌이 주위를 둘러보며 물었다.

"응."

나는 주의를 딴 데로 돌릴 만한 것을 생각해야 했다.

"카드아저씨가 알려 준 솔리테어라는 새로운 카드놀이를 가르쳐 줄게."

나는 어떻게 시작하는지 쌍둥이에게 보여 주었다.

"어려워."

나렌이 말했다.

시타는 눈을 굴렸다.

"그리고 재미없어."

시타는 엄마에게 몸을 돌려 말했다.

"배고파요."

엄마는 눈을 감고 가만히 있었다. 나는 빠르게 카드를 모아 낡은 깔개 위에 펼쳤다.

"다 같이 하자."

카드를 흔들면서 내가 말했다. 나는 카드를 세 등분으로 나눈 뒤 쌍둥이에게 나눠 주었고, 맞는 카드가 나올 때까지 한 사람이 카드를 한 장씩 내려놓았다. 맞는 카드가 나오면 카드를 다 가져가고 새롭게 시작했다. 한동안 카드놀이를 하면서도 나는 계속해서 길을 힐끗힐끗 봤다.

"그만할래. 배고파."

20분쯤 지나자 시타가 말했다.

배고픔은 우리 배 속에서 소용돌이쳤고, 카드놀이로 잊을 수 있는 것이 아니었다.

"씻자. 그리고 뭐 좀 먹자."

엄마가 말했다. 그런데 엄마는 조금도 움직이지 않았다. 그저 그곳에 그대로 앉아 있었다.

자동차와 사람들이 만들어 내는 소음은 오전 내내 커지더니 슬슬 옅어지기 시작했다. 하루 중에 가장 더운 시간이어서 심지어 그늘에 있어도 열기를 견딜 수 없었다. 나무가 있나 주위를 둘러보았지만 근처에는 없었다. 건물의 그늘은 나무 그늘과 달랐다. 건물은 나무처럼 바람을 일으키지 못했다.

나는 눈을 감았다. 내가 생각할 수 있는 것은 오로지 음식과 물뿐이었다. 배가 고팠고 입은 채석장의 먼지처럼 메말랐다. 혀로 입술을 적셔 보려고 했지만 말라붙은 버펄로 피부처럼 뻣뻣하게 느껴질 뿐이었다. 땀 때문에 목덜미만 축축하고 끈적거렸다.

아빠가 빨리 돌아오길 바랐다. 아빠가 자마 외삼촌이랑 빨리 돌아올수록 빨리 보도를 떠날 수 있을 것이다. 하지만 일단은 지금 당장 물을 마셔야 할 것 같았다. 나는 억지로 몸을 일으켜 냄비를 들고는 공중 수도꼭지로 갔다. 아침에 씻을 때만큼 물이 잘 나오지는 않았지만 아주 조금씩 흘러나왔다. 냄비 가득 물을 받았다. 자리로 돌아와 엄마와 나렌, 시타와 함께 물을 벌컥벌컥 마셨다. 나는 얼굴을 좀 적실 만큼 물이 남길 바랐지만 조금도 남지 않았다.

물을 마시니 다시 살아난 듯한 기분을 느낄 수 있었다.

쌍둥이는 갓돌 가까이에 서서 반짝이는 차에서 내리는 아저씨 무리를 멍하니 바라보고 있었다. 나는 엄마와 함께 짐 가방 옆에 앉아 있었는데 그때 연못만큼 깊은 엄마의 한숨 소리가 들렸다.

"너희 아빠가 지금쯤이면 돌아올 거라고 생각했단다. 어디쯤일까?"

"이제 우리는 어떻게 해요?"

내가 물었다.

"우선 먹을 것을 사자. 하지만 우리가 가진 돈이 곧 다 떨어질 거야."

엄마는 사리의 매듭을 풀어서 접어 놓은 5루피 지폐를 꺼내 나에게 주고는 매듭을 다시 묶었다.

"이걸 가져가서 살 수 있는 걸 사 오렴. 거스름돈 잘 챙겨 오고."

나는 나렌과 시타를 데리고 갔다.

"큰길은 건너지 말렴."

"그럴게요."

역에서 나온 우리는 왼쪽으로 돌아 아빠와 내가 어젯밤에 파코라를 샀던 리어카 쪽으로 걸어갔다. 리어카에 도착하기 직전에 나는 카키색 제복을 입고 검은 신발에 콧수염이 덥수룩한 남자를 봤다. 어젯밤 나를 발로 걷어찼던 경찰이었다. 무릎이 마구 떨리기 시작했다.

나렌과 시타는 나를 앞쪽으로 끌어당겼다.

"다른 길이 더 낫겠어."

내가 말했다.

"왜? 음식이 바로 저기 있는데."

나렌이 내 손을 놓았다. 나렌이 달려가 경찰의 관심을 끌기 전에 나는 얼른 나렌을 잡았다.

나렌의 손을 더 세게 잡았다. 혹시 경찰이 보면 우리를 다시 걸고넘어질 것이다. 운이 좋게도 경찰은 꽤 잘 빼입은 남자와 이야기하느라 바빴다. 엄마는 정글의 왕인 사자에게 아첨하는 자칼의 이야기를 들려주곤 했었다. 바로 그 자칼을 연상시키는 경찰은 작은 토끼인 우리를 괴롭히기 위해 중요해 보이는 남자, 사자를 혼자 두진 않을 것이다.

우리는 다른 길로 걸어가다 나무로 만든 가판대 음식점 앞에 멈췄다. 간판에는 '파브−바지(고수와 채 썬 양파를 빵과 함께 먹는 인도 요리로, 빵을 뜻하는 '파브'와 채소 카레를 뜻하는 '바지'가 합쳐져서 만들어진 말−옮긴이)'라고 적혀 있었다. 전에는 한 번

도 먹어 본 적이 없는 종류의 음식이었는데 냄새가 무척 좋았
고 사람들이 길게 줄을 서 있었다. 엄마에게 이 음식을 가지고
갈 방법이 없어서 우리는 다시 엄마에게 돌아가서 엄마와 함
께 짐 가방을 가지고 왔다. 아빠가 없으니 엄마가 천 가방과 침
구류가 든 황마 자루를 들고, 내가 무거운 황마 자루를 들어야
했다. 갑자기 빨리 돌아오지 않는 아빠에게 화가 났다. 아빠와
자마 외삼촌이 앉아서 이야기나 하느라 우리를 잊은 게 아니길
바랄 뿐이었다.

파브–바지 한 접시는 4루피였다. 빵 두 개가 매운 채소 카레
와 함께 나왔다. 우리는 각자 빵 반 개를 먹기로 했다. 나는 빵
을 여러 조각으로 찢고는 매운 채소 카레를 떠서 할 수 있는
한 가장 빠르게 배 속에 집어넣었다. 경찰이 오기 전에 먹어 치
우고 싶었다.

"급히 먹지 마."

엄마가 말했다.

나는 거리를 살피며 먹는 속도를 줄였다. 엄마가 내 어깨에
손을 올렸다.

"아빠가 우리를 찾아올 거야. 아빠랑 헤어진 자리에서 우리
가 계속해서 있을 수만은 없다는 걸 아실 거란다."

엄마는 내가 아빠를 찾고 있다고 생각하는 게 틀림없었고

나는 엄마가 그렇게 생각하도록 아무 말도 하지 않았다. 옆길에 숨어 있는 자칼 경찰을 빼고도 엄마는 이미 어려움을 충분히 겪고 있었다. 아빠가 출발하고 어느덧 다섯 시간 이상이 흘러 있었다. 나는 아빠가 자마 외삼촌과 함께 돌아오는 데 얼마나 더 걸릴지 궁금했다.

"오늘 아침에 물건을 팔던 여자아이 두 명 봤어요?"

아빠에 대한 생각을 떨쳐 버리기 위해서 엄마에게 물었다.

엄마가 고개를 끄덕였다.

"그 두 아이 모두 나보다 나이가 많아 보이지 않더라고요. 나도 할 수 있을 것 같아요."

"너도 할 수 있지만 먼저 잡지나 장난감처럼 그 아이들이 팔던 물건을 살 돈이 필요하단다. 고팔, 그것들을 공짜로 줄 사람은 없어."

"돈, 돈, 돈. 왜 우리는 돈을 잔뜩 가질 수 없어요? 그냥 이렇게?"

시타는 웅얼거리며 손가락을 딱 하고 퉁겼다.

"나는 마술사가 돼서 이것들을 다 돈으로 바꿔 버릴 거야."

나렌이 보도 옆에 쌓여 있는 쓰레기 한 무더기를 가리키며 말했다.

우리는 쌍둥이를 못 본 체했다.

"그 여자아이들한테 어떻게 시작했는지 물어볼 수 있을 거예요."

엄마가 대답도 하기 전에 시타가 말했다.

"마술사는 쓰레기를 돈으로 만들 수 없어. 그렇지요, 엄마?"

"음, 손가락 퉁기는 걸로도 만들 수 없거든."

나렌이 말했다.

"할 수 있거든."

시타가 혀를 삐죽 내밀고는 인형처럼 머리를 좌우로 움직였다.

"엄마, 시타가 할 수 없는 걸 자꾸 할 수 있대요."

나렌이 징징거렸다.

엄마와 대화를 하는데 쌍둥이가 끼어들어 방해하는 게 너무 싫었다. 나는 마치 쌍둥이를 때릴 것처럼 손을 들어 올렸다.

"나렌, 그만 좀 징징거려! 시타, 입 좀 다물어!"

쌍둥이는 눈을 크게 뜨고 나를 바라보았다. 시타의 혀는 아직도 입 밖에서 달랑거리고 있었다. 내가 쌍둥이에게 이렇게까지 예민하게 군 적은 없었다. 나는 엄마를 곁눈질해서 봤다. 엄마가 나에게 화를 낼 거라고 생각했지만 그 대신 엄마는 우리 모두를 모른 척했다.

음식을 다 먹은 우리는 짐을 들고 가판대에서 나왔다. 길을 걸어가자 사람들이 적어졌고 가게들 중 하나는 문이 닫혀 있었다. 엄마는 너덜너덜한 깔개를 꺼내 문 닫은 가게 앞에 펼쳤고, 우리는 그 위에 앉았다. 나는 카드 한 벌을 꺼내 쌍둥이에게 주었고 쌍둥이는 침구류가 들어 있는 자루 위에 카드를 펼쳤다.

나는 우리 앞쪽 길모퉁이에 멈춘 차에서 나보다 조금 나이가 많은 여자아이 둘이 내리는 모습을 보았다. 굽이 있는 샌들을 신고 있었고 손톱은 빨갛게 칠해져 있었다.

"한 시간 내로 오세요."

여자아이 둘은 운전기사에게 말하고는 우리가 앉아 있는 가게 바로 옆 가게로 걸어 들어갔다. 나는 자리에서 일어나 그 가게 앞을 천천히 지나쳐 걸었다. 유리 너머로 보이는 진열대에는 구슬과 반짝이는 보석이 박힌 빨간 샌들, 발에 걸려 넘어질 것처럼 높은 굽이 달린 갈색 샌들, 술이 달린 회색 샌들을 비롯해 화려한 샌들이 가득했다. 두 여자아이는 좋은 샌들을 이미 갖고 있었지만 더 많은 샌들을 사려고 가게에 간 것이었다. 돈이 있으면 필요한 것 이상으로 살 수 있다는 생각이 들었다. 언젠가는 나도 어두운 갈색 샌들을 한 켤레 살 수 있을 것이다.

나는 엄마가 사리를 비틀고 있는 모습을 보고는 자리로 돌아와 엄마 옆에 앉았다. 쌍둥이는 카드놀이를 하고 있었고, 나는 그 카드를 나에게 준 카드아저씨에게 속으로 감사했다. 나는 공책을 꺼내서 새 페이지를 펼치고 연필을 손으로 쥐었다. 아무것도 마음속에 떠오르지 않았다. 아무것도 하지 않고 페이지들을 휙휙 넘겼다. 얼마나 한자리에 오래 앉아 있었는지는 모르겠지만 두 여자아이가 각자 커다란 종이 가방을 들고 나오는 걸 봐서는 한 시간은 지났을 것이다. 둘 중 하나가 휴대전화를 꺼냈다.

"우리 나왔어요."

여자아이는 힌디어로 말했다. 몇 분 후, 차가 왔고 두 여자아이는 올라탔다.

잠시 후, 엄마는 나에게 따라오라는 손짓을 했다. 엄마는 보도 가장자리에서 몇 걸음 걸어가서는 거리를 살폈다. 나도 엄마를 따라 했다.

"다다르에서 자마 외삼촌 집까지 가는 데 얼마나 걸리는지 궁금하구나. 그리고 여기로 돌아오는 시간도."

엄마가 말했다.

몇 초 동안 엄마와 나는 아무 말도 하지 않았다. 서쪽에 떠 있는 태양은 곧 질 것이다. 만약 아빠가 오늘 밤에 돌아오지 않는다면 우리는 반드시 잘 곳을 찾아야 했다. 어쩌면 여기서 밤을 보낼 수도 있을 것이다.

"금방 돌아올게요."

나는 엄마에게 말하고는 '파브–바지' 가판대 쪽으로 걸어갔다.

"오늘 밤 저희가 여기서 잘 수 있을까요?"

나는 행상인에게 물었다.

"밤이 되면 이곳은 사람들로 꽉 찬단다. 원래 여기서 자던 사람들이 너를 쫓아낼 거야. 잘하면 기차역에서 조금 떨어진 곳에서는 잘 곳을 찾을 수 있을지도 모르겠구나."

나는 감사하다고 인사한 뒤 엄마에게 돌아갔다.

"엄마, 오늘 밤을 보내야 하는 경우가 생긴다면 여기서 조금 떨어진 곳에서 잘 곳을 찾아야 할 것 같아요. 어두워지기 전에 좀 찾아볼까요?"

엄마는 고개를 끄덕이긴 했지만 얼굴은 그러지 않기를 바라는 표정이었다.

"멀리 가지 말고 금방 돌아와."

엄마가 말했다.

나는 역에서 조금 떨어진 길을 걸었다. 우리 네 명이 잘 만한 충분한 공간은 없어 보였다. 가게가 문을 닫고 나면 몇몇 가게 앞은 괜찮을 것 같았지만 만약 이미 거기서 자는 사람이 있다면 우리를 내쫓을 것이다.

골목길에 뭔가 있을지도 모른다고 생각했다. 골목길을 재빨리 훔쳐봤다.

기차역 뒤쪽으로 난 골목길 중 하나는 끝나는 지점에 쓰레기로 덮인 작은 언덕이 있었다. 그 반대편에는 다리가 있었고 몇몇 사람들이 다리 밑에 서 있었다. 나는 눈을 가늘게 뜨고 보았지만 눈부신 태양 때문에 제대로 보기는 어려웠다. 나는 사람들이 내려간 길을 따라 다리 아래로 내려갔다.

다리 아래에는 메마른 개울이 있었고, 비닐봉투, 빈 담뱃갑, 신문, 깨진 벽돌 조각들이 여기저기 흩어져 있었다. 갈색의 우거진 풀은 빽빽이 나 있었다. 다리 아래는 시원했고 남녀 두 쌍이 있었다.

아저씨들은 앉아 있었고 아주머니들은 모퉁이에서 요리를 하고 있었다.

"여기 사세요?"

내가 묻자 그들 중 한 아저씨가 나를 올려다봤다. 아저씨는 아빠보다 덩치가 커 보였고 팔에는 털이 북슬북슬했고 손이 커다랬다.

"그래. 왜 묻는 거냐?"

"아빠가 어디 좀 가셔서 곧 돌아오시기로 했는데요. 엄마랑 남동생, 여동생과 함께 쉴 곳이 필요해서요. 여기서 있어도 될까요?"

아저씨는 미소 지었다.

"너 진짜 마라티어를 쓰는구나. 마음에 들어."

아저씨가 자기들은 지난주에 도착했으며 다리 아래에서 지내고 있다고 말했다. 그러나 내 질문에는 대답하지 않았다.

"우리 가족을 여기로 데리고 와도 될까요?"

"이 다리가 우리 선조의 것이냐? 어서 오너라."

다른 아저씨가 힌디어로 말했다.

비록 아저씨가 '이 다리가 우리 선조의 것이냐?'라고 물으며 나를 놀렸지만 마음에 들었다. 우리를 초대하는 말인 '어서 오너라.'가 기분 좋게 들렸다.

"여기서 누가 괴롭히지는 않아요?"

경찰이 이곳에 오지 않는지 확실히 하고 싶었다.

"너만 빼면, 지금까지 아무도 우리를 귀찮게 하지는 않았지."

첫 번째 아저씨가 웃었다.

나는 엄마와 쌍둥이가 기차역 근처에서 짐을 지키며 나를 기다리고 있다고 말했고, 두 아저씨가 나와 함께 가 주겠다고 했다.

내가 낯선 사람 두 명과 함께 있는 모습을 보자 엄마의 빈디는 걱정으로 주름졌다. 두 아저씨는 내 뒤로 몇 걸음 떨어져 내가 엄마에게 말하는 동안 기다렸다.

"다리 밑에 잘 곳이 있어요. 전혀 붐비지도 않고 길에서 떨어져 있어서 경찰이 우리를 괴롭히지 않을 거예요. 아주머니도 두 명 있고요."

"우리는 이 사람들을 모른단다. 적어도 거리에는 사람들로 둘러싸여 있으니 더 안전할 것 같구나."

"아니에요. 그렇지 않아요. 어젯밤 내가 발로 차였던 거 기억나지요?"

"그래. 그렇지만 이 사람들이 어디서 왔는지, 왜 우리를 쫓아왔는지 누가 알겠니?"

"엄마, 우리를 쫓아온 게 아니에요. 짐을 들어 주려고 온 것뿐이에요."

엄마가 아저씨들을 쳐다보는 눈길 때문에 아저씨들이 발길을 돌려서 가 버릴 것이라고 생각했으나 그중 한 명이 이렇게 말했다.

"반갑습니다, 자매여. 우리는 푸네 외곽 지역에서 왔습니다. 우리도 이 도시에 처음 왔습니다."

아저씨가 우리 마을 사람처럼 말하는 것을 듣자 엄마의 얼굴에 보였던 긴장이 풀어지는 것 같았다.

"반갑습니다."

엄마도 아저씨에게 인사를 했다.

"이리 오렴."

엄마는 나렌과 시타의 손을 잡고는 말했다. 두 아저씨가 황마 자루를 하나씩 들었고 나는 천 가방을 들었다.

다리 아래에 도착하여 내가 화덕을 만들려고 커다란 벽돌 몇 개를 정리하는 동안 엄마는 아주머니들에게 말을 걸었다. 나렌과 시타는 불을 붙이기 충분할 정도로 주변에 있는 마른 나뭇가지와 덤불을 모았다.

"뭐 하고 있니?"

엄마가 물었다.

나는 벽돌 사이에 나뭇가지를 넣었다.

"엄마, 화덕 만들고 있었어요. 어제 착한 아저씨가 준 달이랑 쌀로 요리할 수 있게요."

엄마는 머리를 가로저었다.

"안 될 거야. 이분들이 말하기로 이 나뭇가지들은 너무 빨리 타 버려서 불이 오래가지 못한대. 연기만 나고 목구멍만 따끔따끔할 거야."

"그럼 우리는 어떻게 해요?"

우리가 토끼나 다람쥐였다면 일찍이 먹었던 파브—바지로 하루 끼니가 충분할 수도 있었겠지만 허기진 내 배 속에는 여전히 커다란 구멍이 나 있었다.

"저 아주머니가 자기들 석유 화덕을 써도 된다고 하더라."

엄마가 요리를 하는 동안 아저씨들 중 한 사람이 나에게 말했다.

"우리는 공장에서 일자리를 찾았단다. 그래서 내일 여기를 떠날 거야."

"공장이 어디에요? 혹시 일자리가 더 있대요?"

나는 알고 싶은 마음에 물었다.

아저씨가 잠시 아무 말도 하지 않았다.

"사람들이 더 필요한 것 같긴 한데 무거운 화물을 들 수 있는 사람만 찾는 것 같더구나. 너는 너무 어리고, 아마도 너희 아빠는 너무 나이가 많을 것 같구나. 그리고 남쪽 지역에 비가 오고 있다는 이야기를 들었어. 그러면 하루나 이틀 이내에 여기도 비가 올 거란다. 여기는 지대가 낮아서 물이 아주 빨리 고일 거야. 그러니 오늘 밤이 지나면 이곳도 지내기에 안전하지 못할 것 같구나."

우연히 이야기를 들은 엄마가 말했다.

"내일 밤이면 우리는 아이들의 외삼촌 집에 있을 거랍니다."

8

아침이 되어 잠에서 깼다. 아저씨들과 아주머니들은 짐을 챙겨 떠났다.

엄마는 아빠를 찾으러 기차역으로 올라갔다. 나는 나렌과 시타와 함께 다리 밑에서 기다렸다.

"엄마가 아빠를 못 찾으면 어떻게 해?"

시타가 물었다.

"그러면 아빠가 엄마를 찾을 거야."

나렌이 말했다.

시타가 나를 바라보았다.

"오빠도 그렇게 생각해?"

나는 내 생각이 어떤지 도통 알 수 없었다. 내가 알 수 있는 것은 쌍둥이가 제발 좀 조용히 해 줬으면 하는 것이었다.

"동굴 안에 사는 거인 이야기 들어 볼래?"

"아니, 아니. 그 거인은 다리 밑에 살아. 이런 다리."

시타가 말했다.

"왜 다리 밑에 사는데?"

"다리를 들어서 떠받치고 있거든. 몰랐어?"

"맞아. 그런데 그 이야기에는 문제점이 하나 있어. 그 거인은 다리를 들고 있느라 움직일 수가 없어."

내가 말했다.

"움직이는 다리야."

나렌이 말했다.

"맞아. 움직이는 다리. 움직이는 물, 움직이는 세상. 모든 게 움직여. 돌고 돌고."

쌍둥이는 손을 잡고 제자리에서 빙빙 돌았다.

그때, 으르렁거리는 소리가 들렸다. 하늘에서 소리가 들린다는 것만 빼면 마치 새끼 거인의 배에서 나는 것처럼 낮게 으르렁거렸다. 나렌과 시타는 멈춰서 위쪽을 가리켰다.

"비가 와. 비가 와."

으르렁거리는 소리가 마치 아빠 거인의 배에서 나는 것처럼 깊고 커지고 길어졌다. 나렌과 시타는 나에게 달려왔다. 멀리

서 엄마가 팔을 흔들며 경사를 내려오는 모습이 보였다.

"비야! 비가 곧 내릴 거야. 서두르자. 이곳을 떠나야 해."

엄마는 천 가방을 집으며 말했다.

또 으르렁거렸다. 소리가 더 가까워진 듯했다. 바람이 불었고 엄마의 사리가 마구 펄럭거렸다.

엄마가 나렌과 시타에게 천 가방을 주었다.

"한쪽씩 들고 걸어가렴."

엄마는 조리 도구가 들어 있는 무거운 황마 자루를 들었고, 나는 침구가 들어 있는 황마 자루를 들었다. 짐을 들고 언덕을 올라가는 일은 힘들었지만 비가 쏟아지기 전에 용케 해냈다. 곧 비가 내렸는데 그렇게 많이 내리는 비는 우리 마을에서는 본 적이 없었다. 덕분에 기차역의 돌출부 아래에 막 도착했을 때 우리는 비에 흠뻑 젖었다.

날은 따뜻했지만 젖은 옷을 입은 나는 몸이 떨렸다. 엄마는 가방에서 비에 젖은 낡은 사리를 꺼내 비틀어 짜고는 펼쳤다.

"엄마 사리가 마르는 대로 몸을 닦으렴."

무척 오래된 엄마의 사리는 아주아주 얇아서 잠깐이면 마를 수 있을 것 같았다.

비는 내리고, 내리고, 또 내렸다. 곧 물웅덩이가 여기저기 생겼다. 기차역 앞 보도는 대부분 검은 우산을 들고 있는 사람들로 가득했다. 사람도 행상인도 적으니 보도는 넓어 보였다. 지붕의 돌출부 아래에서 비를 피하기 위해 행상인들은 가게 쪽으로 가까이 움직였다. 단추와 잡지를 팔던 여자아이는 어디론가 가 버리고 보이지 않았다.

어제의 붐비고 탁하고 타들어 갈 듯이 뜨거웠던 곳과 같은 장소라고는 도저히 믿을 수가 없었다. 자동차 한 대가 조금 빠르게 지나가며 보도에 있는 사람들에게 물을 끼얹었다. 나렌과 시타는 큰 소리로 웃었다. 우리 앞에 선 택시에서 한 여자가 내렸다. 여자는 우산을 펼치려고 했지만 꼼짝하지 않았다. 쌍둥이는 자신들의 웃음소리를 막기 위해 손으로 입을 막았다.

엄마가 다 마른 사리를 건네줘서 우리는 빗물을 닦아 냈다. 누구도 아빠에 대해 말하지 않았다. 심지어 나렌과 시타도. 하지만 나는 엄마랑 나, 둘 다 심각하게 걱정하고 있다는 것을 알았다. 만약 아빠가 자마 외삼촌을 찾았다면 돌아왔어야 했다. 그 말은 즉, 아빠가 길을 잃었고 자마 외삼촌 집을 찾지 못한 채로 지금 어디에 있든, 아마도 돈이 없어 버스나 기차를 못 타고 있다는 뜻이었다.

약 두 시간이 지나자 비가 멈췄고 우산 숲도 사라졌다. 비가 씻어 낸 공기는 한결 깨끗해졌지만 우리 마을의 흙냄새는 전혀 느낄 수 없었다. 어떤 물도 보도나 아스팔트 도로, 혹은 자동차 매연 냄새를 깨끗하게 만들 수 없었다.

"기차역 주변을 돌아보면서 아빠를 찾아보고 싶어요."

내가 엄마에게 말하자 나렌이 끼어들었다.

"우리도 가도 돼요?"

"너희 둘은 엄마랑 있어. 고팔, 다리 밑으로는 내려가지 말거라. 그냥 위에서 봐."

"네."

"돌아오는 길에 튀긴 쌀을 좀 사 오렴. 너무 많이 쓰지는 말고."

엄마가 돈과 디팩 푸드 스토어의 빈 비닐봉지를 내 손에 쥐여 주었다.

나는 다리 쪽을 향해 서둘렀다. 우리가 잠을 잤던 곳은 물에 잠겨 있었다, 완전히. 만약 밤에 비가 왔다면? 비닐봉지, 담뱃갑, 신문과 함께 우리도 사라졌을까?

또, 더 많은 비가 올 거라고 경고하는 듯 희미한 천둥소리가 들렸다. 돌아가야 할 시간이었다. 나는 돌아가는 길에 종이 상자에 넣어 파는 튀긴 쌀과 구운 렌틸콩을 샀다.

기차역에 돌아오자 엄마는 내가 사 온 걸 꺼내고 비닐봉지는 접어 두었다. 엄마는 냄비에 렌틸콩과 튀긴 쌀을 넣고, 집에서 가져온 양파 중에 하나를 꺼내 아주 작은 조각으로 잘라 섞었다. 그 위에는 빨간 고춧가루를 뿌렸다. 양파와 빨간 고춧가루 향이 어우러져 아주 맛있는 냄새가 났다. 내가 먹은 한 움큼은 고작 내 위에 난 아주 작은 구멍만 채울 뿐이라 4배는 더 먹었으면 하고 바랐다.

몇 분간 보였던 태양은 세차게 내리는 비를 몰고 온 비구름에 삼켜졌다. 비가 억수로 퍼부었고 길에 물이 넘쳤다. 엄마와 나는 서로를 바라보았다. 만약 아빠가 돌아오지 않는다면 오늘 밤 어디서 자야 하지? 우리는 머릿속 생각을 내뱉어 쌍둥이를 겁주지 않기 위해 조심했다.

나렌과 시타는 비, 사람들, 우산, 소, 인력거, 물웅덩이를 보며 조용히 앉아 있었다. 처음에는 쌍둥이의 눈이 호기심에 반짝거렸다. 쌍둥이는 사람들이 물웅덩이에서 첨벙거리거나 자동차가 걸어가던 사람에게 물을 뿌리는 모습을 보고 막 웃었다. 그러나 지금은 진이 다 빠진 것 같았다. 쌍둥이는 그저 보고 있었다. 그냥 가만히 보고만 있었다.

"아빠가 간 지 하루나 됐어요."

내가 엄마에게 속삭였다.

엄마는 내 손을 꽉 쥐었다.

"곧 오실 거야."

나는 겁이 났다. 지금까지 겁이 났던 일들 이상으로.

비가 여전히 퍼부었다. 엄마가 아빠를 찾으러 가 보겠다며 나에게 쌍둥이와 기다리고 있으라고 했다. 우리는 기차역 바로 앞에 앉아 있었는데 왜 엄마는 아빠를 찾으러 가야 할까? 아마도 엄마는 다리 밑에 물을 확인하고 싶었을 것이다.

"멀리 가지 마세요."

"안 갈게."

엄마가 떠나고 얼마 지나지 않아 시타가 물었다.

"엄마 언제 와?"

"곧."

몇 분 후, 나렌이 물었다.

"'곧' 지나지 않았어?"

나는 대답하지 않았다.

내 눈은 엄마가 간 방향만 보고 있었다. 나는 조용히 기도했다. 나도 시타나 나렌만큼 엄마가 빨리 돌아오길 원했다.

얼마 후 엄마는 흠뻑 젖은 채로 돌아왔다.

"저쪽 길에는 물이 이만큼이나 찼더구나."

손으로 종아리 중간을 짚으며 엄마가 말했다.

나는 눈을 감고 사람들의 발소리를 들었다. 누군가 가까이 다가오는 소리가 들릴 때면 나는 고개를 들어 올려다봤다. '제발, 신이시여. 아빠와 자마 외삼촌이길.' 비는 빠르게 왔다가 빠르게 떠났고, 태양이 다시 나타났다. 가게 몇 군데가 문을 열었다. 그러나 조용했다.

"거의 못 열 뻔했어요."

채소 가게 아저씨가 손님에게 말했다. 아저씨는 양배추 무게를 쟀다. 내 입에는 침이 고였다.

"아저씨 탓이 아니에요. 지금 이 계절에 이런 폭풍우라니, 너무 빨라요. 우리는 아무런 준비도 못 했잖아요."

아주머니는 지갑을 열고 아저씨에게 돈을 냈다.

"우기에는 날씨가 변덕을 부리니까요."

"그렇네요."

아주머니가 말했다.

가게 주인들과 행상인들은 이런 종류의 폭풍우가 만드는 불어난 물과 죽음에 대해서 이야기했다. 그 이야기는 점점 늘어났고 내 마음을 가득 메웠다. 나렌과 시타는 조용했고 웃지도 말하지도 싸우지도 않았다. 아빠가 언제 돌아오느냐고도 묻지 않았다. 쌍둥이는 엄마랑 내가 대답하지 못한다는 것을 알았다.

나는 아빠가 비를 만난 게 아닌지 궁금해하며 몸을 떨었다.

오전 11시가 지났지만 길은 여전히 조용했고 많은 가게들의

문이 여전히 닫혀 있었다. 나는 오늘이 일요일이라는 걸 깨닫기 전에는 그게 비 때문이라고 생각했다! 만약 우리가 자마 외삼촌 집에 도착했다면 오늘 오후엔 버스들 중 하나를 타고 자마 외삼촌이 우리에게 뭄바이 구경을 시켜 줬을 텐데. 그 대신 지난 이틀 동안 우리는 보도에 앉아 있었다. 우리가 가진 돈은 얼마 남지 않았고, 혹시 아빠가 오늘 밤에도 돌아오지 않는다면 우리는 곤경에 처할 것이다.

"엄마, 자마 외삼촌을 빨리 찾아야만 해요. 어떤 버스가 다다르에 가는지 아니까 그곳에 가서 자마 외삼촌네 집을 찾아 봐요."

"아빠가 돌아오시면?"

"만약 아빠가 여기서 우리를 찾지 못하면, 아빠는 자마 외삼촌 집으로 올 거라고 믿어요."

엄마는 아무 말도 하지 않았다.

"오늘은 움직이기 쉬울 거예요. 일요일이고 버스들도 널널하니까요. 그리고 저 햇빛 좀 보세요! 비가 다시 오기 전에 움직이는 게 좋을 거예요. 게다가 길에서 하룻밤을 더 잘 수는 없잖아요."

"자마 외삼촌이 아마도 오늘은 집에 있겠지."

엄마가 중얼거렸다.

"네. 그리고 우리가 오후에 도착하면 아빠를 찾아볼 수도 있을 거예요. 엄마, 천 가방에 숨겨 놓은 돈 없어요?"

엄마는 한숨을 쉬었다.

"있었으면 좋겠구나. 이게 내가 가진 전부란다."

엄마는 구겨진 지폐 몇 장과 동전 몇 개를 꺼냈다.

돈이 없으면 내 계획은 씨앗 없는 흙덩이리와 같았다. 나는 입술을 깨물었다. 요금을 낼 만큼만 돈을 벌 수 있었으면. 하지만 무슨 수로?

바로 그때, 나는 길 끝에 멈춘 택시에서 내리는 한 여자를 보았다.

"저 여자분의 가방을 옮겨 줘야겠어요."

나는 그렇게 말하고, 엄마가 날 막기 전에 서둘렀다. 택시 기사가 여자의 가방을 택시에서 내리자마자 내가 도착했다. 여자는 나를 도끼눈으로 봤다.

"거지에게 줄 돈은 없단다."

처음에는 그냥 갈까 생각했지만 우리에게 필요한 돈이 떠올랐다.

"여행 가방 들어 드릴게요."

여자는 택시 기사에게 돈을 주면서 나를 위아래로 훑어봤다.

"그럼 5루피를 주지."

내가 받아야 할 돈에 비해 훨씬 적다는 걸 알았지만 그래도 없는 것보다는 나았다. 택시 기사가 무거운 가방을 내 머리 위에 올리는 것을 도와주었고 게이트를 향해 걷는 여자를 뒤따라 걸었다. 시끄러운 음악 소리가 들리자 여자가 가방에서 휴대 전화를 꺼내 들었다. 여자는 초록색 버튼를 누르고 말했다. '여보세요?' 여자는 가만히 듣고 있다가 '알겠어요.'라고 말하고는 빨간색 버튼을 눌렀다.

만약 아빠와 우리가 이런 휴대 전화를 가지고 있었다면 무척 좋았을 것이다. 그러면 아빠가 어디에 있는지 알 수 있었을 테니까.

내가 기차역에 들어가려고 하는데 기차역의 짐꾼 아저씨들 중 한 사람이 나를 막았다.

"배지 없이는 안에 들어갈 수 없어."

적갈색 제복 소매에 달린, 583이라고 새겨진 동그란 황동 배지를 보여 주며 말했다.

"전 이 여자분이랑 함께 왔는데요."

"그래. 그런데 너 혼자 나올 때, 그때 표가 필요할 거야, 꼬마야."

짐꾼 아저씨가 옳았다. 나는 미처 그 생각을 못 했었다.

"어서, 기차 놓치겠어!"

여자가 소리쳤다.

"이 꼬마는 들어갈 수 없습니다. 제가 가방을 들어 드리지요." 짐꾼 아저씨는 여자에게 말했다.

여자는 마치 내가 일을 망쳐 놓았다는 듯이 나를 쳐다보고는 짐꾼을 보며 말했다.

"얼마죠?"

"20루피입니다."

"뭐라고요? 이 아이는 5루피에 한다고 했어요. 그것밖에 못 주겠네요."

"안 됩니다."

짐꾼 아저씨가 말했다.

여자는 시계를 봤다.

"알았어요. 가요."

"이 꼬마에게 돈을 안 준 것 같은데요."

짐꾼 아저씨가 여자에게 말했다.

"안 줄 거예요."

여자는 나를 쳐다보지도 않고 의기양양하게 갔다.

나는 염소처럼 멍청하게 제자리에 서 있었다. 나는 여행 가방을 반도 더 들고 와 놓고 한 푼도 받지 못했으니 세상에서 제일가는 멍청이였다. 나는 터덜터덜 걸었다. 이 도시는 아주 까다로웠다. 내가 비르발이라면 이곳에서 살아남기 위해 무엇을 해야 할지 궁금해졌다.

나는 나 자신에게 화가 났다. 왜 그 여행 가방을 들겠다고 서둘렀을까? 나에게 충분히 생각하는 버릇을 들이라고 했던 엄마의 말이 옳았다.

여자의 가방을 들어 주었던 짐꾼 아저씨를 곁눈질로 봤다. 아저씨는 누군가에게 손을 흔들고 있었다. 좋은 분 같아 보였다. 어쩌면 내가 일거리를 찾도록 도와줄 수도 있을 것 같았다. 계속 손을 흔드는 아저씨를 보면서 나를 부르고 있다는 것을 알았다. 아저씨에게 달려갔다.

"왜요?"

"여기 있다."

아저씨는 나에게 20루피 지폐를 내밀었다.

"하지만 아저씨가…."

"여자분의 객실은 이 게이트 바로 앞이었단다. 네가 거의 다든 거나 마찬가지니 네가 가지렴. 하지만 다시 또 그런 짓을 하면 안 돼. 배지 없이는 여행 가방을 옮길 수가 없어. 만약 경찰이 널 잡으면 벌금을 물릴 거야."

경찰의 이미지가 내 머릿속을 스쳤다. 나는 일을 하려고 하면 곤란해질 수도 있다는 걸 알지 못했다.

　나는 엄마에게 달려갔다. 나렌과 시타는 조용히 카드놀이를
하고 있었다.
　"왕복 한 장이랑 편도 세 장을 살 수 있는 돈이 될 것 같아
요." 나는 엄마에게 재빨리 돈을 건네며 귓속말을 했다. 멍청
한 염소가 된 기분은 더 이상 느껴지지 않았다.
　"그러면 가야지."
　엄마가 말했다.
　"우리 어디 가요?"
　시타가 물었다.
　"자마 외삼촌 집에 가야지."
　시타는 땅을 주먹으로 세게 쳤다.
　"안 돼요."
　"왜 안 돼?"
　엄마가 물었다.
　"아빠가 돌아왔을 때 우리를 찾지 못할 거예요."
　엄마는 시타의 손을 잡으며 말했다.
　"시타, 아빠는 자마 외삼촌 집에 갔고, 우리도 거기에 가는
거란다. 거기에서 아빠를 만날 거야."

"아빠가 자마 외삼촌을 못 찾아서 여기로 돌아온다면요?"

내 시선이 디팩 푸드 스토어에 멈췄다.

"저 가게 주인아저씨한테 우리가 떠난다고 말해 놓을게. 아빠도 저 아저씨를 아니까 아빠가 돌아오면 아저씨가 우리가 어디로 갔는지 말해 줄 거야. 좋은 생각이지, 시타?"

"응."

시타가 고개를 끄덕였다.

나렌과 시타는 카드를 정리했다. 나는 카드 한 벌을 정리하여 가방에 넣고 공책을 꺼냈다. 공책 한쪽이 젖어서 끝부분이 쭈글쭈글해져 있었다. 나는 최대한 펴 보았다. 자마 외삼촌 집 주소가 적힌 종이를 빼내어 주머니에 넣었다. 버스를 타러 가는 길에 우리는 디팩 푸드 스토어에 들러 친절한 주인아저씨에게 말을 남겼다.

길을 건널 때 나렌과 시타는 마테란에서 새끼 원숭이가 어미 원숭이에게 매달리는 것처럼 나에게 찰싹 붙었다. 쌍둥이는 그럴 만도 했다. 인파와 교통 체증이 전보다는 훨씬 적었지만 우리 마을의 진흙 길과 비교하면 이 길은 마테란에서 관광객들로 붐비는 제일 넓은 도로만큼 위험했다. 심지어 마테란에는 자동차도, 버스도, 오토바이도 없었다.

버스 정류장에는 세 사람이 서 있었다. 세 사람은 우리가 들고 있는 짐, 우리의 행색을 빤히 쳐다봤지만 누구 하나 말을 건네는 이는 없었다. 사람들 뒤에 서자 내 심장이 요동쳤다. 지금 하는 행동이 옳은 일이길 바랐다. 우리가 길을 잃는다면 어쩌지? 어떻게 해야 하지? 밥은 어떻게 먹지?

버스가 오자 몇몇 사람들이 우리 뒤에 줄을 섰다. 엄마는 안내원에게 돈을 냈고, 안내원은 표를 줬다. 시타와 엄마는 운전사 바로 뒤쪽에 앉았고, 나는 나렌과 함께 그 맞은편에 앉았다. 우리는 창문을 등지고 마주 보고 앉았고, 짐을 발아래에 놓을 수 있을 정도로 복도 공간이 넓어서 다른 승객들이 충분히 지나다닐 수 있었다.

나는 마지막으로 아빠가 돌아왔는지 확인하기 위해 창밖을 봤다. 아빠는 보이지 않았다. 버스는 빠르게 길을 빠져나갔다. 빨리 자마 외삼촌 집에 가서 아빠를 만나고 싶었다.

9

이틀 전 우리 다섯 식구는 마을을 떠나왔다. 하지만 지금 버스를 타고 있는 우리는 넷뿐이었다.

아빠를 생각할 때마다 내 시야는 흐릿해졌다. 나렌과 시타는 마주 보고 조용히 앉아 있었는데, 어쩌면 건너편에 있는 서로를 부를 용기가 없었기 때문일지도 모른다. 하지만 난 그렇게 생각하지 않았다. 쌍둥이도 아빠를 그리워하고 있다고 생각했다. 엄마는 아래를 가만히 바라보며 볼을 닦았다. 엄마의 모습은 우리 집에서 보낸 마지막 밤에 아빠가 엄마의 눈물을 손가락으로 닦아 주던 모습을 떠올리게 했다.

버스는 기차역을 지나쳐 넓은 도로로 빠르게 움직였다. 나는 도로를 보고 있었지만 지난 이틀 동안 지냈던 길로 돌아가는 방법을 기억할 수 있을 것 같진 않았다. 가게들과 건물들이 다른 것은 알았지만 길들이 모두 똑같아 보였다. 지나가면서 보이는 가게들 간판을 읽어 보려고 했지만 어려웠다. 속이 울렁거렸고 머리는 핑핑 도는 것 같았다. 나는 진정하기 위해서 눈을 감았다.

나는 자마 외삼촌 집이 어떻게 생겼을지 궁금했다. 모한이 가져온, 스타들의 집이 실린 잡지를 생각했다. 처음으로 페이지를 넘겼을 때, 사람들이 마테란 언덕에서 일출을 볼 때 그러하듯이 우리는 조용해졌다. 아름다운 집과 사람들의 사진들이 가득했다. 그런 사진들에 익숙해지면서 우리는 무엇이 마음에 드는지, 어떤 집에서 살고 싶은지 짚으며 말했다. 나중에 잡지가 닳자 모한은 잡지를 비닐봉지에 넣었다. 우리에게 잡지를 보여 줄 때면, 모한은 우리가 페이지를 넘기지 못하게 했다. 혼자 페이지를 넘겼고 우리는 멀찍이에서 손가락질을 해야 했다.

지구와 하늘을 잇는 다리처럼 높아 보이는 건물이 몇 개 보였다. 이런 화려한 집에 자마 외삼촌이 살면 멋지겠지만 그런 걸 바라지는 않았다. 나는 그냥 자마 외삼촌이 마을에서 우리가 살았던 집처럼 진흙으로 만든 오두막에 살길 바랐다. 우리가 살았던 집은 적토 냄새가 났고, 여름에는 시원했다.

나렌과 시타는 기차역에서 출발한 이후로 단 한마디도 하지 않았다. 쌍둥이가 조용한 이유가 화려한 건물, 사람, 가게를 보느라 그런 걸까? 아니면 무서워서? 나는 알 수 없었지만 물어보고 싶지는 않았다. 엄마가 자주 하는 말처럼 냄비를 두드려 코끼리를 깨우고 싶지 않았다.

이동하는 것은 내가 생각한 것보다 쉬워 보였다. 아빠는 자마 외삼촌 집에 가는 데 어려웠을까? 사실 아빠는 읽을 수 없으니, 버스를 잘못 탔거나 다른 정거장에서 내렸을까?

뭄바이에서 가장 가까운 교외인 다다르에 도착하기까지 한 시간이 걸렸다. 많은 사람들이 다다르 역에서 내렸다. 나는 안내원에게 자마 외삼촌 집 주소를 보여 주며 물었다.

"여기서 가까워요?"

안내원은 머리를 좌우로 흔들었다.

"내가 어떻게 알겠니? 여기 사는 사람에게 물어보렴."

우리는 짐 가방을 챙겨 버스에서 내렸다.

"어디로 가야 하지?"

엄마가 주위를 둘러보며 물었다.

"여기서 기다리면 제가 알아 올게요."

나는 엄마에게 말했다.

열려 있는 가게들은 손님들로 가득했고, 나는 가게 주인아저씨에게 길을 물으려고 긴 줄을 서서 기다리고 싶지 않았다. 나는 몇 블록을 걸어 오토바이 옆에 서서 누군가를 기다리고 있는 아저씨를 발견했다. 나는 그 아저씨에게 물었다.

"여기 사람이 아니란다."

'여기 사람이 아니란다.'라는 말을 두 명에게서 더 들었다. 마침내 나이 든 주인아저씨가 문 가까이에 앉아 있는 모퉁이 가게를 발견했다. 아저씨에게 다가가 자마 외삼촌 집 주소를 보여 줬다.

"이 길을 쭉 걸어가 첫 번째 골목에서 왼쪽으로 돌아서 그 길이 끝날 때까지 걸어가렴. 오른쪽에 있는 마지막 판잣집에서 외삼촌을 볼 수 있을 거야."

"자마 외삼촌을 아세요?"

"여기 사는 사람은 모조리 다 알지."

나는 주인아저씨에게 감사 인사를 하고 엄마, 나렌, 시타가 기다리고 있는 곳으로 돌아갔다. 우리는 주인아저씨가 알려 준 방향을 따라 걷다가 첫 번째 골목에서 왼쪽으로 꺾었다. 주인아저씨가 맞다면, 우리는 거의 자마 외삼촌 집에 다 온 것이었다. 하지만 그 길은 끝없이 계속 이어졌다. 나는 냄비와 그릇이 든 자루를 들고 있었는데 몹시 무겁고 불편했다. 황마에 내 손가락과 손바닥이 쓸려 아주 따가웠다. 길 중앙에 있는 겉도랑

(땅 위에 만든 도랑–옮긴이)에서 썩은 냄새가 나는 하수가 흐르고 있어, 나는 황마 자루를 내려놓을 수도 없었다. 무겁고 투박한 짐을 들고 서둘러 움직이기는 몹시 어려웠다.

축축한 공기는 냄새로 가득했는데 자연의 냄새가 아니라 음식과 오물이 썩는 냄새였다. 희미해져 가는 빛 속에서 사람들이 미끄러지듯 지나갔고 아이들은 우리를 쳐다봤으며, 이야기 소리와 웃음과 울음소리가 플라스틱과 방수포로 만든 판잣집들에서 쏟아져 나왔다. 집들의 벽은 물결무늬 금속판과 벽돌을 발라 만들어져 있었다. 모퉁이 가게 주인아저씨는 자마 외삼촌이 길 마지막 집에 산다고 했지만 길이 굽어 있어 얼마나 더 걸어야 하는지 알 수 없었다.

더는 오랫동안 짐을 들기 어려워서 나는 모퉁이 가게 주인아저씨 말이 맞기를 정말로 바랐다. 우리는 마침내 길의 끝에 도착했다. 오른쪽의 마지막 판잣집은 불이 켜져 있었다. 나는 엄마를 보고 판잣집을 향해 고개를 끄덕였다. 엄마가 잠시 머뭇거리는데 자마 외삼촌이 머리를 문밖으로 내밀었다.

잠시 동안 자마 외삼촌은 멍한 표정으로 우리를 멀뚱멀뚱 바라보다가 함박웃음을 지었다.

"라다!"

외삼촌이 엄마에게 달려왔다.

"라다? 진짜? 그리고 고팔, 나렌, 시타?"

엄마는 눈물로 대답했다. 아빠가 사라지고 엄마가 마음 놓고 미소 짓거나 우는 것은 처음이었다. 자마 외삼촌은 엄마가 들고 있는 짐을 받아 들고 나머지 팔로 엄마의 어깨를 감쌌다.

"들어와, 들어와. 너희 모두."

나는 들고 있던 자루를 내려놓고 주변을 둘러보았다. 오목하고 좁은 금속 찬장이 뒤쪽 벽에 기대 있었다. 먼 쪽 모퉁이에는 천으로 덮인 커다란 상자가 있는 탁자가 있었다. 나는 천 밑에 뭐가 있는지 궁금했다. 방 안에는 의자 두 개와 탁자뿐만 아니라 용수철이 몇 개 튀어나왔지만 상태는 좋아 보이는 소파도 있었다. 소파에 앉으니 몸이 깊숙이 파묻혔다. 일어나려면 손으로 짚고 몸을 일으켜야 했다.

나는 엄마가 아빠에 대해 말하기를 기다렸는데 나렌이 먼저 물었다.

"자마 외삼촌, 아빠 봤어요?"

엄마는 글썽글썽한 눈으로 훌쩍이며 우리에게 일어난 일에 대해 말했고, 자마 외삼촌은 조용히 들었다.

"라다, 걱정하지 마. 오늘은 너무 늦었으니 내일 아침에 내가 경찰서에 가서 실종 신고를 할게. 그리고 타네에 돌아왔는지가 보고 가게 주인뿐만 아니라 기차역 근처에 있는 사람들과 이야기해 볼게."

자마 외삼촌이 말했다.

"영영 아빠를 못 찾으면 어떻게 해요?"

시타가 물었다.

"이 도시는 무척 크지만 끝이 없는 건 아니란다. 걱정 말거
라. 아빠를 찾을 거야."

시타가 고개를 끄덕였다.

우리는 모두 조용했다. 아빠를 걱정하는 마음이 우리의 목
소리를 앗아 갔다.

잠시 뒤, 자마 외삼촌이 말했다.

"너희들 모두 배고프겠다. 내가 감자와 꽃양배추로 매운 채
소 카레를 만들었단다. 오늘 빵도 좀 사 놨으니, 우리 함께 파
브–바지를 먹자."

우리는 함께 음식을 먹었다. 신선한 빵은 폭신하고 부드러웠
고, 카레는 매워서 삼킬 때 목구멍이 얼얼했다. 나는 물을 한
모금 마셨다. 우리 마을이나 기차역에서 먹었던 물과는 맛이
달랐지만 나쁘지 않았다. 배부른 게 낯설게 느껴졌다.

자마 외삼촌은 한쪽 구석에 있는 나무 벤치 위에서 매트리
스 두 개를 내려 바닥에 깔았다. 매트리스는 몽글몽글하고 부
드러웠다. 나는 엄마를 도와 깔개를 매트리스 위에 펼쳤다. 엄

마는 쌍둥이 가운데에서 잤고, 나는 나렌 옆에 누웠다. 자마 외삼촌은 소파에서 잤다. 외삼촌은 몸을 웅크려야 했지만 몹시 편하다고 말했다.

나는 아빠도 우리처럼 따뜻하고 축축하지 않은 곳에서 보내기를 바랐다.

한밤중에 잠에서 깼다. 엄마가 울고 있었다.

"라다, 내일 기차역 주변 사람들과 이야기해 보고, 경찰에게도 물어보고 실종 신고도 할게. 디팩 푸드 스토어 주인에게도 역 주변을 살펴봐 달라고 하고 내 전화번호를 남겨서 연락할 수 있게 할게."

자마 외삼촌이 말했다.

"나는… 나는 어떻게… 아니, 그러니까 이게 무슨 일이 일어난 거지? 찾지 못하면 어떻게 하지? 쌍둥이, 고팔, 나는 무얼 하지? 아이들은 아빠 없이…"

"반드시 찾을 수 있을 거야."

긴 침묵 끝에 엄마가 말했다.

"그럴 수 있으면 좋겠어."

울음은 멈췄지만 엄마의 목소리가 공허하게 들렸다.

나는 다시 잠을 잘 수가 없어서 아빠가 없는 지금 엄마를 돕기 위해 무엇을 할 수 있을지 생각하며 누워 있었다.

나는 빨리 일거리를 찾아야만 했다.

그릇들이 부딪치는 소리, 아이들이 지르는 비명, 사람들이 무언가 외치는 소리와 함께 아침이 일찍 왔다. 버펄로 울음소리만큼 짜증 나는 목소리가 공기를 가득 채웠다.

기차역의 통로에서는 마치 모든 것을 떠내려 보내는 듯한 굉장한 소음과 요란하게 울리는 경적 소리가 있었지만 여기는 커다란 길에서 떨어진 작은 도로였다. 근데 왜 새소리가 들리지 않을까? 앵무새나 참새, 비둘기가 도시에서 살 수 있을지 궁금했다. 아마도 사람들처럼 그들 중 일부는 살 수 있을 것이다. 나는 나도 도시에서 살기에 적합한 부류의 사람이길 바랐다.

두 아저씨가 욕을 하면서 싸웠는데 동네 전체를 깨울 정도로 몹시 시끄러웠다. 한 아저씨의 목소리는 바늘처럼 날카로웠고, 다른 아저씨의 목소리는 몹시 낮았다.

"무슨 일이야?"

엄마가 일어나면서 물었다.

"아무것도 아니야. 누가 먼저 물을 받을 차례인지 싸우는, 그런 정기적인 싸움이야."

자마 외삼촌이 말했다.

"'정기적'이라니, 무슨 말이야?"

"거의 매일 사람들이 서로서로 싸우거든."

"왜 그러는 건데?"

"라다, 물이 단 두 시간만 나오거든. 게다가 가끔은 한 시간 만에 끊기기도 해서 모두가 물을 받으려고 서두르는 거야."

엄마의 굳은 표정을 충분히 볼 수 있을 정도의 햇빛이 창문을 통해 들어왔다.

"우리도 물이 필요할 거야."

"이리 와, 수도꼭지가 어디 있는지 알려 줄게."

자마 외삼촌이 말했다. 엄마랑 외삼촌은 물을 채워 올 들통을 하나씩 들고 나갔다. 싸움은 끝난 것 같았다.

엄마랑 자마 외삼촌이 나가자마자 나는 담요를 뒤집어쓰고 다시 자려고 했다. 하지만 생각대로 되진 않았다.

곧 물을 길어 온 엄마랑 자마 외삼촌은 부엌으로 사용되는 집의 한쪽에 들통을 놓았다.

"물을 더 가져오는 동안 제가 차를 만들게요."

내가 자마 외삼촌에게 말했다.

내가 한 말에 외삼촌은 기뻐하는 듯했고, 나에게 석유 스토브를 사용하는 방법을 알려 주었다. 먼저, 외삼촌은 몇 초 동안 피스톤을 움직였고, 곧 연료가 작은 구멍을 통해 위쪽으로 올라오자 성냥을 그어 스토브에 불을 붙였다. 엄마와 자마 외삼촌이 커다란 통을 채우기 위해 들통을 가지고 물을 네 번 더 가져오는 동안 나는 우리 모두가 마실 수 있는 차를 만들었다.

"변소가 어디 있는지 보여 주마."

우리가 차를 다 마시자 자마 외삼촌이 말했다.

마을에서는 덤불이나 관목이 우거진 지역으로 가서 대소변을 봤었다. 하지만 여기는 온통 주변에 사람들이 있었고, 타네역처럼 어떤 화장실도 보이지 않았다. 자마 외삼촌은 물이 가득 담긴 양철통을 나에게 주며 따라오라고 했다. 자마 외삼촌도 양철통을 들고 있었다.

우리는 자마 외삼촌 집 뒤쪽으로 가 더러운 길을 걸었다. 비행기가 내 머리 바로 위를 날아갔고, 그 모습을 보느라 정신이 팔린 나를 자마 외삼촌이 잡아당겼다.

"개울에 빠지지 않았으면 좋겠구나."

자마 외삼촌이 말했다.

물이 있는 개울이 보이지 않았다.

"무슨 개울이요?"

자마 외삼촌은 길 한쪽으로 구불구불 흐르고 있는 넓은 거품 띠를 가리켰다.

"저게 개울이야. 조심하지 않으면 오물을 덮어쓰게 될 거야."

거품 띠가 아주 두껍게 자리 잡은 듯 보여서 그 아래에 물이 있다는 게 믿기지 않았다. 나는 손바닥으로 코를 막고 조용히 자마 외삼촌을 따라갔다. 길 중앙에 있던 겉도랑에서 이곳으로 흘러오는 것이 틀림없었다.

잠시 후, 냄새가 나는 바람에 변소에 가까워졌다는 것을 알았다. 냄새는 내가 도시에 대해 상상했을 때, 미처 생각하지 못했던 부분이었다. 사람들, 기다란 줄, 소음, 교통 체증이 더 많을 것이라는 건 알았지만 냄새는 아니었다. 나는 궁금해졌다. 여기 살면 이 냄새에 익숙해지는 걸까?

이 악취가 머릿속에서 영영 지워지지 않을 것 같았다.

문 달린 커다란 나무 상자처럼 생긴 변소 두 개 앞에 사람들이 줄을 서 있었는데 모두 어른이었다. 밖에 쭈그리고 앉아 일을 보는 아이들의 모습을 보고 내가 어떻게 해야 할지 알았다. 도시는 예의를 빼앗아 갔다. 마을에서는 덤불이나 관목, 죽은 나무의 그루터기, 아니면 심지어 풀숲에라도 숨어 일을 봤다. 하지만 여기는 야외에서 해결해야 했다. 아주머니나 여자아이는 보이지 않았다. 반드시 어딘가에는 여자 화장실이 있을 것이다.

아침 식사 후에 자마 외삼촌은 속옷만 입고서 부엌 바깥 쪽에서 샤워를 했다. 비눗물이 길 쪽으로 흘렀다. 자마 외삼촌은 일단 샤워를 끝내자 빠르게 준비를 마쳤다.

"나는 어디서 씻어?"

엄마가 자마 외삼촌에게 물었다.

"아!"

자마 외삼촌은 방을 훑어보더니 내 손을 잡고 웃으며 말했다.

"고팔, 이리 와. 조심해."

우리는 부엌 바닥 배수관 주위에 시트를 걸어 작은 샤워 공간을 만들었다.

"모두가 샤워를 끝내면 이 커튼을 걷으렴."

자마 외삼촌이 말했다.

"그럴게요."

야외에서 많은 사람들이 나를 볼 수 있을 때 샤워를 하지 않아도 되도록 작은 샤워 공간을 만들어 준 외삼촌이 고마웠다.

자마 외삼촌은 출발할 준비를 마쳤다. 문밖으로 걸어나가 멈추고는 뒤돌아 말했다.

"라다, 곧 찾을 거야."

"응."

엄마는 작은 소리로 말했고, 자마 외삼촌이 뒤돌아 나가자 눈물을 닦았다.

나는 엄마를 도와 짐을 풀었고, 내 책들을 치웠다. 엄마는 금이 간 거울을 꺼내 벽에 걸었다. 그리고 쌍둥이의 머리를 감기고 챙겨온 두 번째 옷을 입혔다. 나는 작은 샤워실에서 샤워를 했지만 전혀 개의치 않았다. 역에서 지내는 것보다 좋았다. 보도에서 이틀을 보낸 후의 자마 외삼촌 집은 마치 궁전 같았다. 냄새만 빼면.

자마 외삼촌은 단 한 시간 만에 집에 돌아왔다.

"외삼촌, 우산 가지고 동네 좀 둘러봐도 돼요?"

내가 물었다.

"아니, 안 돼."

자마 외삼촌은 천 가방을 열고 안에 있는 것들을 모두 꺼내기 시작했다.

"고팔, 너희들 중고 옷을 좀 사 왔어. 입어 보고 어떤 게 맞는지 보자. 쓸 수 없는 것들은 지금 바로 갖다주면 돈을 돌려줄 거야."

"오!"

내가 이곳에 머물기를 자마 외삼촌이 바란다는 건 의심할 여지가 없었다.

나는 나에게 맞는 반바지 두 개와 티셔츠 세 개를 찾았다. 그래서 나는 총 반바지 다섯 개와 티셔츠 세 개, 셔츠 두 개를 갖게 되었다. 나는 이렇게 많은 옷을 전에는 가져 본 적이 없었다. 왼쪽 소매에 구멍이 난 우비가 있었는데 종아리 중간까지 내려와 나에게 딱 맞았다.

"그 밝은 파란색 우비 입으니까 보기 좋구나."

엄마가 말했다.

나는 내 모습을 보려고 금이 간 거울 쪽으로 걸어갔지만 내가 볼 수 있는 것은 오직 내 얼굴뿐이었다. 자마 외삼촌이 웃었다.

"이게 필요할 거다."

자마 외삼촌은 열쇠를 꽂고 돌려서 찬장 문을 열었다. 안쪽에는 커다란 거울이 있었다. 내 전신을 본 적은 오직 마테란에 있는 호텔 로비에서였다.

나렌은 일출 때의 하늘처럼 눈부신 주황색 셔츠를 입어 보았다. 소매가 너무 길어 손이 보이지 않았고 무릎까지 내려왔다.

"너한테 너무 커."

내가 말했다.

"아니야. 크지 않아."

"나렌, 이걸 입으려면 이가 두 개는 더 빠져야겠는걸."

자마 외삼촌이 말했다.

"곧 이 하나 빠질 거예요. 이것 봐요. 움직이잖아요."

"보여 줄 필요 없어."

내가 나렌에게 말했다.

"옷이 많은데 모두 다 마음에 들어."

시타가 말했다.

"다 가질 수는 없어."

내가 시타에게 말했다.

시타는 눈을 굴렸다.

"그건 나도 알아."

나는 자마 외삼촌에게 감사의 인사를 하려고 했는데 내가 말을 하기도 전에 자마 외삼촌이 말했다.

"여기 있는 학교를 확인해 봤단다. 벌써 2주 전에 시작을 했고 학생이 다 찼다고 하더구나. 하지만 다음 학기에 시작할 수 있어."

자마 외삼촌은 나에게 소파로 오라고 손짓했다. 나는 소파에 앉았고 소파에 깊숙이 파묻혔다.

"명심해. 여기 학교들은 널 필요로 하지 않아. 네가 학교를 필요로 하지. 태평하게, 네가 학교에 가고 싶다고 해서 재미로 왔다 갔다 할 수 없어. 알겠니?"

"네, 외삼촌."

나는 이해했고, 알겠다고 말했다.

"너는 신입생이기 때문에 학교에서 너를 어느 반에 넣을지 결정할 수 있게 시험을 쳐야 해."

자마 외삼촌이 얼마나 빠르게 옷을 사 오고, 학교에 대해 알아봤는지에 대해 감명받았다. 아마 내가 시험을 치르고 나면 자마 외삼촌과 엄마를 돕기 위해 일거리를 찾을 수 있을 것이다.

"우리도 학교 갈 수 있어요?"

나렌이 물었다.

자마 외삼촌은 집게손가락을 입에 댔다.

"고팔 형과 이야기를 마칠 때까지 기다리거라."

나는 웃음을 참을 수 없었다. 첫 번째가 되는 것은 마치 누구보다 먼저 코코넛 나무에 올라가는 것, 달리기 시합에서 이기는 것, 아니면 다른 사람들은 아직 일을 하고 있는데 가장 먼저 밭에 씨를 뿌리는 것과 같다. 나는 시타와 나렌이 입술을 삐죽 내밀 거라고 생각했는데 가만히 서서 외삼촌 말에 따랐다. 아마도 새 옷 때문에 기분이 좋거나 아니면 참을성이 생겨 학교에 갈 준비가 되었나 보다.

자마 외삼촌은 말을 계속했다.

"고팔, 학교 입학시험을 준비하려면 들어야 하는 수업이 있단다. 공책 있니?"

자마 외삼촌은 연필을 건넸다.

"외삼촌이 준 공책 있어요."

자마 외삼촌은 손가락을 까닥하며 말했다.

"그건 너무 작지. 상관없어. 내 친구 차차지네 중고 종이, 판지 가게에 가 보렴. 우리 골목 끝까지 걸어가서 왼쪽으로 돌아. 그리고 첫 번째 모퉁이에 있을 거야. 내 조카라고 말하고 빈 종이를 달라고 말하면 돈을 받지 않을 거야."

자마 외삼촌이 말하는 친구에 대해서 듣고 있으니 벌써부터 차차지 아저씨가 마음에 드는 것 같았다. 차차지 아저씨는 아주 너그러운 사람 같았다. 하지만 아저씨와 나는 처음 본다. 어떻게 부탁할 수 있을까? 내 생각을 자마 외삼촌에게 말하지는 않았다. 이미 외삼촌은 날 돕기 위해서 많은 것들을 해 주었다.

골목을 걸어가는데 좋은 생각이 떠올랐다. 공책값만큼 내가 일을 하는 것이다. 골목 끝에서 가게에 도착했을 때 기분이 훨씬 좋았다. 차차지 아저씨를 보고는 자마 외삼촌 집이 어딘지를 알려 줬던 모퉁이 가게 주인아저씨와 같은 사람이라는 걸 알았기 때문이다. 나는 아저씨가 손님과 이야기하는 동안 한쪽에서 기다렸다.

"3킬로그램입니다."

아저씨는 잡지 묶음의 무게를 재고는 손님에게 말했다. 그리고 황동 저울을 한쪽으로 치운 후 돈을 세서 손님에게 거스름돈을 주었다.

"네가 고팔이구나. 그렇지?"

차차지 아저씨는 맑은 한쪽 눈을 깜빡이며 말했다. 아저씨의 다른 쪽 눈은 백내장으로 혼탁했다. 우리 담임 선생님의 눈도 백내장 수술을 받기 전에 혼탁했어서 알아볼 수 있었다.

이미 내 이름을 알고 있어서 순간 나는 깜짝 놀랐다. 분명히 자마 외삼촌이 내가 온다고 말했을 거라는 걸 깨달았다.

"맞아요. 저는요, 그러니까 제 말은요. 빈 종이 있어요?"

"사실, 너는 공책이 필요하지. 어떻게 할 수 있을지 보자."

아저씨는 주위를 뒤졌다.

"아하! 이 공책들이 막 들어왔단다. 빈 종이들이 있을 거야."

아저씨는 공책들을 훑어봤다. 내 생각을 말하려면 지금이었다.

"아저씨, 이 종이들 값으로 가게에서 일을 하고 싶어요."

"그래?"

아저씨는 꿰뚫어 보는 듯 한쪽 눈으로 나를 봤고, 내 마음속에서는 작은 폭풍우가 이는 것 같았다. 내가 잘못 말했나? 모욕적인 말을 했나?

뭐라고 대답해야 좋을지 몰랐다. 난 그저 기꺼이 일을 하겠다는 뜻으로 고개를 끄덕였다.

"그럼 계산서를 정리해 줄 수 있니? 이 성가신 파리들을 영원히 쫓아내 줄 수 있니? 지붕을 좀 고칠 수 있겠니?"

할 수 있는 게 없었다. 나는 고개를 숙였다. 하지만 아저씨의 웃음소리가 내 침묵 사이로 흘렀다.

차차지 아저씨는 내 어깨 위에 손을 올렸다.

"고팔, 겁먹지 말거라. 그냥 장난 좀 친 거란다. 공책이 준비되면 나를 도와줄 게 있을 거야."

아저씨의 말은 누군가 나에게 각설탕을 준 것 같은 기분이 들게 했다. 나는 웃고서 머리 숙여 인사했다.

아저씨는 공책들이 쌓인 한쪽 구석을 가리켰다.

"표지랑 종이랑 분리하고, 깔끔하게 쌓아 놓으렴. 빈 종이들은 네 것이야."

나는 계단 세 칸을 올라가 작은 나무 의자에 앉았다. 가게에서는 자마 외삼촌 집과는 다른 냄새가 났다. 더러운 악취는 아니었지만 갑갑하고 퀴퀴한 냄새였다. 자마 외삼촌 집에서는 악취 때문에 숨 쉬기가 힘들었다면 가게에서는 숨 쉴 공기가 충분하지 않은 느낌이 들어 힘들었다.

나는 공책 하나를 집어 들었다. 페이지를 휙휙 넘기며 빈 종이를 분리하고 앞뒤 표지를 뜯어냈다. 공책들 대부분은 빈 종이가 없었다. 몇몇은 벌써 분리되어 있었다. 내가 보기 전에 이전 주인이 이미 공책들을 살펴봤을 것이다. 그러나 이따금 빈 종이 몇 장을 찾았다. 어떤 종이에는 반이 좀 덜 되게 뭔가 적혀 있었지만 이런 종이들도 챙겼다. 사용할 수 있었다. 표지들 중에 가끔 내 시선을 사로잡는 것이 있어 머뭇거렸다. 한 표지에 호수를 바라보는 빨간 머리 남자아이가 그려져 있었다. 이 표지는 마을 연못가에 서 있던 나를 떠올리게 했다. 모든 공책을 다 살펴보니, 사용한 종이, 빈 종이, 표지, 이렇게 세 더미로 정리가 되었다. 나는 정리를 끝내고 공책을 만들 수 있게 빈 종이 더미를 차차지 아저씨에게 건넸다.

"잘했구나. 표지는 골랐니?"

"지금 고를게요."

표지 더미를 한 번 더 훑어보았다. 마음에 드는 게 많았다. 강아지 세 마리가 그려진 표지와 가파른 두 개의 산 사이로 흐르는 강이 그려진 표지가 아름다웠다. 하지만 호수에서 일몰을 바라보는 남자아이가 그려진 표지를 골랐다. 나는 속으로 남자아이의 머리카락을 어스름한 검은색으로 칠해야겠다고 생각했다.

내가 건넨 빈 종이 더미와 앞뒤 표지를 받아 든 아저씨는 고

무줄로 묶어서 옆쪽에 두었다.

"언제쯤 제가 공책을 받을 수 있을까요?"

아저씨는 곧바로 대답하지 않았지만 아저씨의 표정은 부드럽고 친절했다. 나는 기다렸다.

"두 시간 후에 오렴."

아저씨가 한쪽 눈을 깜빡였다.

천천히 집으로 걸어가는데 길 건너에서 나보다 나이가 많아 보이는 남자아이가 손을 흔들었다. 모르는 사람이니까 나는 멈추지 않고 계속 걸었다. 남자아이가 자동차들 사이를 지그재그로 피하더니 나에게 왔다.

"마라티어 할 줄 아니?"

남자아이가 마라티어로 물었다.

"응."

나도 마라티어로 대답했다.

"혹시 간가다스 코라에 알아?"

남자아이가 물었다.

"여기 사람 아니야."

다른 사람들이 나한테 대답했던 것처럼 나도 말했다.

"여기 안 살아?"

"막 왔어."

"어디서?"

남자아이는 계속해서 나에게 질문했다. 남자아이가 말하는 동안 남자아이의 머리카락이 윤이 나는 검은색이라는 걸 알았다. 각 가닥이 머리에서 저마다 정해진 위치가 있는 것처럼 보였다. 부자연스러웠다. 이 남자아이는 누굴까? 남자아이한테 대답을 해도 되는지 아닌지 확신이 없었다.

"내 이름은 자틴이야. 간가다스는 우리 삼촌인데, 이틀 동안 찾아다녔어. 만약에 못 찾으면, 난 뺨을 세게 맞을 거야."

꼭 누군가 뺨을 세게 때린 것처럼 남자아이는 자기 뺨을 문질렀다.

"왜?"

"삼촌이 자기 공장에서 일하게 해 주겠다고 약속했거든. 내가 돈이 엄청 필요해서 말이야."

나는 놀랐다.

"삼촌한테 공장이 있어?"

"음, 그런 셈이야. 작은 거."

"이 근처야?"

"응, 네가 모른다니 내가 놀랐어."

"미안, 어제 여기 왔거든."

나는 대답하고 걷기 시작했다.

"어쨌든 고마워! 이름이?"

남자아이가 눈살을 찌푸렸다.

"고팔."

집으로 돌아오는 내내 자틴에 대해 생각했다. 나이는 열다섯이나 열여섯 같았다. 입고 있는 옷은 나쁘지 않았지만 돈이 필요하다고 말했다. 아마 형제나 부모님 중에 아픈 사람이 있어서 약을 사려고 돈이 필요한 것일 수도 있을 것이다. 삼촌을 찾지 못하면 뺨을 맞을 것이라고 말했다. 집에 가서 자마 외삼촌에게 간가다스 코라에를 아느냐고 물어볼 수 있을 것이다. 자틴을 다시 만나게 된다면 삼촌을 찾는 걸 도와줄 수도 있을 것이다.

아직 오전 10시였고, 모든 판잣집 스토브에서 쉿쉿 소리가났다. 매콤한 향이 집집마다 흘러나와 좁은 골목에 퍼져 일시적으로 겉도랑 냄새가 나지 않았다. 아주머니 몇몇이 길에서 비닐봉지를 씻고 있었고, 몇몇은 쓰레기 더미에서 넝마를 골라내고 있었고, 아저씨 두어 명은 금속판을 세게 두드리고 있었다. 꼬마들은 넝마로 만든 공으로 놀고 있었다. 많은 아저씨들이 점심 도시락과 가방을 들고 바쁘게 움직이고 있었다. 모두가 무언가를 하면서 움직이고 있었다.

엄마는 스토브 앞에 앉아 있었다. 원래 우리는 마을에서 오후 늦게 식사를 했었다.

"왜 이렇게 일찍 요리하는 거예요?"

"자마 외삼촌이 나가기 전에 점심을 만들어 주고, 우리가 먹을 로티도 몇 개 더 만들려고."

나는 엄마가 바즈라 반죽을 동그란 로티 위에 올리고 손가락으로 납작하게 만드는 모습을 지켜봤다. 엄마의 얼굴은 아래를 향하고 있었지만 고개를 들었을 때 얼굴에서 깊은 슬픔을 읽을 수 있어 나도 모르게 눈물이 났다.

"고팔, 아빠 없이 우리가 무엇을 할 수 있을까? 엄마는…엄마는 아빠가 몹시 보고 싶구나!"

부드럽고 슬픈 무언가가 내 목을 꽉 막았다. 아빠가 곧 돌아올 거라고 엄마에게 말하고 싶었지만 어떻게 그럴 수 있을까? 뭄바이가 크다는 건 알았지만 아빠가 우리를 찾을 수 없다는 걸 상상할 수는 없었다. 우리가 보도에서 지낼 때, 엄마는 이곳에 오는 걸 걱정했었다. 하지만 자마 외삼촌을 찾고 나니, 엄마는 나처럼 아빠 때문에 마음이 아픈 것이 틀림없었다.

엄마 옆에 앉아 가루가 잔뜩 묻은 엄마 손을 잡았다.

"나도 아빠가 보고 싶어요. 아빠도 학교 이야기를 들었으면 무척 기뻐했을 텐데…"

이 말을 하자마자 아빠가 돌아오는 걸 내가 포기했다는 걸 깨달았다. 목이 멨다.

엄마는 내 손을 꼭 잡았다. 말하지 않았지만 우리 둘 모두 서로를 이해했다.

마지막 바즈라 로티까지 다 만들고 엄마는 나에게 공책을 받았는지 물었다.

"곧 다 될 거예요. 근데 공짜로 공책을 받지는 않았어요. 차차지 아저씨를 도왔어요."

엄마는 손가락으로 내 볼을 만졌다.

"그 방식으로 너의 명예를 지키거라."

"엄마, 내가 일자리를 찾을 수 있다면 자마 외삼촌을 도울 수 있을 거예요."

"넌 신경 쓰지 않아도 돼! 엄마가 할 거야."

엄마가 일자리를 찾기 위해서는 나렌과 시타가 학교에 갈 때까지 기다려야 할 것이다. 나는 자마 외삼촌이 우리를 먹이고 학교에 보내기 위해 필요한 돈을 생각했다. 정규 학교 수업이 시작될 때까지 내가 자틴의 삼촌이 하는 공장에서 일을 할 수 있을지 궁금했다. 사실상 돈을 벌 수 있는 한 학기라는 시간이 있는 셈이었다.

"자틴이라고 나보다 몇 살 많은 남자아이를 만났어요. 삼촌이 공장을 한다고 거기에서 일을 할 거래요."

나는 엄마에게 말하면서 자틴의 윤기 나는 머리카락을 떠올렸다. 사실 몇 가지 이상한 점이 영 신경 쓰였다.

엄마는 나를 바라봤다.

"뭔가 너를 성가시게 하니? 자틴이라는 아이가 너에게 무례했어?"

나는 가루를 털어 내려고 손을 씻었다.

"아뇨, 사실 걔는 친절했어요. 근데 좀… 믿지 못하겠더라고요. 아마도 처음 봐서 그럴 거예요."

"여기는 참 달라. 그렇지? 사람들은 많은데 충분히 믿음이 가거나 다정하지는 않은 것 같아."

나는 냅킨으로 손을 닦았다.

"그런 거 같아요."

엄마도 손을 씻었다.

"그래도 우린 짐꾼 아저씨나 가게 주인아저씨처럼 좋은 사람들도 만났지."

"맞아요. 그 아저씨들 아니었으면 아직도 길거리에 있었을 거예요."

구석에 무언가가 보였다. 텔레비전이었다! 어젯밤에 봤을 때는 옷가지로 덮여 있는 큰 상자여서 알아보지 못했었다. 텔레비전을 가까이에서 본 적은 처음이었다. 유리는 마치 조용한

밤의 연못 표면처럼 매끄럽고 어두웠다. 나는 손잡이를 돌리면 화면이 켜진다는 걸 알고 있었다.

"엄마, 텔레비전을 봐도 될까요?"

"자마 외삼촌이 된다고 했지만 엄마는 만지는 게 겁나는구나. 그렇게 비싼 걸 망가트리고 싶지 않아. 폭풍우가 심하게 오면 물이 이 벽을 통해 스며들어 올 수도 있어서 플러그를 뽑아 놨다고 하더구나. 아주 위험할 거야. 외삼촌이 돌아오면 사용법을 배워서 내일 보면 좋겠어."

나는 손잡이를 손으로 만졌다. 플러그를 꽂고 손잡이를 이쪽이나 저쪽으로 돌리기만 하면 되지만 나는 아무것도 하지 않았다. 엄마가 옳았다. 텔레비전은 비싼 물건이고 망가트리고 싶지 않았다.

"나렌이랑 시타는 어디 있어요?"

"친구를 사귀고는 친구들이랑 밖에서 놀고 있어."

"안전해요?"

차차지 아저씨네 가게가 있던 골목 끝에서 본 자동차랑 낯선 사람들이 떠올랐다.

"골목길 바로 건너편에 있어."

나는 문으로 가 밖을 봤다. 나렌과 시타는 서로 손을 잡고 집으로 걸어오고 있었다.

"모두 점심 먹으러 집에 갔어. 나도 배고파."

시타가 말했다.

우리도 밥, 로티, 호박을 넣은 카레를 먹었다. 엄마가 버터우유를 줬는데, 점심으로 먹은 것 중에 최고였다.

식사를 마치니 공책을 찾으러 갈 시간이었다. 밖에서는 태양이 빛과 열로 골목길을 달구고 있었다. 나무와 그늘을 찾았지만 아무것도 없었다. 나무가 없는, 새가 없는, 연못이 없는 곳이었다.

차차지 아저씨네 가게에 도착했을 즈음 나는 땀을 줄줄 흘리고 있었다. 아저씨는 신문지를 접어 부채질을 하고 있었다. 손님은 한 명도 없었고 아저씨는 눈을 감고 있었다.

"아저씨?"

내가 작게 말했다.

아저씨는 눈을 뜨지도 않고 바닥에 놓인 공책을 가리켰다. 내가 모아 놓은 종이들이 내가 골랐던 앞뒤 표지와 함께 다시 묶여 새 공책이 되어 있었다.

나는 공책을 집어 들고 페이지를 넘겨 봤다. 다른 공책에서 찢어 낸 종이들이라서 너비랑 여백이 고르지 않았다. 몇몇 페이지들은 너무 하얘서 눈이 아팠다. 다른 페이지들은 떠오르는 달처럼 부드러웠고, 몇몇은 먼지로 된 얇은 막이 위에 있는 것처럼 거무죽죽했다. 상관없었다. 내가 필요한 것은 글자를 적을 수 있는 빈 공간이었다. 그리고 나에게는 좋은 연필이 있었다.

"마음에 드니?"

차차지 아저씨가 물었다. 언제부터 날 보고 있었던 거지?

"이렇게 큰 공책은 처음이에요!"

"열심히 공부하거라."

"그럴게요."

나는 아저씨에게 고개 숙여 인사했다. 한 번 더 구름들이 몰려들기 시작했다. 나는 공책을 움켜잡고 서둘러 집으로 갔다. 나는 공책을 길에 떨어뜨려 더럽히고 싶지 않았다. 내가 집에 도착했을 때 쌍둥이는 낮잠을 자고 있었고, 엄마도 잠이 들어 있었다. 나는 텔레비전을 빤히 보다가 어떻게 손잡이를 살짝 돌려 다른 사람들을 볼 수 있는지 궁금해졌다. 그들 중에는 너무 멀리 살아서 만나려면 바다를 건너야 하는 사람들도 있을 것이다.

텔레비전은 이야기처럼 마치 마술 같았다. 나는 문득 전원을 켜서 다른 세계를 보고 싶어졌다.

그날 늦은 오후, 비가 요란한 소리를 내며 쏟아졌다. 마치 싸우자는 듯이 천둥이 치고, 으르렁거리며 금속 지붕을 공격했다. 마을에서 우리 집 지붕은 풀과 종려나무 잎으로 만들어져서 비가 내려도 시끄럽지 않았다. 빗방울은 둔탁한 소리를 내며 지붕 위로 떨어져서는 옆으로 흘러내렸다. 게다가 우리 마을에서는 이렇게 큰비가 내린 적이 없었다. 자마 외삼촌이 텔레비전의 플러그를 뽑아 놔서 안전한 것에 마음이 놓였다.

물이 들어오더라도 젖지 않도록 나렌과 시타를 나무 벤치에 쌓아 놓은 매트리스 위로 들어 올렸다. 쌍둥이에게 내 카드를 줬다. 밖에는 물이 흘러갈 곳이 없었다. 쏟아져 내려간 빗물은 하수구와 만나 넘쳐흘렀다. 가죽 무두질에 사용되는 화학 약품, 녹은 플라스틱, 사람이랑 동물이 만든 쓰레기, 썩어 가는 작물들, 모든 악취가 함께 섞였다. 악취는 비에 젖은 지구의 상쾌한 향기를 가려 버렸다. 길 전체가 아주 더러운 개울이 돼 버렸다.

내 마음은 우리 마을에 가 있었다. 처음 빗물이 개울을 채우고 나면 나는 모한, 시바와 함께 둑으로 가 점프 시합을 했다. 물 위로 떠 있는 님바 나무 가지에서 뛰어내렸다. '하나, 둘, 셋!' 한 사람이 소리치면 나머지가 뛰어내렸다. 나렌과 시타가 우리 마을, 연못, 돌아다니는 염소를 기억하게 될지 궁금했다.

시타와 나렌은 빗물로 새롭게 채워진 연못에서 첨벙거리지 못할 것이다. 폭풍우를 만나면 냄새나는 하수구에 대한 기억을 갖게 될 것이다. 이건 우리가 경험하게 될 것이라고 생각했던 것이 아니었다. 우리 마을이 그리웠지만 그곳에서 계속 있었다면 우리는 굶어 죽었을 것이다. 여기서는 자마 외삼촌이 일자리도 있고 음식도, 차를 끓일 우유도 충분하다. 언젠가는 나렌과 시타를 데리고 우리 마을에 돌아가야지, 하고 스스로 약속했다.

"고팔, 무슨 생각 하니?"

엄마가 물었다.

"아무것도요."

엄마를 보려고 머리를 돌렸다.

"주먹을 쥐고 입술을 깨물고 있네."

"아, 엄마, 연못이 그리워서요. 우리 마을 타마린드도, 심지어 진흙밭도요."

엄마는 한숨을 쉬었다.

"그러게 말이야."

"시타와 나렌은 전혀 기억하지 못할 거예요. 할까요?"

"쌍둥이는 다른 기억들을 만들겠지."

"어떤 거요? 떠다니는 죽은 쥐요?"

"쌍둥이는 창문 밖을 보고 있지 않아. 매트리스 더미에 걸터

앉아 카드놀이를 한 것, 비바람을 피해 집 안에 있었던 것, 따
듯한 차를 마신 것, 엄마와 형, 오빠가 곁에 있어 준 것을 기억
할 거야."

엄마의 말을 들으니 미소가 절로 지어졌다.

빗물이 모두 흘러내려 가는 모습을 보고 있자니 2년 전 우리
농장에 어떻게 비가 내려 풍작이 되었는지가 기억났다. 그 덕
분에 결국 우리가 여기 있는 것이었다.

"아빠, 아빠."

갑자기 나렌이 흐느꼈다.

"나렌, 울지 마. 자마 외삼촌이 아빠랑 함께 올 거야. 그렇지
요?"

시타가 엄마와 나를 바라봤다.

나는 나렌을 들어 올려 엄마에게 데려갔다. 시타도 깡충 뛰
어 내려 우리를 따라왔다.

"아빠는 곧 오실 거야."

나는 소파에 나렌을 앉히며 말했다. 거짓말이었지만 내가
할 수 있는 대답 중에 젤 나은 것이었고, 또 사실이기도 했다.

엄마는 나렌을 무릎에 앉혔고 시타는 엄마에게 바짝 붙어
끌어안았다. 스토브 옆 구석에 있는 냄비가 보였다. 그 안에는
우유가 있었다.

"차 마실래?"

"난 아빠가 보고 싶어."

시타가 말했다.

나렌의 흐느낌은 점점 커졌다.

무얼 해야 할지 모른 채 나는 방 안을 서성거렸다.

결국 나는 스토브에 불을 붙여 물을 끓인 뒤 차를 만들었다.

차를 홀짝거리는 동안 비는 점점 약해졌다. 자마 외삼촌이 돌아오지 않는다면 어쩌지? 우리가 무얼 해야 하지? 나는 생각들을 떨쳐 버리려 노력했다. 자마 외삼촌은 여기서 몇 년을 살았고 폭풍우가 내리면 어떻게 해야 할지 잘 알고 있을 것이다.

빗소리는 잦아들었지만 냄새는 그렇지 않았다. 지난 며칠간 강한 악취에 익숙해졌지만 이번 냄새는 양파 수천 개로 뒤덮인 밭보다 더 끔찍했다.

폭풍우가 걷히고 태양이 나타났지만 밖에는 빗물이 겉도랑의 하수와 섞여 시커먼 개울을 만들고 있었다. 우리는 집 안에 있었다. 나렌과 시타는 카드를 가지고 놀았고 나는 공책을 펼쳤다. 첫 페이지에 내 이름을 적었다. 차차지 아저씨가 첫 페이지는 완전히 빈 종이로 만들어 주셨다. 엄마는 어제 자마 외삼촌이 시타에게 사 준 드레스에 있는 구멍을 꿰맸다. 엄마가 바느질을 마치자 시타가 옷을 입어 보았는데 나는 구멍이 어디 있었는지 알 수 없었다.

"엄마, 옷을 수선하는 일을 할 수 있겠어요. 잘하니까요."

내가 말했다.

"아니면 새 옷을 만들 수도 있겠지."

엄마가 말했다.

"내 새 옷을 만들어 줄 거예요?"

시타가 빙글빙글 돌면서 물었다.

"새 옷을 만들려면 재봉틀이 필요할 거예요. 돈이 많이 들 거예요."

내가 엄마에게 말했다.

"자마 외삼촌이 달마다 요금을 내면 빌릴 수 있다고 하더구나."

"보라색이랑 분홍색 드레스 갖고 싶어요."

엄마의 무릎에 올라가면서 시타가 말했다.

"우리가 돈이나 뭐 다른 것을 빌리지 않았으면 좋겠어요. 우리는 빚쟁이에게서 도망쳐 와야만 했잖아요."

내 말이 생각했던 것보다 더 빠르고 크게 튀어나왔다.

"방법을 찾아보자."

엄마가 작게 말했다. 엄마가 시타에게 말을 한 건지, 나에게 말을 한 건지 알 수 없었다.

만약 엄마가 재봉틀을 갖게 된다면 집에서 지내면서 돈을 벌 수 있을 것이다. 어쩌면 내가 재봉틀을 사는 데 도울 수 있을지도 모른다. 일자리를 찾아야만 한다.

저녁 늦게까지 자마 외삼촌이 돌아오지 않았다. 깨어 있고 싶었지만 너무 피곤해서 자마 외삼촌이 집에 돌아오기 전에 잠이 들어 버렸다.

아침이 되었다. 나는 자마 외삼촌이 아빠에 대한 소식을 가지고 왔는지 알고 싶었지만 만약 그랬다면 자마 외삼촌이 벌써 나에게 말했을 것이라는 생각이 들었다. 대신 나는 자마 외삼촌에게 자틴에 대해 말하고 이웃 중에 코라에라는 이름을 가진 사람을 아는지 물었다.

"코라에, 코라에."

자마 외삼촌은 반복했다.

"그 이름을 가진 사람은 떠오르지 않는구나. 그 사람이 공장을 가지고 있다고? 어떤 공장?"

어제 자틴에게 어떤 공장인지 물어봤어야 했다.

"몰라요."

"여기 사는 사람들 중에 사업을 하는 사람이 많지는 않거든. 자틴이 이 근처에 사니?"

"아닌 것 같아요."

"아무튼 너는 공부에 집중하고 쓸데없는 것에 신경 쓰지 말거라."

나는 외삼촌에게 쓸데없는 것이 아니라고 말하고 자틴을 통해 자틴 삼촌 공장의 일자리를 알아봐도 될지 묻고 싶었다. 하지만 자마 외삼촌은 내가 공부하기를 원한다고 분명하게 말했으니 물어보지 않는 게 나을 것 같았다.

"네."

나는 대답했다.

하지만 나는 정말로 일을 하고 싶었다. 자틴을 찾아서 학교가 시작하기 전까지 내가 자틴의 삼촌 공장에서 할 수 있는 일이 있는지 물어보기로 마음먹었다.

"차차지 아저씨네 가게에 가 보려고요. 금방 돌아올게요."

나는 엄마에게 말했다.

바람이 살랑살랑 부는 아침 공기는 가벼웠다. 아마도 오늘은 비가 오지 않을 것 같았다. 내 나이 또래의 남자아이 세 명이 책가방을 들고 학교로 걸어가고 있었다. 나도 저 아이들과 함께하기까지 오래 걸리진 않을 것이다.

나는 모한과 시바를 생각했다. 우리 셋은 학교까지 달리기 시합을 하곤 했는데 학교에 도착할 때면 숨이 차고 붉은 먼지가 옷에 잔뜩 묻어 있었다. 한번은 학교에 걸어가다가 모한이 발목을 삐어서 나랑 시바가 모한을 집까지 데려다주었다. 그날 우리가 학교에 너무 늦게 가서 담임 선생님께서 화를 냈지만 우리가 늦은 이유를 알게 된 선생님은 우리가 자랑스럽다며 새 연필을 상으로 준 적도 있었다. 시바네 아빠가 돌아가셨을 때는 나랑 모한이 시바와 함께 연못가에 앉아 이야기를 나누며 저녁 시간을 보냈다.

나는 여기 사는 남자아이들만큼 똑똑하지 않다는 생각에 새로운 친구를 만드는 것이 겁났다. 아이들은 여러 언어를 할 줄 알고 내가 보고 들은 것보다 훨씬 많은 것들을 보고 들었을 것이다. 또 뭄바이 힌디어로 말하고 심지어 영어도 할 줄 알고 텔레비전 켜는 법도 알고 많은 책을 읽었을 것이 틀림없었다. 하지만 안타깝게도 이곳에 모한과 시바가 없으니 나는 새 친구들을 만들어야 할 것이다. 저 아이들이 나에게 말을 걸까? 아니면 나를 피할까?

도시에는 사람들이 너무 많아서 누구를 믿을 수 있는지 알기가 어려웠지만 몇몇은 너그러웠다. 나도 친절함을 보여 줄 필요가 있었다. 만약 엄마가 카드아저씨에게 로티를 건네지 않았다면 카드아저씨도 우리에게 차를 사 주거나 나에게 카드를 주거나 짐을 내릴 때 도움을 주지 않았을 것이다. 우리가 만약에 카드아저씨를 믿고 자마 외삼촌 집 주소를 보여 줬더라면 진작 자마 외삼촌 집을 찾도록 도와줘서 기차역에서 이틀 밤을 보내지 않았을 수도 있었다. 그러면 우리는 아빠를 잃어버리지 않았을 것이다.

어쩌면 우리 마을을 떠나지 말았어야 했는지도 모른다. 마을에서는 아빠가 있었지만 지금은 사흘 동안이나 아빠를 보지 못했다. 나는 한숨이 나왔다. 이곳의 냄새가 나를 더욱 짜증 나게 했지만 숨은 계속 쉬어야 한다. 아빠가 보고 싶었지만 살아가야 한다. 내가 할 수 있는 것이 그리 많지 않았다.

아빠, 아빠, 아빠!

나는 지난 사흘 동안 매일 오늘이면 아빠가 올 거라고 생각했지만 저녁이 되면 희망을 다음 날로 미뤘다. 매 지나간 순간과 함께 아빠를 다시 볼 수 있는 가능성은 줄어들었다. 나는 마음이 아팠고 엄마의 마음도 찢어지고 있다는 걸 알았다. 나렌과 시타도 아빠를 보고 싶어 했다. 나는 내가 얼마나 더 오랫동안 희망을 가질 수 있을지 알 수 없었다.

생각에 깊이 빠진 채 어느 틈에 차차지 아저씨네 가게 모퉁이에 와 있었다. 너무 일찍 온 통에 다른 가게들처럼 아저씨네 가게도 닫혀 있었다. 나는 길을 왔다 갔다 하며 걸었다. 자틴은 없었다. 나는 내가 멍청하게 느껴졌다. 자틴이 왜 나를 이 동네 주변에서 기다리고 있겠는가? 나는 할 일이 없었지만 자틴은 아마도 삼촌 공장에서 일을 하고 있을 것이다.

블록 끝의 무화과나무에 새순이 자라나고 있었고 그 위에 다리가 있었다. 나무 혼자 서 있는 모습을 보니 놀라웠다. 주변이 온통 도시인 이곳에서 살아남은 것이었다.

다리 위에서 높은 건물들을 보았다. 모한이 보여 줬던 비싼 가구와 아름다운 사람들로 가득한 화려한 방 사진이 있는 잡지가 생각났다. 그 사진들은 이런 높은 건물에서 찍었을 것이다. 그런 세상이 아주 가까운 것 같으면서도 아주 먼 것 같았다.

나는 다리를 건너지 않았고 집으로 되돌아갔다.

정오가 되자, 시원하고 편안했던 날이 찌는 듯 뜨거워졌고 내 마음도 불안해졌다. 돈을 벌 수 있는 시간을 낭비하고 있었다. 차차지 아저씨 가게에서 일을 할 수 있으면 좋겠지만 아저씨 가게는 겨우 유지되고 있었다. 아저씨는 나에게 돈을 지불할 형편이 되지 않았다. 나는 낮잠을 잤다. 마을, 연못, 카드놀이를 생각했다. 결국 나는 책을 읽었지만 내 마음은 마치 길에 흐르는 빗물같이 진흙투성이였다. 내 눈이 단어들을 대충 훑어봤을 뿐 머릿속에는 아무것도 들어오지 않았다.

아이들이 학교에서 돌아오는 모습을 보고 나는 아이들과 말을 해 볼 수 있기를 바라며 공책과 연필을 들고 산책을 나갔다. 아이들은 삼삼오오 무리를 지어 웃고 떠들고 장난치며 다녔다. 아이들은 나에게 아무런 관심이 없었다. 자기들끼리 나누는 대화에 푹 빠져 있었다.

나는 차차지 아저씨 가게 앞을 다시 지나갔다.

"고팔, 이리 오렴. 줄 게 있단다."

아저씨가 말했다.

"네?"

아저씨는 바닥을 가리켰다.

"이것들 좀 분리해서 정리할 수 있겠니?"

가게 안을 살폈다. 잡지와 신문 더미가 바닥에 거의 1센티미터 간격으로 놓여 있었다. 나는 더미를 집어 들어 다시 정리하며 길을 만들어 가게 안으로 들어갔다. 몇몇 잡지는 재미있어 보였고 샤룩 칸(인도의 유명 배우−옮긴이)의 사진을 표지에 실은 잡지가 내 시선을 끌었다.

"너에게 돈을 줄 형편은 안 되지만 대신 잡지 몇 권을 집에 가져가렴."

차차지 아저씨가 말했다.

약 삼십 분 후, 나는 일을 끝내고 잡지 두 권을 골랐다.

"잘했네!"

차차지 아저씨는 주위를 둘러보며 말했다. 그리고 찬장에서 손전등을 꺼냈다.

"일을 빠르게 잘해 준 보상이야. 쓰던 거긴 하지만 새 건전지를 넣었으니 잘될 거야."

"아저씨는 필요 없으세요?"

"나는 어제 밝기가 더 센 것으로 하나 샀단다. 너는 이걸로도 충분할 거야. 언제나 가지고 다니렴. 적어도 그 뭐시냐, 거기에 발이 빠지지 않게 도와줄 거야."

사원의 종소리처럼 아저씨는 크게 웃었다.

"고맙습니다, 아저씨."

내가 말했다. 빨간 손전등은 연필보다 조금 두꺼웠고 길이는 약 16센티미터였다. 손전등을 주머니에 집어넣었다. 마테란에서도 많은 관광객이 손전등을 가지고 다녔지만 나는 한 번도 손전등을 가져 본 적이 없어서 엄마에게 빨리 보여 주고 싶었다.

두 사람이 가게에 커다란 묶음을 가지고 나타나자 차차지 아저씨는 바빠졌다. 나는 자틴이 있는지 보려고 골목 끝까지 걸어갔다. 골목은 붐볐고 자틴은 보이지 않았다.

뒤로 돌아서려는데 소리가 들렸다.

"고팔! 고팔!"

자틴이었다! 자틴은 나를 놓치고 싶지 않은 것처럼 미친 듯이 손을 흔들고 있었다.

"삼촌은 찾았어?"

내가 물었다.

"삼촌?"

잠시 동안 자틴의 얼굴에는 아무런 표정이 없었다. 윤기 나는 머리카락처럼 부자연스러워 보였다. 우리 대화를 잊어버렸나?

"아, 아, 삼촌! 찾았지."

"삼촌 공장에서 일하는 거야?"

"응."

"네가, 그러니까 내 말은, 나도 일을 할 수 있을지 삼촌에게 물어봐 줄 수 있어?"

자틴은 나를 오래도록 쳐다봤다. 얼굴에 함박웃음이 피었다.

"물론이지!"

"정말?"

"정말. 삼촌 공장에서 일할 수 있어."

어떻게 삼촌 공장에서 내가 일할 수 있다는 걸 자틴이 이렇게 확신할 수 있을까? 아마도 자틴의 삼촌이 이미 일꾼을 구하고 있었을 것이다. 내가 일자리를 얻을 수 있다면 아무 상관도 없는 일이었다. 멀리서 차차지 아저씨가 나에게 손을 흔들고 있는 모습이 보였다. 나도 손을 흔들었다. 아저씨는 아마도 내가 옆쪽에 둔 잡지들을 정리하길 원했겠지만, 자틴이 나에게 일자리를 주려고 하는 지금은 할 수 없었다.

"내가 그럼 어떻게 하면 돼?"

자틴은 내 어깨 위에 손바닥을 올렸다.

"일이 마음에 들 거야. 액자를 만드는 것처럼 쉬운 일이야."

무거운 짐을 들거나 채석장에서 돌을 깨는 일만큼 힘들 것 같지는 않았다.

"그럼 엄마한테 물어보고 내일 알려 줄게."

"'해야 할 일은 지금 당장 해라.'라는 말, 못 들어 봤어? 왜 망설여?"

"말하지 않으면 엄마가 걱정할 거야. 나랑 같이 가서 우리 엄마도 만나자."

"그러고 싶지만 오늘은 안 돼. 이렇게 하자. 나는 지금 삼촌을 만나야 하고, 대화할 시간도 없는데 너희 엄마를 만나는 건 무례한 행동일 거야. 그러니 지금 우리 삼촌을 먼저 만나러 갔다가 금방 돌아오자."

나는 집으로 가는 방향을 바라봤다.

"뛰어가서 엄마한테 말하고 올게. 금방 와."

"저기 차 파는 가판대 보이지? 5분 동안만 기다릴게. 5분 안에 안 오면 그냥 혼자 간다."

"기다려 줘, 제발."

나는 부탁했다.

집에 도착하자 숨이 찼다. 엄마는 옷을 개고 있었다.

"어제 만났던 남자아이요, 자틴이요. 여기 있어요. 삼촌 공장에서 제가 할 일이 있대요. 잠깐 갔다 올게요. 금방 올 거예요."

"그 아이를 모르잖아. 오늘 밤에 자마 외삼촌이랑 의논할 때까지 기다려 보자."

"자틴이 2분 안으로 출발할 거예요. 엄마, 이번이 기회예요. 가야 해요. 여기, 공책이랑 연필 받으세요."

"고팔, 가면 안 돼. 비가 올 것 같구나. 엄마 말을…"

"자틴이 기다리고 있어서요. 그럼 갈 수 없다고 말하고 금방 올게요."

나는 현관문 못에 걸려 있는 파란 우비를 집어 들고 뛰었다.

"조심해!"

엄마는 마라티어로 말했다.

자틴은 차를 홀짝이고 있었고 나무 탁자에 차 한 잔이 놓여 있었다. 내 쪽으로 찻잔을 밀었다.

"네 거야."

"나는 네가 급한 줄 알았어."

자틴은 날카로운 소리를 내며 웃었다.

"누구나 차이 한 잔을 위한 시간은 언제든지 만들 수 있지. 좀 마셔."

내가 몇 모금 마시자마자 자틴이 일어나 말했다.

"가자."

나는 약간 어지러웠다. 자틴, 찻잔, 가판대가 내 주위를 떠다녔다. 나는 자틴을 잡고 몸을 떨었다. 보도가 내 얼굴 쪽으로 솟아올랐다.

"나… 나… 나는 같이 갈 수 없어. 엄마가 가지 말래."

내가 말했다.

"따라와."

자틴이 손을 흔들었다.

"택시!"

"하지만…"

자틴은 나에게 팔을 둘렀다. 택시 한 대가 섰다. 나는 어느새 뒷좌석에 앉아 있었다. 나는 눈을 감았다.

그러자 어둠이 나를 집어삼켰다.

⑪

　눈을 뜨니 오른쪽 뺨에 초승달 모양의 흉터가 있는 어떤 남자가 나에게 다가왔다. 본 적이 없는 사람이었다. 남자는 머리가 컸지만 뼈대가 가늘었고 눈이 몰려 보였다. 이 남자는 도대체 누구지? 나는 어디 있는 거지? 우리 가족은 어디 있지?

　희미하게 자틴, 차, 택시에 대한 기억이 밀려왔다. 나는 일어섰다.

　"누구세요?"

　남자는 사팔눈으로 나를 내려다봤다.

　"네 보스."

　"여기가 자틴이 말했던 그 공장이에요? 자틴의 삼촌이에요?"

남자가 웃었다. 흉터가 모여 보였다.

"걔가 널 삼촌에게 데리고 간다고 했나?"

"네. 자틴 알죠? 여기로 나를 데리고 온 남자아이?"

머리를 가로젓는 흉터아저씨는 즐거워 보였다.

"알지. 다만 이번 이름이 자틴이었는지 몰랐을 뿐."

'이번 이름이 자틴이었다.'는 말이 마음에 걸렸다. 자틴은 대체 누구지? 진짜 이름은 뭐지? 나는 왜 여기 있는 거지? 나는 주위를 둘러봤다. 앞문과 뒷문의 안쪽에는 자물쇠가 있었고, 모두 잠겨 있었다. 갑자기 두려움이 심장을 파고들었다.

공장 같지 않았다. 양쪽에 창문이 있는 직사각형 모양의 기다란 방이었다. 나무로 된 덧문은 잠겨 있었고 방은 형광등 하나가 밝히고 있었다. 내가 서 있는 바닥은 거친 돌로 만들어졌는데 그동안 몇 번의 우기에도 아무도 닦지 않은 것 같았고 벽에 칠해진 페인트에는 얼룩이 묻어 있었다. 얼룩 중 몇 개는 빨간색이었다. 구장 나무 잎 주스일까? 아니면 피? 나무 판으로 된 천장을 보니 위쪽에 방이 있는 것 같았다. 누렇게 빛이 바래 숫자를 읽을 수 없는 벽시계는 황동 추가 앞뒤로 왔다 갔다 하면서 째깍거렸다. 나는 현기증이 날 것 같아 눈길을 돌렸다.

흉터아저씨는 거의 방 길이만큼 기다란 벤치에 있는 쿠션 위에 앉았다. 아저씨가 앉은 곳 맞은편에는 텔레비전이 있었다.

부엌은 구석에 있었다. 좁은 대나무 사다리가 한쪽 벽에 기대어 있었다.

나는 파란색 우비를 들어 올려 가슴 앞에서 꼭 끌어안았다. 조금 안정되는 느낌이 들었다.

"내가 일할 게 있어요?"

"물론이지."

목구멍이 따갑고 입술이 말랐다. 혀로 입술을 핥으니 폭풍우가 한참 전에 지나간 땅처럼 건조했고 비늘로 뒤덮인 느낌이 들었다.

"목말라요."

"물을 좀 마셔라."

흉터아저씨가 말했다. 그리고 부엌 쪽으로 발을 끌며 걸어가서는 찌그러진 텀블러에 물을 담아 나에게 줬다.

나는 텀블러를 움켜잡고 꿀꺽꿀꺽 물을 마셨다. 내가 텀블러를 돌려주려고 하자 흉터아저씨가 딱딱거렸다.

"난 네 종이 아니야. 네가 내 종이지."

덧문들 사이로 생긴 틈으로 보니 밖은 이미 어두웠다. 엄마가 분명히 나를 기다리고 있을 것이다.

"이제 집에 가야 해요."

내가 말했다.

"어디? 길거리로 돌아간다고?"

"엄마한테요."

"아직 아기거나 뭐 그런 거냐? 정신 차려. 네 엄마는 여기 없고 넌 밥값을 해야지. 넌 여기서 지내는 거야."

"가게 해 주세요."

나는 맞섰다. 흉터아저씨가 내 뺨을 세게 후려쳤고, 나는 바닥에 나가떨어졌다. 흉터아저씨가 다시 나를 때렸다.

"이 쥐새끼 같은 놈, 그대로 있어."

나는 우비로 머리를 덮고 손으로 감싼 뒤 몸을 동그랗게 만들었다. 아빠는 단 한 번도 우리를 차거나 때린 적이 없었다. 아빠는 '동물은 새끼를 때리지 않는단다. 만약 우리가 동물보다 낫다고 생각한다면 적어도 동물만큼은 행동해야 해.'라고 말하곤 했다. 나는 나를 때린 사람을 '아저씨'라고 부를 수 없다고 생각했다. 심지어 '놈'도 아깝다고 생각했다. '흉터'다. 그냥 '흉터'. 더 이상은 없다.

"일어나!"

흉터가 소리쳤다.

천천히, 나는 일어났다. 머리가 마치 위처럼 텅 빈 것처럼 느껴졌다. 음식이 필요했다.

"이렇게 하자, 꼬마야. 내일, 일을 시작하는 거다."

내가 '이렇게 하자.'를 어디서 들어 봤더라? 익숙했지만 기억해 낼 수 없었다. 내 마음은 안개가 뒤덮인 산 같았다. 고통의 물결이 몰려와 나는 눈을 감았고 의식을 잃고 쓰러졌다.

흉터와 흉터의 목소리 그리고 방, 모두 사라졌다.

"일어나, 게으름뱅이."

소리가 들렸다. 나는 눈을 떴다. 근처에 흉터가 서 있었다. 흉터의 발을 보니 기차역 보도에서 잤던 첫 번째 밤에 나를 발로 찼던 경찰이 생각났다. 아침 햇살이 반쯤 닫힌 덧문을 통해 들어오고 있었고, 방은 어젯밤에 본 것보다 훨씬 더러웠다. 거미줄은 구석에서 반짝거렸고, 개미 두서너 마리는 서둘러 바닥을 기어갔다. 흉터의 나무 벤치 아래에는 상자 여러 개, 신문 더미, 황마 자루 몇 개가 있었다.

흉터가 손뼉을 쳤다.

"일어나."

나는 아직 몸을 가누기 힘들었지만 두 발로 서려고 노력했다.

흉터는 내 오른팔을 움켜잡고는 나를 비난하기 시작했다.

"게으름은 이만하면 충분해. 일할 시간이야. 다른 아이들은 벌써 몇 시간째 일하고 있단 말이다."

나는 너무 가까이에 있어 흉터의 입 냄새를 맡을 수 있었다.

흉터가 내 팔을 놓았지만 여전히 내 팔에는 빨갛게 부은 자국이 남아 있었다. 주위에 아무도 없었고 아무런 소리도 들리지 않았다.

"다른 아이들이 어디 있어요?"

"위층에 있지."

"돈은요?"

"돈? 너는 음식과 잠잘 곳을 얻게 될 거야. 그리고 다른 아이들이 얻는 것도. 차를 마시고 필요하면 화장실을 쓰거라. 빨리."

흉터는 부엌을 가리켰다.

나는 뒷문 옆에 있는 부엌 모퉁이 맞은편에 있는 화장실을 썼다. 화장실은 작고 냄새가 났다. 나는 나에게 일어난 일이 명확해질 때까지 화장실에 계속 서 있었다. 자틴이 날 속였다. 차에 약을 탔다. 나를 흉터에게 팔았다. 나를 팔았다. 나는 이제 흉터의 것이다. 극심한 공포가 나를 사로잡았다. 나는 화장실 문을 벌컥 열었다. 당장 빠져나와야 했다. 신선한 공기가 필요했다.

다행히 열린 화장실 문은 흉터가 나를 볼 수 있는 시야를 가렸다. 오늘은 안쪽에서 뒷문이 잠겨 있지 않아서 밀어 보았지만 꼼짝도 하지 않았다. 금이 간 틈 사이로 살펴보니 바깥쪽에 커다란 황동 맹꽁이자물쇠가 걸려 있었다.

"뭐 하고 있는 거냐?"

흉터가 소리쳤다.

"나가요."

내가 말했다.

부엌 바닥에는 수상해 보이는 액체가 반쯤 담긴 찌그러진 텀블러가 있었다. 한 모금 마셨다. 차 같았지만 우유가 충분히 들어 있지 않아 아무 맛이 나지 않았고 차가웠다.

스토브에서 달을 요리하는 냄새가 났다. 한쪽 벽에 철제 선반이 비뚤게 걸려 있었다. 선반에는 내 것과 같은 텀블러 다섯 개와 스테인리스 텀블러 하나, 그릇과 접시 몇 개가 있었다. 또 한쪽에는 나무 밀방망이 하나, 서빙 스푼 두 개, 냄비 몇 개, 프라이팬 한 개가 놓인 작은 철제 선반이 있었다.

팅, 팅, 팅… 벽시계가 아홉 시를 알렸다.

"빨리, 빨리. 가!"

흉터가 손뼉을 치며 고함쳤다. 흉터는 벤치 위 쿠션에 앉아 구슬로 장식한 아름다운 액자를 신문지로 싸고 있었다.

나는 남은 차를 마저 마시고 싱크대에서 텀블러를 씻어 선반에 올려 두었다.

"우비를 챙겨서 올라가."

흉터는 사다리를 가리키며 명령했다. 나는 바닥에서 우비를 집어 들고 올라갔다. 흉터가 나를 따라왔다. 삐걱, 삐걱, 사다리가 소리를 냈다. 흉터의 몸무게 때문에 사다리가 부서질까 봐 겁이 났다.

나는 사다리 꼭대기에서 잠시 멈췄다. 다섯 얼굴이 나를 쳐다보고 있었다. 다들 나무 바닥 위에서 책상다리를 하고는 낮고 비스듬한 책상 앞에 앉아 있었다. 한 명씩 차례대로 살펴봤다. 가장 큰 남자아이는 코에 작은 혹이 있었고 손가락이 퉁퉁했다. 그 옆에 앉은 남자아이는 눈을 내리뜨고 있었는데 속눈썹이 길고 진해 눈을 가릴 정도였다. 세 번째 남자아이는 나이가 나렌과 시타 정도로 보였고, 턱에 보조개가 있었다. 곱슬머리의 네 번째 남자아이는 몸을 앞뒤로 흔들고 있었고, 다섯 번째 남자아이는 어깨가 굽었고 도시의 구름처럼 눈동자 색이 회색이었다.

흉터가 다시 손뼉을 쳤다.

"가."

놀란 나는 사다리에서 거의 떨어질 뻔했다.

나는 마지막 두 계단을 올라갔다. 흉터가 나를 따라왔다. 남자아이들은 다시 일을 시작했다. 책상 위로 몸을 낮게 굽히고 손으로 무딘 나무 바늘을 들고 있었다. 바늘을 통에 넣어 한 번에 구슬을 꿰어 올려 액자에 붙였다. 아마도 자틴이 나에게 말했던 그 공장인 것 같았다.

톡 쏘는 듯한 지독한 냄새에 눈이 따갑고 목이 타들어 가는 것 같았다. 나는 기침을 했다. 흉터가 내 등을 주먹으로 세게 쳤다. 그러고는 코가 작고 손가락이 퉁퉁한 남자아이를 쳐다보며 말했다.

"얘 좀 맡아."

"그럴게요. 여기, 내 옆에 앉아."

퉁퉁한 손가락이 나를 쳐다보며 말했다.

속눈썹이 길고 진한 남자아이는 올려다보지도 않고 자리를 좁혀 앉았다. 나는 수직 창살이 달린 창문 밑, 둘 사이에 자리를 잡고서 우비를 뒤쪽에 밀어 놓았다. 이제 나는 이 남자아이들 사회의 일부가 되었다.

끼익, 끼익, 끼익, 끼익. 흉터는 내려갔다.

퉁퉁한 손가락이 나에게 무지 액자를 건넸다. 그리고 구슬이 담긴 금속 통을 내 쪽으로 밀었다.

"작업대랑 구슬을 같이 쓰면서 어떻게 하는지 알려 줄게."

퉁퉁한 손가락은 머리를 쓸어 올렸다.

"이게 우리가 하는 일이야."

책상 위에 액자를 올려놓고 한쪽 면에 접착제를 얇게 펴 발랐다. 퉁퉁한 손가락의 앞머리가 다시 이마 앞으로 내려왔다.

"해 봐."

나는 퉁퉁한 손가락을 따라 했는데 접착제가 너무 두껍게 발렸다. 퉁퉁한 손가락이 내 손을 찰싹 때렸다.

"너무 낭비하지 마. 가능한 한 접착제를 적게 써."

목이 화끈거리고 눈물이 났다. 기침을 멈출 수가 없었다. 퉁퉁한 손가락이 낄낄 웃었다.

"접착제를 너무 많이 쓰면 그렇게 되는 거야. 들이마시면 내려가면서 불에 타들어 가는 것같이 느껴지지. 그러니 할 수 있는 한 적게 사용하도록 해. 알겠어?"

퉁퉁한 손가락이 내 옆구리를 세게 꼬집었다. 나는 울음을 그쳤다. 퉁퉁한 손가락이 종이 하나를 가리켰다.

"이게 디자인이야. 실수는 용납하지 않아. 일해. 점심 식사 전까지 4개를 못 만들면 점심 식사 없이 계속 일하게 될 거야. 어떤 음식도 없어. 알겠어?"

나는 고개를 끄덕였다.

내 마지막 식사는 어제 점심이었고 '음식'이라는 단어를 듣는 것만으로도 속이 뒤틀렸다.

디자인을 보고 접착제를 바른 면에 구슬을 놓기 시작했다.

작은 구슬을 무딘 바늘로 꿰어 올리기란 여간 어려운 게 아니었다. 하지만 반짝이는 빨간색, 초록색, 하얀색 구슬이 만드는 기하학적인 디자인은 예뻤다. 둔탁한 나무가 예쁘게 변신하는 것이 마음에 들었다.

한동안 나를 지켜보던 퉁퉁한 손가락이 말했다.

"나쁘지 않네."

나는 조용히 있었다. 내가 잘하면 퉁퉁한 손가락이 나에게 잘해 줄 것 같았다. 나는 일에 집중했다.

한쪽 면이 완성되면 나는 숨을 참고 접착제를 아주 조금 덜어 반대쪽 면에 할 수 있는 한 최대한 얇게 펴 발랐다. 그러고 나서 구슬들을 올려놓기 시작했다. 디자인대로 구슬들이 액자에 붙지 않았다. 퉁퉁한 손가락이 나를 보고 있었다.

"내가 잘못한 게 있어?"

내가 물었다.

"접착제를 충분히 바르지 않았어."

"적게 발라야 한다고 생각했거든. 네가 그렇게…"

"닥쳐! 알맞은 양을 써야지. 너무 많이 바르면 낭비고, 너무 적게 바르면 구슬들이 붙지 않거나 더 심하면 보스가 포장할 때 구슬들이 떨어져 아주 화를 내겠지."

내가 이 액자에 구슬을 붙였다는 걸 흉터가 어떻게 알 수 있을까? 나는 주변을 둘러봤다. 퉁퉁한 손가락과 나를 빼고 저마다 각기 다른 디자인을 가지고 있었다.

나는 접착제를 조금 더 덜어서 다시 시도했다. 퉁퉁한 손가락은 나보다 두 배나 빨랐다. 일을 하고 있는데 맞은편에 앉은 곱슬머리의 흔들이가 내 시선을 빼앗았다. 흔들이의 눈은 일출에 연못이 빛나는 것처럼 반짝였다. 마르고 툭 튀어나온 무릎은 나무 책상 아래로 나와 있었다. 앞뒤로, 앞뒤로 움직이면서 구슬들을 꿰어 들고 접착제를 발랐다. 그리고 마치 기도를 하는 것처럼 시선을 멈췄지만 기도를 하는 것은 아니었다. 할 수 있는 한 최대한 빠르게 일을 하고 있었다.

또 옆구리를 꼬집는 통에 나는 비명을 지르고 말았다.

"이건 쇼가 아니야. 일해."

퉁퉁한 손가락이 말했다.

시계가 한 시를 알리기 전에 나는 액자 네 개를 끝냈다. 흉터가 아래층에서 손뼉을 쳤다. 시끄러웠다. 흉터라는 별명을 붙이지 않았다면 천둥손뼉(천둥소리를 뜻하는 영어 단어(clap of thunder)에 손뼉을 뜻하는 영어 단어(clap)가 들어 있는 것을 이용한 말장난-옮긴이)이라고 별명을 지었을 것이다.

퉁퉁한 손가락이 머리를 들었다.

"점심시간이다."

자리에서 일어나자 나는 어지러워 휘청거렸다. 뭐라도 잡으려고 손을 뻗었는데 흔들이가 잡아 줬다.

"고마워."

내가 말했다.

흔들이는 고개를 끄덕였다.

퉁퉁한 손가락을 빼고는 아무도 나에게 말을 걸지 않았다. 게다가 서로 단 한마디도 속삭이지 않았다. 심지어 학교에서 조용히 해야 할 때에도 대개 아이들은 말을 해서 가끔 혼나기도 하는데 말이다. 일단 수업이 끝나면 재잘재잘 수다 떠는 소리가 점점 커지기 마련이었다. 아마도 흉터가 이야기하는 걸 금지했고 아이들은 흉터가 엿듣고 때리는 게 무서운 거겠지.

한 명씩 차례로 사다리를 내려가서 싱크대 쪽으로 곧장 갔다. 물통과 비누 한 조각이 있었다. 모두 손을 씻길래 나도 손을 씻었다. 손가락에 묻은 접착제가 여전히 남아 있어서 한 번 더 씻었다.

"물 낭비하지 마."

퉁퉁한 손가락이 말했다.

흉터는 달을 그릇에 담으며 우리를 쳐다보지도 않았다. 나는 아주 감사했다. 흉터와 문제를 더 만들고 싶지 않았다.

우리는 돌바닥에 앉았고 흉터는 쌀과 달이 담긴 그릇을 나뉘 줬다. 나는 다른 음식을 더 기다렸지만 다른 아이들은 먹기 시작했다. 로타나 카레는 없는 것 같았다. 흉터가 만든 달은 아침에 마셨던 차처럼 물이 아주 많았고 아무 맛이 없었다. 그래도 나는 다 먹어 치웠다.

"새로 온 애는 좀 어때?"

흉터가 퉁퉁한 손가락에게 물었다.

퉁퉁한 손가락은 나를 바라봤다.

"좀 느리지만 제대로 하기까지 오래 걸리진 않을 것 같습니다."

"내 이름은 고팔이에요."

내가 말했다.

흉터가 나를 빤히 봤다.

"그래서? 넌 지금 내 밑에서 일을 하고 있지. 그러니 내가 하고 싶으면 널 바퀴벌레라고 부를 수도 있어. 여기서는 어떤 이름도 허락되지 않는다. 알겠어?"

나는 전혀 알 길이 없었다.

"왜 이름이 허락이 안 돼요?"

"내가 질문하지 않는 이상 입도 뻥긋하지 마."

흉터가 나에게 바짝 다가왔다. 나는 흉터의 크고 못생긴 맨발에 찌부러지는 바퀴벌레가 된 기분이 들었다.

맞은편에 앉아 있던 흔들이가 자신의 툭 튀어나온 무릎을 손가락으로 두드렸다. 흉터의 다리 사이로 나와 눈이 마주치자 머리를 아주 미묘하게 가로저었다. 나에게 위험하다고 신호를 보내는 것이었다.

점심을 다 먹고 우리는 그릇을 씻고 물기를 닦아 선반에 다시 올려놓았다. 그리고 위층으로 올라갔다. 수직 창살이 있는 창문 아래에 앉기 전에 나는 빗방울 크기의 초록 열매로 뒤덮인 님바 나무를 얼핏 봤다. 님바 나무가 창문에 너무 가까워서 내가 창살 사이로 손을 내밀 수만 있다면 잎사귀에 손이 닿을 것 같았다. 나는 앉으면서 한숨을 뱉었다.

모두가 조용하게 일했다. 바람이 불면 나뭇잎이 부드럽게 소곤거렸다. 창문을 볼 수는 없었지만 구름들이 떠다니는 것은 알 수 있었다. 방이 밝아졌다, 어둑어둑해졌다, 다시 밝아졌다, 어둑어둑해졌기 때문이다.

불과 며칠 전에는 우리 마을 연못가에 있었고, 어제는 엄마랑 있었는데 지금은 이곳에 갇혔다는 게 믿기지 않았다. 자틴을 찾으러 나가지 않았다면 안전했을 것이다. 이런 일이 일어날 거라고 단 한 번도 상상해 본 적이 없었다. 먼저 아빠를 잃어버렸고, 이제 나는 여기에 갇혀 버렸다. 자마 외삼촌이 뭄바이로 오라고 하지 않았다면, 아빠가 뭄바이로 오자고 하지 않았다면 좋았을 텐데. 여기서 혼자 일하는 것보다 빗쟁이의 채석장에서 일하는 게 훨씬 좋았을 것이다. 우리는 마을에서 모두 함께 안전하게 있었을 것이다.

눈물이 터졌다.

지금쯤이면 아빠는 집에 와 나를 찾고 있을 것이다. 우리가 땅을 잃었던 날처럼 울고 있을 아빠를 떠올렸다. 엄마가 어떤 감정일지는 상상조차 할 수 없었다. 나렌과 시타는 나를 기다리며 골목을 하염없이 바라볼 것이고 자마 외삼촌은 스스로를 탓하고 있을 것이다. 아, 그렇게 간절히 일자리를 찾지 않았다면 좋았을 텐데. 엄마와 자마 외삼촌 말을 들었다면 좋았을 텐데.

회색 눈동자를 가진 남자아이가 곁눈질로 나를 보고 있었다. 나는 머리를 좀 더 숙이고 볼을 닦고서 일에 집중했다.

퉁퉁한 손가락이 구슬 통을 채우러 갔을 때, 고개를 돌려 밖에 있는 나무를 봤다. 고향 연못가에서 내가 가장 좋아하는 장소가 떠올랐다. 그곳에 앉아서 왕이 되어 말을 타는 꿈을 꿨다. 만약 그곳에 공기 궁전을 만들 수 있다면 지금 당장 만들 것이다. 상상 속에서 나는 연못으로 가 우리 마을을 둘러싸고 있는 언덕들과 마테란의 일몰을 볼 것이다. 흉터나 퉁퉁한 손가락도 내가 상상하는 것까지 막을 수는 없을 것이다. 혹은 탈출을 계획하는 것을 막을 수는 없을 것이다.

내가 앉은 곳에서는 길을 볼 수 없었지만 자동차 소리를 들을 수는 있었다. 자마 외삼촌 집에서 내가 얼마나 멀리 떨어져 있는지 궁금했다.

태양은 나무 뒤, 서쪽으로 떨어지며 바닥에 움직이는 잎사귀 모양과 빛과 그늘로 줄무늬를 만들었다. 연못가에서 나뭇잎 사이로 떨어지던 햇빛이 떠올랐다. 지금 내가 뭄바이에 있다면 바다도 땅의 서쪽 편 가장자리 너머 어딘가에 있을 것이고 우리 가족도 가까운 곳 어딘가에 있을 것이다. 가슴이 아팠다.

흉터가 올라왔다. 땀 때문에 머리카락이 머리에 착 달라붙은 흉터는 대머리가 드러나 이마가 더 넓어 보였다. 연필 한 자루가 한쪽 귀에 꽂혀 있었다. 흉터와 퉁퉁한 손가락은 조심스럽게 우리가 만든 액자를 판지 상자에 넣어 아래로 가지고 내려갔다. 다섯 명만 남게 되자 나는 작은 소리로 말했다.

"여기서 누가 가장 오래 있었어?"

아무도 대답하지 않았다.

"우리는 말도 할 수 없어?"

내가 물었다.

흔들이가 머리를 가로젓더니 속삭였다.

"말하면 벌을 받을 거야."

오랫동안 말을 하지 않아서 흔들이의 목소리가 허스키했다.

"벌? 무슨…."

"쉿! 누가 올라온다."

조용해졌다. 퉁퉁한 손가락의 머리가 올라왔다. 퉁퉁한 손가락이 전등을 켰다. 디팩 푸드 스토어에 있던 것처럼 갓등 없이 전구만 있었다. 전구 바로 아래 앉은 퉁퉁한 손가락은 가장 많은 빛을 받았다. 맞은편은 거의 빛이 안 들어왔기 때문에 퉁퉁한 손가락과 물건들을 함께 쓰는 나는 운이 좋았다. 흔들이는 눈을 찡그리고 봐야 했다.

"우리가 자리를 다시 정하면 모두가 빛을 받을 수 있을 거야."

내가 말했다.

모두 나를 쳐다봤다. 마치 물고기가 강 밖으로 뛰어올라 강가로 나온 것처럼 다들 입을 크게 벌렸다. 퉁퉁한 손가락이 바늘을 내려놓고 나를 노려보길래 나도 퉁퉁한 손가락을 봤다. 손가락 하나 움직이지 않았다.

"너희들 모두 다시 일하도록 해."

퉁퉁한 손가락은 나를 가리켰다.

"너는 기다려. 보여 줄 게 있어."

무엇을 보여 준다는 거지? 묻고 싶지 않았고 보고 싶지도 않았다. 특히 퉁퉁한 손가락한테서는. 나는 접착제를 발랐다. 구슬을 붙이고, 구슬을 붙였다. 시간표를 외우는 것보다 훨씬 지루했다. 이것과 비교하면 마테란에서 짐 가방을 옮기는 일은 하이킹하는 것이나 마찬가지였다. 마테란에서는 새로운 사람들을 만나고 자유롭게 돌아다닐 수 있었다. 어떤 관광객들은 관대해서 팁을 많이 주거나 음식을 나눠 주기도 했다.

나는 어떻게든 이곳에서 달아나야 한다. 꼭 해야 한다. 꼭 해야만 한다.

흉터가 손뼉을 쳤고, 퉁퉁한 손가락이 말했다.

"저녁 식사 시간이야."

다들 흉터의 손뼉 소리를 들을 수 있는데 왜 퉁퉁한 손가락이 말하는지 이해할 수 없었다. 흔들이가 제일 처음으로 일어서서 몸을 펴고는 아래로 내려갔다. 어떻게 저렇게 뻣뻣하지 않을 수 있을까? 자고 있는 것 같은 두 다리 때문에 나는 사다리를 거의 내려가지 못하고 있었다.

"가."

나와 둘이 남게 된 퉁퉁한 손가락이 말했다. 퉁퉁한 손가락은 내 뒤를 따랐다.

"빨리!"

퉁퉁한 손가락이 소리쳤다.

나는 마지막 두 발자국을 남겨 놓고 휘청거렸다.

제일 마지막으로 내려왔으면서 퉁퉁한 손가락은 제일 먼저 손을 씻었다. 퉁퉁한 손가락은 대장이라 특별 대우를 받았다. 밥을 먹으려고 앉는데 다리를 책상다리로 접을 수가 없어서 무릎을 세우고 당겨 앉았다. 음식을 먹기에 이상한 자세였지만 다른 방법이 없었다. 퉁퉁한 손가락이 흉터에게 속삭였다. 무슨 내용인지는 알 수 없었으나 둘은 나를 쳐다보고 있었다.

흉터는 나에게 다른 아이들한테 주는 음식의 반만 줬다.

"네 입을 가만히 두지 못하면, 넌 벌을 받을 거다."

"하지만…"

"따지지 마라. 굶기지 않아서 다행인 줄 알아. 다른 보스 같 았으면 굶겼어."

흉터는 거칠게 말했다.

이 세상에 얼마나 많은 보스가 있고, 얼마나 많은 아이들이 이런 곳에서 일하고 있을까? 그 아이들이 모두 액자를 만들지 는 않을 것이다. 기차역에서 봤던 차를 배달하는 꼬마가 생각 났다. 우리 가족이 마을을 떠나지 않았다면 나는 빚쟁이의 채 석장에서 돌을 쪼개고 있었을 수도 있다. 가끔 커다란 농장에 서 목화솜이나 다른 작물을 수확하기 위해 아이들을 쓰기도 했다. 종종 폭죽 공장에서 아이들을 데려다 일을 시키고 죽인 다며, 그래서 폭죽을 좋아하지 않는다고 했던 담임 선생님 말 이 기억났다. 아마도 다른 아이들은 바느질을 하거나 넝마를 줍거나 접시를 닦고 있을 것이다. 그 아이들도 흉터와 같은 보 스 밑에서 일한다면 조금밖에 먹지 못할 것이다. 머릿속으로 흘러들어 오는 생각들 때문에 머리가 빙글빙글 돌기 시작했다.

"최대한 빨리 먹고 다시 일해."

흉터가 짖는 듯 소리쳤다.

나도 모르게 입이 쩍 벌어졌다. 저녁 식사 후에도 일을 해야 한다고? 다른 아이들은 먹는 것에 집중하고 있었다. 퉁퉁한 손 가락은 밥 한 덩어리를 집어 입에 쑤셔 넣고, 또 한 덩어리를 집었다. 음식을 가장 많이 받았는데 우리보다 빨리 먹는 걸 봐서는 분명 씹지도 않고 꿀꺽 삼키는 게 틀림없었다. 그제야 나는 겨우 먹기 시작했다.

나는 밥과 달을 한 입 물었다. 오늘 아침에 먹은 것과 맛이 정확히 같았다. 어금니에 갑자기 무언가가 씹혀서 손바닥에 뱉었다. 아주 작은 돌이었다.

흉터가 내 등을 때렸다.

"또다시 음식을 뱉었다간 이틀 동안 아무것도 못 먹을 줄 알아. 그거 도로 넣어."

나는 입속에 작은 돌을 재빨리 넣었고 자갈투성이인 마지막 달 한 숟가락과 함께 그냥 삼켰다.

"난 곧 나갈 거야. 자기 전에 덧문 닫아."

우리가 올라오자 흉터가 말했다. 흉터가 없을 때 달아나는 것이 더 쉬울 것이기 때문에 나는 조용히 숨을 몰아쉬었다.

문이 세게 닫혔고 열쇠들이 짤랑거렸다. 흉터가 앞문을 잠갔다.

시계가 열 시를 알렸다. 퉁퉁한 손가락은 호루라기를 불었고 모두가 하던 일을 멈췄다. 우리는 벽 쪽으로 물건들을 옮겼다. 퉁퉁한 손가락은 나에게 황마 자루를 주었고, 나는 퉁퉁한 손가락의 시범을 따라 내가 앉았던 바닥에 자루를 깔았다.

통통한 손가락은 내 파란색 우비를 집어 들었다.

"네 거냐?"

"응."

"나한테 맞는지 한번 보자."

자틴이 날 속이고 흉터가 날 가두었을 뿐만 아니라 이제는 통통한 손가락이 내 우비를 가져가려고 한다. 깡패들.

통통한 손가락은 꿈틀대며 우비에 몸을 쑤셔 넣었다. 소매는 짧았고 단추는 잠글 수가 없었다. 다른 아이한테 줘 버리지 않기를 바랐다.

"나한테는 너무 작네."

통통한 손가락이 코를 찡긋하며 말했다. 다시 나한테 우비를 돌려줄 때까지 나는 숨을 죽이고 있었다. 나는 우비를 작은 직사각형 모양으로 접어서 베개로 썼다.

통통한 손가락은 덧문을 닫았다. 모두들 벽 쪽으로 머리를 두고 누워 발들이 가운데 모였다. 흔들이의 발이 내 발에 닿았다.

탈출하고 싶다면 모두가 잠들기를 기다려야만 했다. 특히 통통한 손가락. 하지만 내가 간절히 도망가고 싶은 만큼 깨어 있는 것도 무척 힘들었다.

나는 한밤중에 깼다. 비가 온 힘을 다해 금속 지붕을 내리치고 있었다. 바람은 다친 뱀처럼 쉭쉭 소리를 냈다. 번개가 치고 곧바로 천둥이 쳤다. 폭풍이 우리 머리 바로 위에 있었다.

엄마가 어디 있지? 나는 엄마를 찾아 두리번거렸고 누군가의 발이 만져졌다. 나는 일어나 앉았다. 아, 공장. 자틴, 흉터, 퉁퉁한 손가락, 갇힌 게 꿈이 아니었다. 진짜였다. 모두가 가만히 누워 있었다. 아무도 내리치는 시끄러운 빗소리에 전혀 괴로워 보이지 않았다.

떠나야 한다. 문은 잠겼지만 창문으로 비집고 나갈 방법을 찾을 수도 있을 것이다. 내리치는 비로 물바다가 된 길거리에 나가면 위험할 수도 있다. 하지만 내가 선택할 수 있나? 번개가 덧문에 난 틈 사이로 또 번쩍였다. 천둥이 따라왔다.

일단 이곳을 빠져나가 길에 서게 되었을 때, 그때 돼서 비에 대해 걱정해도 늦지 않을 것이다.

일어났다. 방에 다섯 명이 꽉 차 있어서 피해 가야 할 팔과 다리가 스무 개가 있었다. 나는 손전등 빛을 가운데로 향하고 천천히 반대쪽으로 움직인 다음에 전원을 껐다. 갑자기 우비를 깜빡한 게 생각났지만 다시 돌아가면 누군가를 깨울 것만 같았다. 잡히는 것보다 비에 젖는 게 낫다고 생각했다.

사다리를 내려가려고 뒤로 돌아 발을 내렸다. 발이 공중에 매달렸다. 잠깐 손전등을 켜서 보니 사다리가 없었다. 내가 다치지 않으면서 쿵 하고 큰 소리가 나지 않게 아래로 뛰어내릴 방법은 없었다.

번개가 번쩍여서 누군가 앉아 있는 게 보였다.

"뭐 해?"

작은 목소리로 나에게 물었다. 어두웠지만 등을 구부리고 있는 걸 알 수 있었다. 눈동자가 회색인 아이였다.

나는 당황했다.

"나… 나… 화장실 가려고."

"지금?"

"응."

"못 가. 아침에 보스가 올 때까지 기다려야 해. 다시 이리 와."

나는 손전등을 다시 켜지 않고 천천히 걸어갔다. 내 손전등을 본 것 같지는 않아서 정말 다행이었다. 여기에서는 아무도 많이 가지지 못했기 때문에 나한테 손전등이 있다는 걸 흉터가 알게 되면 아마도 뺏을 것이다.

내가 누운 자루는 깔끄러웠지만 내가 마음으로 느끼는 고통에 비하면 피부로 느끼는 아픔은 아무것도 아니었다. 누군가

이 거친 자루로 내 심장을 계속해서 문질러 피가 날 것만 같았다. 엄마를 생각하자 눈물이 두 뺨을 타고 흘러내렸다. 엄마가 얼마나 힘드실까! 엄마는 먼저 아빠를 잃었고 이제 나를 잃었다. 아빠가 사라지고 나렌과 시타가 얼마나 조용했던지. 도로에 앉아 길을 하염없이 쳐다보고 있었다. 이제 나를 기다리며 창밖을 쳐다보고 있을 것이다. 자마 외삼촌의 도움으로 나는 학교에 가고, 일을 하고, 나렌과 시타가 공부할 수 있게 하기로 했었다.

아, 내가 왜 자틴의 말을 들었을까? 낯선 사람에게 의존할 정도로 나는 성급하고 멍청했다.

내 옆에 누운 속눈썹이 풍성한 아이가 잠꼬대로 말을 했다. 다른 언어를 쓰며 말을 더듬었다. 아마도 멀리서 온 것 같았다. 뭐라고 말하는지 이해할 수는 없었지만 말투는 알아챌 수 있었다. 무언가 잘못하고 용서를 비는 것처럼 슬프게 들렸다. 애원하고 있었다. 나는 팔을 뻗어 아이의 머리를 토닥였다. 조용해졌다. 나는 손등으로 눈물을 닦고 몸을 돌렸다. 갑자기 바람이 몰아쳐 공장 전체가 흔들렸다. 내 몸도 떨렸다.

만약 내 성급함과 멍청함 때문에 내가 여기에 오게 되었다면 여기를 빠져나갈 방법은 인내심과 현명함을 갖는 것이다. 탈출을 시도하기 전에 이곳이 어떻게 돌아가는지 이해하고 조심스럽게 계획을 짜야 한다. 내가 살아 있는 한 탈출할 기회는 있을 것이다. 엄마, 나렌, 시타, 자마 외삼촌 그리고 아빠를 찾아 탈출할 기회. 만약 아빠가 살아 있어서 내가 사라진 것을 알게 된다면 엄청난 충격을 받을 것이다. 만약 아빠가 죽었다면 나는 아빠를 대신해 우리 가족을 보살펴야 한다.

그렇다, 해야 한다. 그러니 나는 도망갈 것이다. 불과 며칠도 안 걸릴 것이다.

나는 해야 할 것들을 생각하며 잠이 들었다.

⑬

화장실을 가는 짧은 일정으로 하루가 시작됐다. 오늘, 통통한 손가락은 나에게 책상과 구슬 통을 줬지만 나를 계속 지켜볼 요량으로 자리는 그대로 앉게 했다. 하지만 그건 나에게도 통통한 손가락을 엿볼 수 있는 기회였다. 통통한 손가락의 손가락은 내 손가락만큼 민첩하지 않아서 무딘 바늘로 구슬을 꿰어 올리는 데 빠르지 않았다. 하지만 숙달돼서 체계적이었다. 오른손으로 구슬을 집어 올려 액자에 놓고, 왼손으로 구슬을 누르면서 오른손으로는 다른 구슬을 집어 올렸다. 덕분에 통통한 손가락은 일하는 속도가 빨랐다. 나는 통통한 손가락을 따라 하려고 했지만 왼손으로 하는 게 몹시 어려웠다.

한동안 일을 하고 있으니 흉터가 돌아왔다. 끼익, 끼익, 끼익, 시계 태엽 소리가 났다. 몇 분 뒤, 차를 마시러 내려오라고 흉터가 손뼉을 쳤다. 나는 밍밍한 액체를 홀짝이며 주위를 둘러봤다. 모든 창문은 잠겨 있었고 앞문과 뒷문도 마찬가지였다. 우리가 올라가 있는 낮 시간 동안 흉터가 창문이나 문을 열어 놓고 있는지 궁금해졌다. 나는 내려와서 확인해 봐야겠다고 생각했다.

"칸파티(뭄바이에서 쓰는 말로, 처벌을 뜻하는 속어-옮긴이)를 원하는 게 아니라면 빨리 마셔라."

흉터가 말했다.

칸파티라는 말은 처벌을 뜻하는 말 같았다. 다시 위로 올라가기 전에 모두들 가능한 한 빨리 차를 벌컥벌컥 삼켰다.

한 시간 남짓 지났을 무렵에 갑자기 노랫소리가 들렸다. 아래에서 흉터가 텔레비전을 켠 것이 틀림없었다. 단어 하나하나를 다 들을 수 있었다. 하지만 가사를 들으려고 하니 일하는 속도가 느려졌다. 하는 수 없이 다시 일에 집중했다.

일을 하면서도 탈출할 방법을 생각하지 않을 수 없었다. 일에 집중하기가 어려웠다. 아래층으로 내려가 창문과 문을 확인할 필요가 있다고 생각했다. 어쩌다 문 중에 하나가 열려 있다면 달아날 수도 있을 것이다. 나는 자리에서 일어나 허리에 손을 얹고 몸을 뒤로 젖혔다. 몇 시간 동안 책상 위로 구부정하게 있었던 터라 시원했다.

툭툭한 손가락이 무딘 바늘로 나를 가리켰다.

"뭐 하는 거야?"

"급해."

"그냥 그렇게 일어나서 막 돌아다닐 수 없어. 허락을 받아야해."

"알았어. 가도 돼?"

툭툭한 손가락의 콧구멍이 커졌다.

"앉아."

나는 주위를 둘러봤다. 모두가 머리를 숙이고 있었다.

"근데 진짜 급해."

"일해. 당장!"

만약 바늘이 좀 더 뾰족했다면 툭툭한 손가락이 나를 찔렀을지도 모른다.

처음에는 다시 앉을까 생각했지만 내가 진짜로 탈출하기를 원한다면 반드시 툭툭한 손가락에 맞서야 했다. 마테란에 있는 리조트 건너편의 공원에서 보곤 했던 안나사헵 코트왈 동상을 생각했다. 1942년, 안나사헵 코트왈은 인도의 자유를 위해 영국에 맞서 싸웠다. 영국군이 잡으러 오자 언덕이 많은 마테란의 정글 인근에 숨었다. 그는 절대 굴복하지 않았고 결국 피살당하고 말았다. 나는 마테란의 중심가에 갈 때마다 동상 아래에 있는 그의 이름과 명판을 읽곤 했다. 내가 안나사헵 코트왈의 이야기에서 배운 것이 있다면 물러서지 않는 것이다.

나는 움직이지 않았다.

"내 말 못 들었어?"

퉁퉁한 손가락이 물었다.

"화장실 갔다 와서 앉겠어."

내가 말했다. 일을 하고 있던 다른 아이들이 모두 멈췄다. 풍성한 속눈썹을 가진 아이가 겁먹은 눈동자를 들어 올렸다. 흔들이는 바늘을 내려놓았지만 계속 몸을 흔들었고, 회색 눈동자를 가진 아이는 재미있다는 듯이 실실 웃었다.

턱에 보조개가 있는 가장 어린 아이가 말했다.

"친구, 가게 해 줘."

"입 함부로 놀리지 마! 그리고 '친구'라고 부르지 마. 난 네 친구가 아냐."

보조개 턱이 일을 다시 시작했다. 보조개 턱이 고개를 숙이자 턱의 보조개가 더는 보이지 않았다.

나는 곧 오줌을 쌀 것처럼 발을 이리저리 움직였다.

"가. 근데 바로 와."

퉁퉁한 손가락이 말했다.

나는 가능한 한 천천히 방을 가로질렀다.

"빨리!"

나는 속도를 바꾸지 않았다. 흉터의 졸개 따위에게 괴롭힘을 당하지 않을 것이다. 퉁퉁한 손가락이 나를 밀어붙이지 못하도록 내가 했던 행동이 마음에 들었다.

"너, 인마, 아직 화장실에 있어?"

텔레비전 소음 사이로 흉터가 소리쳤다.

"예."

"빨리해."

나는 화장실에서 나왔다. 뒷문은 밖에서 잠겨 있었다. 영구적으로 잠근 것이 틀림없었다. 나무 덧문은 열려 있었지만 창문은 금속 창살로 짜여 있어서 그곳으로 나갈 수는 없었다. 나는 사다리 쪽으로 걸어가면서 앞문을 바라봤다. 닫혀 있었고 잠겨 있었다. 어디에도 탈출의 희망은 없었다. 갑자기 입안이 먼지로 가득해지고 양발은 곤죽 같은 바즈라 오트밀(귀리로 죽처럼 조리한 음식―옮긴이)에 빠진 것 같은 느낌이 들었다.

흉터는 텔레비전을 보면서 무언가를 먹고 있었다. 무얼 먹는지 알 수는 없었지만 양파와 마늘 냄새가 공기를 가득 채웠다.

입에 침이 고였다. 흉터에게서 눈을 뗄 수 없었다.

그때, 흉터가 놓쳐 버린 큼지막한 음식 조각이 나무 벤치에 부딪혔다가 바닥에 떨어졌다. 흉터가 나를 보더니 얼굴을 찌푸렸다.

"네가 한 짓을 봐! 너 때문에 로티를 떨어뜨렸잖아. 그만 쳐다보고 이 조각을 주워서 먹든지 말든지 해. 악마 같은 네놈 눈 때문에 배가 아플 것 같으니."

흉터가 마음을 바꾸기 전에 나는 양파와 마늘로 채운 로티를 집었다. 나는 언제나 사람들이 음식을 나눠 먹으며, 심지어 여행 동안 엄마가 카드아저씨에게 그랬듯이 낯선 사람과도 음식을 나눠 먹는다는 걸 알고 있었다. 음식을 나눠 먹는 것은 예의일 뿐만 아니라 여행을 더 좋게 만들어 준다. 축복받을 일이다. 흉터도 그렇게 믿는다고 생각하지는 않지만 내가 악마의 힘 같은 걸 가지고 있어서 음식을 노려보는 것만으로도 음식을 떨어뜨리거나 배를 아프게 만들 수 있다고 생각하는 것 같았다. 흉터가 믿는 미신에 절로 미소가 지어졌다. 나는 다시 돌아가기 위해 뒤돌았다.

"여기서 먹어. 다른 아이들이 먹을 건 없으니."

나를 잡아 주려고 손을 내밀었던 흔들이와 퉁퉁한 손가락에 맞서 내 편을 들어 준 보조개 턱이 생각났다. 둘과 함께 먹을 수 있으면 좋을 것 같았다.

흉터가 목을 가다듬으며 나를 바라보고 있었다.

나는 입안에 큼지막한 조각을 쑤셔 넣고 씹었다. 살짝 튀긴 촉촉한 양파 조각이 내 입을 한가득 채웠다. 엄마가 만든 양파를 곁들인 바즈라 로티가 떠올랐다.

나는 사다리를 타고 천천히 올라갔다. 다 올라갔을 무렵에는 음식도 목구멍으로 다 넘겼다. 퉁퉁한 손가락이 숨을 크게 쉬었다.

"양파 냄새가 나네. 너 음식 훔쳤냐?"

코가 작아도 냄새는 제대로 맡을 수 있는 것 같았다.

혹시나 퉁퉁한 손가락이 내 주머니를 뒤져 손전등을 발견할까 봐 무서웠다. 그래서 자리에 앉으면서 말했다.

"아니. 보스가 로티 조각을 줬어."

"손 좀 보자."

나는 땀이 난 손바닥을 펼쳤다. 퉁퉁한 손가락은 내 반바지를 쳐다봤다. 퉁퉁한 손가락이 내 주머니를 뒤집어 보자고 하기 전에 내가 먼저 입김을 불며 말했다.

"양파 냄새나 받아라."

퉁퉁한 손가락은 자극적인 냄새에 코를 찡긋했다.

소리 죽인 웃음소리들이 들렸다. 퉁퉁한 손가락이 주위를 둘러봤지만 모두들 머리를 숙이고 있었다.

"됐어! 일이나 해."

퉁퉁한 손가락이 큰 소리로 말했다.

나는 보조개 턱과 흔들이를 쳐다본 후에 퉁퉁한 손가락이 시키는 대로 했다. 하지만 보조개 턱과 흔들이는 나를 쳐다보지 않았다.

나는 탈출의 희망을 가지고 내려갔지만 내가 얻은 것은 로티 조각뿐이었다. 여기서 도망칠 방법은 없었다. 누구 하나 달아날 시도도 하지 않았었는지 궁금해졌다. 어쩌면 누군가 시도를 했고, 그래서 흉터가 항상 문을 잠가 놓는 것일 수도 있었다. 다른 아이들은 여기서 어떻게 되었을까? 가족들은 어디 있을까? 돈은 받았을까? 궁금하지만 누구에게 물어봐야 할까? 아무도 친절하지 않고 서로를 불신하는 것처럼 보였다.

퉁퉁한 손가락이 대장이자 작은 보스였지만, 어떤 것도 물어볼 수 없었다. 보조개 턱을 보면 나렌이 떠올랐다. 마치 내가 보조개 턱을 알던 것만 같은 느낌이 드는 이유일 것이다. 속눈썹이 풍성한 잠꼬대쟁이는 절대 고개를 들어 쳐다보지 않았다. 부끄러움을 많이 타거나 겁을 먹었거나, 아니면 둘 다일 것이다. 얼마나 신중하게 구슬 하나하나를 누르는지, 얼마나 셔츠를 바지에 가지런히 밀어 넣어 입는지, 얼마나 머리카락을 완벽하게 빗어 넘기는지 나는 이미 눈치챘다. 틀림없이 주머니에 머리빗을 넣어 다닐 것이다. 잠귀가 밝다는 것을 빼면 눈동자가 회색인 아이에 대해서는 아는 것이 없었다. 어쩌면 친절한 흔들이가 내가 말할 수 있는 유일한 사람일지도 모른다고 생각했다.

침묵 속에서 일하는 것은 어려웠다. 시간은 천천히 그리고 고통스럽게 지나갔다. 접착제 냄새가 내 눈을 따갑게 만들었다. 오직 님바 나무 잎사귀들이 흔들리며 가벼운 향기를 방 안에 퍼지게 할 때, 일시적으로 지독한 냄새가 가려져 한숨 돌릴 수 있었다.

사다리를 중간쯤 올라온 흉터가 머리를 쑥 내밀어 통통한 손가락에게 따라오라는 몸짓을 했다. 흉터와 통통한 손가락이 가고 난 뒤, 흔들이에게 귓속말을 했다.

"넌 이름이 뭐야?"

흔들이는 슬픔으로 가득 찬 멍한 표정을 지어 보이고는 시선을 내렸다.

나는 한숨을 뱉었다.

"이름이 있을 거 아니야. 그렇지?"

흔들이는 사다리 쪽을 봤다. 고개를 *끄덕*였다.

"말해 봐. 안 하면 흔들이라고 부를 거야."

보조개 턱이 킥킥거렸다.

나는 입에다 손가락을 갖다 댔다.

보조개 턱이 작은 소리로 말했다.

"흔들이 마음에 드네. 내가 해도 될까?"

"이미 네 이름은 좋은 걸로 생각해 놨어. 보조개 턱."

"흔들이보다 낫나?"

"널 위해 지었어. 여기서 턱에 보조개가 있는 유일한 사람이 거든."

흔들이는 내 질문에 답하지 않았다. 나는 흔들이에게 격려하는 듯한 미소를 지어 보였다. 그래도 여전히 아무 말이 없었다.

"그냥 흔들이라고 불러."

보조개 턱이 말했다.

눈동자가 회색인 아이가 상체를 구부려 보조개 턱을 철썩 때렸다.

"네 녀석이 달의 이쪽 면에서는 말이 제일 많아."

눈동자가 회색인 아이는 누런 잇몸을 드러내고 있었는데, 앞니 두 개가 없었다.

줄의 끝, 사다리에서 가장 가까이에 앉은 눈동자가 회색인

아이에게 내가 물었다.

"누구 올라와?"

그 아이는 나를 빤히 쳐다보기만 했다.

"넌 이름이 뭐야?"

내가 속삭였다.

"이름 없어."

눈동자가 회색인 아이가 낮게 말했다.

"여기 있는 우리는 다 이름이 없네."

내가 말했다.

"이름 짓기 잘하던데. 나도 하나 지어 주는 게 어때?"

그 말에 나는 잠시 생각했다. 아이의 어깨는 구부정하고 회색 눈동자에는 화가 가득했고 앞니는 없었고 잇몸이 누랬다.

"회색 구름 어때? 줄여서 회구?"

"그냥 앞으로 나한테 말 걸지 마."

"그래. 네가 액자에 실수를 했지만 난 입 다물고 있을게."

회색 구름은 액자를 들어 올렸다.

"어디?"

잠꼬대쟁이를 포함해 모든 아이들이 낄낄 웃었다. 회색 구름은 화가 난 것 같았다. 회색 눈동자가 더 짙어졌다.

"대장한테 말해서 대장이 보스한테 이르게 할 거야. 그러면 넌 벌을 받을걸."

"왜 이름을 안 부르고 대장이라고 불러? 내가 이름 지어 줄까?" 내가 물었다.

"작은 입으로 큰소리치긴."

"나는 작은 입으로 큰소리친다지만, 너는? 뭐가 무서워서 보스한테 직접 말하지 못하는 건데?"

"나한테 이렇게 군 거, 똑같이 당할 줄 알아. 기다리고 있어. 두고 봐."

흔들이가 책상 위를 두드리기 시작했다. 흔들이를 무시하고 회색 구름에게 말했다.

"왜 내가 걱정해야 해? 누가 가져갈 것도 없어."

"나도 너 같은 입장에 있어 봤고, 네가 치러야 하는 뭔가가 있다는 거 하나는 확실해. 그게 사라질 때까지 네가 가졌다는 것도 모를 거야. 그때가 되면 너무 늦지."

마치 아픈 기억이 잡아당긴 것처럼 회색 구름의 입술이 한일자 모양이 됐다.

나는 회색 구름이 말한 내용뿐만 아니라 목소리에 담겼던 슬픔에 충격을 받았다.

흉터가 문을 쾅 닫고 잠갔다. 퉁퉁한 손가락이 소리를 내며 사다리를 올라와 나와 회색 구름 사이에 털썩 앉았다. 회색 구름은 턱을 살짝 들어 올려 내 쪽을 가리키며 까딱거렸다. 아주 미세하게 움직였는데 통통한 손가락은 나를 봤다. 나는 미소를 지었다. 그리고 통통한 손가락에게 나에 대해 말하려고 했다는 걸 나도 알고 있다는 의미로 나는 회색 구름을 보며 활짝 웃었다. 통통한 손가락은 당황한 기색이었고, 회색 구름은 실망스러워 보였다.

"새로운 주전자가 차보다 뜨거워."

결국 회색 구름은 통통한 손가락에게 뭄바이 지역 말로 말했다. '새로운 주전자가 차보다 뜨겁다.'는 말이 무슨 말이지? 새로 온 녀석이 이상하게 행동한다는 건가?

흔들이는 통통한 손가락 맞은편에 앉아 있었다. 얼굴은 아래로 묻고 있었지만 아무것도 숨길 수 없었다. 오른손 손가락으로 나무 책상을 두드리고 있었다. 아마도 나한테 '조심해.' 혹은 '위험해.'라고 말하고 있는 것 같았다.

나는 액자 한쪽 면에 접착제를 얇게 펴 발랐다. 액자에 구슬을 붙이면서 통통한 손가락을 속일 방법을 생각했다. 통통한 손가락은 흉터의 총신이기는 했지만 무리에서 가장 똑똑한 아이는 아니었다. 마치 카드놀이를 할 때 에이스, 킹, 퀸, 낮은 카드를 갖게 된 나렌 같았다. 기쁨이나 좌절을 숨기지 못했다.

통통한 손가락을 꿰뚫어 볼 수 있다는 것은 나에게 유리했다.

정오가 지나도록 흉터가 돌아오지 않았다. 시계가 한 시를 알렸고, 통통한 손가락이 말했다.

"식사 시간이다."

나는 머리를 뒤로 젖혔다가 돌리면서 근육을 풀었다. 그리고 일어나려고 하자 통통한 손가락이 나를 다시 앉혔다.

"넌 여기 있어. 오늘 음식은 없다."

"왜?"

"이유는 너도 알 텐데."

"모르겠는데."

흔들이가 사다리 중간쯤 서는 바람에 마치 구멍에서 빼꼼히 내다보는 작은 동물같이 머리가 살짝 보였다. 흔들이의 걱정 가득한 표정을 보자 갑자기 엄마가 떠올랐다. 잠꼬대쟁이는 무서움에 얼어붙은 것 같았다. 통통한 손가락을 보고 있던 보조개 턱은 회색 구름을 봤다가 나를 봤다. 나는 무서움을 삼켰다.

"내가 어쨌는데?"

통통한 손가락은 팔짱을 끼고 서 있는 회색 구름을 바라봤다.

"보스가 없을 때는 내가 다스리는 거야. 그러니 나는 내가 하고 싶은 대로 할 수 있어."

"그러니까 네 말은 내가 웃는 방식이나 보는 방식이 네 마음에 안 들면 날 벌할 수 있다는 거야?"

회색 구름이 능글맞게 웃었다.

"혹은 네가 말하는 방식이나 네가 걷는 방식도."

회색 구름에게 빠지라고 말하고 싶었지만 하지 않았다. 통통한 손가락에게 직접적으로 말 한마디 하지 않고도 날 굶기도록 통통한 손가락을 설득할 수 있는 아이라면 내가 생각했던 것보다 더 위험한 상대일 것이다. 나는 이미 스스로 다치게 할 만한 것들을 충분히 행동하고 말한 상태였다.

"사다리에 붙었어? 내려가!"

통통한 손가락이 흔들이에게 소리쳤다.

통통한 손가락은 가장 마지막에 내려갔다. 사다리를 내려가기 위해 뒤돌아서서 말했다.

"시간 낭비하지 마. 계속 일해."

통통한 손가락이 아니어도 나를 바닥에 밀치고 발로 차는 회색 구름이 있어 괴로웠다. 어떻게든 둘을 갈라놓아야 했다. 나의 탈출에 도움이 되지는 않겠지만, 적어도 식사를 못 해서 체력이 떨어지는 바람에 도망갈 기회를 놓치는 일은 없을 것이다.

오후 세 시쯤이 되자 엉덩이가 아팠다. 배에서는 자주 꼬르륵 소리가 났고 목, 어깨, 팔도 아팠다. 일어나서 좀 걷고 싶었다. 하지만 나는 허락을 받거나 퉁퉁한 손가락에게 화장실을 가겠다고 말싸움을 할 정도로 멍청하지는 않았다. 이미 해 봤고 그 값을 톡톡히 치렀다.

곧 일어날 방법을 찾아야만 했다. 비르발이 나였다면 어떻게 했을까? 비르발은 이런 곳에서 생을 마치기에는 너무 똑똑했다. 비르발 이야기 몇 개를 떠올렸다. 며칠 전 나렌과 시타에게 들려줬던 이야기를 떠올리자 비르발이 천국에 가게 된 것이 기억났다. 비르발은 먼저 죽어야 했다. 죽어야 했다! 그래서 비르발은 모두를 속였다. 나도 어떻게든 이 아이들을 속여야 했다.

산들바람이 불어오자 바스락거리는 소리가 들렸다. 스윽, 스윽, 스윽, 스윽. 무성하게 자란 님바 나무 가지들 중 하나가 지붕이나 벽을 쓰는 게 분명했다.

아무도 알아채지 못했다. 서쪽에서 바람이 불어오자 또다시 소리가 났다. 스윽, 스윽, 스윽, 스윽. 회색 구름이 주위를 둘러봤다.

"방금 뭐였어?"

스윽, 스윽, 스윽, 스윽. 이번에는 소리가 좀 더 컸다. 소리를 들은 흔들이가 몸을 흔드는 걸 멈췄다.

"들어 봐."

회색 구름이 퉁퉁한 손가락에게 말했다.

퉁퉁한 손가락이 주위를 둘러봤다.

"난 아무것도 못 들었는데."

퉁퉁한 손가락은 생각이 느릴 뿐만 아니라 잘 듣지도 못하는 것 같았다.

"이상한 소리."

갑자기 아이디어가 머리에 반짝 떠올랐다. 제대로만 된다면 음식을 먹을 수 있을 것이다.

"여기 커다란 쥐가 있나?"

내가 덧붙였다.

퉁퉁한 손가락의 눈은 튀어나오기 직전이었다. 나는 허리를 구슬 통 위로 숙여 노란색 구슬을 들어 올렸다. 오직 손만 움직일 뿐 방에는 아무 소리도 없었다.

"몰라. 크고, 뭔가 긁는 소리를 들은 것 같은데."

회색 구름이 말했다.

'바람아, 한 번 더.' 나는 기도했다.

스윽, 스윽, 스윽, 스윽.

잠꼬대쟁이가 풍성한 속눈썹을 치켜뜨고는 구석을 빤히 쳐다봤다. 보조개 턱이 벌떡 일어섰다. 보조개가 있는 턱이 공포에 떨렸다.

"쥐한테 물리고 싶지 않아."

통통한 손가락이 뭉툭한 손가락으로 바닥을 가리켰다.

"이리 와서 내 옆에 앉아. 그런 건 없…."

스윽, 스윽, 스윽, 스윽.

잠시 침묵.

스윽, 스윽, 스윽, 스윽.

"소리가 어디서 나는지 볼게."

회색 구름이 말했다.

"조심해. 우리 삼촌이 쥐한테 물린 적이 있는데 주사를 맞아야 했어."

내가 말했다.

회색 구름의 얼굴이 자신의 눈동자처럼 회색빛이 됐다. 스윽, 스윽, 스윽, 스윽.

이제 나를 뺀 모두가 일어나 있었다.

"내려가는 게 좋겠어."

우리의 용감한 대장, 통통한 손가락이 말했다.

내가 일어났을 때 이미 회색 구름은 사다리를 내려갔다. 나는 자세를 바로 하고 다리를 움직이고 내려가서 화장실을 쓰는 데 기분이 좋았다.

"어떻게 하지?"

퉁퉁한 손가락이 회색 구름에게 물었다.

"모르지. 네가 대장이잖아. 네가 올라가서 확인해 봐."

회색 구름 때문에 퉁퉁한 손가락은 기분이 나빠졌다.

"그래, 내가 대장이니까 네가 가."

퉁퉁한 손가락이 말했다.

회색 구름이 미친 듯이 날뛰며 뭄바이 지역 말로 말했다.

"내 고양이가 나한테 덤벼?"

퉁퉁한 손가락한테 회색 구름이 '내 고양이가 나한테 덤벼?'
라고 말하는 것을 들으니 나는 기분이 좋았다. 입가에 생기는
미소를 감추려고 노력했다. 회색 구름이 나를 봤다.

"새로 온 애를 보내."

퉁퉁한 손가락은 회색 구름의 제안을 따라 나를 시켰다.

"올라가서 확인해 봐."

올라가는 건 상관없었지만 먼저 무언가를 좀 받아 내야겠다
고 생각했다.

"네가 음식을 준다고 약속하면 올라갈게."

"줄 게 없어."

"그러면 안 할래."

몇 분이 지나고 내가 말을 꺼냈다.

"왜 우리가 액자를 이렇게 조금밖에 못 만들었는지 보스가 궁금해할 것 같네. 전혀 기뻐하지 않을 거야."

"음식 말고 또 원하는 거 있어?"

퉁퉁한 손가락이 나에게 물었다.

"우리들 중 누구에 대해서도 보스한테 말하지 않겠다고 약속해. 만약 말한다면 나도 보스한테 네가 쥐를 무서워한다고 말할 거야."

"알았어. 올라가 봐."

나는 두 발짝 올라가다가 고개를 돌려 회색 구름을 가리켰다.

"도움이 필요하겠어. 같이 가."

공포심이 회색 구름의 눈에 가득했다.

"갈 수 없어."

"네가 가."

퉁퉁한 손가락이 흔들이에게 말했다.

흔들이는 머뭇거렸다.

내가 손을 내밀었다.

"걱정하지 마. 같이 가자."

흔들이가 나를 따라왔다.

일단 위층으로 올라간 뒤, 나는 내 입술에 손가락을 갖다 댔다. 아주 작은 소리로 말했다.

"쥐는 없어. 건물 벽이나 지붕을 쓰는 나뭇가지 소리야."

"어떻게 알아?"

흔들이를 창문 쪽으로 데리고 갔다.

"바람이 불 때까지 기다려 보면 들릴 거야."

산들바람이 불었고 소리가 다시 들렸다. 흔들이는 웃음을 숨기려고 입을 손으로 막았다.

"나를 이를 거야?"

확실히 하기 위해서 내가 물었다.

흔들이가 눈 하나 까딱 않고 나를 바라봤다.

"전혀."

깊고 흔들림 없는 눈빛을 보자 흔들이가 약속을 지킬 것이라는 걸 확신할 수 있었다. 회색 구름과 통통한 손가락이 흔들이를 무시하고 놀리지는 않을지 궁금했다. 흔들이는 몸이 연약하고 외모도 부드러울 뿐만 아니라 쉬운 먹잇감처럼 보이게 만드는 차분한 눈망울을 가졌다. 아마도 흔들이가 긴장한 것처럼 보이는 이유도 거기에 있을 것이다.

"근데 그 소리에 대해서 어떻게 설명하지?"

흔들이가 물었다.

흔들이가 우리를 함께라고 여기는 것 같아 마음에 들었다.
이제 퉁퉁한 손가락과 회색 구름이 한편, 흔들이와 내가 한편
이었다.

"근데 주전자가 차보다 뜨겁다는 게 무슨 뜻이야?"

내가 물었다.

"실제보다 자신을 더 똑똑하다고 생각한다는 뜻이야."

흔들이는 웃더니 머리를 살짝 가로저었다.

"너는 진짜 영리해."

흔들이와 나는 액자들을 이리저리 옮겨서 우리가 무언가 하
고 있는 것같이 소리를 꾸몄다. 그렇게 몇 번 한 후, 아래층으
로 내려갔다.

"다 봤는데 아무것도 없었어. 건물을 쓰는 나뭇가지 소리 같
아. 올라가도 돼. 근데 그것보다 먼저 음식을 좀 줘."

내가 퉁퉁한 손가락에게 말했다.

"사실을 말하는 거 맞겠지, 그렇지?"

회색 구름이 물었다.

"왜 아니겠어? 너만큼 우리도 쥐한테 물리고 싶지 않거든."

나는 퉁퉁한 손가락 쪽으로 몸을 돌렸다.

"배고픈데."

"우리가 네 음식을 먹어 버렸어."

"너희가?"

"나 혼자 먹었는데 혹시 다른 게 있나 찾아볼게."

퉁퉁한 손가락은 오래된 로티 조각이 담긴 접시를 찾았다. 로티가 너무 말라서 쉽게 부서졌다. 그래도 음식은 음식이었다. 아무것도 안 먹는 것보다는 뭐라도 먹는 게 나았다.

내가 로티를 먹고 텀블러로 물을 마시는 동안 아이들은 나를 기다리고 있었다. 내가 앞장서서 위층으로 올라갔다. 회색 구름과 퉁퉁한 손가락은 마지막으로 올라왔다.

회색 구름은 창문가에 서서 내가 진실을 말했는지 확인하려고 밖을 내다봤다. 바람이 불고 스윽, 스윽, 스윽, 스윽 소리가 나자 다시 자리에 앉았다.

돌아온 흉터가 내려오라고 손뼉을 쳤다. 퉁퉁한 손가락이 약속은 했지만 나에 대해 말할까 봐 조금 겁이 났다. 다행히 퉁퉁한 손가락은 약속을 지켰다.

오늘은 물기가 많은 달과 쌀을 요리할 시간이 없는 흉터가 우리에게 각자 빵 두 조각과 레몬피클을 줬다. 피클의 톡 쏘는 맛 때문에 빵이 더 맛있게 느껴져서 좋았다. 다 먹고 난 후에 나도 모르게 손가락을 빨아 먹고 있었다. 보조개 턱도 손가락을 빨고 있었다. 우리 둘은 시선이 마주쳤고 보조개 턱이 씩 웃었다. 흉터가 그 모습을 봤지만 흉터의 수천 가지 심술궂은 표정은 보조개 턱의 미소 한 번과 맞먹기 때문에 나는 신경 쓰지 않았다.

"앉아 있어. 이 추잡한 돼지 새끼."

우리가 올라갈 준비를 하자 흉터가 보조개 턱을 가리켰다. 작은 아이가 짧은 순간 행복해하며 나에게 미소를 보였다는 이유로, 흉터가 보조개 턱을 때릴 거라는 생각에 사다리를 올라가며 나는 몸서리쳤다.

보조개 턱의 비명을 듣고 나는 움찔했고, 내가 들고 있던 구슬이 바닥에 흩어졌다. 흔들이가 떨어진 구슬을 주워 내 손바닥에 놓았다. 나는 보조개 턱을 기다렸다. 올라온 보조개 턱의 뺨은 젖어 있었고 눈은 오로지 바닥만 바라봤다. 귀 가장자리가 새빨갰다.

나를 때렸을 때보다 오히려 지금 더 흉터를 증오하게 됐다. 보조개 턱은 너무 어렸다. 이건 흉터가 나렌이나 시타를 때린 것과 같았다. 보조개 턱을 안쓰럽게 바라보는 걸 보니 심지어 퉁퉁한 손가락도 화가 난 것 같았다. 차라리 퉁퉁한 손가락이 나를 일렀으면 좋았을 것이다. 그러면 흉터가 나한테 화가 나 보조개 턱을 내버려 뒀을지도 모른다. 아마도 흉터는 우리 모두를 더욱 겁먹게 하기 위해서 일부러 보조개 턱을 때렸을 수도 있었다. 만약 그런 이유였다면, 제대로 성공했다. 두려움이 우리 사이의 공간을 가득 채웠다.

흉터가 나가고 통통한 손가락이 나에게 말했다.

"네가 다른 애들까지 끌어들이잖아. 네 일이나 하고, 절대 다른 아이들 쳐다보지도 말고 웃지도 마."

"하지만 이건 내 잘못이 아니잖아. 만약 보스가 날 때렸…."

"아니, 네 잘못이야."

통통한 손가락이 보조개 턱을 가리켰다.

"보스는 네가 쟤 친구라고 생각해서 쟤를 때린 거야. 너 혼자 문제를 만드는 건 좋아. 하지만 다른 아이들까지 끌어들이지는 마."

"그러면 너는, 보스가 나는 때리고 굶겨도 상관없다는 거야?"

"없어. 내가 상관있어야 하나?"

"쟤는 왜 상관있는 건데?"

보조개 턱을 가리키며 내가 물었다.

"나… 나… 나는…."

통통한 손가락이 더듬거렸다. 조금 놀라고 당황한 것 같았다. 다른 아이들도 하던 일을 멈추고 대답을 기다렸다.

"너한테 이유를 말할 필욘 없어. 넌 그냥 내가 말한 대로 해."

나는 더 이상 입씨름하지 않았다.

몇 시간 동안 일하는 내내 왜 퉁퉁한 손가락이 그렇게 보조개 턱을 보호하는지 궁금했다. 아마도 오랫동안 함께 일해서 퉁퉁한 손가락이 보조개 턱을 신경 쓰는 것이거나 집에 있는 동생이 떠올랐을 수도 있고, 아니면 보조개 턱이 가장 어려서 차마 벌 받는 걸 보기가 힘들었을 수도 있었다.

이유가 무엇이든 그건 중요하지 않았다. 처음 이곳에 와서 생각했던 것보다 도망가기가 쉽지 않을 것 같으니 좀 더 조심하는 편이 낫다. 낮 동안 내가 탈출할 수 있는 유일한 방법은 흉터가 나에게 액자 포장하는 걸 도와 달라고 하는 것이다. 그러면 상자를 밖으로 옮기는 동안 문을 잠그지 않으니 달아날 수 있을 것이다. 그렇게 되기 위해서는 흉터가 나를 믿어야 하므로 보조개 턱에게 미소를 짓거나 어느 누구에게도 절대 친절하게 굴지 말아야 할 것이다. 그러면 어쩌면 흉터가 나를 믿을지도 모른다. 나는 보조개 턱이 마음에 들고 흉터가 싫어서 아주 어려울 것 같지만, 흉터가 우리 담임 선생님처럼 친절하다고 상상해야만 한다.

14

이곳에 온 지 일주일이 지나도록 흉터는 나에게 일을 도와
달라고 하지 않았다. 내가 피곤했던 만큼 어젯밤은 무더웠고
모기 때문에 여러 번 잠에서 깼다. 아침에 일어나 보니 내 양다
리와 양팔은 빨갛게 부풀어 오른 자국들로 가득했고, 날씨는
후덥지근해서 전혀 도움이 되지 않았다.

어딘가에 갇히게 되면 매일매일 맞이하는 새로운 날이 전날
과 정확히 같다. 하지만 오늘은 달랐다. 목욕하는 날이었으니
까. 평소보다 조금 다양한 일이 있었다. 흉터는 티셔츠를 주지
않고 반바지만 줬다. 티셔츠는 빨아서 빨랫줄에 걸어 말리고
티셔츠가 마르는 동안은 입고 있지 말라는 뜻이었다. 이런 날
씨에는 괜찮을 것 같았다. 나는 겨울이 오기 전에 나갈 것이기

때문이다.

물을 아끼기 위해서 나는 보조개 턱과 흔들이와 함께 목욕을 해야 했다. 회색 구름은 퉁퉁한 손가락과 잠꼬대쟁이와 함께 목욕을 해야 하는데 같이 하지 않겠다고 했다. 어떤 이유인지 몰라도 흉터가 회색 구름에게 혼자 목욕하는 걸 허락했다.

우리 셋에게 물이 든 양동이가 하나가 주어졌다. 보조개 턱은 속옷을 입고 목욕했다. 텀블러 반 잔으로 몸을 적셨다. 비누로 몸을 문지르고 텀블러 두 잔으로 헹궜다. 보조개 턱이 수건으로 물기를 닦는 동안 흔들이가 씻었다. 둘이 씻는 데 다 해서 양동이에 있던 물을 반밖에 쓰지 않았다.

내 순서가 됐을 때, 나는 눈을 감고 양동이 안에 손가락을 넣었다. 물은 실내 온도였고 뜨거운 날에 딱 적당했다. 양동이의 가장자리에 닿지 않게 손이 오직 물로만 둘러싸이게 하고 있었다.

눈을 감고 있으니 양동이가 금세 연못이 됐다. 물이 마치 남색 천같이 넓게 펼쳐지는 모습을 상상했다. 나는 잔물결이 퍼지는 부드러운 소리를 들었다. 심지어 신선한 물 냄새를 맡을 수 있었다. 나는 웃음이 났다. 기억들은 시간을 거꾸로 거슬러 올라가게 했다. 잠시 동안만.

"너무 오래 씻고 있어. 보스가 화낼 거야."

흔들이가 나를 현실로 끌고 왔다.

내가 대답도 하기 전에 시끄러운 손뼉 소리와 흉터의 '빨리, 빨리, 느림보들아.'라는 말이 나를 당황하게 만들었다. 아이들은 옷을 입고 나를 기다리고 있었다.

"우리 옷을 헹굴 물을 좀 남겨 줘."

흔들이가 작은 소리로 말했다. 나는 빨리 목욕을 마쳤다. 우리는 옷을 물에 헹군 다음, 비틀어서 물기를 짜고 화장실 안에 있는 빨랫줄에 걸어 놓고 5분 안에 나왔다.

목욕을 하니 기분은 좋아졌지만 일주일 동안 또 못 씻을 생각을 하니 슬퍼졌다. 어쩌면 그렇게 오래 기다리지 않아도 될지도 모르지만 말이다. 모두가 깨끗하고 상쾌했다. 머리카락을 빗질한 잠꼬대쟁이가 제일 좋아 보였다. 심지어 속눈썹마저 빗질을 한 것처럼 말려 올라가 있었다.

깨끗하고 상쾌한 우리는 오전에도, 오후에도, 저녁에도 구슬을 붙였다. 다시 피곤하고 지저분해질 때까지 계속했다.

지난 며칠 동안 비도 오지 않았고 일하는 동안 쉬는 시간도 없었으며 도망칠 기회도 없었다. 흉터는 밖에 나갈 때뿐만 아니라 심지어 아래층에 있을 때도 문들을 모조리 잠갔다. 처음에는 도망칠 수 있다고 생각했는데, 지금은 잘 모르겠다. 불가능해 보이는 것을 어떻게 계획할 수 있을까?

나는 간절히 돈을 벌고 싶어 했고, 지금은 갇혀 있다. 내 멍청함을 탓할 수밖에 없다. 엄마는 크게 상심하셨을 것이다. 나는 나렌이 평소에 기분이 나쁘거나 화가 났을 때 하듯이 아무말도 안 하고 있을지 궁금해졌다. 시타도. 가족을 생각했을 뿐인데 눈물이 났다. 자마 외삼촌은 분명히 나를 찾느라 많은 시간을 보내고 있을 것이다. 만약 아빠가 돌아왔다면 비참해하고 있을 것이다.

모기는 계속 극성이었다. 모기가 번식할 수 있는 물 웅덩이가 지난번에 내린 비로 충분히 생겼을 뿐만 아니라 먹을 수 있는 피도 충분해서 그럴 것이다.

건조한 기간 중 좋은 점은 낮 동안 창문을 계속 열어 놓을 수 있다는 것이다. 통통한 손가락이 내 자리를 먼 곳으로 옮기라고 해서 아주 마음에 들었다. 왜냐하면 잠깐이라도 고개를 들게 되면 목이랑 허리를 펼 수도 있고 하늘과 님바 나무의 나뭇가지도 볼 수 있었기 때문이다. 오늘은 손가락 끝 크기 만한 열매가 노란색으로 익은 것이 보였다. 아, 열매를 한 움큼 따서 입안에 넣고 달콤 쌉싸름한 즙을 맛볼 수 있다면 얼마나 좋을까!

오늘, 흉터가 새로운 디자인을 나눠 줬다.

"이대로 하거라, 꼬마들. 너희들 모두 여기 액자들을 전문가급으로 만들어야 해. 연휴철까지 제시간에 끝내야 하는데 주문이 아주 많이 들어왔으니, 어서 일들 해. 어떤 작은 실수도 용납하지 않는다!"

흉터는 우리가 일을 시작도 하기 전에 떠났다.

"전문가급이 뭐야?"

내가 물었다.

"난 네가 여기서 젤 똑똑한 줄 알았는데, 그게 무슨 뜻인지도 몰라?"

어깨를 좀 더 구부리며 회색 구름이 웃었다.

통통한 손가락이 손을 들어 올렸다.

"다투지 말고 각자 일이나 해. 전문가급은 이 액자들이 먼 나라에 팔릴 거니까 최선을 다하라는 뜻이야."

내가 지난번에 쥐를 대신 확인하고 보조개 턱이 벌을 받은 이후로 통통한 손가락은 신경질을 덜 부리고 조금 부드러워졌다.

"어느 나라?"

보조개 턱이 물었다.

"나라 이름은 모르지만 내가 신경 쓸 이유가 없고 너도 마찬가지야. 우리가 할 일은 주문에 따라 일하는 거야."

통통한 손가락이 대답했다.

나는 내가 할 수 있는 한 가장 빠르게 구슬 통에 구슬을 채우고 액자에 접착제를 펴 바르고 액자에 새 디자인대로 작업했다. 땀범벅이 된 손바닥 때문에 무딘 바늘을 꽉 쥐기가 어려웠다. 자꾸 미끄러졌다. 계속 손바닥을 반바지에 닦느라 속도가 느려졌다. 그래도 좋은 점은 모두가 똑같이 하고 있다는 것이었다.

이 액자들이 얼마나 멀리까지 갈까? 배를 타거나 비행기를 타고 바다를 건널까? 모한의 잡지에서 본 것과 같은 화려한 방에 놓이게 될까? 이것들을 살 수 있는 운이 좋은 사람들은 누구일까? 아마도 어떤 것은 여자아이 방에 놓일 수도 있을 것이다. 자신처럼 어린 남자아이가 가족 생각에 마음 아파하며 눈물과 땀을 흘리면서 이 액자를 만들었다고는 전혀 생각하지 못할 것이다. 눈물이 볼을 타고 흘렀다. 나는 내가 티셔츠를 입고 있지 않다는 걸 잊은 채 소매로 눈물을 닦으려고 팔을 들어 올렸다.

"내일은 머리카락을 자를 거야."

밤이 되어 책상과 구슬을 정리하는 우리에게 통통한 손가락이 말했다.

"보스가 잘라 주는 거야?"

내가 물었다.

"멍청이. 이가 가득한 네놈 머리카락을 보스가 퍽이나 만질 거라고 생각해?"

회색 구름이 말했다.

"난 이 없거든. 그리고 나…."

통통한 손가락이 손을 올렸다.

"다섯 시에 일어나야 하니까 어서 자."

머리카락을 자르기 위해서 한 시간이나 일찍 일을 시작해야 하는 것인지 궁금했다. 게다가 누가 머리카락을 잘라 주는 건지 알 수 없었다. 만약 흉터가 우리를 데리고 나간다면? 만약 그렇다면 도망갈 수 있을 것이다. 하지만 생각해 보니 흉터가 그러지는 않을 것 같았다. 우리에게 돈을 쓰거나 밖에 데리고 나가서 사람들이 우리가 갇혀서 일하고 있다는 것을 알아채기를 바라지는 않을 것이다.

통통한 손가락이 우리 머리카락을 자르는 건가? 아니면 회색 구름? 둘 중 누구 하나라도 가위 끝으로 나를 찌르고 사고였다고 말하기는 쉬울 것 같았다. 조금 더 조심하고 적으로 만들지 않아야겠다고 생각했다. 나는 땀에 흠뻑 젖었을 뿐만 아니라 뼛속까지 걱정이 됐다.

밖은 아직 칠흑같이 어두웠지만 우리는 일을 시작했다. 머리카락을 자르는 사람이 누구인지 알고 싶었다. 누구한테 물어볼 수 있을까? 그러나 이미 다들 머리카락을 잘라 봤던 터라 아무도 궁금해하지 않았다. 엄마가 말하던 것과 같이 일을 잘하지 않으면 팁도 없다. 그러니 일을 잘해서 흉터를 기쁘게 하는 편이 나에게 좋을 것이다. 흉터가 기분이 좋다면 누가 내 머리카락을 잘라도 상관없을 것이다. 누구든 조심할 것이다. 그거면 내 팁으로 충분하다.

차를 마시자 잠꼬대쟁이와 퉁퉁한 손가락을 뺀 나머지를 모두 위층으로 올려보냈다. 곧 흉터가 회색 구름을 아래로 불렀다. 연필심처럼 짧은 머리를 한 퉁퉁한 손가락이 목욕까지 한 모습으로 나타났다. 퉁퉁한 손가락은 흔들이를 내려보냈으니 회색 구름이 목욕을 하고 있을 것이다. 난 보조개 턱 다음으로, 가장 늦게 내려갔다. 보조개 턱이 목욕을 하는 동안 잠꼬대쟁이가 화장실 밖에서 내 머리카락을 잘라 줬다. 가위는 크지 않았지만 날카로워 보였다. 흉터는 가까이에 서서 발로 바닥을 초조하게 두드리며 우리를 지켜봤다.

잠꼬대쟁이는 내 머리를 빗으로 빗긴 다음에 싹둑 자르고, 다시 빗긴 다음에 싹뚝 잘랐다. 내 모습을 볼 수 있게 거울이 있으면 좋을 것 같았다. 내 머리가 거의 다 잘려 나갔을 때쯤 보조개 턱이 화장실에서 나왔다.

"머리 감고 5분 안에 나와."

흉터가 나에게 말했다.

"네, 보스."

양동이에 물이 반도 남아 있지 않았다. 최대한 빠르게 머리를 감고 몸을 씻었다. 화장실 문을 열고 나오자 잠꼬대쟁이가 들어올 준비를 하고 있었다. 잠꼬대쟁이는 스스로 머리를 잘랐을지 아니면 흉터가 했을지 궁금했다.

왜 흉터는 잠꼬대쟁이에게 이걸 시켰을까? 어쩌면 이곳에 오기 전에 해 봤을 수도 있고, 아니면 아빠가 이발사여서 아빠에게 배웠을 수도 있고, 그것도 아니면 흉터가 유일하게 가위를 맡길 만큼 믿는 사람이기 때문일 수도 있다.

뜨거운 열기 속에서 짧은 머리는 효과적이었다. 전만큼 땀을 많이 흘리지 않았고 머리를 쓸어 올릴 필요도 없었다. 항상 이렇게 짧은 머리였으면 좋겠다고 생각했지만, 그건 일어나지 않을 일이었다. 이곳에 처음 왔을 때 아이들 머리카락이 이것보다 훨씬 길었던 게 기억났다. 머리카락을 다시 자르려면 수 개월이 지나야 할 것이다. 어떻게든 그 전에 이곳을 나가야 한다. 꼭 그래야만 한다.

한 시쯤, 흉터가 한 사람당 바나나 하나와 로티를 줬다. 주문이 많아서 기분이 좋은 게 분명했다. 나는 카레나 달을 기다렸지만 없었다. 흉터가 무언가를 더 줄 때는 무언가를 더 원한다는 의미로, 늘 대가를 치러야 했다. 검은 점으로 얼룩덜룩한 바나나는 부드러웠다. 나는 어렸을 때 먹던 것처럼 로티 한 입, 바나나 한 입, 물 한 모금을 한꺼번에 먹었다.

점심을 먹고 나자 눈이 자꾸 감겼다. 무거운 공기 때문에 나른해지는 통에 간신히 버텨야 했다. 전에는 한 번도 그런 적이 없는데 그날 오후에는 흉터가 물을 가져다줬다. 적어도 우리가 목은 마르지 않도록 하려고 말이다.

나는 텀블러를 들고 물을 마셨다. 흉터가 재빠르게 내 손에서 텀블러를 잡아챘다.

"내가 우물을 가지고 있는 게 아니야! 천천히 조금씩 마셔. 그래야 졸지 않고 계속 일을 할 거 아냐!"

흉터는 모욕을 주는 것을 빼면 어느 것도 그냥 주는 법이 없었다. 명심해야 한다.

나는 물을 한 모금 마시고 일하고, 한 모금 마시고 일했다.

"너도 흔들이네!"

보조개 턱이 나에게 속삭였다.

나는 내가 앞뒤로 몸을 흔들기 시작했다는 것도 알지 못하

233

고 있었다. 덕분에 일어났을 때 전만큼 몸이 뻣뻣하지 않았다. 아마도 몸을 흔드는 것이 몸을 유연하게 만들어서 흔들이가 매번 가장 먼저 자리에서 일어날 수 있었던 것 같다. 매일, 하루 종일 책상다리로 앉아 있는 동안 흔들이는 스스로 터득했을 것이다.

다섯 시쯤 흉터가 말했다.

"이 액자들을 배달해야 돼서 오늘은 다시 오지 못할 거다. 먹을 것은 저기 있어. 근데 여덟 시 전까지 먹지 말고 계속 일하도록 해. 너희들 중 누구 하나 뒤처지면 모두 벌을 받게 될 거야. 명심해. 액자 없인 음식도 없어."

땀이 맨등을 타고 흘러내리는 동안 구슬을 붙이기는 힘들었다. 게다가 식사 시간까지는 두 시간도 더 남았다. 만약 우리가 대화를 하거나 서로 이야기를 들려줄 수 있다면 시간은 훨씬 빨리 갈 것 같았다. 엄마가 나에게 들려줬던 이야기들을 떠올려 봤다. 나렌과 시타가 싸웠을 때나 둘 중 하나가 아플 때 나는 이야기를 지어냈다. 연못가 님바 나무의 나뭇가지 위에서 나는 샤한샤 악바르나 비르발, 아니면 전사인 척했다. 재미있었다. 이야기는 하늘처럼 끝이 없었다. 언제나 말했던 이야기를 다시 말할 수도 있고 새로운 이야기를 만들 수도 있고, 아니면 말했던 이야기를 더 재밌게, 무섭게, 따뜻하게 바꿀 수도 있었다. 엄마는 '이야기들은 절대 너를 두고 떠나지 않기 때문에 네 가장 친한 친구 같은 존재란다.'라고 말하곤 했다.

"우리, 이야기를 말하는 게 어때?"

내가 물었다.

"누구는 자기가 똑똑한 줄 안대요."

회색 구름이 말했다. 나는 내가 정말로 실제보다 더 똑똑하다고 생각하기 때문에 그냥 비아냥거리는 소리를 무시했지만 회색 구름은 계속했다.

"딱 너처럼 이야기는 꾸며 낸 것, 가짜, 쓸모없는 거야."

"쥐가 스윽, 스윽, 스윽, 스윽 소리를 낸다고 생각했던 때 기억해? 겁먹은 염소처럼 너는 사다리를 내려갔지. 이야기는 그런 거야. 진짜가 아닐 수도 있지만 진짜처럼 느껴지는 것."

"이야기 들려줘."

보조개 턱이 나에게 기대며 말했다. 지는 햇살이 보조개 턱을 빛나게 했다.

"플리즈."

영어로 말하는 보조개 턱의 얼굴에 자부심이 가득했다. 심지어 만족스러워 보조개 턱이 더 깊어 보이기도 했다.

통통한 손가락이 이야기를 하도록 허락하거나 반대하기를 기다렸지만 구슬 붙이기를 계속할 뿐 쳐다보지도 않았다. 적어도 내가 이야기를 해도 신경 쓰지 않는다는 뜻인 것 같았다.

거인 이야기, 귀신 이야기, 천사 이야기를 비롯해 꽤 많은 이야기들이 내 머릿속에 떠올랐다. 모두 흘려보냈다. 나는 내가 가장 잘 아는 이야기, 나에게 가장 의미 있는 이야기 하나를 골랐다. 접착제를 새 액자에 바르며 이야기를 시작했다.

"남자아이와 사기꾼에 대한 이야기야. 산에 둘러싸인 골짜기에 사는 남자아이가 있었어. 부모님의 농장에서 일을 돕기도 하고 마을에서 친구들과 돌아다니기도 했지."

"아, 정말 지루하기 짝이 없는 이름 없는 아이 이야기구먼!"

회색 구름이 방해했다. 그러나 나는 계속했다.

"남자아이는 언제나 그곳에서 살 수 있을 줄 알았어. 어느 해, 비가 많이 내려서 마을의 모든 농부들은 행복해했지. 양파가 자라고 또 자랐어. 수확할 때가 되자 농장이 모두 누르스름한 잎들로 뒤덮였지. 남자아이는 속이 꽉 찬 양파를 옮기는 일을 도우며 벌게 될 돈과 그 돈으로 살 수 있는 것들에 대해 상상했어. 남자아이의 아빠는 남자아이에게 새 샌들과 책 그리고 새 옷도 사 주겠다고 약속했지. 남자아이는 손과 팔에 적색토가 잔뜩 묻었지만 책을 들고 동생들에게 읽어 주는 자기 모습을 상상했어."

"무슨 책을 받게 돼?"

보조개 턱이 물으며 구슬을 꿰어 올리던 바늘을 내려놓았
다.

"넌 읽을 줄도 모르면서 그게 무슨 상관이야?"

회색 구름이 비웃었다.

보조개 턱은 나를 쳐다봤다.

"하지만 너는 알잖아. 맞지?"

"응."

"계속 일해!"

통통한 손가락이 보조개 턱에게 소리쳤다.

나는 계속했다.

"남자아이랑 부모님은 황마 자루를 마른 양파로 가득 채웠
어. 남자아이와 아빠가 양파를 팔러 나갔지만 모두가 풍작을
하는 바람에 시장에 양파가 너무 많아서 돈을 생각만큼 많이
받지 못했어. 양파 가격은 떨어졌고, 남자아이의 꿈은 산산조
각 났지."

마지막 문장을 말하는데 부드럽고 슬픈 무언가가 목까지 올
라와서 나는 괜찮아질 때까지 잠시 기다렸다.

"그다음엔?"

구슬로 빨간 꽃을 장식하던 보조개 턱이 물었다.

나는 남자아이와 가족이 도시로 오고, 아빠가 길을 잃고,

낯선 사람한테 사기를 당하게 되는 이야기의 나머지를 들려줬다.

"그렇게 해서 남자아이가 이 구슬 장식 공장에 일하러 오게 된 거야."

이야기를 끝냈다.

내가 이야기를 끝내자 모두가 조용해졌다.

"진짜 네 이야기야?"

흔들이가 속삭였다.

"응. 네 이야기도 들려줄래?"

"난 별로 기억이 나지 않아. 근데…"

마치 흔들이의 영혼이 말하는 것처럼 목소리가 차갑고 거리가 느껴졌다.

"이야기는 그만해. 속도가 느려졌어. 그러면 안 돼. 나는 굶고 싶지 않거든."

통통한 손가락이 말했다.

"그래, 특히 멍청한 이야기 때문에."

회색 구름이 말했다.

"거의 여덟 시야. 밥 먹자."

다시 통통한 손가락이 말했다.

"조용하게."

회색 구름이 코웃음을 쳤다.

우리는 남은 로티를 바나나나 피클 없이 침묵 속에 먹어 치웠다. 그리고 일을 하고 잠을 잤다. 나렌과 시타나 모한과 시바에게 이야기를 들려주면 정말 기쁘게 들었었다. 가끔 나렌이 끝없는 질문으로 나를 짜증 나게 했지만, 내 이야기들을 너무 좋아했고 이야기를 들려주고 나면 나는 행복했다. 하지만 오늘 밤은 아이들에게 내 이야기를 들려준 뒤 오히려 이야기가 머물고 있던 내 가슴속에 작은 구멍이 하나 생겼다. 아팠다. 보조개 턱을 빼면 아무도 내 이야기를 들을 자격이 없으니 앞으로 다시는 하지 않을 것이다.

아이들과 함께 내 시간을 낭비하는 대신에 아이들보다 더 빠르게 더 나은 액자를 만든다면 흉터가 나에게 대장을 시킬지도 모른다. 그러면 액자를 포장하는 일을 도와 달라고 할 수도 있고, 그러다 어느 날 기회가 생기면 나는 달아날 수 있을 것이다.

⑮

　그 후로 며칠 동안 모기, 소리치는 퉁퉁한 손가락, 비아냥거
리는 회색 구름, 흔들이의 경고, 잠꼬대쟁이의 낯가림, 흉터의
물기 많은 달, 심지어 보조개 턱의 미소까지 무시하려고 애쓰
며 일에만 몰두했다. 나는 누구에게도 어떤 것에도 낭비할 시
간이 없었다.

　일을 더 빨리할 수 있도록 박차를 가했다. 여러 가지 색으로
꽃 하나를 끝내고 다음 꽃으로 넘어가는 대신에 가장 중요한
색깔 구슬을 집어 들어 먼저 붙이고, 그다음 두 번째 색깔, 세
번째 색깔 구슬을 붙였다. 빠르게 일을 하고 얻게 되는 것은
일을 끝내고 났을 때 바위를 얹은 듯한 목의 뻣뻣함이었다.

　어느 날, 퉁퉁한 손가락이 아래층으로 가져가려고 액자를

모을 때 다른 아이들보다 두 개를 더 많이 만든 나는 기대가 됐다. 퉁퉁한 손가락이 눈을 가늘게 뜨고 따지듯 나에게 물었다.

"어떻게 이렇게 많이 했어?"

나는 어깨를 으쓱했다.

"디자인이 단순하니까."

"쉬워 보이지 않는데."

회색 구름이 말했다.

흔들이는 몸을 흔드는 것을 멈추고 내가 만든 액자 더미를 쳐다봤다. 내가 만든 액자를 세느라 흔들이의 입술이 움직였고 곧 책상을 두드리기 시작했다. 잠꼬대쟁이의 눈은 커져 있었다. 나는 그게 놀라움 때문인지 두려움 때문인지 알 수 없었다.

흉터가 손뼉을 치자 퉁퉁한 손가락은 서둘러 내려갔고 나는 긴장하며 기다렸다. 지금까지 흉터는 평소 내가 얼마나 일을 잘하는지 알아채지 못했지만 오늘은 내가 두 개나 더 만들었기 때문에 좋아할 것이다. 흉터와 퉁퉁한 손가락의 목소리가 들렸지만 무슨 말을 하는지 정확히 알아들을 수 없었다.

올라온 퉁퉁한 손가락이 기쁨에 찬 미소를 짓고 있어서 나는 흉터에게 무슨 이야기를 한 건지 궁금해졌다. 회색 구름을 보더니 윙크를 했다. 나는 너무 긴장하느라 평소보다 더 땀이 났다. 나는 진정하고 흉터가 나를 부르기를 기다렸다. 하지만 흉터는 나를 부르지 않았다. 심지어 점심 식사 전, 우리를 불러 내릴 때도.

내려갔을 때 나는 흉터가 나에게 음식을 더 주거나 어떻게 일을 많이 했는지 물어볼 것이라고 확신했지만 흉터는 나를 알은체하지도 않았다. 대신에 퉁퉁한 손가락과 회색 구름에게 우리보다 두 배가 많은 음식을 줬다.

나는 어리둥절했다. 오후 내내 일하면서 나는 무슨 일이 벌어졌는지 이해하려고 노력했다. 흉터는 내 디자인이라는 걸 알 텐데 왜 나에게 잘해 주지 않는 걸까? 퉁퉁한 손가락이 거짓말로 나와 흉터를 속이고 회색 구름과 함께 내가 한 공적을 나눈 게 틀림없었다. 내가 그 액자들을 만들었다고 흉터에게 말하면 나를 믿어 줄까?

"내가 만든 액자 보고 보스가 뭐래?"

그날 밤, 일이 두 시간 남짓 남았을 때 나는 퉁퉁한 손가락에게 물었다.

"아무것도."

"그럴 리가 없어. 보스는 분명히…."

"내가 거짓말쟁이라는 거야? 나한테 거짓말쟁이라고 말하면 어떻게 되는지 알지?"

"네 자리가 탐나는 거야. 대장이 하고 싶어서. 그냥 두지 마."

회색 구름이 통통한 손가락에게 말했다.

"그런 거 하고 싶지 않아. 내가 한 일에 대해서 인정받고 싶을 뿐이야."

"우리를 게으르고 느리게 보이게 하면서 우리를 짓밟고 올라갈 수 있을 거라고 생각해? 꿈도 꾸지 마. 안 그러면 네놈 손가락을 비틀어서 일을 전혀 할 수 없게 만들어 버릴 테니까."

통통한 손가락이 말했다.

보조개 턱이 손으로 귀를 막았다.

"싸우지 마, 제발. 싸우지 마."

"닥쳐, 이 코딱지만 한 벌레 녀석아!"

회색 구름이 소리쳤다.

통통한 손가락이 보조개 턱을 쳐다봤다.

"아무 일도 일어나지 않을 거야. 아기 때처럼 칭얼거리며 울지 마."

"쟤가 아기였을 때 어땠는지 네가 어떻게 알아?"

내가 물었다.

통통한 손가락이 회색 구름을 쳐다봤다가 나를 봤다가 마지막으로 보조개 턱을 봤다.

"내 말은 모든 아기들이 울잖아. 안 그래? 어쨌든 나 귀찮게 하지 마. 너희들 모두."

그 주에 목욕을 하는데 흔들이가 나에게 작은 소리로 말했다.

"빠르게 일하지 마. 부탁이야. 보스는 늘 그만큼 기대할 거야. 우리 모두한테. 기대한 만큼 못 하면 때릴 거야. 알겠지?"

"그래, 알았어."

나도 작은 소리로 말했다.

우리랑 함께 있던 보조개 턱도 구석에서 몸을 움츠렸다.

"칸파티 받고 싶지 않아."

내가 그동안 얼마나 멍청하게 굴었는지 깨달았다.

"근데 내가 이제 와서 천천히 하면 보스가 나한테 화내지 않을까?"

흔들이가 몸을 닦다가 멈춰서 머리를 좌우로 흔들었다.

"아니. 넌 아무런 인정을 못 받았으니 비난도 받지 않을 거야. 맞지?"

"맞아, 맞아."

보조개 턱은 티셔츠를 헹구며 평소 목소리로 말했다. 나는 흉터가 듣지 못하도록 보조개 턱의 입을 가렸다.

"보스가 소리치기 전에 나가자."

내가 말했다.

흔들이의 조언을 따라 일하는 속도를 늦췄다. 그러자 나무, 구름, 하늘을 바라볼 수 있는 기회가 생겼고 목도 쉴 수 있었다.

통통한 손가락이 액자를 가지고 내려가려다가 의아한 듯이 나를 쳐다봤다.

"우리랑 개수가 같네. 무슨 일이야?"

나는 어깨를 으쓱하고는 대답하지 않았다. 흉터가 아래층에 있기 때문에 통통한 손가락은 나에게 질문을 더 할 수 없었다. 통통한 손가락이 아래층으로 내려간 뒤 곧 흉터의 목소리가 커졌다.

"변명은 필요 없어. 지난번처럼 더 많이 일하도록 해."

나는 회색 구름이 나를 보고 있다는 걸 눈치채고 책상 위로 몸을 좀 더 구부려서 입가로 새어 나오는 미소를 숨겼다. 통통한 손가락은 암울한 표정으로 돌아왔다. 나는 시선을 피했다.

점심시간에 흉터가 우리에게 최대한 빨리 먹고 올라가서 일하라고 소리친 걸 보면 기분이 좋지 않은 것이 분명했다. 흉터는 우리 모두에게 음식을 똑같이 나눠 줬다. 나는 흔들이를 의

기양양하게 쳐다봤지만, 마치 무슨 일이 일어나고 있는지 모른
다는 듯 흔들이의 표정은 읽을 수가 없었다. 아마도 그런 방식
으로 살아남았을 것이다. 입을 다물고 아무것도 모르는 표정
을 짓는 것.

회색 구름과 퉁퉁한 손가락이 나에게 화를 낼 것을 알기 때
문에 나는 흉터가 떠날 때를 기다리며 하루 종일 긴장했다. 하
지만 놀랍게도 둘은 나에게 한마디도 하지 않았고, 난 그것이
참을성 있는 호랑이처럼 적당한 때를 기다린다는 것을 의미한
다고 생각했다.

회색 구름과 퉁퉁한 손가락에 대해 걱정하며 며칠을 보낸
후, 나는 걱정하는 것을 그만뒀다. 다음 목욕날, 흔들이가 회
색 구름과 퉁퉁한 손가락은 늘 한편이라고 말해 줬다. 또 그
둘은 잠꼬대쟁이가 머리카락을 잘라 주며 얼마나 쉽게 '의도치
않게' 자신들을 다치게 할 수 있는지 알기 때문에 절대로 잠꼬
대쟁이를 괴롭히지 않는다고 했다.

"너는?"

내가 물었다.

흔들이는 텀블러로 머리 위에 물을 끼얹었다.

"내가 제일 만만한 염소였지. 근데…"

"내가 오기 전까지?"

"아니야. 네가 오기 훨씬 전이었어. 접착제가 필요했는데 내가 잘못 섞어서 그 둘이 붙였던 구슬들이 계속 떨어졌어. 엄청 화가 난 보스가 둘을 때렸어. 그날 이후로 날 괴롭히는 걸 멈추더라고."

흔들이는 보조개 턱을 쳐다보고 말했다.

"맞지?"

"응."

보조개 턱은 등을 닦다가 멈추고 자랑스럽게 말했다.

"대장은 나한테는 나쁘게 굴지 않아."

나는 비누로 발가락을 문질렀다.

"내가 오기 전에도?"

"한 번도."

"얘는 몇 달 전에 왔는데 대장이 늘 친절했어. 아마도 제일 어려서 그렇겠지."

흔들이가 말했다. 흔들이는 거의 다 씻었고 흉터가 소리치기 전에 나는 서둘러야 했다.

"아마도 그렇겠지."

나는 대답하고, 나갈 준비를 했다.

목욕하며 했던 이야기들이 놀이공원에 있는 회전목마처럼

내 머릿속에서 계속 맴돌았다. 퉁퉁한 손가락이 보조개 턱만 다르게 대하는 것이 이상했다. 하지만 다르게 대하는 것은 분명하다. 게다가 직접 봤다. 이유를 모르겠다.

흔들이처럼 나는 회색 구름과 퉁퉁한 손가락과 갈등이 있었고, 흔들이가 접착제를 잘못 만든 후에 흔들이를 괴롭히지 않은 것처럼 내가 추가로 액자를 만들어서 자신들을 게을러 보이게 만들자 나를 괴롭히는 걸 멈췄다. 내가 아무것도 하지 않는다면 그 둘은 조용히 넘어가겠지만 내가 흉터에게 점수를 따려고 한다면 봐주지 않을 것이다. 둘은 나를 그냥 봐줄 수 없을 것이다. 왜냐하면 내가 퉁퉁한 손가락의 자리에 위협이 될 테니까.

어떻게든 회색 구름과 퉁퉁한 손가락을 갈라놓아야 한다.

엄마는 '말을 타는 건 쉽지만 끄는 것은 불가능하다.'고 말하곤 했다. 이 말이 사실이라는 걸 나는 알고 있다. 그 둘을 갈라놓을 생각을 하는 건 쉽지만 어떻게 해야 할지는 몰랐다.

남은 하루도 다른 여느 날처럼 지나갔지만 밤에 자루 위에 눕자 마을에서의 마지막 밤처럼 보름달이 뜬 걸 알았다. 이곳에 온 것이 거의 한 달 가까이 됐다는 의미였다. 자유로워지려면 얼마나 더 많은 보름달을 봐야 할까?

달이 밝은 밤에 탈출하는 것이 더 쉬울 것이다. 은빛의 달빛이 도와줄 것이다. 하지만 도시에는 달빛이 약하니 보름달이든, 반달이든, 은은하든, 아니면 완전히 보이지 않든 별 차이가 없을지도 모른다. 오직 중요한 것은 이곳을 나가는 것이다.

손가락은 다쳤고, 등은 뻣뻣했고, 무릎은 아팠다. 잠을 자야 하는데 탈출할 생각이 나를 가만두지 않았다.

16

어느 날 밤, 기막힌 아이디어가 떠올랐다. 만약 내가 어떻게 든 종이와 연필을 구해서 쪽지를 적어 창문 밖으로 날린다면 누군가 내 쪽지를 읽고 나를 구출할 수 있을 것이다.

흉터에게 연필이 있다는 것은 알고 있었다. 종종 흉터가 연필을 귀에 꽂고 있거나 공책에 무언가를 적는 모습을 보았다. 적을 만한 공간이 있는 신문을 구하는 건 쉬울 것 같았지만 흉 터에게서 연필을 어떻게 훔쳐야 할까? 참을성 있게 기다리며 주의해야 할 것이다. 혹시 흉터가 연필을 챙기는 걸 잊는 날이 오면 반드시 연필을 차지해야 한다.

보통 흉터는 저녁 8시에 공장을 떠나는데 오늘은 오후 5시 쯤 위층으로 올라왔다.

"텔레비전에서 폭풍우가 온다는 뉴스를 들어서 난 지금 갈 거야. 자기 전에 덧문을 꼭 닫도록 해. 만약에 액자 하나라도 젖으면 너희들 모두 닭으로 만들어 버릴 거야."

나는 우리를 어떻게 닭으로 만든다는 건지 전혀 알 수 없었지만 다른 아이들의 얼굴을 보니 알고 싶지도 않았다.

마치 누군가 계속해서 마른 장작을 넣어 성난 불처럼 뜨거운 열기가 계속 오르고 있었던 터라 비가 오면 좋을 것 같았다.

저녁이 되자 어두운 구름이 서쪽에서 몰려왔다. 위협적인 하늘의 모습에 나는 엄마, 나렌, 시타와 함께 다리 밑에서 도망치던 날이 생각났다. 나를 무섭게 하는 건 두꺼운 구름이 아니었다. 바람이었다. 우리 여섯 명은 창문을 자주 바라봤다. 하늘은 점점 새까맣게 어두워졌고 번개가 치기도 했다. 천둥이 커다란 소리와 함께 쳐서 이곳 공장과 공장 위 하늘이 부서질 것만 같았다.

퉁퉁한 손가락이 덧문을 닫고 전구를 껐다.

보조개 턱은 귀를 막고는 구석에서 몸을 옹송그렸다. 퉁퉁한 손가락은 서둘러 보조개 턱에게 가까이 다가가 무릎을 안고는 머리를 무릎에 기대었다. 보조개 턱은 몸을 계속 떨었다. 잠꼬대쟁이는 입술을 덜덜 떨며 눈을 꼭 감고 있었다. 기도를 하고 있는 것 같았다. 심지어 회색 구름의 회색 눈동자도 걱정이 가득해 보였다. 오직 흔들이만 계속 몸을 움직이며 일하고, 또 움직이며 일했다. 그러다 손톱이 손바닥을 파고들 정도로 손을 꽉 쥐고 있는 내 모습을 발견했다.

우리는 창문 밖을 볼 수는 없었지만 물이 세차게 흘러가는 소리는 들을 수 있었다. 통통한 손가락이 머리를 들어 올렸다.

"일찍 밥을 먹자."

통통한 손가락은 폭풍우 소리에 묻히지 않기 위해 큰 소리로 말해야 했다.

오늘은 보조개 턱이 제일 먼저 자리에서 일어났다.

"사다리 어디 있어?" 보조개 턱이 소리쳤다.

흉터가 치워 놓은 게 분명했다. 밥을 안 먹은 우리가 아래층으로 내려가려면 사다리가 필요하다는 걸 흉터가 정말로 잊어버린 건지 궁금했다. 아마도 우리가 먹든, 안 먹든 전혀 신경쓰지 않았을 것이다.

통통한 손가락이 아래를 내려다봤다.

"이제 어떻게 하지?"

우리 모두 답을 찾으려고 애쓰느라 아무 말도 하지 않았다.

"두 명이 황마 자루 끝을 잡고 있으면 내가 타고 내려갈 수있을 것 같아."

내가 말했다.

나는 줄을 만들기 위해 자루를 꼬았다. 퉁퉁한 손가락과 회색 구름이 한쪽 끝을 잡았다. 나는 타고 내려가다 자루가 짧아 마지막에는 바닥에 뛰어내렸다. 나는 뛰어내리자마자 가장 먼저 흉터가 연필을 두고 갔는지 확인했지만 나무 벤치 위나 아래에는 아무것도 없었다.

"뭐 해? 사다리 가져와!"

회색 구름이 소리쳤다.

사다리는 낡아 부서질 것 같아 보였지만 들려고 하니 꼼짝도 하지 않았다. 혼자 옮기려니 너무 길고 무거워서 다루기가 힘들었다.

"한 명이 더 필요해."

내가 말했다.

흔들이가 아래층으로 머리를 내밀었다. 이마에 곱슬머리가 몇 가닥 흘러내려 있었다.

"내가 도울게."

내가 한 것처럼 흔들이가 아래층으로 내려왔다. 우리 둘이 사다리를 옮기자 다른 아이들도 아래로 내려왔다.

모두가 말을 하고 있었는데 잠꼬대쟁이만 조용했다. 지금까지 잘 때 빼고 말 한마디 하는 걸 본 적이 없었다. 나렌이 떠올랐다. 입을 다물고 있는 것은 세 살 때 말을 늦게 튼 나렌이 말을 시작하면서부터 두려움을 이겨 내는 방법이었다.

내 눈길이 텔레비전에 멈췄고 갑자기 공포에 사로잡혔다. 흉터는 플러그를 뽑아 놓지 않았다. 자마 외삼촌은 판잣집의 지붕과 벽은 물이 잘 새기 때문에 폭풍우 때에는 텔레비전 플러그를 꽂아 놓지 않는다고 했던 엄마 말이 기억났다. 불꽃을 일으키고 심지어 불이 날 수도 있었다. 콘센트에서 플러그를 뽑으면 되는 것이었지만 퉁퉁한 손가락에게 말해 봤자 소용없다는 걸 알았다. 나에게 하라고 할 것이고, 그러면 내가 가까이 가서 텔레비전 근처를 살펴봐야 할 것이다. 바닥과 천장은 건조했지만 밖은? 텔레비전과 연결된 무언가가 젖어 있다면? 플러그를 뽑으면 전기 충격을 받을까? 나무는 전기를 전달하지 않으니 부엌에서 나무로 된 밀방망이를 가지고 와 플러그의 두 갈래 사이 한쪽 끝을 잡아당겼다. 꼼짝도 하지 않았다.

"뭐 하는 거야?"

퉁퉁한 손가락이 물었다.

"이 플러그를 뽑으려고."

내가 다시 해 보려는데 어느새 퉁퉁한 손가락이 내 옆에 와서는 나를 막았다.

"하지 마!"

내가 소리쳤다.

통통한 손가락이 비틀거리다가 나를 넘어뜨리고 내 무릎 위에 엎어졌다. 나는 통통한 손가락이 몸을 일으키자 자리에서 일어났다.

"나한테서 떨어져 있어."

내가 말했다.

내 목소리가 강경하자 통통한 목소리도 아무 말 하지 않았다. 나는 숨을 깊게 들이마시고 전선에 전기가 통하고 있을 수 있다고 설명했다. 나무 방망이를 두 갈래 사이에 다시 넣고 앞뒤로 움직이자 플러그가 느슨해졌다. 나는 다시 세게 잡아당겼다. 뽑혔다.

"이제 불꽃이나 감전은 걱정하지 않아도 돼."

마치 나뭇가지가 떨어진 것처럼 찢어지는 듯한 큰 소리와 쿵 하는 소리가 났다. 비가 심해졌다.

"고팔, 고마워. 이제 먹을 수 있어?"

보조개 턱이 나에게 물었다.

나는 대답하지 않았다. 잠꼬대쟁이가 풍성한 속눈썹을 들어올려 보조개 턱을 쳐다보고, 나를 보고, 다시 보조개 턱을 쳐다봤다. 흔들이는 나에게 짧게 미소 지었다. 회색 구름이 통통한 손가락을 보고 눈을 굴렸다. 보조개 턱이 내 이름을 불렀을 뿐만 아니라 통통한 손가락에게 묻지 않고 나에게 밥을 먹을 수 있는지 물은 것이었다.

길고 어색한 침묵 끝에 퉁퉁한 손가락이 어깨를 으쓱하고 갔다. 나는 깊은 숨을 몰아쉬었다.

내가 처음에 내 이름을 말했을 때를 보조개 턱이 기억하고 있는 게 틀림없었다. 전에는 내 이름을 말하기가 무서웠을 것이다. 보조개 턱은 똑똑했지만, 나에게 먹어도 되는지 물으면서 퉁퉁한 손가락을 모욕해서는 안 됐다. 이제 회색 구름이 퉁퉁한 손가락을 화나게 만들어 보조개 턱과 내가 곤란해지도록 만들 것이다.

흉터가 저녁 식사로 빵 반 덩어리를 남겨 놨다. 잊은 게 분명한 우유가 들어 있는 작은 냄비도 있었다.

"내가 차를 좀 만들까?"

내가 퉁퉁한 손가락에게 물었다.

"보스가 좋아하지 않을 거야."

"아침이면 우유가 상할 텐데, 그냥 먹는 게 어때?"

"좋아! 먹는 게 어때?"

회색 구름이 나를 흉내 냈다.

"너, 보스한테 발로 차이거나 두들겨 맞을 준비 됐어?"

"다 같이 마시고, 다 같이 혼나는 거 어때?"

흔들이가 말했다.

"나한테 덤비는 거야?"

회색 구름이 물었다.

"난 그저 고팔 혼자 혼날 필요는…."

"왜 나한테 말대답하는 거지? 맞았던 거 잊었나 봐? 좀 더 맞을래?"

회색 구름의 회색 눈동자가 분노로 번쩍였다.

흔들이도 화를 참는 듯 입술을 굳게 다물었다.

사실 차를 마시든 안 마시든 나는 상관없어서 흔들이에게 말했다.

"됐어. 싸우거나 때릴 만한 가치도 없어."

흔들이가 통통한 손가락 쪽으로 몸을 돌렸다.

"고팔 덕분에 우리 모두가 아래층으로 내려왔고, 고팔이 텔레비전 플러그를 뽑았어. 모두가 쥐를 무서워했던 그날도 고팔이 확인했지. 다음에는 우리가 어려움에 처해도 고팔은 우리를 돕지 않을 거고, 나도 그럴 거야."

통통한 손가락은 아무 말도 하지 않았다. 회색 구름은 흔들이를 벽으로 밀쳤다.

"네 생각엔 우리가 네 친구를 필요로 하는 것 같아? 저 자식이 오기 전에도 우리는 괜찮았고 너도 더 잘 행동했지."

흔들이는 밀치려고 했지만 회색 구름의 덩치가 더 좋았다. 회색 구름은 흔들이의 짧은 셔츠 칼라를 잡고 비틀어 잡아당겼다. 서둘러 말리지 않으면 회색 구름이 흔들이의 목을 조를 것 같았다.

나는 회색 구름의 목에 팔을 두르고 흔들이에게서 떼어 냈다. 손을 놓은 회색 구름은 뒤돌아서 내 얼굴을 세게 때렸고, 막 한 대 더 때리려는 찰나에 퉁퉁한 손가락이 막아섰다.

"싸움은 안 돼. 한 번만 더 누구 하나 때리면 보스한테 말할 거야."

퉁퉁한 손가락이 회색 구름에게 경고했다.

"그럴 수 없을걸."

"네가 누구든 공격하는 건 허락할 수 없어. 보스가 알게 되면 어떻게 될지 너도 잘 알 거야. 내가 과육이 될 때까지 때릴 거야. 그러니 다른 아이들한테서 손 떼. 이해했어?"

화난 퉁퉁한 손가락이 몸을 부르르 떨었다.

"배신자!"

회색 구름이 소리쳤다.

"난 배신자가 아니야. 그건 너도 알 거야."

퉁퉁한 손가락이 나를 보고 말했다.

"차를 만들어 봐. 대장은 나고, 내가 그렇게 말했으니."

퉁퉁한 손가락의 행동과 말 때문에 놀란 건 나 혼자가 아니었다. 회색 구름의 눈이 불타오르고 있었다. 화가 점점 타올랐고, 퉁퉁한 손가락과 회색 구름의 사이가 틀어졌다. 퉁퉁한 손가락은 단순했지만 회색 구름은 그렇지 않았다. 나에게 복수할 방법을 찾아낼 것이다. 나도 준비를 해야 할 것 같았다.

우리는 차를 만들어 회색 구름을 뺀 채 빵과 함께 마셨다. 회색 구름은 그냥 빵만 먹었다.

"물… 물… 물이다!"

잠꼬대쟁이가 뒷문을 가리키며 핏대를 올려 소리쳤다. 처음으로 말하는 것이었다. 나는 잠꼬대쟁이를 쳐다봤고 문 아래에서 물이 스며들어 오는 것을 봤다. 안쪽으로 천천히 들어오고 있었지만 비가 이렇게 계속 온다면 바닥 전체가 잠길 수도 있었다.

"액자 상자를 위층으로 올려야 할 것 같아."

내가 말했다.

"그러니 네 녀석 말을 들으라고?"

회색 구름이 그렇게 말하고는 퉁퉁한 손가락을 향해 몸을 돌렸다.

"왜 이 척척박사님이 너를 밀어 내도록 놔두는 거야?"

그사이 다시 싸울 준비가 된 회색 구름 때문에 놀랐다. 나를 건드리지 않는 이상 자신도 무사하다는 걸 알고 있을 거라 생각했다.

통통한 손가락의 시선은 물에 멈춰 있었다. 혼란스러워 보였다.

"모르겠어. 하지 마! 아니야, 해!"

통통한 손가락이 회색 구름한테 말하는 걸까, 나한테 말하는 걸까?

잠꼬대쟁이는 그러면 물을 피할 수 있는 것처럼 발가락 끝으로 서 있었다. 셔츠는 바지에 반만 들어간 채로 머리를 긁적였다. 잠꼬대쟁이가 입을 벌리고 있어서 나는 마치 접착제로 하나씩 제자리에 붙여 놓은 듯 완벽하게 고른 잠꼬대쟁이의 치아를 볼 수 있었다. 마침내 잠꼬대쟁이가 말했다.

"마… 만약에 액자가 망가지면, 보… 보스가 때릴 거야."

지금까지 잠꼬대쟁이가 그런 두려움과 공포심을 얼굴에 드리우는 모습을 본 적이 없었다. 흉터의 벌에 겁먹은 게 분명했다. 그동안 조용하게 지낸 것도 이상한 일이 아니었다. 어떤 문제든 휘말려서 흉터의 분노를 사고 싶지 않았던 것이다.

나는 통통한 손가락을 발로 걷어차고 싶었고, 다른 아이들이 내 말에 따르길 바랐지만 우리 사이의 마찰은 별 도움이 되지 않을 것이었다. 나는 아이들과 함께 더 많은 물이 스며들어

오는 모습을 지켜봤다.

"상자를 올려놓아야겠어."

회색 구름이 말했다.

"고팔의 아이디어잖아."

흔들이가 또다시 용기를 냈다.

회색 구름의 얼굴에 싫은 기색이 역력했다.

"그래서?"

"그러니까 우리한테 이래라, 저래라 하지 마."

보조개 턱이 외쳤다.

"귀도, 코도, 팔도 비틀리고 싶어?"

회색 구름이 보조개 턱의 손을 잡아채려고 했다. 그러자 퉁 퉁한 손가락이 잽싸게 회색 구름을 밀쳤다.

"건들지 마."

우아! 회색 구름이 보조개 턱을 때리기도 전에 퉁퉁한 손가 락이 경고를 했다. 퉁퉁한 손가락이 그렇게 빨리 움직일 수 있 는지 미처 알지 못했다. 회색 구름이 흔들이한테 했을 때는 가 만히 있었으면서, 보조개 턱은 왜 그렇게 보호하는 걸까? 아마 도 당장 말리지 않으면 싸움이 커질 것을 알아서 그랬을 것이 다. 그리고 누구 하나 다치면 보스가 퉁퉁한 손가락을 혼낼 것 이기 때문이다.

보조개 턱과 회색 구름이 반대쪽 구석에서 부루퉁해 있는 동안 퉁퉁한 손가락과 흔들이, 잠꼬대쟁이와 나는 상자들을 사다리 근처로 옮겼다. 구슬 장식이 된 액자가 들어 있는 상자가 네 개, 장식이 안 된 액자가 들어 있는 상자가 여섯 개 있었다. 상자는 무거웠다.

"어떻게 위층으로 올리지?"

퉁퉁한 손가락이 걱정스레 말했다.

아빠가 채석장에서 일할 때, 짐이 특히 무거울 때는 여럿이 일렬로 줄을 서서 짐을 차례로 전달해서 옮기면 각자 짧은 시간 동안만 들면 된다고 말하곤 했다.

"우리가 사다리에 서서 상자를 위로 전달하면 옮길 수 있어. 각자 잠깐 동안만 들면 되니까."

"항상 좋은 아이디어가 있구나."

퉁퉁한 손가락이 나를 칭찬했다.

"이 아이디어가 얼마나 잘되는지 어디 한번 보자."

회색 구름이 지껄였다.

가장 커다란 퉁퉁한 손가락이 맨 밑에 섰다. 나는 그다음으로, 사다리 아래쪽에 섰다. 퉁퉁한 손가락이 상자를 들어 나에게 전달했다. 나는 나보다 두 계단 위에 올라서 있는 흔들이에게 건넸고, 흔들이는 잠꼬대쟁이에게 줬다. 맨 위에 서 있던 보조개 턱은 잠꼬대쟁이가 상자를 내려놓으면 한쪽으로 밀어 놓았다. 회색 구름은 돕지 않았다.

우리는 상자들을 모두 옮기고 위층으로 올라갔다.

천둥 번개가 치기 전까지 30분 정도 일했다. 번개가 친 후, 천둥소리와 함께 노란 전구도 나갔다. 방 안이 칠흑같이 어두워졌다. 보조개 턱이 놀라 비명을 질렀다.

"우리 모두 여기 있어. 다 같이."

퉁퉁한 손가락이 말했다.

그 후로 아무도 말 한마디 하지 않았다. 일단 눈이 어둠에 적응해서 볼 수 있기를 바랐지만 그렇게 되지 않았다. 나간 게 우리 전구만이 아니었고 온 동네에 전력이 들어오지 않을뿐더러 달빛도 없었다. 어둠이 우리를 삼켜 버렸다.

나는 내 손전등을 손으로 만지며 꺼내야 할지 고민했다. 어쩌면 퉁퉁한 손가락은 믿을 수 있을지 몰라도 회색 구름은 확신이 서지 않았다. 내 손전등에 대해서 흉터에게 이르고 흉터가 나한테서 뺏어 가도록 할 것 같았다. 위험을 감수할 필요는 없었다. 어둠 속에서 밤을 보내기로 했다.

누군가 울기 시작했다. 처음에는 작았는데 점차 날카롭게 울부짖는 듯한 흐느낌으로 바뀌었다.

"누구야?"

퉁퉁한 손가락이 물었다.

"난 아니야."

보조개 턱이 말했다.

"네가 아닌 건 나도 알아. 누가 울고 있는지 알고 싶은 거야."

흐느낌만 있을 뿐 대답은 없었다.

"안다고 뭐가 달라져? 우리는 서로 이름도 모르잖아."

내가 말했다.

"고팔, 네 이름은 우리 다 알아."

보조개 턱이 말했다.

"누가 계집애처럼 우는 거야?"

여자아이만 어둠을 무서워한다는 듯이 회색 구름이 말했다. 하지만 시타가 아니라 늘 나렌이 어둠을 무서워했다.

"나… 나… 나야. 로샨. 수… 수… 숨을 쉴 수가 없어."

잠꼬대쟁이, 로샨이 속삭였다. 목소리가 떨리고 있었다.

"당장 그치지 않으면 보스한테 말할 거야. 어둠을 무서워했다는 것도 잊을 만큼 벌을 내리겠지!"

회색 구름이 소리쳤다.

"괴롭힐 필요는 없잖아. 단지…"

퉁퉁한 손가락의 목소리도 흔들렸다.

"너도 무서운 거야?" 회색 구름이 싸움을 걸었다.

나렌과 시타의 다툼보다 심했다. 적어도 소리치면 나렌과 시타를 조용하게 만들 수는 있었다. 나는 손전등을 급히 꺼냈다. 내가 불을 켜자마자 빛이 나타났고 모두 조용해졌다.

침묵을 깬 건 보조개 턱이었다.

"어디서 났어?"

"친구가 줬어."

"친구 이름이 뭔데?"

"차차지."

내가 말했다.

"네 삼촌?"

"아니."

"진짜 이름이 뭔데?"

자마 외삼촌은 차차지 아저씨의 이름을 말한 적이 없었다.

"몰라."

"훔친 게 분명하네."

회색 구름이 말했다.

'아니거든!' 하고 소리치고 싶었지만 회색 구름의 분노만 키울 것 같았다.

"내가 뭐라고 했어! 아무 말 안 하는 걸 보니 찔리는 구석이 있네."

난 회색 구름의 얼굴에 빛을 쐈다. 그러자 회색 구름의 비웃음이 일그러졌다.

"고팔은 손전등을 훔치지 않았어!"

흔들이가 말했다.

"어이, 고팔 졸개 녀석. 제자리에 있는 갈비뼈를 몸 밖으로 나오게 네놈을 손봐야겠어."

내가 뭐라고 말하기도 전에 회색 구름이 흔들이에게 협박했다.

퉁퉁한 손가락은 조용했다. 회색 구름이 아무도 건드리지 않고 말로만 겁을 주는 한 신경 쓰지 않는 것 같았다. 나는 빛으로 퉁퉁한 손가락을 가리켰다. 퉁퉁한 손가락은 짤막하고 네모난 손바닥으로 눈을 가렸다.

로샨이 말했다. 로샨은 더 이상 울지 않았다.

"우… 우… 우리가 일을 할 수는 없지만 마… 마… 말다툼을 하거나 싸워야 하는 건 아니야."

아무도 대답하지 않았다.

빛이 없어서 우리는 일할 수 없었다. 이야기를 나눌 수 있는 완벽한 시간이었지만 내 이야기를 말한 후에 벌어진 일이 있었는데, 내가 어떻게 이야기를 또 할 수 있을까?

나는 폭풍우와 어둠이 밖에서 안으로 펼쳐져 들어오도록
가만히 있었다.

잠든 잠꼬대쟁이가 칭얼거리며 울었다. 분명히, 무서워하면서도 속상해했다. 잠꼬대쟁이가 잠잠해지고 나서야 과거와 현재가 흐릿해지기 시작하면서 나도 서서히 잠들었다.

자마 외삼촌 집에 물이 스며들어 왔다. 마치 물을 전혀 본 적이 없는 아이들처럼 나렌과 시타는 물을 구경하려고 몸을 수그렸다. 엄마가 텔레비전 위에 있는 선반에 우리 옷가지를 올려놓았다.

물이 계속해서 들어왔다. 처음에는 나렌과 시타가 발가락을 물속에 넣어 보고는 웃었다. 엄마가 차와 하루 지난 로티를 나렌과 시타에게 줬다. 바닥이 젖어서 쌍둥이는 서서 먹었다.

쌍둥이가 먹는 동안 엄마와 나는 바빴다. 작은 그릇으로 물을 떠서 들통에 부었다. 들통이 가득 차면 나는 창문을 열었고 엄마는 들통을 들어 올려 밖에 물을 부었다. 그러면 내가 빠르게 창문을 닫았다. 그래도 바닥에는 여전히 똑같이 물이 차 있었다.

엄마가 손을 들어 올리기 전까지 얼마나 많이 들통에 물을 채워 버렸는지 알 수 없었다.

"이렇게 해서는 아무 소용이 없겠어."

"아래를 봐 봐요. 물이 내 발목 아래로 내려갔어요."

나렌이 왼발을 들어 올려 좌우로 움직였다. 물이 후두둑 떨어졌다.

"하지 마. 우리가 올라갈 언덕이 있으면 좋겠다."

무서워진 시타는 한층 더 목소리를 높여서 말했다.

나는 시타에게 갈 곳이 없다고 말해 주고 싶었지만 이미 시타도 알고 있었다. 올라갈 나무도, 언덕도 없었다.

나는 음식을 그새 다 먹은 시타를 들어 올려 나무 벤치에 쌓아 놓은 매트리스와 베개 더미 위에 올려 줬다. 나렌에게도 똑같이 해 줬다. 쌍둥이는 발을 달랑달랑 흔들었고 엄마는 넝마로 발을 닦아 줬다.

"이 매트리스 높이까지 빗물이 올라오면 어떻게 해?"

시타가 물었다.

나는 머리를 좌우로 흔들었다.

"안 그럴 거야."

"어떻게 알아?"

"물이 들어오려면 비가 얼마나 많이 와야 하는지 알지?"

"엄청나게 많이?"

"맞아. 그러니까 거기서 놀아."

카드아저씨가 준 카드 한 벌을 쌍둥이에게 주자 쌍둥이는 다리를 접어 벽을 향해 자리를 좁혀 앉고는 카드를 나눠 가졌다. 엄마와 나는 들통을 채웠다. 나는 물을 버리기 위해 창문을 열었다가 뒷걸음질 쳤다. 으스스한 적막이 나를 반기며 밝은 빛이 안으로 들어왔다.

"엄마, 비가 사라졌어요."

노느라 바쁜 쌍둥이를 바라보던 엄마가 내 옆으로 왔다. 창가에 엄마가 설 수 있도록 자리를 만들었다. 엄마의 눈은 눈물로 촉촉해졌다. 내가 말을 꺼내기 전에 엄마가 입술에 손가락을 대고는 속삭였다.

"괜히 시끄럽게 만들지 말자."

엄마는 나렌과 시타를 말하고 있었다. 길에는 아무도 나와 있지 않아서 도무지 길처럼 보이지 않았다. 물은 여전히 높아서 내가 밖에 나가 걷는다면 무릎 높이까지 올 것 같았다. 우리 창문 아래에서 치는 소용돌이에 알루미늄 냄비가 재빠르게 도는 모습을 봤다.

"엄마, 가져올까요?"

"아니. 너무 위험해."

우리는 가질 수 없는 근사한 냄비를 바라봤다.

물은 이제 안으로 들어오지 않았고 우리는 안전했다.

빗, 연필, 속옷이 떠다녔다. 나는 나렌과 시타에게 보라고 말하고 싶었지만 물은 아직 높았고 말하면 쌍둥이는 보물을 찾겠다며 밖에 나가고 싶어 할 것이 분명했다. 잘못하면 물에 빠지게 될 것이다. 물에 빠진다는 생각을 하자 온몸이 떨렸다.

"춥니?"

엄마가 물었다.

나는 몸을 떨면서 잠에서 깼다.

방이 눈에 들어오면서 엄마의 부드러운 목소리가 희미해졌다. 등에 느껴지는 황마의 거친 느낌, 접착제 냄새, 모기한테 물린 울퉁불퉁한 자국만이 남아 있었다. 혹시나 다시 꿈을 꿔서 엄마의 얼굴을 만질 수 있을까 하고 나는 눈을 감았다.

엄마는 사라졌다.

엄마랑 함께 있고 싶었다. 하지만 이곳을 빠져나갈 방법을 찾지 못했다. 불가능해 보여도 방법은 있기 마련이다. 내가 무언가 찾을 수 있을까? 아니면 담장 안에서 탈출하려고 들판을 돌아다니며 작은 구멍을 찾지만 절대 못 찾는 염소로 남을까?

⑱

　시계가 여섯 시를 알릴 때까지 나는 누워서 자마 외삼촌네 골목길, 다리, 차차지 아저씨 가게를 생각했다. 통통한 손가락이 덧문을 열었다. 님바 나무 가지 하나가 부러져 있어서 나는 눈물이 났다. 세상의 가장 꼭대기는 흐릿했고, 아침도, 오후도, 저녁도 개성 없이 똑같아 보이는 회색의 하루였다. 우리는 빠르게 화장실을 쓰고 물을 마시고 일을 시작했다.

　세 시간이 지났는데 흉터는 아직도 오지 않았다. 아무런 차도 마시지 않고 계속 일하기는 힘들었지만 일하지 않으면 점심을 먹을 수 없는 이곳에서는 선택의 여지가 없었다.

　액자 네 개를 끝냈을 때, 열쇠가 짤랑거리는 소리가 들렸다. 문 열리는 소리가 났다. 흉터가 안으로 들어오면서 소리쳤다.

"망했어! 망했어!"

그러다 잠시 동안 아무 소리도 들리지 않더니 흉터가 올라왔다.

"상자를 어떻게 한 거야? 액자 하나라도 이상이 있으면 죽여 버릴 거야!"

흉터는 주먹으로 벽을 치며 우리를 쳐다봤다.

"여기로 옮겨 놨어요."

통통한 손가락이 대답했다.

흉터의 표정이 풀어졌다. 주위를 둘러봤다.

"잘했네. 어떻게 옮겼어?"

흉터가 상자 쪽으로 걸어가면서 물었다. 통통한 손가락이 회색 구름을 쳐다봤다. 회색 구름은 자신이 손가락 하나도 까딱하지 않았다고 어디 한번 말해 보라는 듯이 통통한 손가락을 마주 봤다.

"모두 함께 옮겼어요."

통통한 손가락이 말하자, 회색 구름이 능글맞게 웃으며 덧붙였다.

"제 아이디어였어요."

"똑똑하군. 넌 장차 크게 될 거야."

흉터는 회색 구름의 등을 두드렸다. 조금 세게 두드렸는지 회색 구름이 움찔했다.

흔들이가 몸을 흔드는 걸 멈추고 흉터를 봤다.

"그게 아니라…."

흔들이가 말을 시작했지만 흉터는 듣지 않고 사다리를 내려갔다.

끼익, 끼익, 끼익. 흉터가 마침내 시계 태엽을 감았다.

"한마디만 해 봐. 먼지로 만들어 버릴 테니까."

회색 구름이 말했다. 차가운 말과 시선으로 회색 구름의 협박은 뼛속까지 전달됐다.

퉁퉁한 손가락은 회색 구름의 성질을 건드리면 우리들 중 하나를 심하게 다치게 할 수 있다는 걸 알고 있는 것 같았다. 아마도 그래서 퉁퉁한 손가락이 회색 구름에게 맞서지 않는 것일 수도 있었다.

이제 흉터는 회색 구름이 상자를 구했다고 믿게 됐으니 어쩌면 회색 구름에게 대장을 시킬 수도 있다. 그렇게 되도록 그냥 둘 수만은 없다. 겁이 나는 만큼 나는 흉터에게 내 아이디어였다고 반드시 말해야 한다. 그렇게 하면 나를 믿고 액자를 포장할 때 도와달라고 할 것이다. 내가 조금 더 자유를 얻을 수 있는 유일한 방법이다. 내가 더 많은 자유를 얻게 될수록 탈출할 수 있는 가능성이 더 많이 생길 것이다.

나는 흉터에게 정말로 말하고 싶은지 생각하며 입술을 잘근잘근 씹었다.

우리는 흉터가 차를 마시러 내려오라고 하기를 기다렸다. 그러나 손뼉 소리는 전혀 들리지 않았다. 차를 주지 않아도 우리가 일을 제대로 한다고 판단했다면 왜 흉터가 우리를 굳이 신경 쓰겠는가?

점심시간에 회색 구름이 화장실에 있는 동안 내가 흉터에게 말했다.

"상자를 옮기자는 아이디어를 낸 사람은 저예요."

흉터는 바닥에 앉아 상자를 끈으로 묶고 있었다.

"넌 내가 그걸 믿을 거라고 생각해? 멍청한 자식!"

내가 액자를 구했는데 날 멍청한 자식이라고 불렀다! 나는 폭발할 것 같았다.

"사실이에요! 아무한테나 물어봐요."

다른 아이들을 가리키며 말했다. 흉터가 일어났다.

"이렇게 하지. 둘 중에 하나는 거짓말쟁이지. 누굴까? 모르는 사람은 조용히 있어. 하지만 대답한다면 실수하지 않도록 조심해. 실수한다면 대가는 톡톡히 치러야 할 거야."

흉터는 이 상황을 즐기는 듯 표정이 거만했다. 팔짱을 끼고

276

주위를 둘러보며 다시 물었다.

"말해 봐. 내가 누굴 믿어야 하지?"

나는 기다렸다. 네 명의 아이들은 자신들 발만 바라볼 뿐 아무 말도 하지 않았다. 마치 혀라도 잃어버린 것 같았다. 흉터가 한 명씩 가까이 다가가 다시 물었다. 잠꼬대쟁이가 머리를 좌우로 흔들었다. 통통한 손가락도 똑같이 했다. 보조개 턱은 한 번 올려다봤지만 재빨리 다시 시선을 떨구었다. 귀를 다시 잡히는 게 두려운 것 같았다. 마침내 흔들이가 중얼거렸다.

"사실이에요."

"혓바닥에 사마귀라도 생겼어? 크게!"

흉터가 소리치자 흔들이가 나를 가리켰다.

"얘가 사실을 말하고 있다고요."

회색 구름이 화장실에서 나왔다.

"너희 둘 빼고 모두 다시 일하러 올라가."

흉터는 나와 흔들이를 가리키며 말했다.

"너희 둘은 거짓말을 했으니 벌로 한 시간 동안 닭 자세로 서."

"우리는 사실을 말했어요."

내가 말했다. 사다리를 올라가고 있던 회색 구름의 얼굴을 볼 수는 없었다. 하지만 흔들이와 내가 벌을 받아 아주 기뻐하고 있었을 것이다.

흉터는 갈색의 기다란 고무 튜브를 꺼냈다.

"이 튜브 보이지? 이 튜브가 너희를 바로잡아 줄 거다!"

흔들이가 몸을 수그려 팔을 다리 사이로 넣더니 손으로 발목을 잡았다. 닭 자세를 하는 것 같아 나도 따라 했다. 엎드려 일하느라 이미 아픈 등이 훨씬 더 아팠다. 흉터는 튜브를 들어 올려 흔들이의 등을 내려쳤다. 짝!

흔들이는 움찔하더니 입술을 파르르 떨었지만 훌쩍이지는 않았다.

짝! 다시 내려쳤다. 나는 아파서 비명을 질렀다.

"얼마나 잘되는지 확인해 본 거야."

흉터는 튜브를 나무 벤치 위에 다시 올려놓았다.

우리는 닭 자세로 한 시간 동안 서 있어야 했다. 머릿속은 텅 비었고 아픔으로 가득한 시간은 천천히 흘렀다. 천천히, 점심으로 먹었던 쌀과 달이 서서히 목구멍으로 올라왔다. 시큼했다. 나는 곁눈질을 했다. 흔들이의 눈은 감겨 있었고 얼굴은 고통으로 잔뜩 구겨져 있었다. 우리를 벌주는 흉터에게 화가 났지만 쥐새끼처럼 거짓말을 하는 회색 구름에게 더 화가 났다.

더 이상 머릿속은 텅 비어 있지 않았다. 대신 나뭇가지들을 오가는 원숭이처럼 내 생각도 이리저리 움직였다.

흉터는 정말로 무슨 일이 있었는지 알아보지도 않고 성급하게 우리를 벌줬다. 회색 구름은 나보다 더 오래 있었고, 흉터는 나를 믿는 것보다 훨씬 많이 회색 구름을 믿었다. 하지만 흉터의 능글맞은 웃음은 무언가를 숨기고 있는 것 같았다. 흉터는 내가 사실을 말하고 있다는 것을 알면서도 다른 아이들을 시험하고 싶었던 것 같다. 감히 누가 내 편을 드는지 보고 싶었던 걸까?

내 계획은 잘되지 않았고, 오히려 부정직하고 구린 데가 있는 회색 구름이 흉터의 졸개가 될 것이다. 회색 구름은 나와 다른 아이들을 곤란하게 만들고, 흉터는 우리를 발로 차고 뺨을 때리고 두들겨 패고 굶길 것이다. 회색 구름과 흉터는 우리를 뭉개는 바위 두 개가 될 것이다. 우리는 으깨져 조각날 것이다.

으깨지는 생각을 하니 더 아파졌다. 이 자세로 더 오래 있다간 등이 부러질 것 같았다. 파리 한 마리가 내 얼굴에 앉았다. 나는 파리를 쫓기 위해 머리를 흔들었다.

"왜 머리를 흔드냐?"

흉터가 물었다. 나는 왜 흉터가 불안한 표정을 하고 있는지 알 수 없었다.

"파리 쫓으려고요."

"아!"

흉터가 안심하더니 다시 액자를 포장했다.

흉터가 텔레비전을 켰다. 나도 텔레비전을 보려고 고개를 들었다. 몸을 완전히 구부리고 있는 상태라 쉽지 않았지만 등 위쪽과 목을 할 수 있는 한 최대한 들어 올렸다.

몇 초 후, 흉터가 내 모습을 봤다.

"그렇게 쳐다보지 마."

흉터와 나는 텔레비전 화면이 커지기를 기다렸지만 아무것도 나타나지 않았다. 그때, 나는 지난밤에 플러그를 뽑아 놓은 것이 기억났다. 흉터는 뽑혀진 플러그를 보고 당황하더니 나를 봤다.

"뭐야? 어떻게 한 거야?"

나는 머리를 내렸다. 흉터가 뽑힌 텔레비전 플러그 때문에 당황했나? 내가 쳐다본 것이 연관이 있다고 생각하는 건가? 흉터는 지난번 양파와 마늘이 든 로티를 줬을 때도 똑같이 겁에 질린 듯한 표정이었다. 너그러운 마음으로 나에게 음식을 준 것이 아니라, 내가 음식을 저주해서 손에서 떨어뜨린 줄 알고 겁이 났던 것이다. 내 악마의 눈길이 마술같이 플러그를 뽑았다고 생각하는 것이 틀림없었다. 흉터가 미신을 믿는다면 나한테 이상한 힘 같은 게 있다고 생각하도록 만들어 줄 것이다.

나는 얼굴을 들어 흉터를 다시 쳐다봤다.

"뭐… 왜 자꾸 그러는 거야?"

흉터의 목소리가 떨렸다.

나는 계속해서 흉터를 바라보며 마치 무언가를 속삭이는 것처럼 입술을 움직였다. 흉터의 얼굴이 공포에 질렸다. 나는 눈도 깜빡이지 않고 입술을 더욱 빠르게 움직였다.

"나한테 마법을 거는 거야?"

흉터가 물었다.

내가 대답할 필요가 있는 질문이 아니었다.

"그만해! 올라가, 당장."

나는 몸을 일으켰다.

"둘 다요?"

"아니. 너 혼자."

속으로는 너무 무서웠지만 용기를 얻기 위해 마테란의 안나사헵 코트왈 이야기를 떠올렸다.

"그럴 수는 없어요."

나는 팔짱을 끼고 입술을 움직였다.

"가. 둘 다. 당장."

흔들이는 눈을 떴지만 무슨 일이 있었는지 알지 못할 것이다.

"상자를 옮겨서 액자를 구한 건 내 아이디어였어요."

내가 말했다.

나를 보던 흉터는 텔레비전을 봤다가 다시 나를 봤다. 여전히 당황한 것 같았다.

나는 올라가려고 뒤돌고 나서야 웃음이 났다.

한 시간도 채 안 되게 벌을 받고 올라온 우리를 보고 회색 구름이 화를 잔뜩 내기를 기대했다. 역시나 놀라서 눈을 깜빡거리긴 했지만 화가 난 것 같지는 않았다.

보조개 턱은 행복으로 얼굴이 빛났다.

"곧 올라올 줄 알았어."

내 편을 들지는 않았지만 나는 보조개 턱을 용서했다. 보조개 턱은 너무 어리고 흉터는 너무 크고 무서우니까. 보조개 턱은 나보다 흉터가 더 무서웠을 것이다. 나는 앉으면서 보조개 턱의 머리를 헝클었다. 잠꼬대쟁이, 로샨은 쳐다보지 않았다. 나는 로샨과 통통한 손가락이 흔들이처럼 사실을 말하길 바랐다. 그랬다면 흉터는 다른 선택 없이 나를 믿었을 것이다. 이곳에서 진정한 친구는 한 명이라는 느낌이 들었다. 흔들이. 흔들이는 아무 일도 없었다는 듯이 이미 일을 시작하여 몸을 흔들고 있었다.

회색 구름이나 흉터는 결코 흔들이를 꺾지 못할 것이다. 아니면 너무 짓밟혀 더 이상 상처 입힐 수 있는 게 없는 것일 수도 있다.

남은 하루, 우리 모두가 조용히 일하는 동안 긴장감이 깊숙이 스며들었다.

⑲

폭풍우가 지나간 지 3주나 됐지만 내가 아직 이곳에 있다는 게 믿기지 않았다. 매일 아침, 나는 오늘은 도망칠 수 있을 것이라는 희망의 불씨를 가지고 일어난다. 불씨는 하루 종일 살아 있다가 저녁에 흉터가 문을 잠그면 사라진다. 액자를 구한 이후로 흉터는 밤에 더 이상 사다리를 치우지 않았다. 나에게 클릭 한 번으로 자물쇠를 열고 도망칠 수 있는 힘이 있으면 얼마나 좋을까?

그런 운은 없었다.

어떻게든 다른 아이들의 도움을 받아 탈출할 기회를 만들어야 하는데 나는 회색 구름을 믿을 수 없었다. 아이들이 힘을 합치게 그냥 두지 않을 것이다. 만약 내가 하려고 하면 지난번처럼 나를 곤란하게 만들까? 아마 그럴 것이다. 그래도 기회를 엿봐야 한다. 그렇지 않으면 아무것도 할 수 없기 때문이다.

우리는 열 시에 구슬을 치웠다. 로샨은 잠자리에 생긴 주름을 폈다. 이를 악물고 아주 작은 구김살도 없애려고 손바닥으로 자루를 계속해서 매끄럽게 했지만 황마는 아주 깔끄러워 뭐가 달라지는지 알 수 없었다.

나는 잠꼬대쟁이가 말을 잘 안 해서 가장 마지막으로 자신의 이름을 말할 것이라고 생각했다. 하지만 이상하게도 가장 먼저 이름을 알게 됐다. 그날 밤, 회색 구름이 우는 사람이 누군지 묻는 게 너무 무서운 나머지 로샨이 자신도 모르게 불쑥 말했을 것이다. 아이들의 도움을 받으려면 이름을 알아내고 친구로 만들어야 한다.

"이름이 뭐야?"

내가 흔들이에게 물었다.

흔들이는 가슴 앞쪽으로 자루를 움켜잡더니 회색 구름을 흘끗 쳐다보고 망설였다.

나는 흔들이의 어깨에 손을 올렸다.

"네 진짜 이름을 부르고 싶어. 그게 진짜 너잖아."

흔들이는 잠시 자신의 발가락을 쳐다보다가 고개를 들며 말했다.

"내 이름은 사힐이야. 누가 그랬는데 대장이라는 뜻이래."

"네가? 대장? 이름이 거꾸로네."

회색 구름이 코웃음을 쳤다.

"냅둬."

퉁퉁한 손가락이 말했다.

슬슬 퉁퉁한 손가락이 회색 구름에게 맞서는 것처럼 보였다.

"흔들이보다 더 좋아."

내가 말했다.

"사힐이라니, 좋은 이름이야. 나는 아마르. 오랫동안 아무도 나를 아마르라고 부르지 않았어."

보조개 턱이 말했다.

나는 퉁퉁한 손가락을 바라봤다. 아무 일도 없다는 듯 가만히 있었다. 퉁퉁한 손가락이 그만하라고 하지 않아서 나는 계속 말했다.

"아마르는 변치 않는, 영원하다는 뜻이야."

"정말이야, 고팔? 아마르에 그런 의미가 있는 줄은 전혀 몰랐어. 모두가 나를 아마르라고 불렀으면 좋겠어. 하지만 보스가 듣게 되면 화를 내겠지."

아마르의 목소리가 갑자기 작아졌다.

"보스가 있을 때는 말하지 않잖아."

내가 말하자 아마르가 답했다.

"맞아. 내가 아마르의 이야기를 해 줄까?"

"지어낸 이야기, 아니면 진짜 이야기?"

회색 구름이 물었다.

회색 구름이 진짜로 이야기 서클에 참여하고 싶지 않다면 아무 말도 하지 않아야 했지만 이야기를 듣고 있는 것이 틀림 없었다.

아마르가 말을 시작했다.

"아빠는 내가 말을 안 듣는 아이고, 그래서 잘하라고 나를 때렸다고 했어. 안 좋은 냄새를 풍기며 집에 오는 날이면 나한테 나쁜 말들을 했어. 그리고 해가 중천에 뜰 때까지 자곤 했지."

"엄마는?"

사힐이 물었다.

"엄마는 내가 세 살 때 죽었어. 동생들 때문에 정신없는 새엄마가 있었고, 동생들은 늘 잘했어. 새엄마가 아빠한테 그렇게 말했지. 심지어 내가 잘해도, 나는 나쁜 아이였어. 나는 항상 나쁜 아이였어."

아마르의 목소리가 점점 줄어들어 거의 속삭이는 듯했다.

"너는 언제나 착했어."

퉁퉁한 손가락이 말했다.

자루를 펼치던 회색 구름이 손을 멈췄다.

"네가 어떻게 알아?"

"내… 내 말은, 확실하게 알 수는 없지만 쟤가 어떻게 나빴겠어? 그러니까 나쁜 게 뭔지 알기에는 너무 어리다고 생각하지 않아?"

회색 구름은 손을 흔들었다.

"그래, 그래. 나는 이렇게 수다 떨 시간이 없어."

이제 우리 모두 잠을 잘 준비가 됐다.

"우리 한동안 이야기 시간이 없었어. 고팔, 오늘 밤 하나 해줄 수 있어? 듣고 있으면 행복해져."

아마르가 내 쪽으로 몸을 돌리더니 말했다.

나는 나렌에게 했던 것처럼 아마르를 들어 올려 크게 빙그르르 돌리며 해 주겠다고 말하고 싶었다. 하지만 회색 구름이 팔짱을 끼고는 나를 노려봤다. 우리 사이의 긴장감은 뾰족한 연필심처럼 날카로웠고 퉁퉁한 손가락에게 묻기 전에 아마르에게 이야기해 주겠다고 말하고 싶지는 않았다. 게다가 회색 구름이 흉터에게 이를 수도 있었다. 나는 머리를 가로저었다.

"왜 안 돼? 전에 해 준 거 마음에 들었어. 다시 듣고 싶어.

응?"

나는 통통한 손가락을 힐끗 봤고, 통통한 손가락은 고개를 돌렸다.

아마르가 무릎을 세워 다리를 안고는 무릎 위에 머리를 올렸다. 얼굴을 볼 수는 없었지만 굽은 어깨만으로도 슬퍼 보였다. 나는 아마르 옆에 앉았다. 아마르는 머리를 들어 올렸다. 눈에는 눈물이 글썽였고 얼굴은 기대감이 가득했다.

"아마르, 울지 마. 이야기해 줄게."

내가 말했다. 회색 구름이 나에게 뭐라고 하거나 흉터에게 이르는 건 신경 쓰지 않기로 했다.

"우리는 빛을 쓰면 안 돼. 전기료가 많이 나와서 우리가 늦게까지 안 자고 있었다는 걸 보스가 몰랐으면 좋겠어. 일을 더 시킬 거야." 통통한 손가락이 말했다.

우리는 전구를 끄고 동그랗게 앉았다. 이야기 서클에 끼지 않은 유일한 사람은 회색 구름이었다. 회색 구름은 자루 위에 몸을 뻗고 누웠다.

나는 이야기를 시작하기 전에 손전등을 꺼내 가운데에 켜놓았다.

"여름 방학은 마테란에서 시간을 보낼 수 있어서 내가 제일 좋아하는 시간이었어."

"마치 지가 칸이나 되는 양 여름에 열기를 피하려고 언덕에서 시간을 보냈다고 말하는구먼. 거짓말쟁이."

회색 구름이 코웃음을 쳤다.

나는 회색 구름을 무시하고 계속 말했다.

"매일 아침 4시에 일어나 4시 30분에 엄마랑 마테란 언덕을 오르기 시작했어. 내 친구 모한과 시바도 엄마랑 같이 왔어. 무척 재미있었어. 마테란은 '꼭대기에 있는 숲'이라는 뜻이야. 나무, 새, 원숭이, 뱀 등 동물들이 가득했어. 산을 다 오르려면 거의 두 시간이 걸렸지만 뭄바이에서 사람들을 싣고 오는 아침 기차가 도착하기 전에는 도착했지. 우리가 하루를 시작할 때 가장 좋았던 점은 별들이 하늘에서 반짝이고 달빛이 플루메리아 꽃처럼 반짝였다는 거야. 하지만 꼭대기에 올라갈 때쯤이면 달과 별은 사라지고 태양이 언덕 뒤에서 떠올라 하늘은 타마린드처럼 분홍빛이 됐어."

"우아, 아름답네."

로샨이 탄식하듯 말했다.

"쉿, 방해하지 마, 친구."

아마르가 말했다.

"기차가 도착하면 우리는 여행객들의 짐을 화려한 호텔로 옮겼어. 그런 다음, 주차장에서 시간을 보냈지. 기차는 정해진 시간에 여행객들을 한꺼번에 데리고 오지만 자동차나 택시는 하루 종일 오기 때문에 일거리를 찾을 수 있었지."

"그때 번 돈이면 부자겠네, 고팔. 돈은 손전등처럼 주머니에 숨긴 거야?"

회색 구름이 조롱했다.

"아니. 엄마, 아빠가 돈이 필요해서 나는 돈을 벌면 다 드렸어."

"좋은 아들이었구나."

퉁퉁한 손가락이 말했다.

나는 퉁퉁한 손가락의 칭찬에 무슨 말을 하고 있었는지 잊어버릴 정도로 깜짝 놀랐다.

"마… 마… 맞아."

로샨이 말했다.

"듣고 있어?"

흩어진 생각을 모으기 위해 빛을 사힐에게 비추며 물었다. 사힐은 고개를 끄덕였다. 나는 이야기를 계속했다.

"더운 오후가 되면 나는 모한이랑 시바와 함께 호수로 가서 님바 나무 아래에서 점심을 먹었어. 선선한 날에는 바위 위에 가서 햇살을 받으며 앉아 있었지. 사람이 만든 호수와 신이 만든 산이 공존하는 모습은 절대 단 한 번도 질리지 않았어. 많은 여행객들이 말을 타고 여행을 했는데 말 주인아저씨들 중 한 명은 우리 마을 사람이었어. 아저씨는 손님이 없을 때면 우리에게 말을 타게 해 주곤 했지."

"그 말들은 무슨 색이었어?"

아마르가 물었다.

"앵무새처럼 초록색이었겠지."

회색 구름은 농담을 하고 혼자 웃었다. 무례한 학생이 흥미롭고 중요한 이야기를 하고 있는 선생님을 방해한 것처럼 모두 조용해졌다. 나는 회색 구름이 그냥 자리에 가만히 앉아 입을 다물고 있기를 바랐다. 회색 구름은 우리를, 특히 나를 방해하는 걸 아주 즐기고 있었다. 만약 내가 짜증이 났다는 걸 알게 된다면 더 방해할 것이다. 엄마가 말하던 것처럼 '뭐 하러 원숭이에게 사다리를 주겠어?'

엄마의 동그란 얼굴이 생각나자 엄마를 안고 엄마의 깨끗한 사리 냄새를 맡고 싶어졌다. 다행히도 전구가 꺼져 있어서 기뻤다. 손전등 빛만으로는 아무도 내 얼굴을 볼 수 없을 것이다. 슬픔이 지나가길 기다렸다. 아이들은 참을성 있게 기다렸다.

"말 한 마리는 계피색이고 다른 말 한 마리는 검은색이었어. 내가 가장 좋아했던 말의 이름은 프린스였어. 프린스의 털은 반짝이는 검은색이었는데 두 눈 사이에 눈물 모양의 하얀 표시가 있었고, 내가 가까이 다가가면 나를 반기는 것처럼 머리를 앞으로 움직여서 프린스도 날 좋아한다는 걸 느낄 수 있었어."

"너희들 모두 왜 이 말도 안 되는 거짓말을 듣고 있는 거야?"

회색 구름이 물었다.

"우… 우리는 거… 거짓말이 우리가 처한 사실보다 낫기 때문에 듣는 거야. 마… 만약 더 나은 거짓말이 있다면 네 말을 드… 들어 줄게. 그… 그러니까 그때까지 조용히 해."

로샨이 평소 자면서 하는 것처럼 더듬거리며 말했다. 하지만 마치 화로 다듬어진 것처럼 목소리는 날카로웠다. 아무 말 하지 않는 것을 보면 회색 구름도 무언가를 느낀 것 같았다.

"그러니까 너는 검은색 말을 좋아했고, 그 말도 너를 좋아했다는 거네. 맞지?"

사힐이 물었다. 이야기를 즐기고 있었다. 난 웃음이 났다.

"검은색 말은 다정하고 늘 밝았어. 그런데 기분이 나쁘면 어둡고 위협적으로 변했어. 어느 날, 내가 검은색 말을 탔을 때였지. 갑자기 시끄러운 소리가 났어. 말은 깜짝 놀라서 갑자기 출발하고 말았어. 그날은 안개가 자욱했고, 프린스가 절벽으로 뛰어갈지도 모른다고 생각해서 모두들 골짜기로 뛰어갔지. 내 심장이 프린스보다 더 빨리 뛰는 것 같았어."

아마르가 앞쪽으로 몸을 기울이며 움켜쥔 손 위에 턱을 놓았다.

"그랬어?"

"그랬으면 이야기를 하지 않았겠지."

회색 구름이 말했다.

"속도를 늦추도록 노력했어. 마침내 프린스가 진정됐을 때 무서웠지만 귀에 대고 여전히 사랑한다고 속삭였어. 그날 이후로 프린스는 나에게 늘 다정했어. 내가 프린스에 올라탈 때면 부드러운 바람이 내 머리카락을 어루만지고, 붉은 먼지가 일어나고, 산이 나를 감쌌어. 무엇이든 할 수 있을 것만 같은 느낌이었지. 언젠간 프린스 같은 말을 갖게 되길 꿈꿔."

나는 눈을 감았고 내 앞에서 뛰어다니는 프린스가 보였다. 프린스의 울음소리가 들리는 것 같았다.

"지금도 꿈꿔?"

누가 물었는지 알 수 없었지만 나를 다시 현실로 불러왔다.

"응. 언젠가 프린스 같은 말을 갖고 싶어."

회색 구름이 일어나 중앙에서 나를 마주 보고 섰다.

"네가 어떻게 말을 갖지? 이 감옥에서 노예처럼 앉아서, 왕

자처럼 꿈꾸며 일하고 있는데. 그러고 보니 넌 프린스라는 이름의 말을 좋아하는군. 하, 하, 하! 네 꿈은 아무것도 아니야. 말발굽 아래 먼지 같은 거야."

"나는 여기에 오게 될 거라고 생각해 본 적 없지만 오게 됐지. 내일 어떻게 될지 누가 알아?"

"내일은 오늘과 똑같을 거야. 접착제, 구슬, 액자와 함께."

"그래도 언젠가 이루어질 수 있으니 꿈이 있는 게 나아. 하지만 아예 꿈이 없다면 아무것도 없지. 그러니 말해 봐. 무언가라도 있는 게 나은지, 아니면 아무것도 없는 게 나은지?"

내가 물었다.

"몰라. 나는 단 한 번도 무언가를 가져 본 적이 없거든."

회색 구름이 웅얼거렸다.

"무슨 말이야? 네 가족 이야기라도 해 봐."

회색 구름은 발을 쿵 굴렀다.

"나는 가족이 없고, 너도 가족이 없어, 고팔. 엄마나 아빠 이야기는 그만해. 엄마나 아빠, 마을, 친구도 없었어. 심지어 말을 본 적도 없어. 넌 단지 우리 기분을 나쁘게 만들면서 네 기분을 좋게 하려고 이 모든 이야기들을 말하는 거잖아. 안 그래? 이 모든 이야기가 거짓말이라고 말해. 그러지 않으면 네 손전등을 벽에 던져서 박살내 버릴 거야."

회색 구름이 내 손전등을 집어 들었다.

나는 손전등을 잡아채려고 손을 뻗었지만 나보다 키가 큰 회색 구름이 머리 위로 팔을 들어 올렸다. 천장을 비추는 빛이 흔들렸다. 내가 미처 알아채기도 전에 누군가 손전등을 낚아채서 나에게 줬다. 회색 구름만큼 키가 크고 어떤 문제도 일으키고 싶어 하지 않는 통통한 손가락이 틀림없었다.

잠잘 시간이었다.

오늘 밤, 회색 구름이 한 말은 나를 슬프고 화나게 만들었다. 모든 것이 대리석의 소용돌이 모양처럼 뒤섞였다. 회색 구름에게는 흉터처럼 나쁜 이곳이 집이며, 흉터를 기쁘게 하기 위해 노력한다는 것이 슬펐다. 또, 내가 이야기를 다 지어냈고 나에게 가족이 없다고 말한 것에 화가 났다.

회색 구름만 아니면 우리는 이야기 서클을 만들 수 있을 것이다.

회색 구름과 내가 싸운 바람에 한동안 이야기는 또 없었다. 매일 밤, 아마르가 흔들거리는 이를 꼼지락거리며 애원하는 눈빛을 보내면 이야기를 듣고 싶어 한다는 것을 알 수 있었지만 내가 할 수 있는 것은 아무것도 없었다. 회색 구름을 빼면 모두가 이야기 서클을 즐겼다. 심지어 통통한 손가락도 이야기 서클을 그리워하는 것 같았지만 회색 구름이 반대하는 이상 아무 말도 하지 않을 것이다. 우리의 대장이 회색 구름에게 맞설 만큼 용기가 있었으면 좋을 것 같았다.

어느 날, 흉터는 액자를 포장하기 위해 회색 구름을 아래로 불렀다. 내가 이곳에 온 이후로 흉터가 회색 구름에게 도움을 요청한 것은 처음이었다. 이제 회색 구름이 책임자라는 뜻인가? 회색 구름이 흉터에게 우리의 비밀을 말했을까? 확실하지 않았다.

길게 늘어진 님바 나무 열매가 노랗게 변했다. 회색 구름도 자리에 없으니 열매를 딸 시간이었다. 나는 일어나 팔을 창살 사이로 뻗어서 손에 닿는 한 열매를 많이 땄다.

"달콤쌉싸래한 맛이야. 먹고 싶은 사람?"

내가 작은 소리로 말했다.

모두들 먹고 싶어 했다. 창문에 있는 창살 때문에 멀리까지 손이 닿지는 않았지만 그래도 한 손 가득 땄다.

"빨리 먹어."

퉁퉁한 손가락이 아마르에게 속삭였다.

"더 빨리 씹을 수가 없어. 너무 써. 입이 점점 느려져."

아마르의 변명에 우리 모두 웃었다.

"맞아, 아마르. 근데 엄마가 그랬는데 님바가 몸에 좋대. 우리가 계속 건강할 수 있게 해 줄 거야." 내가 말했다.

"너희 엄마는 많은 것들을 아시네. 너희 엄마 이야기들 중 하나만 또 해 줄 수 있을까? 응?"

"회색 구름이 안 좋아해."

"회색 구름이 누구야?" 퉁퉁한 손가락이 물었다. 내가 회색 구름에게 이름을 물었지만 말해 주지 않았을 때 퉁퉁한 손가락은 없었다.

"아래층에 내려간 애가 회색 구름이야. 맞지?"

아마르가 말했다.

"응."

"하… 하… 하지만 회색 구름을 빼고, 우리 모두 이야기를 좋아해."

로샨이 말했다.

"맞아, 근데…."

통통한 손가락이 말하기 시작했다.

"투표를 하자."

내가 빠르게 제안했다.

사힐이 일하며 흔들던 몸을 멈췄다.

"투표가 뭐야?"

내가 설명하는 동안 사힐은 열심히 귀를 기울였다.

"모두에게 원하는 것이 무엇인지 묻는 거야. 그리고 대부분의 사람들이 동의한 것을 하는 거지. 회색 구름이 대장이라면 우리를 허락하지 않겠지. 만약 네가 행상인인데, 네 물건을 팔려고 소리치지 않으면 너는 물건을 팔 수 없어. 적어도 시도는 해 봐야지."

"보스가 오늘 회색 구름에게 도와 달라고 했다고 회색 구름이 대장이라는 뜻은 아니야."

퉁퉁한 손가락이 말했다.

나는 입술을 깨물었다. 회색 구름이 대장이라고 말한 것은 실수였다.

"미안해."

나는 퉁퉁한 손가락에게 재빨리 사과했다.

"오늘 밤에 투표를 하자."

아마르가 말했다. 아마르가 아주 활짝 웃어서 오른쪽 뺨에 있는 보조개가 보였다. 어떻게 전에는 볼에 있는 보조개를 보지 못했을까?

퉁퉁한 손가락이 단호한 표정을 지었다.

"그건 패거리를 지어 회색 구름에게 맞서는 거야. 내키지 않아."

내가 이곳에 왔을 때 퉁퉁한 손가락과 회색 구름이 나에게 얼마나 비열하게 굴었는지 기억났다. 그렇지만 퉁퉁한 손가락에게 그때의 기억을 되살리게 할 때는 아니었다.

"아마 회색 구름도 동의할 거야. 투표하는 것을 걱정하지는 않아도 될 거야."

내가 말했다.

우리의 대화 이후에 아마르는 거의 가만히 앉아 있지를 못했다. 회색 구름이 돌아왔을 때도 가만히 있지 못했다. 회색 구름이 가만히 있으라고 했지만, 나와 눈이 마주칠 때마다 아마르는 곧 축제에 가는 사람처럼 웃었다.

"오늘 밤에는 이야기 시간을 가질 거야?"

우리가 자루를 펼치는데 아마르가 물었다.

회색 구름이 반대하기를 기다렸지만 다행히 우리를 무시했다.

"로샨, 이야기 하나 해 줄 수 있어?"

내가 물었다.

"나… 나… 나는 아무 이야기도 없고 지… 지어낼 수도 없어. 만… 만약에 할 수 있다면 매일 코… 코… 코끼리를 탔던 이야기를 했을 거야."

로샨은 웃었지만 목소리는 마치 속을 파낸 호박처럼 텅 빈 듯이 공허했다.

"상관없어. 네 이야기를 들려줘."

통통한 손가락이 말했다.

로샨이 깊은 숨을 들이마셨다. 도움이 되는 것 같았다. 말을 많이 더듬거리지 않았다.

"나는 여덟 남매 중에 셋째야. 부… 부… 부모님이 가진 돈은 적었지만 우리는 숲의 끝에 살면서 필요한 것들을 숲에서 얻을 수 있었어. 내… 내… 내가 여섯 살이었을 때 누나들과 함께 숲에 갔었어. 우… 우리는 열매를 따고 장작도 구하고 약초도 구했어. 나… 나… 나는 야생 아까시나무 열매가 황금 노란색으로 변해서 살짝 달콤해졌을 때 따는 걸 가장 좋아했어. 우리 집에서 가까운 거리였지만 일단 숲에 들어가면 내가 원하는 만큼 먹을 수 있었어. 배가 불러지면 주… 주… 주머니에 넣어 동생들을 위해 집에 가져왔어."

모한과 시바와 함께 보르(산딸기류의 작은 열대 과일―옮긴이)를 땄던 기억이 났다.

"날… 날이 뜨거울 때면 누나들은 스카프로 머리를 가렸어. 그늘이 없으면 내 머리도 가려 줬어. 한번은 아까시나무 아래에 있었는데 그… 그… 그늘 덕분에 아주 시원했어. 가끔 나무 아래에서 잠도 잤어."

"위에 수백 개의 부채와 함께."

사힐이 속삭였다. 사힐의 곱슬머리가 후광을 만들어 내는 것처럼 보였다.

회색 구름이 웃었다.

"말도 안 되는 소리 하지 마, 사힐, 로샨!"

"안… 안… 안 했어. 나는 누나들이랑 야생 아까시나무 꼬투리를 모으러 가곤 했어."

로샨의 목소리는 마치 자신의 마음속 기억을 회색 구름이 뺏어 가지 못하게 하려는 듯 단호했다.

"나는 아까시나무 별로야. 가시가 있잖아."

회색 구름과 말싸움을 하는 것은 마테란에 있는 원숭이와 말싸움을 하는 것과 같았다. 이겨 봤자 나까지 원숭이가 된 것을 깨닫게 되는 것이다. 나는 로샨에게 물었다.

"어떻게 여기까지 오게 된 거야?"

로샨이 대답하기까지 시간이 걸렸다.

"내… 내가 여덟 살쯤, 사람들이 숲에 길을 만든다고 나… 나무를 아주 많이 잘랐어. 나무들이 있던 자리에 가게, 건물, 집 들이 생겼어. 시장에서 음식을 팔았지만 우리 숲… 숲… 숲 사람들은 돈이 없었어. 어느 날 어떤 사람들이 메… 메가폰을 들고 와서는 큰 도시에서 돈을 벌 수 있는 일거리를 찾아 주겠다고 말… 말했어. 우… 우리 아빠가 얼마를 벌 수 있는지 물었는데 그 사람들은 '당… 당… 당신 아들은 당신 가족을 충분히 먹여 살릴 만큼 돈을 벌 뿐만 아니라 학교에도 가고 도시 생활을 누릴 거요.'라고 말했어."

"하지만 돈 한 푼 못 벌고, 학교도 못 가고, 도시 생활도 못 누리지. 우리들 중 누구도."

통통한 손가락이 말했다.

"내가 번 돈을 흉터가 가족에게 보내."

로샨이 말했다.

"보스가 전혀 손해 볼 것 없는 거짓말이야."

회색 구름이 말했다.

"무… 무슨 뜻이야?"

"널 재워 주고 먹여 주는 비용을 빼면 네 가족에게 보낼 돈이 남을 거라고 생각해?"

회색 구름이 옳다는 걸 나는 알고 있었다. 다른 아이들만큼 나도 돈을 벌 것이라고 흉터가 말했었다. 그리고 다른 아이들처럼 1루피도 나에게 준 적이 없다.

로샨이 한숨을 뱉었다.

"아… 아마 보스가 돈을 가지고 있을 거야. 나를 도시에 데려온 사람들은 아빠에게 돈을 줬고 나중에 더 보낼 거라고 말했어. 그… 그 사람들이 나랑 다른 아이들을 트럭에 실었고, 며칠 뒤 옷… 옷을 만드는 곳에 가게 됐어."

"바느질을 할 수 있어?"

통통한 손가락이 물었다.

"우… 우리는 단추를 수… 수백 개 달았어. 어느 날, 사장은 경찰이 공장을 습격할 거라는 소식을 들었고 우리를 즉시 옮겼어. 다… 다섯 명이 있었는데 모두들 어디로 갔는지 몰라. 내가 아는 건, 내가 여기 있다는 거야."

"그 아이들이 보고 싶지? 맞지?"

사힐이 물었다.

"모… 모르겠어. 친구가 되지 못했거든."

아마르가 로샨 가까이 다가갔다.

"하지만 우리는 친구야. 맞지?"

우리 모두 로샨이 대답하기를 기다렸다.

"맞아. 나는 너희 친구야."

로샨이 전혀 말을 더듬지 않아 놀랐다.

"내 친구는 아니야."

회색 구름이 말했다.

"네 친구야."

"왜?"

"적인 것보다 낫… 낫… 낫잖아."

"나를 무서워한다는 거네."

나는 왜 회색 구름이 모든 것과 모두에게 도전하는지 알고 있다. 권력을 가진 것 같은 기분일 것이다. 진짜 힘을 얻고 싶은 회색 구름은 우리를 곤란에 처하게 하여 흉터를 기쁘게 할 수 있었다. 나는 손전등 빛을 회색 구름의 얼굴에 비추고 닥치라고 말하고 싶은 충동을 억눌러야 했다.

"나는 하나도 무섭지 않아. 너도 우리들 중 하나야."

로샨은 느리지만 명확하게 말했다.

"내가 어떻게? 나는 너희 서클에 참여도 안 하는데."

"하고 있어. 우리 이야기를 듣잖아."

사힐이 말했다.

"아니, 안 듣는데."

"말싸움도 하고 이의도 제기하잖아. 맞지?"

"너희들이 이야기를 할 때 내가 귀를 닫거나 여기를 나갈 수는 없잖아. 안 그래?"

내가 말할 기회였다.

"이야기를 하는 게 그렇게 나쁜 거야? 우리는 같이 생활하고, 일하고, 먹는데 왜 우리 이야기를 나누면 안 되는 거야?"

"나는 내 이야기를 혼자 간직하고 싶어. 누군가 보스에게 말하는 걸 원하지 않아."

"절대 그러지 않을 거야, 친구."

아마르가 말했다.

"무엇이 좋은 건지 알기에 너는 너무 어려. 여기서 빠져. 그러지 않으면 보스랑 부딪치게 될 거야."

회색 구름이 말했다.

"아마르나 우리 중 누구 하나라도 보스에게 말하면 보스가 차를 아주 조금 더 주거나 쌀을 한 숟가락 더 주겠지만 그것뿐이야. 다음 날이면 다른 누군가를 편애하고 너에게 등을 돌리고 굶길 거야."

내가 말했다.

"우리는 반드시 뭉쳐야 해."

사힐이 말했다.

이번에는 마지막에 '맞지?'라고 물으며 자신이 맞는지 묻지 않았다.

잠시 침묵하던 아마르가 말했다.

"우리는 가족 같아. 네 형제, 자매에 대해서 더 말해 줄래, 로샨?"

아마르를 보면 천진난만하고 잘 믿는 나렌이 생각났다. 아마르가 로샨에게 이야기를 계속하도록 부탁한 것은 아주 좋았다. 방 안의 긴장감이 해소됐다.

"나는 좀 전에 말한 걸 빼면 두 누나에 대해서는 기… 기… 기억이 잘 나지 않아. 내가 조금 컸을 때 이미 그 두… 두 누나는 농장에서 일을 하고 있어서 해가 뜨기 전에 집을 떠났거든. 그리고 어두워질 때까지 돌아오지 않았어. 내 남… 남동생은 제대로 걸을 수 없어서 엄마 옆에 꼭 붙어 있었고 나머지 두 명은 너무 어렸었기 때문에 잘 몰라."

"아까 여덟 명이라고 말했잖아. 여섯 명밖에 안 되는데."

내가 말했다.

"셈을 정말 잘하네. 언젠가 내가 돈을 많이 벌면 너에게 셈을 하도록 줘야겠어."

아마르가 말했다.

"너는 어떤 돈도 벌지 못할 거야. 지금도, 앞으로도. 우리 모두 그럴 거야."

회색 구름이 낮은 목소리로 중얼거렸다. 아마르가 회색 구름의 말을 듣지 못해서 다행이었다.

"한 살도 되기 전에 내… 내… 내 남동생 두 명은 죽… 죽… 죽었어. 그래서 나… 나… 나는 잘 기억나지 않아."

로샨이 말했다.

"친구, 어떻게 기억하지 못…."

"그… 그… 그… 그만 친구라고 불러, 아마르. 그… 그… 그만 나 좀 내버려 둬! 나는 네… 네… 네 친구가 아…."

로샨은 소리치다가 울어 버렸다.

"더 이상 이야기는 없다. 이야기는 헛소리고 시간 낭비야. 전에는 이야기 없이도 괜찮았잖아. 그만하지 않으면 보스에게 고팔이 손전등을 가지고 있고, 너희들 모두 매일 밤 늦게까지 이야기를 나누느라 안 잔다고 말할 거야."

"우리 비밀을 말하면 우리가…."

사힐은 무슨 말을 해야 할지 떠오르지 않는 듯 머뭇거렸다. 아마르는 손으로 얼굴을 가렸다.

빨리, 반박할 거리를 생각해. 나는 마음속으로 나에게 말했다.

"그러면 이야기는 없는 거다. 맞지?"

회색 구름의 목소리가 자부심과 승리감에 부풀었다.

"더 이상 말다툼도 없어. 자." 퉁퉁한 손가락이 말했다.

나는 손전등을 집어 들어 껐다. 이야기 서클은 끝났다. 자루를 펼치면서 우리는 팔과 다리를 이리저리 움직이던 것을 멈췄고 로샨의 부드러운 울음소리는 계속됐다. 달빛은 창살 사이로 들어왔고 달빛 속에서 나는 아마르가 로샨의 머리카락을 쓰다듬는 모습을 봤다.

"우리 엄마는 머리카락에 오일을 문질러 주곤 했어. 엄마라고 부르지는 않았지만."

사힐이 속삭였다.

사힐이 엄마에 대해서 말한 적은 처음이었다. 엄마를 뭐라고 불렀는지 알 수만 있다면 사힐이 어디서 왔는지 알 수 있을 것 같았다.

"뭐라고 불렀는데?"

내가 속삭였다.

"마아(힌디어로 엄마를 뜻함―옮긴이). 매운 고추와 강황 냄새 때문에 난 엄마랑 우리 가게에 가는 걸 무척 좋아했어."

사힐은 엄마를 기억할 뿐만 아니라 가게에 대해서 우리에게 말했다. 우리 가족처럼 가난하지는 않았던 것 같았다.

"어디 있었는데?"

사힐의 대답을 기다리는 내 심장이 마치 절벽에서 날아오르려는 칼새의 날개처럼 펄럭거렸다.

"내가 아마르보다 더 어렸을 때…."

사힐은 잠시 동안 아무 말도 하지 않았다.

"엄마는 길게 땋은 머리를 하고 있었어. 두껍고 까맸지. 내 머리카락보다 까맸어. 엄마의 땋은 머리끝을 내 머리 위에 올리고 이렇게 말하곤 했어. '마아, 마아 머리카락이 얼마나 까만지 보세요.'"

"아빠는?"

내가 사힐의 손을 잡고 물었다.

사힐은 머리를 가로젓고는 돌아누웠다.

나는 참을성 있게 듣고 아빠에 대해서 묻지 말았어야 했다. 나는 눈을 감고 다섯 살짜리 꼬마 사힐이 엄마의 땋은 머리를 잡아당기고 자신의 곱슬머리 위에 올려놓는 모습을 상상했다. 사힐은 어떻게 여기에 왔을까? 사힐의 가족은 어디 있을까? 사힐이 거칠게 숨을 쉬었다. 이제 사힐은 과거에 대해서 말했으니 어쩌면 집과 엄마에 대해서 꿈을 꿀 수도 있고 그러면 다시 자신의 이야기를 조금 더 말해 줄 수도 있을 것이다.

우리는 반드시 뭉쳐야 해. 우리는 가족 같아. 사힐과 아마르가 한 말들이 내 머릿속에서 빙빙 돌았다. 이곳에서 일하는 것과 감금당한 것뿐만 아니라 우리의 이야기와 감정들로 우리는 함께 지내고 서로 연결되어 있다. 만약 우리가 서로를 위로할 수 있다면 우리는 가족이 될 수 있을 것이다. 하지만 회색 구름이 우리를 지금처럼 대한다면 우리가 이야기를 다시 나눌 수 있을지 의문이 들었다.

나는 사힐을 피해 왼쪽으로 돌아누워 눈을 꼭 감고는 엄마의 둥근 얼굴을 떠올리려고 했지만 집중하기가 어려웠다. 눈물이 오른쪽 눈에서 나와 콧날을 타고 주르륵 흘러내렸고 왼쪽 눈에서 나온 눈물과 섞였다.

흐느끼는 소리를 죽이는 것은 어려웠지만 회색 구름이 듣기를 원하지 않았다. 나는 황마 자루 끝부분을 입속에 아무렇게나 넣고는 거칠고 껄끄러운 섬유가 내 울음소리를 약해지게 만들도록 했다. 나는 몸을 비틀어 닭 자세를 하는 것처럼 심장이 몹시 아팠지만 아무것도 할 수가 없었다. 영원히 할 수 없을 것 같았다.

　나는 어느새 모한과 시바를 따라 연못으로 걸어가고 있었다. 때는 한창 우기였고 모든 것이 초록빛으로 변해 있었다. 지구의 향기가 강했다. 나는 친구들을 만지려고 했지만 내 손이 보이지 않는 무언가에 묶여 있었다. 친구들에게 말하려고 했지만 말이 목구멍에 걸려 나오지 않았다. 내 다리도 움직이긴 했지만 친구들에게 가까이 가지는 못했다. 무엇인가 잘못됐다. 내가 원하는 것을 만질 수도 없고, 하고 싶은 말을 할 수도 없고, 가고 싶은 곳으로 움직일 수도 없었다. 내가 하고 싶은 대로 행동할 의지를 잃어버렸다.

　모한과 시바가 사라졌고, 그곳에 퉁퉁한 손가락, 아마르, 사힐, 로샨, 회색 구름이 마치 내가 없는 것처럼 자기들끼리 말을 하고 있었다. 나를 신경 쓰지 않는 건가? 나는 팔다리를 휘둘러 힘을 모았고 마침내 목소리가 나왔다.

　나는 내 비명에 놀라 잠에서 깼다.

21

몇 주 전 커다란 나뭇가지가 부러져 상처가 생긴 님바 나무 몸통을 햇빛 속에서 바라봤다. 나무에 구멍이 있었다. 가족과 떨어진 이후로 내 마음에도 같은 종류의 상처가 있다.

흉터가 일찍 와서는 여덟 시가 지나도록 우리를 감독하며 공장을 떠나지 않았다. 전문가급 주문이 아주 중요한 것이 틀림없었다. 후텁지근하던 어느 날, 우리가 잘하고 있는지 보기 위해 위층으로 머리를 빼꼼히 들이민 흉터는 윙윙거리며 주위를 날아다니는 모기를 찰싹 때려잡아야 했다.

"또 엄청난 주문을 받았다."

흉터는 양팔을 넓게 벌렸다.

흉터의 관자놀이와 벗겨진 이마에 땀방울이 송골송골 맺혀 있었다. 작은 연필 한 자루가 귀에 꽂혀 있었다. 나는 손을 뻗어 연필을 움켜쥐는 상상을 했다.

우리 모두 흉터를 멍하니 바라봤다.

"어떻게 된 게 아래층보다 여기에 모기가 더 많지?"

흉터는 마치 우리가 피를 빨아 먹으라고 모기를 모으기라도 한 것처럼 따졌다.

모기가 극성을 부린 지 꽤 오래되어 우리는 익숙해졌지만 흉터는 우리가 중요하고 급한 주문을 받은 지금에서야 모기를 알아차렸다.

"밤에 올라오는 것 같아요."

내가 대답했다.

"일하는 속도가 느려질 거야. 어떻게 해야 하지?"

우리들 중 누구도 대답하지 않았다. 그러자 흉터가 스스로 대답했다.

"내일 살충제를 가져와야겠군."

어떤 살충제는 아주 위험하다는 말을 담임 선생님에게 들은 적이 있어서 나는 흉터가 우리를 다치게 할 수 있는 것을 가져오지 않길 바랐다. 나는 흉터가 절대로 하지 않을 방법을 흉터에게 말해야 했다.

"그러면 매일매일 며칠 동안 뿌려야 해요. 돈이 많이 들 거예요."

흉터가 눈을 가늘게 떴다.

"좋은 아이디어 있나, 똑똑한 주둥이?"

"신선한 님바 나무의 나뭇가지를 더미로 쌓아 놓고 선풍기를 돌리면 모기를 쫓아낼 수 있을 거예요."

흉터의 시선이 님바 나무에게 향했다.

"그거 좋은 생각이구나. 그런데 선풍기도 돈이 들지."

나는 우리에게 추가로 일을 시킬까 봐 겁이 나서 이렇게 말했다.

"중고는 살충제보다 쌀걸요."

"음."

흉터는 어떻게 할지 우리에게 말하지 않았다. 나는 흉터가 선풍기를 사기를 바랐다.

다음 날, 흉터가 오래된 선풍기와 님바 나무 줄기 더미를 가지고 왔다. 누런 선풍기의 날개에는 먼지가 켜켜이 쌓여 있었고 손잡이 중 하나는 부서져 있었지만 나뭇잎은 신선했다. 나뭇가지에 매달려 있는 익은 열매를 보자 나는 입에 침이 고였다.

"모기가 극성일 때만 선풍기를 켜도록 해. 밤에는 끄고. 그렇지 않으면 내 모든 수익을 전기료로 써야 하니까."

흉터가 말했다.

낡고 소리가 났지만 일하는 동안 선풍기가 있으니 좋았다. 선풍기 바람이 님바 나무 향기를 방 안에 퍼뜨렸다. 선풍기를 끄면 접착제 냄새가 스멀스멀 다시 올라왔다. 나는 산들바람 부는 날에 나뭇가지에 앉아 있는 상상을 할 수 있도록 선풍기를 켜고 이야기를 나눌 수 있기를 바랐다.

어느덧 밤이 되었고, 나는 님바 나무 열매를 땄다. 회색 구름을 빼고 모두가 조금씩 먹었다. 아마르, 퉁퉁한 손가락, 사힐은 노랗고 완전히 익어 쓰지 않은 열매를 좋아했다. 그러나 로샨은 유일하게 나처럼 반만 익은 열매를 좋아했다.

흉터는 선풍기를 사 온 이후로 우리가 한 시간씩 추가로 일하기를 기대했다. 우리는 시간을 쪼갰다. 30분 일찍 일어나고 30분 늦게 잤다. 이제 뒷목의 통증이 만성이 됐다. 목을 몇 번을 돌려도 통증이 없어지지 않았다.

우리의 하루하루는 낡은 길 같았다. 따분하고 늘 똑같았다. 회색 구름이 나를 협박한 이후로 우리는 이야기를 나누지 않았다. 내가 유일하게 알아낸 새로운 것은 팔꿈치, 무릎, 어깨에 느껴지는 통증이었다. 처음에는 탈출을 계획하고 흉터를 속일 방법을 생각하곤 했지만 어느덧 신경 쓰지 않고 있었다.

지금 내가 아는 것이라고는 불안한 마음과 아픈 몸으로 잠들기는 어렵다는 것이다. 그리고 일단 잠이 들면 일어나는 것도 어려웠다.

오늘은 밝은 햇빛으로 하루가 시작됐다. 흉터가 콧노래를 부르며 들어왔다. 흉터가 텔레비전을 켜자마자 노랫소리가 들렸다. '가네샤 신이시여, 내년에 다시 오십시오.' 8월 말쯤에 열리는, 코끼리 머리를 한 가네샤 신의 축제 기간이 된 것이 틀림없었다.

지난해 엄마, 나렌, 시타, 아빠와 함께 마을 사원에 가서 사제의 성가를 들었던 것이 생각났다. 우리는 빨간색 히비스커스 꽃과 몇 가지 곡물을 가네샤 신에게 바쳤고, 사제는 사탕, 코코넛, 각설탕을 줬다. 아마도 그 축제 때 아껴 둔 각설탕을 엄마가 타네 역에서 쌍둥이에게 줬을 것이다.

엄마가 나에게 해 주던 가네샤 신의 이야기를 속으로 떠올렸다. 가네샤와 형제 카르티카이는 둘 중에 누가 더 지혜로운지를 두고 싸웠다. 둘은 답을 찾기 위해 히말라야의 카일라스산 꼭대기에서 살고 있는 부모님, 시바 신과 파르바티 여신에게 갔다.

시바 신과 파르바티 여신은 세계를 여행하고 먼저 돌아오는

317

이가 더 지혜롭다고 말했다. 카르티카이는 세계를 돌기 위해 공작을 타고 급히 떠났다. 하지만 가네샤는 부모님 주위를 돌고는 인사하며 말했다.

"안녕히 다녀왔습니다."

시바 신이 말했다.

"사랑하는 아들아, 세계를 돌지 않았구나."

가네샤가 대답했다.

"않았지요. 하지만 부모님 두 분 주위를 돌았어요. 저에게 부모님은 우주 전체를 상징해요."

시바 신과 파르바티 여신은 가네샤가 참으로 지혜롭다고 말했다.

엄마는 나에게 가네샤 신이 지혜와 지성, 성공의 신이라고 했다. 내가 가네샤 신에게 기도를 드리면 어쩌면 신이 나를 도우실 수도 있을 것이다.

가네샤 신의 축제가 끝나고 며칠이 지났지만 나는 여전히 이곳에 있었다.

우기는 부드러운 비와 함께 약해지는 것 같았고 몇 주 안으로 계절은 바뀔 것이다. 하지만 나에게는 아무것도 바뀌지 않을 것이다. 이제 이곳에 온 지도 3개월이 됐고, 하루하루 시간이 갈수록 나는 점점 이곳에 단단하게 붙여졌다. 이제 나는 눈물이 말라서 더 이상 참으려 애쓰지 않아도 됐다.

오늘은 흉터가 신선한 님바 나무 줄기를 잘라 가지고 온 덕분에 방 안에 기분 좋은 향기가 가득했다. 그리고 나뭇가지에는 오늘 밤 우리 입으로 들어갈 열매들도 꽤 달려 있었다. 열매를 먹을 생각이나 하며 이제 탈출할 계획은 세우지도 않는 내 자신이 싫었다. 말라빠진 덤불처럼 생기도 없고 윤기도 없어졌다.

우리는 점심으로 달과 쌀을 양배추와 먹었다. 나는 엄마가 머스터드 씨앗으로 양념한 신선한 양배추 양파 샐러드 만드는 방법이 생각났다. 정말 맛있었다.

사힐이 전혀 먹지 않았다.

"무슨 문제 있어? 단식 투쟁이라도 하는 거야? 아니면 음식이 마음에 안 들어?"

훙터가 쏘아붙였다.

사힐은 바닥만 내려다봤다.

"몸이 좋지 않아요."

"딱 좋아 보이는구먼. 일부러 안 먹으면서 날 속이고 여유 부리려는 생각은 하지도 마라."

사힐은 올려다보지 않았다.

"음, 개미가 지나가나 바닥이나 내려다보면서 시간 낭비하지 마라. 먹고 싶지 않으면 일을 해, 이 뚱뚱한 미련탱이야."

사힐은 사다리로 걸어갔다. 앙상한 다리를 떨며 올라가는 사힐의 모습을 지켜봤다. '뚱뚱한 미련탱이'는 사힐에게 턱도 없는 말이었다.

"서둘러!"

훙터가 소리쳤다

사힐에게 전혀 신경조차 쓰지 않는 훙터의 모습을 보자 훙터를 때리고 싶어졌다. 사힐은 아주 오랫동안 이곳에 있었다. 흉터를 위해서 몇백 개의 액자를 만들었을 텐데, 사힐이 아픈 데도 흉터는 사힐에게 눈곱만큼도 친절을 보이지 않았다! 나는 너무 속상해서 거의 음식을 삼킬 수 없었다. 양배추 맛이 마치 말라빠진 양파 같았다.

나는 위층에 올라온 후로 사힐을 지켜봤는데 오후가 되자 사힐의 얼굴이 붉게 변했다.

"사힐에게 열이 있는 것 같아. 좀 쉬어야 할 것 같아."

내가 퉁퉁한 손가락에게 작게 속삭였다.

퉁퉁한 손가락은 계속 일을 하면서 머리를 좌우로 흔들었다.

"그건 내가 허락할 수 없어."

"하지만 사힐을 좀 봐. 그냥 한번 보라고."

내가 더 이상 속삭이지 않고 있다는 것을 깨달았다.

이제 모두가 일을 멈췄다. 퉁퉁한 손가락은 사힐을 힐끗 봤다.

"보스가 올라오면 우리 모두를 몽둥이질할 거야."

퉁퉁한 손가락이 작게 말했다.

"사힐이 더 나빠지면? 다른 사람도 아프면? 우리 모두가 아프면?"

퉁퉁한 손가락의 입이 마치 안 익은 님바 열매를 먹은 것처럼 일그러졌다.

"내가 보스를 지켜볼게. 사힐을 쉬게 하자."

회색 구름이 사다리 쪽에 가깝게 앉으며 말했다. 사힐에게 그런 도움을 준다는 게 회색 구름답지 않았다. 어쩌면 지난 몇 주 사이에 회색 구름이 변했을 수도 있었다. 이유는 알 수 없지만 말이다. 어쩌면 사힐에게 너무 인색하게 구는 흉터에게 넌더리가 났을 수도 있었고 아니면 자기도 아플까 봐 걱정이 되는 것일 수도 있었다. 이유는 중요하지 않았다. 지금 당장 사힐이 회복하길 바라고 도움을 준다는 게 기뻤다.

"눈을 감고 쉬고 있어."

퉁퉁한 손가락이 사힐에게 말했다.

"내가 뒤처질 텐데. 맞지?"

"네 일은 우리 모두가 나눠서 할 수 있어."

내가 말했다.

"똑… 똑똑한 생각이야."

로샨이 동의했다.

사힐은 벽에 머리를 기대고 눈을 감고 쉬었다. 나는 사힐이 눕길 바랐지만, 흉터가 언제든 위층으로 올라올 수도 있기 때문에 흉터가 집으로 돌아가기 전까지는 위험했다. 우리는 아주 빨리 미친 듯이 일하느라 흉터가 계단을 올라오는 소리를 듣지 못했다.

"왜 네 녀석은 사다리에 이렇게 가깝게 앉아 있는 거야?"

물 밖으로 머리를 내미는 악어처럼 흉터가 위층으로 머리를 올리며 회색 구름에게 물었다.

흉터가 사힐 쪽을 못 보도록 로샨이 재빠르게 발로 막았다. 덕분에 사힐은 일어나서 바빠 보이는 척할 수 있었다. 하지만 자세를 고쳐 앉으며 로샨이 구슬 통을 치는 바람에 구슬들이 엎질러져 사방으로 굴러갔다.

"이 서투른 멍청아, 네가 한 짓을 봐! 이리 와."

흉터가 말했다.

로샨이 가까이 가자 흉터는 로샨의 오른쪽 뺨을 세게 쳤고, 로샨은 뒤쪽으로 비틀거렸다. 로샨은 입을 꼭 다물고 있었지만 입술이 떨렸고 구슬을 줍기 위해 몸을 수그리자 눈에 눈물이 고였다.

"게으른 녀석을 확인하러 올라왔다. 녀석은 일을 하고 있어?"

흉터가 물었다.

"하고 있어요. 하고 있어요."

퉁퉁한 손가락이 대답했다.

"좋아. 녀석이 제 몫을 제대로 하는지 확실히 보도록 해."

"네, 보스."

"오늘은 일찍 갈 거야. 부엌에 빵이랑 피클 있어. 사다리는 여기 두겠지만 저녁 식사하고 자지 마. 알겠어? 저놈은 부주의 한 벌로 반드시 한 시간 더 일하게 해."

흉터는 로샨을 가리켰다.

"네."

퉁퉁한 손가락의 목소리가 너무 낮아 흉터가 날카롭게 쏘아 봤다.

흉터가 문을 잠그고 떠나자마자 나는 사힐의 자루를 바닥에 펼쳐서 잠자리를 만들어 줬다.

"사힐의 열을 내릴 약이 필요해."

내가 큰 소리로 말했다.

퉁퉁한 손가락이 손을 올렸다.

"어디서 약을 구해?"

사힐은 눈을 감고 누웠다.

"아니면 적어도 차갑고 축축한 천이라도 이마에 올려 줘야 해."

내가 웅얼거렸다.

나는 아래층으로 내려가 나렌이 아플 때면 엄마가 했던 대로 텀블러에 물을 채우고 소금을 조금 넣었다. 나는 위층으로 올라와 남는 옷이 있는지 물었고 퉁퉁한 손가락이 자신의 남는 셔츠를 건넸다.

"우리가 수건을 쓰면 아침까지 마르지 않을 거야. 그러면 보스가 수상하게 여길 거야."

퉁퉁한 손가락이 말했다.

격자무늬 긴팔 셔츠는 퉁퉁한 손가락이 겨울에 입는 옷 같았다. 물에 한쪽 소매를 적셨다. 그리고 물을 짜서 사힐의 이마 위에 펼쳐 올렸다. 몇 분 후, 다른 쪽 소매로 똑같이 했다.

"고팔, 뒤처질 거야."

퉁퉁한 손가락이 말했다.

"고팔은 사힐을 돌보게 하고, 우리가 조금 늦게까지 일을 하자." 회색 구름이 말했다. 나는 불신으로 회색 구름을 빤히 쳐다봤다. 사실 아주 멋진 일이었다. 회색 구름이 우리 편이라면 걱정하지 않아도 될 것이다. 그러면 아마도, 어쩌면 아마도, 우리가 탈출 계획을 짤 수 있을 것이다.

탈출을 생각하자마자 나는 속으로 꿈도 꾸지 말라고 말했다. 회색 구름은 이기적이고, 지금 당장은 사힐에게 병이 옮는 것이 무서워서 돕고 싶어 하는 것일 수도 있었다. 일단 무서움이 없어지면 끔찍했던 모습으로 돌아갈 것이다.

이마에 차가운 소금물을 얹은 지 30분 만에 사힐의 열이 조금 내려갔지만 완전히 없어지진 않았다.

"보스가 어딘가에 약을 숨겨 두진 않았을까?"

나는 통통한 손가락에게 물었다.

"자기 물건을 나무 벤치에 보관하기는 해. 지난번에 머리가 아프다고 약을 꺼내 먹었던 적이 있었어. 내려가서 찾아보자."

통통한 손가락과 나는 흉터의 벤치 주위와 아래를 확인했다. 우리는 부엌과 텀블러와 접시를 두는 선반 두 개도 살폈지만 어떤 약도 찾지 못했다. 열을 내릴 약 하나도 주지 않는 흉터에게 몹시 화가 났다. 나는 주먹으로 흉터의 벤치를 세게 내리치며 말했다.

"흉터가 몹시 싫어. 증오해."

통통한 손가락은 이마에 내려온 머리카락을 쓸어 올렸다. 통통한 손가락의 눈은 놀라움으로 커져 있었다.

"흉터가 누구야?"

나는 숨을 죽였다. 보스를 그 이름으로 소리 내서 말한 적은 처음이었다. 나는 제일가는 멍청이다! 그때 통통한 손가락이 미소를 지어 보였다.

"그 이름 마음에 드네. 보스에게 딱이야."

나는 다시 숨을 쉬었다.

"나는 회색 구름이 보스의 별명을 알지 않았으면 해."

"회색 구름은 걱정하지 마. 우리와 함께야."

회색 구름이 우리와 함께라는 말이 무슨 뜻일까? 나는 심지어 통통한 손가락이 우리 편인지도 확신이 서지 않았다.

"나는 회색 구름을 믿지 않아. 나를 협박했고 우리가 이야기를 나누지 못하게 했어."

"맞아, 그런데 한 번도 너의 손전등에 대해서 보스에게 말한 적도 없지."

나는 통통한 손가락에게 시선을 빼앗겼다.

"너는 나만큼 회색 구름을 알지 못해. 내가 여기 처음 왔을 때, 나는 느렸어. 보스, 그러니까 흉터는 미친 듯이 화를 냈지. 나를 폭죽 공장에 보내고 싶어 했어. 단 한 번의 실수로 불타 죽을 수도 있는 가장 위험한 곳이지. 회색 구름은 내 몫을 도와줬고 보스는 나를 여기에 계속 뒀어. 물론 보스가 알았을 때는 회색 구름을 두들겨 팼지."

"지금 너는 엄청 빠르잖아. 네가 느렸다는 건 믿을 수가 없다."

"느렸어. 회색 구름은 자기 앞니와 맞바꿔 나를 살렸어. 아직까지 나는 회색 구름에게 말 한마디 할 수 없어. 사흘은 어쩌지?"

"약 없이도 열이 내리길 바랄 뿐이야."

사다리를 올라가며 내가 말했다.

로샨은 님바 나무의 나뭇가지에서 열매와 잎을 따서 사힐에게 먹이고 있었다.

"꼭 먹어야 해?"

사힐이 저항했다.

로샨은 격려하는 미소를 지었다.

"응. 조금만 더."

"사힐을 염소로 만들 작정이야?"

통통한 손가락이 물었다.

"아니, 괜찮아. 이건 우리 엄마가 우리가 아프면 주곤 했던 거야."

내가 사힐에게 말했다. 사힐이 부드러운 잎을 씹는 동안 우리는 잠자리를 폈다. 사힐의 얼굴은 쓴맛 때문에 구겨졌다.

아마르가 한숨을 쉬었다.

"우리가 이야기를 나누면 좋겠다."

사힐이 눈을 떴다.

"그러면 기분이 좋아지고 이 끔찍한 맛도 달게 느껴질 거야. 맞지?"

우리 모두 회색 구름을 봤다. 회색 구름은 어깨를 으쓱했다.

"우리가 계속 일을 하는 한."

"아니. 그러면 일하는 속도가 늦어질 거야. 사힐의 몫까지 해야 하기 때문에 오늘 밤엔 일이 더 많아."

"조금 더 늦게 잘 수도 있지."

회색 구름이 말했다.

"우리에게 이야기 하나 들려줄래, 고팔?" 아마르가 물었다.

나는 아마르에게 윙크했고 아마르의 보조개 웃음이 빛났다.

우리는 내 손전등이 아닌 노란 전구를 켠 채로 이야기 서클을 하면서 구슬을 계속 붙였다. 나는 물레바퀴를 돌리는 자이언트라고 불리는 황소 이야기를 했다. 게으른 자이언트는 송아지 여섯 마리를 붙잡아서 자신의 일을 하게 했다. 이 이야기는 전에 들어 본 적도 말한 적도 없는 이야기였고, 나는 이야기를 말하면서 만들어 냈다.

"내 생각에는…"

"아무 말도 하지 마. 이야기를 계속 듣고 싶어."

회색 구름이 끼어들려고 하자 통통한 손가락이 말렸다.

"말해, 고팔."

"하루 종일 자이언트는 송아지들에게 바퀴를 돌리게 만들었어. 송아지들이 쉬려고 멈추면 자이언트는 송아지들을 때렸어. 계속 일할 수 있을 정도만 건초를 주었을 뿐 송아지들이 강해질 만큼은 아니었지."

"자이언트는 밤에도 송아지들에게 일… 일을 시켰어?"

로샨이 물었다.

"아니. 다음 날에도 일을 할 수 있도록 충분히 쉴 수 있게 했어."

"왜… 왜 송아지들은 밤에 그냥 도망가지 않았어?"

"자이언트가 오두막에 송아지들을 묶어 놨거든."

"불쌍한 송아지들."

아마르가 한숨지었다.

"송아지들 중 하나가 자이언트의 말을 듣지 않기로 결심하고는 움직이지 않았어. 그러자 자이언트는 몹시 화가 났고 그 송아지를 마구 때렸어. 그날 밤, 다른 송아지들은 다친 송아지를 보살폈고, 다 같이 탈출할 계획을 세웠어. 송아지들은 다친 송아지가 도망칠 만큼 강해질 때까지 기다려야 했지."

"송아지들이 도망쳤으면 좋겠다."

사힐이 웅얼거렸다.

"어느 날, 송아지들은 모두 아픈 척했어. 거품을 입에 가득 물고 숨을 아주 무겁고 고통스럽게 쉬었어. 자이언트는 송아지들이 어떤 알 수 없는 저주에 걸렸다고 생각했지. 그날 밤, 송아지들에게 가까이 가고 싶지 않았던 자이언트는 송아지들을 묶어 놓지 않았어. 그래서 그 밤에 송아지들이 도망쳤대."

이야기가 끝나자 아마르가 물었다.

"송아지들은 가족들에게 돌아갔을까? 아니면 서로 함께 지냈을까?"

미처 생각하지 못한 부분이었고 뭐라고 말해야 할지 몰랐다.

"네가 결정할 수 있을 것 같아."

"가족들한테 돌아갔을 것 같아. 근데 늘 친구로 지냈을 거야."

"좋은 결말이네."

"만약 송아지들 중에 하나가 가족이 없다면?"

회색 구름이 물었다.

"그러면 친구의 가족과 함께 지내면서 그 가족의 일부가 될 수 있을 것 같아."

내가 대답했다.

회색 구름은 바닥을 빤히 내려다봤다. 보라색 구슬을 집어 들어 액자에 붙이는 회색 구름의 모습이 슬픔으로 위축돼 보였다.

우리는 구슬 통을 치웠고 사힐은 주절거렸다.

"우리 집에는 염소가 많았고 낙타도 세 마리 있었어. 그리고 아빠는 가게를 했어."

사힐은 마치 어린 시절을 회상하는 듯이 눈을 감고 있었다.

"그 염소랑 낙타에게 무슨 일이 있었어?"

내가 물었다.

"몰라. 어느 날, 학교에 있는데 지구가 흔들리기 시작하더니 건물이 무너졌어. 나는 도망쳤는데 사막에 갇혔어. 모래는 마구 휘돌면서 내 얼굴을 때렸고 눈이 아주 따가웠어."

사힐은 두 손으로 얼굴을 가렸다.

사힐은 지진과 모래바람을 말하고 있었다. 모래와 낙타가 있는 구자라트나 라자스탄에 있는 사막 지역에서 온 것이 틀림없었다. 사힐이 자신의 예전 생활에 대해서 말해 주는 것들은 구슬만큼 작았지만 모두 합쳐 놓으면 패턴이 있었다.

"너는 착한 아이였어, 아니면 나 같은 아이였어? 새엄마는 내가 항상 나쁘다고 말했거든."

아마르가 사힐에게 물었다.

"네 새엄마가 거짓말한 거야. 내가 아는데, 네 새엄마는 거짓말쟁이야."

통통한 손가락이 말했다.

아마르가 쳐다봤다.

"네가 그걸 어떻게 알아?"

우리 모두 퉁퉁한 손가락이 대답하길 기다렸다. 당황한 퉁퉁한 손가락은 눈썹을 모았다. 잠시 후에야 퉁퉁한 손가락은 말을 했다.

"아마르, 넌 모르겠지만 우리는 같은 동네에서 왔어. 우리 엄마와 너희 엄마가 자매였어."

나는 손으로 입을 막았다.

"우리 진짜 엄마?" 아마르가 말했다.

마치 우리 모두 숨쉬는 것을 잊은 것처럼 방 안은 고요해졌다. 심지어 바람도 퉁퉁한 손가락의 말을 듣기 위해 멈췄다.

"응."

아마르는 책상다리를 풀고 가슴 앞에서 무릎을 껴안고 머리를 올렸다. 눈은 커졌고 입은 벌리고 있었고 얼굴이 붉어졌다.

"그러니까, 너랑 나, 우리 엄마, 내 말은 우리 둘이 마치, 사촌 같은 거야?"

퉁퉁한 손가락이 작은 소리로 말했다.

"같은 게 아니라 사촌이야."

"너는, 내 말은, 우리가? 정말로?"

"응, 정말. 나는 네가 이 창문만 했을 때 너랑 놀곤 했어. 넌 내 이름을 발음하지 못했어. 바리슈. 그래서 나를 이슈라고 불렀지. 기억 안 나?"

나는 팔에 닭살이 돋은 게 느껴졌다. 퉁퉁한 손가락, 바리슈는 아마르가 아주 어릴 때부터 아마르를 알고 있었다. 아마르가 이곳에 왔을 때도 바리슈는 바로 알아봤을 것이다. 여태까지 어떻게 바리슈는 비밀을 지켰을까?

아마르가 머리를 옆으로 흔들었다.

"너희 아빠가 네 엄마를 때리기 시작했을 때부터 너희 집에 가지 않았어." 바리슈가 말했다.

"아니. 우리 아빠를 그렇게 말하지 마."

아마르가 불쑥 말했다.

"사실이야. 너희 아빠는 일주일에 한 번은 술을 마셨어. 월급날에는 항상 마셨지."

아마르가 주먹으로 바리슈를 쳤다.

바리슈는 아마르의 손을 잡았다.

"사실을 말한다고 날 때리지는 마."

우리가 다음으로 들은 것은 크고 걷잡을 수 없는 아마르의 흐느낌이었다. 사힐이 아마르에게 다가갔다.

"이리 와서 앉아."

"나는 이번 봄에 여기 왔어. 왜 그때 말하지 않았어?"

아마르가 흐느끼면서 바리슈에게 물었다.

"보스가 알아채는 게 무서웠어."

"그러면 왜 지금은 말하는 거야? 왜?"

"다른 아이들이 들려주는 여러 이야기들을 들으니 내가 너를 데리고 다녔던 것, 으깬 쌀과 요거트를 먹였던 것, 네 이를 셌던 것, 너와 낮잠을 잤던 것이 떠올랐거든. 비밀로 하려고 했지만 오늘은 그럴 수 없었어. 말해야만 했어."

"보스가 알게 되면 어떻게 할까?"

내가 물었다.

바리슈가 대답하기도 전에 회색 구름이 말했다.

"보스는 둘 중 하나를 멀리 보낼 거야. 패거리를 짓고 문제를 만들 수 있다고, 친척이 함께 일하는 것을 좋아하지 않거든. 바리슈도 알고 있어. 맞지?"

"그 이야기는 그만하자."

바리슈가 말했다.

"내 규칙은 아니지만 너도 나만큼 잘 알고 있을 거라고 생각해. 한 무리에 혈육 관계 두 명은 안 돼."

회색 구름의 말에 바리슈가 한숨 쉬었다.

"나도 알아."

회색 구름이 자신에게 얼음이 가득한 양동이를 들이부은 듯이 바리슈의 목소리는 떨렸다.

"난 이 생각을 하고 있었어. 너는 바리슈지. '비'를 뜻하는.

그래서 네 이름을 말하고 싶어 하지 않는 거였어!"

회색 구름이 낄낄 웃었다.

나는 긴장했다. 바리슈는 자신을 놀리는 회색 구름에게 화를 낼까?

화를 내는 대신에 바리슈는 웃었다.

"웃긴 이름이야. 내가 태어나던 날 밤에 비가 엄청 많이 와서 모두들 나를 바리슈 보이라고 불렀고 그러다 내 이름이 된 거야."

나도 살짝 웃었다. 심지어 아마르도 피식 웃었다.

이제 회색 구름을 빼고 모두가 서로를 제대로 된 이름으로 부를 수 있었다. 언제쯤 회색 구름은 자신의 이름을 말할까?

나는 회색 구름이 바리슈와 아마르에 대해서, 둘이 친척이라는 것을 보스에게 말하지 않기를 바랐다. 바리슈는 아마르를 보자마자 자신의 사촌이라는 것을 틀림없이 알았을 것이다. 아마르가 이곳에서 함께 지내길 바라는 마음에 비밀로 해야만 했을 것이다. 회색 구름이 말한 것처럼 보스는 친척이 패거리를 지어 자신에게 덤빌 수 있으니 친척이 함께 일하는 것을 원하지 않을 것이다. 바리슈와 아마르의 비밀이 밝혀졌으니 회색 구름은 아마도 바리슈를 괴롭히거나 우리 모두를 괴롭힐 수도 있을 것이다.

어찌 됐든 바리슈가 자신의 사촌이라는 사실을 알게 된 것은 아마르에게 좋은 일이었다. 둘이 함께 이곳에 오게 된 것은 아주 이상했지만 말이다. 아마도 같은 사람이 둘을 이곳에 데려왔을 것이다. 그게 사실이라면 자틴이 나렌과 시타를 이곳에 데려올 가능성도 있었다. 아니면 훨씬 더 나쁜 경우 쌍둥이를 다른 곳으로 데려갈 수도 있을 것이다. 따뜻한 밤이었지만 나는 나렌과 시타가 서로 떨어진다는 생각을 하자 몸이 떨렸다. 쌍둥이는 대처하는 방법을 모를 것이다. 특히 나렌은.

나는 쌍둥이 생각을 떨쳐 버리려고 노력했다. 연못에 뱉었던 우리 마을 타마린드 씨처럼 나쁜 상상이 영원히 사라져 버리길 바랐다. 상상 속의 문제를 걱정할 것이 아니라 지금 나에게 닥친 문제를 생각하고 해결해야 한다.

그날 밤, 바리슈는 사힐을 보살피느라 밤을 새웠다. 아침에 내가 일어났을 때는 로샨이 사힐 곁에 앉아 있었다. 내가 로샨에게 왜 나를 깨우지 않았느냐고 묻자 로샨은 긴 속눈썹을 들어 올리며 나에게 미소 지었다.

"그럴 필요가 없었어."

분명 로샨과 바리슈는 피곤할 것이다. 나는 쉬었으니 오늘 밤에는 내가 깨어 있을 수 있을 것이다.

"일하는 동안 이야기를 나눌 수 있으면 좋겠다."

아마르가 말했다.

일하는 동안 말도 할 수 있고 말을 하면 시간이 빨리 가는 것처럼 느껴지기 때문에 흉터가 아직 오지 않아서 다행이었다. 그렇다고 해서 흉터가 너무 늦게 오는 것을 바라지는 않았다. 늦게 오면 우리에게 차를 주는 것을 건너뛸 것이기 때문이다.

"보스가 오기 전까지 할 수 있을 것 같아."

회색 구름이 말했다.

"보스가 오면 작은 소리로 할 수 있지, 친구."

"안 돼. 우리가 말하고 웃느라 시간을 낭비한다는 걸 혹시 보스가 알게 되면 우리 입을 막아 버릴 거야."

아마르가 무서워서 움츠러들었다.

"걱정하지 마. 그런 적은 없었으니까."

바리슈가 아마르를 안심시켰다.

"그런 적이 없다고 해서 안심하면 안 돼. 예전에 낡고 기름진 넝마 조각으로 나에게 그런 짓을 한 보스도 있었어. 잘 들어 봐. 냄새나는 헝겊을 물고 있는 건 전혀 재미있지 않아."

회색 구름의 회색 눈동자에는 슬픔이 가득해 보였다.

아마르의 입은 양파처럼 동그래졌다.

"내 생각에는…."

바리슈가 말을 하려는데 회색 구름이 쓸어 내는 듯한 손짓을 하며 끼어들었다.

"너희들 중 누구도 나처럼 고통받지 않았지. 너희들은 보스가 그 정도로 잔인해질 수 없다고 생각하겠지만 그럴 수 있어. 어느 것 하나 잘못되기만 해 봐. 보스는 손으로 때리고 발로 차고 긁기고 채찍질할 거야. 오랫동안 자기를 위해서 일해 온 아픈 사힐에게 조금도 자비를 보이지 않았던 깃처럼 아마르가 가장 어리다는 이유로, 아니면 네가 대장이라는 이유로 절대 곱게 넘어가지 않을 거야. 보스도 자기 위에 또 보스가 있어서 일이 잘 안되면 우리를 탓하고 벌할 거야."

무서워진 나는 열 손가락, 열 발가락을 말아 쥐었다.

회색 구름은 말을 계속했다.

"만약 우리가 이 액자 상자들을 폭풍우가 왔을 때 구하지 않았으면 어떻게 됐을 거라고 생각해?"

상자를 옮긴 것으로 어떻게 회색 구름이 흉터의 믿음을 사고 사힐과 내가 고통받았는지 떠오르자 씁쓸한 기분이 정맥을 통과했다.

"무슨 상관이야? 어쨌든 사힐이랑 나는 벌을 받는데."

내 말에 회색 구름이 머리를 좌우로 흔들었다.

"그때 너에게 화내지 않았어야 했어. 미안해."

"넌 거짓말을 했어. 그건 고팔의 아이디어였는데 고팔한테 좋은 게 하나도 없었어."

사힐이 말했다.

나는 회색 구름이 화를 낼 거라고 생각해 회색 구름을 보지 않은 채 대답을 기다렸다. 이윽고 들려온 회색 구름의 말은 느리고 부드러웠다.

"내가 아니라 새로 온 누군가가 상자들을 구할 방법을 생각해 냈다는 걸 알게 되면 보스가 기분 나빠할 거라고 생각했어. 내가 벌을 받을까 봐 무서웠어. 정말로 미안해."

우리 모두 회색 구름의 구겨진 얼굴을 쳐다보려고 일을 멈췄다. 하지만 회색 구름은 울지 않았다.

자물쇠에 열쇠가 꽂혀 돌아갔고 문이 쾅 하고 열렸다. 우리 모두 입을 다물고 일에 집중했다. 끼익, 끼익, 끼익. 흉터가 시계 태엽을 감았다. 흉터가 우리에게 손뼉을 쳤고 나는 사힐을 뒤따라 마지막으로 내려갔다.

"네놈은 아직도 아픈 척이냐? 널 먹이느라 돈이 든단 말이다. 그러니 일을 해야지."

흉터가 사힐에게 소리쳤다.

흉터는 사힐의 충혈된 눈과 열이 나서 붉어진 얼굴이 보이지 않는 걸까?

"약을 주면 좋아질 거예요."

내가 불쑥 말했다.

"그러면 누가 약값을 내지? 네 아비? 여기는 자선 병원이 아니야."

나는 사힐에게 약을 주도록 흉터를 설득해야 했다. 님바 나무도 도움이 되겠지만 약을 먹으면 열이 빨리 내릴 것이다.

"약을 몇 개만 주면 곧 좋아질 거예요."

나는 보스의 반응에 대비해 뒤로 한 발자국 물러섰다.

"저놈이 자기 몫은 하고 있나?"

"네."

바리슈가 말했다.

흉터의 눈이 가늘어지며 이맛살을 찌푸렸다.

"좋아. 약을 주지."

나는 말을 잃었다.

"땡큐." 아마르가 영어로 말했다.

흉터가 아마르를 빤히 쳐다보고는 바리슈에게 말했다.

"처음에는 새로 온 애가 아픈 애에게 약을 사 주길 원하고 다음에는 이 어린 영어 주둥이가 나한테 고마워하는군."

흉터는 바리슈의 귀를 비틀었다.

"무슨 일이지?"

반드시 바리슈는 똑똑하고 신뢰가 가는 해명을 떠올려 우리가 서로 말하고 어울린다는 의심을 받지 않도록 해야 했다.

회색 구름이 웃었다.

"보스, 아무 일도 없어요. 새로 온 애는 지가 아플까 봐 걱정하는 거예요."

흉터는 회색 구름에게 얼굴을 돌리고 바리슈의 귀를 놓았다.

"그러면 영어 주둥이는? 왜 나한테 고마워하지?"

"그… 그러니까… 영어 좀 안다고 온 세상에 말하고 싶었던 거겠지요, 광대 녀석!"

회색 구름이 콧방귀를 뀌었다.

아마르의 얼굴은 생기가 없었다. 흉터에게 벌을 받을까 봐 무서운 걸까? 아니면 회색 구름이 광대라고 불러서 혼란스러운 걸까?

"너희 둘은 아이들을 계속 관리하도록 해. 내 말 이해했어?"

"네."

바리슈와 회색 구름이 대답했다.

인기 있는 영화 음악이 들렸다. 우리 모두 주위를 둘러봤다. 흉터가 자신의 커다란 배만큼 커다란 함박웃음을 지으며 주머니에서 작은 휴대 전화를 꺼냈다.

"여보세요, 여보세요!"

흉터는 휴대 전화에 대고 소리쳤다. 통화하는 사람이 귀머거리인 게 틀림없었다.

"네. 맞습니다, 보스. 액자는 다 끝났습니다. 포장하면 바로 가져가겠습니다. 바로요."

잠시 침묵.

"아닙니다. 아직입니다. 옳은 말씀이십니다. 모조리 다 아프게 할 수는 없지요."

잠시 침묵.

"아이들 중 하나를 시키도록 하겠습니다."

흉터는 말을 끝내고 휴대 전화의 빨간 버튼을 누르더니 나를 바라봤다.

"고팔, 수학 잘하지?"

나를 밖에 보내려는 생각인가? 나는 너무 놀란 나머지 그저 고개를 끄덕거렸다.

"약국에 가서 사힐이 먹을 약 좀 사 와."

흥분의 거품이 몸속에서 마구 일었다. 내 운을 믿을 수가 없었다. 심부름이라니! 혼자 있을 수 있는 길거리로 나가다니! 하지만 행복은 오래가지 않았다.

"고팔이랑 함께 가. 둘 다 맡은 일을 제대로 하도록 해. 그러지 않으면 벌을 받을 줄 알아!"

흉터가 회색 구름에게 말했다.

회색 구름이 자세를 똑바로 고쳤다.

"걱정 붙들어 매세요, 보스."

그다음, 흉터가 내 어깨에 손바닥을 올리더니 아주 세게 쥐는 바람에 통증이 팔까지 느껴졌다.

"잘 들어. 만약 달아나려고 시도라도 하면 네놈 등가죽을 모두 벗겨 버릴 거야. 만약 도망이라도 친다면 너를 다시 잡아 와서 흠씬 때리고 굶길 거야. 만약 누군가에게 도움을 요청할 수 있다고 생각한다면 잊어버려. 이 도시는 아주 크고 아무에게도 너 같은 작은 벌레 새끼 한 마리를 걱정할 시간 따위는 없으니까. 그리고 만약 낯선 사람이랑 말이라도 한다면 너뿐만 아니라 네놈 가족까지 벌을 받게 될 거야."

흉터의 눈이 나를 짓누르는 듯했다.

"내 말 이해했어?"

나는 바지에 오줌을 지릴까 봐 걱정했다. 어떻게든 기절하지 않도록 해야 했다.

"네."

"20분을 주겠어. 15분은 걸어서 갔다가 오는 시간이고 5분 동안 약을 사. 만약 그것보다 오래 걸리면 너희 여섯 모두를 때리고 저녁 식사를 주지 않겠어."

흉터가 회색 구름에게 돈을 줬다. 나에게 잔돈을 세고 영수증을 받아 회색 구름에게 주라고 시켰다.

"빨리 가."

흉터는 바리슈의 등을 쳤다.

"너는 이 액자들을 포장하는 걸 좀 도와. 저 두 녀석이 돌아오는 대로 문을 잠그고 배달을 갈 거야."

1분 뒤, 회색 구름과 나는 길거리에 있었다. 나는 지난 삼 개월 이상을 밖에 나와 본 적이 없었고 세상은 변해 있었다. 내 두 눈이 밝고 눈부신 햇빛에 적응하기까지 시간이 조금 걸렸다. 햇빛은 내 맨팔과 다리를 완화시켰고 나는 햇빛을 모아 다락에 가져갈 수 있기를 바랐다. 비록 매연과 뒤섞여 있었지만 공기가 접착제 냄새보다 신선해서 나는 깊게 숨을 들이마시고 내쉬었다. 밖으로 걸어 나가자 소풍을 가는 느낌이었다. 너무 행복해서 어지러울 지경이었다.

우리가 갇혀 있는 1층짜리 건물은 다른 건물들과 조금 떨어진 곳에 있었고, 막다른 골목 끝에 있었다. 다른 건물들은 더 새것으로 더 잘 지어진 것 같았다. 가까이 다가가니 소음이 들렸고 사람들은 길을 따라 바쁘게 움직이거나 건물을 들락날락하고 행상인들과 실랑이를 벌이고 있었다.

"서둘러. 그러지 않으면 20분 안에 돌아가지 못할 거야."

회색 구름이 말했다.

"만약 가게가 너무 복잡해서 더 오래 걸리면?"

내가 물었다.

"그러면 벌을 받겠지."

회색 구름이 나에게 아주 가까이 붙어서 걷는 바람에 회색 구름의 팔이 내 팔에 살짝 닿았다. 나는 회색 구름의 주의를 흐트러뜨리려고 말을 걸었다.

"우리 건물이 이 동네에서 가장 오래된 건물인 게 틀림없어."

거리를 두기 위해서 나는 살짝 옆으로 걸음을 옮겼다.

회색 구름도 옆으로 걸음을 옮겼다.

"응. 몇 년 전에 공장이 하나 있었는데 불탔어. 우리 건물만 빼고 대부분 건물이 손상을 입었지. 땅값이 아주 높아서 주인은 땅을 팔고 도시에서 멀리 떨어진 곳에 새 공장을 짓는 게 낫겠다고 생각했나 봐. 어떻게 보스가 그 낡은 판잣집을 손에 얻었는지는 몰라."

큰길로 나가자마자 교통 체증이 보였다. 기차역 근처나 자마 외삼촌 집 근처처럼 붐볐다. 회색 구름은 계속해서 지껄였다. 나는 간판을 읽었다. 스웨디시 마트, 찬다니 베이글, 피유슈 주스 센터. 어느 것도 우리가 지금 어디에 있는지 알려 주지는 않았다.

나는 회색 구름을 흘깃 봤다. 내가 도망치면 나를 잡을 수 있을까? 나보다 키가 크니까 아마도 나보다 빨리 달릴 수 있을 것이다.

버스 한 대가 경적을 울렸고 나이 많은 아주머니가 길에서 나오며 바나나 카트와 부딪쳤다. 회색 구름은 아주머니가 넘어지지 않게 팔을 잡았다. 회색 구름이 자신의 몇 안 되는 좋은 업보를 행하는 동안 나는 계속 걸었다. 빠르고, 점점 빠르게. 길거리는 사람들로 붐볐고 나는 사람들 사이를 재빠르게 이리저리 빠져나갔다. 만약 저 버스가 멈춘다면 올라탈 수 있을 것이다. 흉터가 나에게 돈을 줬다면 좋았겠지만 그 정도로 멍청하지는 않았다. 내가 만약 버스에 올라탄다면 안내원이 버스표 값을 묻고 나를 쫓아낼 때까지 몇 분은 걸릴 것이고, 버스는 이미 여기서 두어 정거장을 지난 후일 것이다.

회색 구름을 따돌린 걸까? 심장이 점점 더 크게 뛰었다. 나는 숨을 고르기 위해 트럭 뒤에 숨어서 길을 살펴봤다. 회색 구름이 안 보였다. 버스를 타려면 아마도 잠시 기다렸다가 버스가 길을 내려오는 것이 보일 때 정거장으로 돌진해야 할 것이다. 그때 누군가 내 뒤를 잡았다.

"왜 나를 기다리지 않았어? 보스에게 말하고 싶지 않지만 네가 또다시 도망치려고 하면 말할 거야. 그냥 나랑 같이 있어."

화난 회색 구름의 회색 눈동자가 깜빡거렸다.

"내가 꼭 돌아가야 할 필요는 없어."

"있어. 돌아가야 해. 우리가 곧 돌아가지 않으면 보스는 사힐, 바리슈, 로샨, 아마르까지 모두 때릴 거야. 그렇게 되기를 원해? 네가 만약 도망치면 너뿐만 아니라 네 가족까지 대가를 치르게 될 거야."

내 두 손은 축축해졌고 목구멍은 마치 말라 죽은 타마린드 같이 느껴졌다. 내가 심부름을 하는 데 오래 걸렸다는 이유로, 친구들의 등을 내리치는 고무 튜브 소리가 들리는 것 같았다. 내가 도망가더라도 자틴이 내가 사는 곳을 알기 때문에 흉터는 보복을 할 수 있을 것이다.

회색 구름이 길 건너편을 가리켰다.

"저기 약국 있다."

내 손을 꼭 쥔 회색 구름은 내 손을 놓지 않고 자동차 사이를 지그재그 모양으로 피해 걸었다. 우리는 아유르베다식 해열제 한 팩을 샀고 회색 구름이 돈을 냈다. 가게 주인아저씨에게 거스름돈과 영수증을 받아 내가 주의 깊게 확인하자 회색 구름이 손을 내밀었다. 나는 거스름돈을 회색 구름에게 줬다.

나는 돌아가는 길에 더 많은 가게 간판을 계속 읽었다. 하나는 인더스트리얼 툴 컴퍼니라고 쓰여 있었다. 아, 자마 외삼촌이 일하는 주식회사 슈리 툴이라고 쓰여 있었으면 얼마나 좋았을까! 분홍색과 보라색 드레스를 진열장에 진열해 놓은 기성복 가게는 시타를 생각나게 했다.

내가 먼저 묻기 전까지 우리는 침묵 속에서 걸었다.

"우리 둘 다 도망가는 건 어때?"

"나만큼 오랫동안 가족 없이 지냈다면, 갈 집도 만날 가족도 없기 때문에 너도 도망칠 수 없을 거야."

회색 구름의 말이 흉터의 채찍처럼 내 등을 때렸다.

"내가 탈출한다면?"

"몇 분 전에 한 것처럼? 완전 말도 안 되지."

회색 구름이 코웃음을 쳤다.

언젠간 회색 구름도 내 노력이 완전히 말도 안 되는 것은 아니라는 것을 알게 될 것이다.

회색 구름의 입꼬리는 올라갔지만 눈은 여전히 공허한 슬픈 미소였다.

"보스는 나에게 잘 곳과 먹을 음식을 줘. 물론 많지는 않지만 춥고 비 오는 날, 밖에 있는 것보다는 낫지."

"왜 보스는 이 심부름을 너 혼자 보내지 않은 거야?"

"나는 읽지도, 쓰지도, 셈도 할 줄 몰라. 보스는 네가 똑똑해서 옳은 약과 정확한 거스름돈을 가져올 거라는 걸 아는 거지."

회색 구름도 혼자서 약을 살 만큼 충분히 똑똑하다. 본인도 그렇다는 것을 알고 있을 것이다. 이유는 모르겠지만 회색 구름은 말하고 싶어 하지 않는 것 같았다.

우리가 돌아왔을 때 흉터는 떠날 준비를 하고 있었다. 회색 구름은 영수증, 약병, 잔돈을 흉터에게 건넸다. 흉터는 잔돈을 세어 보고는 사힐에게 주라고 나에게 약을 하나 줬고, 주머니에 잔돈과 약병을 넣었다.

흉터는 상자가 가득 든 자루를 들고 나가려다가 멈추고는 뒤돌아서 자루를 다시 내려놓았다. 그러고 나서 약병을 꺼내더니 알약 몇 개를 나에게 더 줬다.

"하나 더 먹어야 하거나 아니면 다른 녀석이 아프면 줘."

흉터가 나 때문에 기분이 좋아 보였기에 나는 또다시 흉터가 나를 밖으로 보내길 바랐다.

"네, 보스."

"저 게으른 녀석이 계속 일하게 해."

"그럴게요, 보스."

흉터는 자루를 들고 다시 떠났다.

열쇠가 자물쇠 안에서 딸깍 소리를 냈다.

지난 며칠 동안 나는 사힐에게 약을 줬고, 로샨은 부드러운 님바 나뭇잎을 줬다. 사힐의 열이 내렸다. 로샨은 우리도 건강을 유지하기 위해서 님바 나뭇잎을 씹어야 한다고 주장했다. 하지만 아마르는 반대했다.

"나는 염소도, 소도 아니야. 왜 내가 나뭇잎을 먹어야 해?"

우리는 아마르의 현명한 변명에 웃었지만 로샨은 꼭 님바 나뭇잎을 먹게 했다.

사힐이 다시 구슬 붙이기를 시작했다. 몸을 앞으로, 뒤로, 앞으로, 뒤로 흔들었다. 워낙 원래 말랐던 터라 몸무게가 줄었는지 아닌지 알기가 어려웠다. 하지만 눈이 일출 때의 연못처럼 빛나지는 않았다. 바리슈는 아침에 사힐이 좀 더 잘 수 있게 해 줬고, 만약 흉터가 낮에 자리를 비우면 사힐은 쉬었다.

또한 매일 밤 나는 이야기를 들려줬다. 지금까지 했던 이야기뿐만 아니라 거인과 송아지들, 소심한 토끼, 악바르와 비르발 이야기처럼 지어낸 이야기를 했다. 회색 구름과는 잘 지냈지만 바리슈처럼 회색 구름을 믿지는 않았다. 원숭이에게 사다리를 주는 꼴이었다. 원숭이는 언제나 사다리를 올라가 버리기 마련이다.

매일 흉터가 나에게 심부름을 시키기를 기다렸다. 만약 심부름을 시킨다면 길거리에서 누군가에게 말을 걸고 우리를 도와 달라고 부탁할 것이다. 물론 흉터는 나를 회색 구름과 함께 보내겠지만 내가 도망치지 않는 이상 회색 구름이 흉터에게 이르지는 않을 것이다. 이제 혼자는 도망갈 수 없다는 것을 알았다. 만약 혼자 도망간다면 친구들이 벌을 받게 될 것이고, 그렇게 놔둘 수는 없다. 친구들이 맞거나 다치면서 얻게 되는 내 자유는 아무것도 아니다. 만약 내가 밖에 나갈 기회가 생긴다면 누군가에게 도와 달라고 부탁할 수 있을 것이다. 만약 내가 흉터의 연필을 손에 넣게 된다면 쪽지를 적어서 누군가에게 건넬 수 있을 것이다. 그렇게 된다면 우리는 모두 함께 구출될 수 있을 것이다.

흉터가 나에게 밖에 나가 약을 사 오라고 시킨 지 3주가 지났다. 그때 이후로 나뿐만 아니라 어느 누구에게도 심부름을 시키지 않았다. 나는 가끔 스스로 화가 났다. 바람에 흔들리는 나뭇가지처럼 생각 때문에 내 마음은 앞으로, 뒤로 흔들렸다. 흉터는 어쩌면 다시는 내가 밖을 나가도록 허락하지 않을 수도 있다. 회색 구름이 나를 잡지 못하도록 더욱 필사적으로 노력했어야 했다. 아니면 약값을 내는 동안 도망쳤어야 했다. 하지만 내가 도망쳤다면 흉터는 다른 아이들에게 벌을 줬을 것이다. 그랬다면 사힐은 아마도 더 아팠을 것이다. 게다가 자틴이 내가 사는 곳을 알기 때문에 흉터가 말했던 것처럼 우리 가족과 나를 쫓아왔을 수도 있었다.

사힐이 회복되어 기뻤고 우리들 중 누구도 아프지 않아서 감사했다. 건강한 다섯 명이 아픈 사람 한 명의 일을 나누고, 아픈 사람을 보살피는 것은 쉬웠다. 하지만 우리들 중 서너 명이 아팠다면 우리가 어떻게 해냈을지 모르겠다. 아마도 그랬다면, 흉터가 아픈 사람을 길거리로 내쫓았을 것이다. 나를 빼면 아무도 뭄바이에 가족이 없다. 약도, 돈도, 보살펴 줄 사람도 하나 없는데 어떻게 될까? 그런 생각을 하니 소름이 돋았다.

회색 구름과 함께 약을 사러 밖에 다녀온 다음, 한동안 혹시 회색 구름이 흉터에게 내가 도망치려고 했다고 말할까 봐 걱정했다. 하지만 흉터가 나에게 벌을 주지 않은 걸로 봐서 회색 구름은 이르지 않은 것 같았다. 심부름을 다녀온 이후로 흉터는 나를 내 이름으로 불렀고 다른 일도 나에게 시켰다. 가끔 아침 차를 만들라고도 하고 청소를 하라고 하기도 했다. 종종 액자 개수를 세라고 시켰고 곱셈을 시키기도 했다. 내가 답을 말하면 흉터는 연필을 꺼내 종이 위에 숫자를 받아 적고는 종이와 연필을 호주머니에 넣었다. 나는 흉터의 신뢰를 얻기 위해서 모든 일들을 조심스럽게 하면서 다시 한번 바깥 심부름을 시키길 기다렸다.

천천히 회색 구름도 우리 서클의 일원이 되어 갔다. 자신의 이야기를 말하지는 않았지만 우리의 이야기를 들었다. 우리는 하루 종일 일했지만 밤이면 손전등을 켜고 이야기를 나누었고, 마치 가족이 된 것 같은 느낌이 들었다. 그래서 나는 모두 함께 탈출할 방법에 대해 생각하기 시작했다. 회색 구름이 우리 편이 되자 계획을 짜고 실행에 옮기기가 쉬울 것 같았다. 우리는 한 번의 기회밖에 없기 때문에 실패하지 않도록 아주 잘해내야만 했다. 빠져나갈 방법을 고민하다가 내가 지어냈던 이야기가 떠올랐다.

"새로운 이야기가 있어."

모두 일을 끝냈을 때 내가 말했다.

"제목이 뭐야?"

손뼉을 치며 아마르가 물었다.

"자칼과 개미들."

"누… 누구한테 얘기한 적 있어?"

로샨이 물었다.

"응. 내 쌍둥이 동생, 나렌이랑 시타한테. 여러 번."

내가 말했다.

"아아. 제목이 마음에 들어. 이리 와. 앉아서 듣자."

아마르가 말했다.

모두 둥그렇게 둘러앉았고 나는 손전등을 켰다.

"옛날옛날에 숲 가장자리에 있는 커다란 님바 나무 아래 개미들이 사는 마을이 있었어. 어느 날, 자칼이 개미 마을에 와서는 말했지. '내가 지낼 수 있는 공간을 만들어 놓고 모두 여기서 나가.' 개미들은 어리둥절했어. '우리는 여기서 아주 오랫동안 살았어. 누구를 성가시게 한 적도 없고 누구도 우리를 성가시게 한 적도 없어. 게다가 지금도 네가 지낼 공간은 충분히 있어.'"

"어떻게 될지 알 것 같아."

아마르가 말했다.

바리슈가 아마르의 입에 손을 갖다 댔다.

"자칼은 날카로운 이빨을 드러내며 웃었어. '나한테 이래라 저래라 하는 거야? 너희들이 있는 바로 그곳이 마음에 쏙 드니까 다들 꺼져. 비키라고.' 자칼이 말했어. 개미들은 무서웠지. '저렇게 큰 적에게 우리가 할 수 있는 건 없어.' 개미 한 마리가 말했어. '집을 떠나서 새로운 곳을 찾아야겠어.' 다른 개미가 말했어. 님바 나무에게 작별 인사를 하고 떠날 시간이라고 생각했어. 개미들이 님바 나무에게 오랫동안 지낼 수 있게 해 줘서 고맙다고 인사를 하는데, 님바 나무가 물었지. '여기가 마음에 안 드니? 왜 떠나려고 하는 거야?' 그러자 개미들이 자칼에 대해서 말했어. '자칼은 아주 큰데 우리는 작잖아. 명령에 따르지 않으면 자칼이 우리를 발로 밟아 버릴 거야.'"

이쯤 되니 아마르가 구부린 다리를 떨기 시작했다. 나렌처럼 조용히 있기가 힘든 것이었다.

"그래서 어떻게 됐어?"

아마르가 물었다.

"님바 나무가 부드럽게 나뭇잎을 흔들며 말했어. '자칼은 크고 너희들은 작지. 근데 자칼은 혼자고 너희는 여럿이잖아.' 어리둥절한 개미들이 물었어. '그게 무슨 소용이야?' '너희들이 하나라고 생각하고 함께 공격해 봐. 자칼을 물리칠 수 있을걸.' 님바 나무의 아이디어가 마음에 든 개미들은 계획을 짰어. 다음 날, 그대로 있는 개미들을 보고 자칼은 무척 화가 났지. 개미집 근처로 걸어갔어. 개미들은 준비가 끝났어. 자칼이 무엇이든 하기 전에 수천 마리의 개미가 자칼에게 기어가서 물기 시작했어. '그만, 날 내버려 둬!' 자칼이 소리쳤어. 하지만 개미들은 계속 물었어. 자칼은 앞쪽으로 달려갔다가 뒷걸음쳤어. 이리저리 몸을 움직였지. 심지어 깡충깡충 뛰어도 봤지만 아무 소용이 없었어. '제발, 제발, 제발! 여기서 사라질게. 지금 당장.' 자칼은 애원했고, 그렇게 개미들은 자칼을 몰아낼 수 있었어. 그래서…."

"그래서 우리가 개미고 보스가 자칼이니까 보스를 물어야 한다?"

내가 말을 하고 있는데 회색 구름이 끼어들었다. 회색 구름의 목소리에서 도전 같은 무언가가 느껴지는 바람에 순간 나는 긴장했다.

"이야기야."

내가 말했다.

"그냥 이야기가 아니야, 고팔. 넌 우리가 보스를 물리치길 바라고 있어."

이 이야기를 하지 말았어야 했는지 모른다. 무서워서 심장이 쿵쾅거렸다. 만약 내가 공격할 계획을 세우고 있다는 걸 훙터에게 회색 구름이 말하면?

"너는 네 이야기는 하지 않으면서 내가 이야기하면 그게 무슨 의미인지나 말하는 거야? 넌 내가 곤란해지길 바라는 거지. 그게 다야."

"내가 어떻게 그렇게 할 수 있어? 넌 이미 보스의 조수가 됐잖아. 심지어 보스는 너를 네 진짜 이름으로 부르는데."

회색 구름이 말했다.

"나는 보스한테 부탁한 적 없어."

"아니. 넌 네 방식대로 마치 애벌레처럼 꼬물꼬물 움직였어. 바리슈, 고팔이 이제 네 자리까지 차지했는데 넌 가족이라고 느껴져?"

바리슈는 대답하지 않았다. 바리슈가 날 질투하고 있는지 궁금했다. 질투하지 않는다고 해도 자기 자리를 내가 차지했다는 말을 들었으니 나에게 화가 났을 것이다.

"왜… 왜 싸우는 거야?"

로샨이 회색 구름에게 물었다.

"너희 모두 고팔의 마법에 빠진 거야. 언젠가 고팔은 도망치고 남겨진 우리는 두들겨 맞을 거야."

로샨의 속눈썹이 무서움에 파르르 떨렸다.

"그… 그러고 싶지 않아."

아마르는 주먹으로 쿵쿵거렸다.

"고팔은 절대 그럴 리 없어."

회색 구름이 나를 도울지 확신하지 못한 채로 잠자리에 들었다. 사힐이 아픈 이후로 회색 구름은 친구처럼 행동했지만 오늘 밤 내 이야기에 보인 태도 때문에 난 불안해졌다. 우리 편인지 아닌지 모르겠다. 로샨에게 겁을 줬고 바리슈에게 내가 바리슈의 자리를 꿰찼다고 말했다.

이제 난 바리슈도 걱정되기 시작했다.

아침이 됐다. 흉터는 오자마자 손뼉을 치고 내 이름을 외쳤다. 평소와 다른 흉터의 사나운 목소리에 무서워서 입안이 바짝 말랐다. 모두가 나를 쳐다봤다. 사힐이 손가락으로 두드리기 시작했다. 오늘 아침, 아직까지 회색 구름이 흉터를 만나지 못했기 때문에 어젯밤 내가 했던 이야기 때문은 아닐 것이다. 난 어리둥절했다.

흉터는 방 안을 서성거리고 있었다.

나를 보자 멈추더니 벤치에서 액자를 들어 올려 내 손에 쥐여 줬다.

"이것들 좀 봐! 엉망이야. 이것 때문에 고객한테 재주문을 받지 못할 거야. 이걸 누가 만들었는지 기억해?"

파란색 꽃을 빼면 액자 세 개 모두 같은 디자인이었다. 누군가 청록색 구슬을 사용한 바람에 파란색 가장자리와 맞지 않았다. 사힐이 만든 것이었다.

"제가 했어요."

"거짓말이지?"

"아니요."

잠깐이지만 흉터의 얼굴을 정면으로 봤다.

"다시는 이런 멍청한 실수를 하지 마."

가슴을 짓누르고 있던 무게가 사라졌고 다시 숨을 쉴 수 있었다.

"안 그럴게요."

위층으로 올라가려고 돌아서는데 갑자기 무언가가 내 맨다리를 때렸다. 나는 다리에 힘이 풀려 버려 머리를 사다리에 부딪치고 넘어졌다. 흉터가 내 뒤에서 사악한 웃음을 지으며 서 있었다. 흉터의 사팔눈은 내가 여기 처음 온 날을 떠올리게 했고 난 두려움에 휩싸였다.

"시간 낭비하지 마!"

흉터가 소리쳤다

나는 이를 악물고 혹이 나지 않게 이마를 문지르며 사다리를 천천히 올라갔다. 아무 소용이 없었다. 아픈 혹이 느껴졌다. 구슬을 붙이는 동안 고통과 화가 머릿속에서 진동했다. 흉터에게 대가를 치르게 할 것이다.

흉터가 회색 구름과 바리슈에게 도움을 요청했다. 흉터가 액자에 대해서 물어볼까? 아마도 나는 거짓말을 하지 말았어야 했다. 무슨 말을 하는지 들으려고 노력했지만 아무것도 들을 수가 없었다. 심지어 단어 하나도.

회색 구름과 바리슈는 다시 올라왔고 바리슈가 로샨에게 말했다.

"내려가 봐. 보스가 머리 좀 잘라 달래."

내가 여기 온 이후로 흉터가 로샨에게 머리를 잘라 달라고 한 것은 처음이었다. 점심시간에 보니 흉터의 앞머리는 길고 숱이 적은 반면에 뒷머리는 짧아져 있었다. 흉터는 대머리를 가리기 위해서 자신만의 머리 빗는 방식이 있었지만 효과가 있어 보이지는 않았다.

우리에게 점심을 주고 곧 돌아온다는 말을 남기고 흉터가 자리를 비웠다. 액자를 가지러 아래층에 내려갔을 때 나무 벤치 아래에서 연필 하나를 발견했다. 흉터가 떨어뜨린 것이 분명했다. 나는 몸을 숙여 재빨리 연필을 집어 주머니에 넣었다.

회색 구름이 따라왔다.

"그러면 안 돼."

회색 구름이 말했다.

내가 연필을 주운 걸 본 걸까? 모르겠다.

"뭐가 안 돼?"

내가 물었다.

"누가 무얼 했는지 거짓말했잖아. 이 액자들은 사힐이 만들었잖아. 네가 했다고 말하는 걸 들었어. 넌 곤란해졌어."

회색 구름은 흉터의 벤치 위에 올려진 액자를 보면서 말했다.

"모를 줄…."

"보스는 알아. 언제나 알고 있어. 널 시험한 거야."

"너랑 바리슈한테도 물었어?"

회색 구름은 내 질문에 대답하지 않았다. 전율이 척추를 통과했다. 회색 구름은 아무 말도 하지 않았지만 흉터가 물어봤다는 확신이 들었다.

다시 일을 시작하려고 구슬을 집어 올리는데 손이 벌벌 떨렸다.

손뼉을 치는 소리가 들렸다.

"너희 모두 내려와. 보여 줄 게 있어."

흉터가 돌아오자마자 말했다.

우리가 아래층에 모이자 흉터가 뒷문을 바라봤다. 언제나 그렇듯이 잠겨 있었다. 창문도 닫혀 있었다. 흉터는 사힐과 나를 때릴 때 썼던, 갈색 튜브를 들고 있었다. 난 한 발짝 물러섰다.

"이거 기억하지? 이게 너희를 정직하게 만들어 줄 거야."

흉터는 튜브의 한쪽 끝을 놓고 한쪽 끝을 손에 감았다. 손을 들어 올렸다가 아래로 내렸다. 튜브가 바닥을 치면서 소리가 났다. 짝!

나는 남아 있는 용기라도 잡아 보려고 손가락을 말아 주먹을 쥐었다.

"상기시킬 필요가 있어. 잘 봐. 고팔, 이리 와."

흉터가 말했다.

내가 흉터 앞에 서자 친구들 중 하나가 헉하고 숨을 쉬었다. 흉터는 튜브를 들어 올렸다.

"뒤로 돌아서 셔츠 올리고 허리 숙여."

나는 흉터의 명령을 따랐고 친구들을 마주했다. 눈을 감고 숨을 참았다. 짝. 튜브가 내 맨등을 때렸다. 나는 훌쩍였다.

"그만요!"

사힐이 소리 질렀다.

"네 녀석이 소리를 질렀으니 이 녀석은 한 대 더 맞아야겠다."

짝!

튜브가 지나간 자국이 내 등에서 불타는 것 같았다. 꼭 감은 두 눈에서 눈물이 흘러나왔다.

"고팔이 이 액자들을 만들었어?"

흉터가 으르렁거렸다.

"사실을 말해. 그러지 않으면 너희 모두 벌을 받을 거야."

회색 구름이 앞으로 한 발짝 나왔다.

"보스, 고팔이 이 액자들을 만들지 않았습니다."

흉터는 튜브를 다시 들어 올렸다. 짝! 짝! 나는 두 대 더 맞았다.

등 전체가 불타는 것같이 지글거리고 욱신거리며 아팠다. 뭔가 따뜻한 것이 미끄러져 내리는 것을 느꼈다. 피였다. 눈을 떴을 때 흐릿한 빨간 점과 노란 점이 눈앞에서 춤을 추고 있었다. 난 넘어지지 않기 위해서 벽을 잡았다.

"또다시 이랬다간 너뿐만 아니라 네 가족도 대가를 치를 줄 알아. 내가 네 쌍둥이 남동생이랑 여동생, 나렌이랑 시타도 때리면 어떨까? 아니면 너랑 같이 일하도록 여기로 데려와야겠어?"

흉터가 소리쳤다.

흉터가 나렌과 시타를 어떻게 알았을까? 바리슈나 회색 구름이 나에게 남동생과 여동생이 있다고 말한 것이 틀림없었다. 내가 왜 저 둘을 믿고 이야기를 했을까? 여태까지 얼마나 멍청하고 경솔하고 잘 속아 넘어갔던가! 이제 나는 쌍둥이까지 위험에 처하게 만들었다. 만약 흉터가 쌍둥이에게 내가 어디 있는지 안다고 말한다면 쌍둥이는 애완동물처럼 흉터를 따라갈 것이다. 아, 내가 무슨 짓을 한 거지!

분명히 회색 구름이 흉터에게 내 가족에 대해 말했을 것이다. 그래서 내가 물었을 때 회색 구름이 대답하지 않았던 것이다. 아마도 내가 자기 자리를 차지하는 게 겁이 난 바리슈가 말했을 수도 있다. 혹시 자칼과 개미 이야기도 흉터에게 말했을지 궁금해졌다. 표정을 보면 혹시 알아챌 수 있을까 싶어서 살펴보려고 했지만 내가 미처 보기도 전에 짝 소리가 내 등을 내리쳤다. 나는 넘어지지 않으려 온 힘을 다했다.

휴대 전화가 울렸다. 흉터가 주머니에서 휴대 전화를 꺼냈다. 상대방 말을 들으면서 흉터는 튜브를 내려놨다. 나는 안도감에 숨을 쉬었다.

"물론 주문은 맞출 수 있습니다. 확실히 맞출 수 있도록 하겠습니다."

흉터는 빨간 버튼을 누르고 벤치에 휴대 전화를 내려놓은 뒤, 고무 튜브를 감았다.

"다시 일해, 너희들 모두."

나도 걸음을 옮겼다. 흉터가 내 팔 위쪽을 잡았다.

"남아."

모두가 올라가자 나에게 물이 든 텀블러를 줬다. 내가 물을 몇 모금 마시니 흉터가 말을 했다.

"내일 네가 새롭게 할 일이 있어. 제대로 해서 날 기쁘게 할 수 있도록 해."

나한테 방금 그런 짓을 해 놓고 기쁘게 하라고? 이마에 텀블러를 집어 던지고 배를 걷어차고 얼굴에 침을 뱉고 싶었다. 나한테 한 것처럼 나도 피를 보게 해 주고 싶었다. 바퀴벌레로 만들어 버리고 싶었다. 하지만 그 대신에 흉터의 반짝이는 샌들에만 시선을 고정시키고 있었다. 흉터가 여기서 나가서 자마 외삼촌 집에 찾아가는 걸 원하지는 않았다. 흉터는 나를 다치게 했지만 나렌과 시타를 유괴해서 나를 더, 훨씬 더 짓밟을 수도 있다. 나는 대답하기 전에 두려움을 삼켜 버리고 목소리를 진정시켰다.

"그럴게요."

흉터가 셔츠와 텀블러를 움켜잡는 내 모습을 지켜봤다. 나는 천천히 위층으로 올라갔다.

나무 책상 위로 몸을 구부리니 등이 고통으로 쓰라렸다. 나는 내 생살에 셔츠가 닿지 않도록 셔츠를 벗고 앉았다. 마음은 훨씬 더 아팠다. 흉터가 다치게 한 등은 언젠가 나을 것이다. 회색 구름은 날 배신했다. 왜 흉터에게 내가 거짓말을 했다고 말했을까? 흉터는 어쨌든 알고 있었다. 아마도 회색 구름이 내 자리를 차지하고 싶어서 그랬을 수도 있다. 그리고 회색 구름이나 바리슈 중 누구든 흉터에게 나렌과 시타에 대해서 말한 사람은 날 더욱 아프게 만들었다.

오늘은 아마도 회색 구름을 뺀 우리들 중 누구도 행복하지 않았다. 사힐은 접착제를 섞었고 나는 눈이 맵고 코가 따가웠다. 목은 간지러웠다. 심지어 님바 나무의 향기도 냄새를 없애진 못했다. 우리는 끈적끈적한 공기로 숨을 쉬면서 손을 바쁘게 움직였다. 방 안은 숨이 막힐 것 같았지만 아직 침묵의 냉기가 흐르고 있었다. 우리의 슬픔은 길 한복판에 앉아 있는 버펄로만큼 굳고 완고했다. 금방 움직이지는 않을 것이다.

흉터가 텔레비전을 켰다. 웃긴 영화를 보며 흉터가 웃었고, 웃음소리는 굴뚝처럼 올라왔다.

"하, 하하, 하, 하."

흉터가 떠나자 아마르가 내 목을 감싸 안았다. 아마르의 눈물이 내 피부에 닿았다. 아마르는 회색 구름을 빤히 봤다.

"왜 고팔이 거짓말했다고 흉터에게 말한 거야?"

"그래야만 했어."

"아니, 그렇지 않아. 우리들 중 누구도 안 했어. 맞지?" 사힐
이 말했다.

"나… 나는….."

로샨은 너무 화가 나서 말을 끝내지도 못했다.

나는 회색 구름을 정면으로 쳐다봤다.

"그래서 넌 비밀을 알면 다 말하나 봐?"

회색 구름은 어깨를 으쓱하고 바리슈를 봤다. 둘이 함께 계
획한 건가? 알 수 없었다. 회색 구름은 동상처럼 서 있었고 회
색 눈동자는 멍했다. 나는 소리치고 흔들고 때리고 싶었다.

바리슈는 유일하게 아무 말도 하지 않았다. 그래서 회색 구
름과 함께라고 믿을 수밖에 없었다. 사힐이 내 황마 자루를 바
닥에 깔았다. 바리슈는 자신의 긴팔 셔츠를 그 위에 올렸다.
나는 바리슈의 셔츠를 내팽개치고 사실을 말하라고 소리치고
싶었지만 그럴 힘조차 남아 있지 않았다.

눈물이 흘러내렸다.

우리는 전구를 끄고 잠자리에 들었다. 나는 엎드렸다. 이제
우리는 더 이상 한편이 아니었다. 자틴이 나를 속여 이곳에 데

리고 온 날만큼 기분이 나빴다. 오늘 밤에는 손전등도, 이야기도, 웃음도 없었다.

아, 내 이야기를 왜 했을까? 이야기가 우리를 한편으로 단단하게 붙여 준다고 생각했지만 오히려 거미줄을 쳐서 나를 궁지로 몰아넣었다. 이야기를 내 친구라고 생각했었는데, 이제 적이 되었다. 나를 망쳐 놨다.

화난 나를 달래기 위해 엄마가 그랬던 것처럼 사힐이 내 머리카락을 손가락으로 빗어 줬다. 언제나 효과가 있었다. 오늘 밤, 사힐은 손가락으로 내 머리카락을 쓰다듬던 채로 나보다 먼저 잠이 들었다. 나는 조심히 사힐의 손을 뺐다.

"고팔, 안 자? 고팔?"

회색 구름이 작은 소리로 말했다.

"깨어 있으면 나한테 말 좀 해 줘, 제발. 다 설명할 수 있어." 회색 구름이 애원했다.

다른 아이들이 자고 있어서 회색 구름은 큰 소리로 말하지 못했다. 똑같은 질문을 세 번을 더 하고는 한숨을 내쉬었다.

창문을 통해 들어오는 달빛으로 회색 구름이 일어나 나에게 다가오는 모습을 봤다.

"말 좀 하자, 고팔."

회색 구름이 애원했다.

난 조용히 있었다.

"흉터가 널 때려서 유감이야."

내 몸에 있는 모든 구멍에서 화가 터져 나왔다.

"넌 그렇지 않아. 넌 그러지 말았…."

"들어 봐."

회색 구름이 날카롭게 말했다. 하지만 다시 말하기 시작했을 때는 목소리가 부드러웠다.

"흉터에게 널 일러야 했어. 모르겠어? 흉터는 너랑 사힐이 친구가 되어 서로를 보호할 거라는 걸 알았어. 흉터는 널 처음 때리고 나서 아이들의 표정을 지켜봤어. 아마르는 눈을 감았어. 로샨은 소리를 감추기 위해서 손으로 입을 막았고 바리슈는 고통스러워 보였어. 적어도 우리 중 하나는 흉터를 속이기 위해서 널 일러야만 했어. 널 곤란하게 만들었을 때 난 내가 무슨 짓을 하고 있는지 정확히 알고 있었어. 흉터의 의심에서 우리 모두를 구한 거야. 우리가 친구라는 걸 흉터가 모르기를 바랄 뿐이었어. 흉터는 우리를 흩어지게 할 거야."

흉터라면 우리를 흩어지게 할 수 있다고 생각했다. 님바 나무의 나뭇잎이 바스락거렸다. 나는 창문 밖을 봤다. 달빛이 창문을 통해 들어오고 있었지만 내 얼굴은 그림자에 가려져 있었다.

"거짓말."

"뭐가? 다른 아이들이 그렇게 반응했다는 게?"

나는 몸을 숙이고 있었지만 흉터는 아이들의 표정을 알아챘을 것이다.

"흉터는 말하는 것보다 훨씬 똑똑해."

회색 구름이 덧붙였다.

"왜 실제보다 멍청해 보이고 싶겠어?"

"그게 자신한테 유리하거든. 그리고 우리가 서로 적이라고 흉터가 생각하게끔 하는 게 우리한테 나아."

회색 구름의 말에 멈칫했다. 회색 구름이 사실을 말하고 있는 걸까? 우리를 보호하려고 그랬던 걸까? 회색 구름은 내가 흉터를 위험하다고 믿게 만들어 나를 또다시 곤란에 처하게 할 수도 있다. 여전히 속임수를 쓰고 있을 수도 있다. 회색 구름은 바리슈를 언급하지 않았다. 그리고 만약에 내가 나렌과 시타에 대해 말했느냐고 물어본다면 회색 구름은 아니라고 말할 것이다. 나에게 말하고 있는 것 이상으로 회색 구름은 나에게 숨기고 있는 것이 많을 것이다.

회색 구름은 우기의 연못을 떠올리게 했다. 어디가 빠질 만큼 깊은지, 물을 튀길 만큼 얕은지 알 수가 없다. 나는 회색 구름을 믿지 않는다. 거리를 두는 것이 최선이다.

"피곤해."

나는 배를 깔고 엎드렸다.

회색 구름은 자기 자리로 돌아갔다. 나는 회색 구름의 무겁지만 고른 숨소리를 들은 후에야 주머니에서 연필을 꺼내 접어 놓은 우비 안으로 넣고 눈을 감았다. 하지만 등이 너무 아파서 한동안 잘 수가 없었다. 나는 담임 선생님의 시간표를 외우듯이 머릿속으로 회색 구름과 나눈 대화를 떠올렸다.

바리슈는 아마도 흉터에게 쌍둥이에 대해서 말하지 않았을 것이다. 왜냐하면 나도 바리슈의 비밀을 알고 있고 바리슈는 흉터가 그 비밀을 알기를 바라지 않기 때문이다. 그러니 말한 사람은 회색 구름이 분명했다. 나는 거의 확신했다.

고통은 물결처럼 찾아왔고 나는 비명을 참기 위해서 두 눈을 꼭 감아야 했다. 파도가 가라앉으면 탈출할 방법을 생각하려고 했다. 만약 도움을 요청하는 쪽지를 써서 창문 밖으로 던진다면 누군가 주워서 읽고 구출하러 올까? 그럴 것 같지는 않았지만 시도는 해 봐야 할 것이다. 기회가 생기면 빈 공간이 많은 신문을 챙겨야 한다. 아마도 그 방법이 자유를 얻을 수 있는 유일한 희망이다.

마침내 잠이 들었을 때는 어떤 꿈도 꿀 수 없었다.

타들어 가는 듯한 고통 때문에 잠에서 깼다. 나는 옆으로 몸을 굴려 발을 들어 올리고 천천히 일어났다.

"네 살 좀 봐! 어제보다 더 빨개졌어."

사힐이 울먹거렸다.

"그리고 더 벗겨졌어."

아마르가 덧붙였다.

회색 구름이 아래로 내려갔다가 노란 물이 담긴 텀블러를 가지고 왔다.

"이 강황 물 좀 마셔 봐. 더 빨리 낫게 도와줄 거야. 우리 할머니 방법이야."

내가 맞게 만들더니 이제 와서 특별한 약을 준다? 얼굴에 노란 물을 뿌려 옷을 더럽히고 싶을 정도로 화가 났다. 하지만 엄마가 나렌이 감기에 걸리면 강황과 소금을 넣은 물을, 내가 무릎이 까지면 강황 반죽을 붙여 줬던 것이 기억났다. 강황 물을 마신다고 해가 되지는 않을 것이다. 나는 텀블러를 받아 손으로 감쌌다. 강황이 들어간 물은 흉터가 만든 차보다도 맛이 형편없었다.

로샨은 조용히 님바 나무의 나뭇잎을 따서 잘게 찢더니 물을 부어 내 등에 붙여 줬다. 벌 수천 마리가 찌르는 느낌이었다. 빨리 말리려고 나는 선풍기 앞에 앉아 있었다.

나는 셔츠를 입고 흉터가 오기 전에 텀블러를 씻으러 아래로 내려갔다.

오늘 흉터가 새 액자 더미를 줬다. 액자는 평소보다 좋은 나무로 만든 것이었고 구슬도 고르고 깨끗했다.

"이 고급 액자를 잘 만들면 상을 받게 될 거야."

흉터가 말했다.

상 따위는 받고 싶지 않았다. 내가 원하는 것은 자유다.

"내가 말한 거 들었어?"

"네, 보스."

"열심히, 빨리 일해."

물론, 그래야 당신은 더 많은 돈을 벌 수 있겠지.

"그럴게요."

고통을 잊을 수 있도록 최선을 다해 천천히 그리고 조심스럽게 일했다. 하지만 우리 편에 대한 불신과 무서움의 무게에서 벗어날 수는 없었다. 불신과 무서움은 내 말문을 막았다. 이곳을 견딜 만하게 만들어 준 것은 우리가 서로를 챙기는 한 가족이라는 깨달음이었다. 그러나 누군가 저주를 내린 것처럼 이야기들은 사라졌다. 나는 이야기가 그리웠지만 동시에 싫었다.

어느 날, 내가 만든 액자를 포장하는 흉터를 돕는 동안 신문 조각을 훔쳐 주머니에 넣었다. 또 기회가 생겼을 때 우비에서 연필을 꺼내 주머니에 넣었다. 내가 쪽지를 적을 수 있는 유일한 장소는 화장실이었다. 화장실을 쓸 수 있는 점심시간이 될 때까지 기다렸다가 종이와 연필을 꺼내 쓰기 시작했다. 종이를 올려놓을 수 있는 단단한 것이 없어서 글씨 쓰기가 어려웠다. 개발새발이지만 가까스로 쪽지를 갈겨썼다.

'우리는 님바 나무 옆에 있는 건물에 갇혀 있는 아이들이에요. 나갈 수 있게 도와주세요.'

제일 먼저 위층에 올라갈 수 있도록 점심을 빨리 먹었다. 로샨이 나를 따라잡았지만 걱정할 필요는 없었다. 그래도 여전히 아무도 내 쪽지에 대해서 알기를 바라지는 않는 마음에 일어나서 아무렇지도 않은 듯이 님바 나무 나뭇가지에 주먹을 뻗고 손을 펴서 쪽지를 놓았다. 쪽지는 날아갔다. 난 그저 흉터가 못 보기를 바랐다. 누군가가 주울 때까지 바람이 쪽지를 옮길까? 여기서 멀리, 사람들이 있는 다른 건물 가까이로 쪽지가 갈까? 만약 그렇다 해도 도시 길거리에는 쓰레기가 워낙 많아서 과연 누가 알아볼지 궁금했다. 아마도 가장 좋은 아이디어가 아닐지도 모른다. 그래도 누군가 보고, 읽고, 우리를 도와줄 수도 있다는 희망으로 마음이 설렜다.

어느새 오후가 됐고 나는 창문 밖을 바라봤다. 쪽지는 떨어지지 않은 채 나뭇가지에 걸쳐져 있었다. 강한 바람이 불어 쪽지가 날아가길 기도했다. 나는 잠자리에 들기 전 연필을 우비에 도로 숨겼다.

다음 날 아침에 보니 쪽지가 사라졌다.

그 후로 이틀 동안 나는 우리를 도우러 올 누군가를 기다렸지만 아무도 오지 않았다. 내 공기 궁전들 중의 하나처럼 그저 멍청한 아이디어였다.

내가 나갈 수 있는 유일한 방법은 흉터가 나에게 바깥 심부름을 시키는 것이다.

만약 바깥 심부름을 시킨다면 나는 한 가지 목적밖에 없을 것이다. 어떤 것도 누구도 걱정하지 않고 이곳에서 도망치기. 돈 심부름이면 아마도 버스나 기차를 타고 도망칠 수 있을 것이다. 자마 외삼촌이 사는 곳을 아니까 길을 물어봐서 자마 외삼촌 집을 찾아가는 것은 어렵지 않을 것이다. 엄마, 나렌, 시타, 자마 외삼촌은 살아 있는 나를 보면 무척 기뻐할 것이다. 만약 아빠가 돌아오셨다면 아빠도 볼 수 있을 것이다.

이곳에서 나가는 날, 나는 가족을 볼 것이다.

25

 나날이 공기는 가벼워지고 하늘은 맑아졌다. 느리지만 등도 나아갔다. 아마르의 포옹은 일상을 밝게 만들었다. 로샨의 나뭇잎 반죽은 감염을 막아 줬다. 바리슈는 내가 깔고 잘 수 있게 셔츠를 빌려줬다. 사힐은 아침에 내가 더 잘 수 있게 구슬통을 대신 채워 줬다. 그리고 회색 구름은 매일 강황 물을 가져다줬다. 아이들이 없었다면 어땠을까?

 하지만 나는 아직 회색 구름을 믿지 않았다. 한동안 조용하게 지내며 나를 보는 걸 피했다. 그래도 나를 보고 있다는 걸 알고 있었다. 여전히 회색 구름이 나에게 할 수 있는 짓과 우리 모두에게 할 수 있는 짓 때문에 나는 겁이 났다.

 흉터는 나에게 심부름을 시키지 않았지만 시켰다 해도 내가 여기를 나가 버스를 타고 혼자 탈출할 수 있을지 의문이 들었다. 지난 며칠 동안 아이들이 좋은 친구처럼 나를 대했다. 나를 위해 정말 많은 것들을 해 줬다! 만약 내가 도망간다면 흉터가 아이들을 때릴 것이다. 얼마나 아플지 나는 안다. 마치 아이들의 등을 내리치는 고무 튜브에서 나는 짝, 짝 소리가 들리는 것 같다. 흉터는 아이들을 모두 뿔뿔이 흩어서 위험한 일을 하는 곳으로 보낼 것이다. 아마르, 사힐, 로샨, 바리슈, 심지어 회색 구름에게 그런 일이 일어나도록 둘 수는 없었다.

회색 구름에 대한 확신이 없는데도 우리 모두가 함께 나갈 수 있는 기회가 있을까? 하지만 근래 나를 돌봐 준 회색 구름의 모습은 더 이상 적으로 여기지 않아도 된다고 생각하게 만들었다. 내 생각은 마치 얽히고설킨 끈 같았다.

햇빛이 내리쬐는 여러 날들이 지난 후, 구름 낀 아침을 맞았다. 사힐의 머리카락이 무거운 공기 때문에 더 곱슬거렸다. 비가 보슬보슬 내리기 시작한 터라 흉터가 젖은 모습으로 들어왔다.

"변덕스러운 날씨 때문에 비참하구먼. 우기는 끝났다고 생각했는데! 다시 비가 오고 축축해졌어."

정해진 시간보다 일을 일찍 끝냈다는 말을 하자 흉터의 얼굴에 화색이 돌았다.

"차를 좀 만들어 봐, 고팔."

나를 때린 이후로 차를 만들라고 한 것은 처음이었다. 흉터는 액자를 신문으로 포장하기 전에 하나하나 꼼꼼히 살펴봤다.

"잘했네. 정말 잘했어. 나랑 차 한잔 가득 마시자."

차를 함께 마시며 축하할 기분은 아니었지만 흉터의 명령을 어기는 것보단 하라는 대로 하는 게 나았다. 우유와 물을 더 넣고 끓는 모습을 지켜봤다.

"52 곱하기 44는 얼마지?"

흉터가 물었다.

암산을 하면서 끓는 물에 찻잎을 넣었다. 52 곱하기 44는 어려워서 수를 쪼갰다. 52 곱하기 40은 2,080이고 52 곱하기 4는 208이다. 2,080과 208을 더해서 대답했다.

"2,288이요."

흉터는 웃으며 은빛 펜을 꺼내 신문에 숫자를 적고는 주머니에 도로 넣었다. 은빛 펜을 쓸 정도로 돈을 벌었다는 걸까? 틀림없었다. 그렇지 않으면 잃어버린 연필 대신 저렇게 비싸고 좋은 펜을 가지고 다닐 수 없다.

계속해서 흐리고 이슬비 내리는 날들이 이어졌지만 흉터의 기분은 좋았다. 아마도 내가 만드는 새 액자 때문이거나 디왈리 축제(힌두 달력 여덟 번째 달, 초승달이 뜨는 날을 중심으로 닷새 동안 등불을 밝히고 힌두교의 신들에게 감사 기도를 올리는 전통 축제-옮긴이) 기간이기 때문일 것이다. 텔레비전에서는 사탕, 사리, 보석 광고가 나왔다. 우리는 텔레비전을 보진 않았지만 흉터가 켜 놓으면 텔레비전 소리가 위층으로 올라왔다.

단테라스(디왈리 축제 기간의 첫째 날-옮긴이) 이틀 전에 흉터가 아팠다. 눈이 충혈되고 얼굴에서 열이 나고 관자놀이가 땀으로 번들거렸다.

"고팔."

흉터가 약하게 손뼉을 쳤다.

내가 아래층으로 내려가자 부엌을 가리키며 목이 쉰 듯 말했다.

"차를 좀 만들어 봐."

"네."

"상서로운 날이니 반드시 사탕을 먹어야지."

물을 끓이기 위해 화덕으로 가는데 흉터가 중얼거렸다. 최근 우리에겐 굶지 않을 정도로 딱 맞게 음식을 줘 놓고는 자신에겐 사탕이 필요하다고 불평하다니! 무엇보다 흉터에겐 약이 더 필요한 것 같았지만 왜 내가 말해 줘야 하지? 가시 돋친 아까시나무를 껴안아서 스스로 찌를 만큼 나도 멍청하지는 않았다. 사탕이 먹고 싶다면 사탕을 먹게 두면 된다.

"물 맛 나지 않게 우유를 충분히 넣도록 해."

'우리 것처럼?'

나는 생각했다.

"그리고 너도 한두 모금 마시게 조금 더 만들어."

주인님이 참도 관대하시군!

흉터의 스테인리스 컵을 내려놓는데 흉터가 내 손을 잡았다.

"가서 사탕 좀 사 와. 단테라스니까 사탕을 먹어야겠어."

흉터가 작은 사탕 상자 하나는 충분히 살 수 있는 50루피 지폐를 주머니에서 꺼냈다.

"세 블록을 걸어가서 왼쪽으로 돌면 오른쪽 두 번째 모퉁이야. 사탕 가게는 모퉁이에서 가게 세 개를 지나면 있어. 온 세상 사람이 알지 못하게 황마 자루를 들고 가서 담아 와. 어서."

흉터는 다시 쌕쌕거리다 눈을 감았다.

미소를 감추기가 어려웠다. 흉터가 나에게 돈을 주고 혼자 가게에 다녀오라고 했다. 열 때문에 의식이 혼미한 것이 분명했다. 그렇지 않으면 이런 짓은 절대 하지 않을 것이다. 달아날 기회였다. 나는 몸을 숙여 나무 벤치 아래에 놓인 황마 자루

더미에서 하나를 빼냈다.

"비가 올 것 같아요. 우비를 가져가도 될까요?"

내가 물었다. 우비를 가져갈 이유를 만들어 준 구름 낀 날씨가 고마웠다.

"그래. 사탕이나 갖다줘. 빨리."

나는 위층으로 달려가 우비를 집었다. 모든 눈동자가 나를 보고 있었지만, 나는 아이들을 바라보지 않으려고 했다.

이제 나는 주머니에 돈도 있고 길거리에 나와 있다. 심장이 점점 빨리 뛰었다. 내가 떠난 뒤 흉터가 회색 구름에게 나를 따라가라고 시켰을 수도 있었다. 뒤돌아봤지만 회색 구름은 없었다. 버스가 지나가더니 모퉁이에 멈췄고 사람들이 올라탔다. 버스가 어디로 가는지 몰랐지만 상관없었다. 여기서 나를 멀리 데려다줄 것이다.

나는 길을 달려가 줄 서 있는 사람들 사이에 끼어들어 막대를 잡고 올라탔다.

사힐, 아마르, 로샨, 바리슈, 회색 구름의 얼굴이 눈앞에서 아른거렸다. 아이들을 두고 내가 어떻게 떠날 수 있을까? 하지만 이번이 내 유일한 기회다. 지금 도망치지 않으면 다시는 시도할 수 없을 것이다.

사람들이 뒤에서 밀었고 나는 공간을 만들기 위해서 앞으로 움직였다.

흉터가 아이들에게 벌을 줄 것이다. 나는 후회할 것이다. 만약 모두 함께 탈출한다면 아무도 고통받을 필요가 없을 것이다. 나는 누군가에게 우리를 도와 달라고 부탁해야 한다. 반드시 해야 한다.

나는 앞쪽으로 움직일 수 없었다. 누군가 내 갈비뼈를 찔렀다. 나는 돌아서서 뛰어내렸다.

"버스 안 탈 거면 저리 가!"

누군가 소리쳤다. 나는 땀이 흥건해진 손바닥을 바지에 닦고 주머니에 손을 넣어 돈이 제자리에 있는지 확인하고는 떨지 않으려고 노력했다.

길거리는 북적였고 사람들은 축제 분위기에 취해 있었다. 누구에게 도와 달라고 해야 할까? 가죽 가방을 든 아저씨? 누구를 믿어야 할까? 채소를 사고 있는 아주머니? 누군가와 눈이 마주친다면 미소를 짓고 말을 걸 수 있을 것 같았다.

나는 지나가는 아저씨와 아주머니를 쳐다봤지만 다들 바빴다. 어떤 아저씨와 아주머니는 어린 자식들 손을 잡고 있었고 다른 사람들은 쇼핑백을 들고 있었다. 그러다 결국 나는 사탕 가게에 도착했고 아무도 나를 보지 않았다.

사탕 가게에는 손님들이 몰려들었다. 주인아저씨는 사탕 상자를 주고 돈을 받아서 카운터 뒤에서 돈 통을 가지고 있는 아저씨에게 주고는 최대한 빨리 손님에게 거스름돈을 돌려줬다. 나는 누군가에게 반드시 말을 걸어야 했지만 이렇게 시끄러운데 누가 들어 줄까? 만약 쪽지를 적을 수 있다면 주인아저씨에게 건넬 수 있을 것 같았다. 아마도 사탕 가게 주인아저씨도 디팩 푸드 스토어 주인아저씨처럼 좋은 분일 것이다.

우비에 넣어 놓은 연필이 있다는 것이 기억났지만 종이가 없었다. 갑자기 아이디어가 떠올랐다. 나에겐 적을 수 있는 50루피 지폐가 있었다. 나는 회색 구름이 없는 것을 확인하기 위해 길거리를 힐끗 봤다. 회색 구름은 없었다.

빠르게 몇 발자국 비켜서서 연필을 꺼내고 지폐를 우비 위에 댔다. 지폐 한쪽 면에는 마하트마 간디의 그림이 있었다. 간디의 그림이 있는 면에 적기 시작했다. 손이 너무 많이 떨려서 깊게 숨을 몰아쉬었다. '제발 우리를 구출해 주세요. 우리 여섯 명은 세 블록 지나, 나뭇가지가 부러진 님바 나무 옆에 있는 오래된 건물에 있어요. 제발 서둘러 주세요.'

우비에 연필을 다시 넣고 긴 하얀 셔츠와 바지를 입은 아저씨와 빨간 실크 사리를 입은 아주머니 사이를 비집고 들어갔다.

"거기, 너. 나가. 나가라고."

누가 말하는 건지 보려고 쳐다봤다.

"순진한 척하지 마. 네가 왜 우리 가까이 살금살금 왔는지 다 알고 있어."

빨간 사리를 입은 아주머니가 나에게 소리쳤다.

"사탕 사려고 온 거예요."

내가 말했다.

"사려고? 아니면 훔치려고?"

"뭐라고요?"

입이 죄여 왔다.

"이 상서로운 날에 이 아이를 내버려 두세요."

하얀 옷을 입은 아저씨가 산에서 메아리치는 것 같은 깊고 울리는 목소리로 말했다.

"이 아이를 못 봤나 보네요. 내가 당신이면 지갑 걱정을 할 거예요."

나는 부끄러워서 얼굴이 새빨개졌다. 나는 잘못한 게 하나도 없었다. 나는 뒤로 물러섰다.

울리는 목소리의 아저씨가 내 어깨에 손을 올리고 아저씨 앞에 세웠다.

"무얼 사려고 하니?"

아저씨는 허리를 숙여 물었다.

"사탕 상자 하나요."

"큰 사탕 상자 하나 주세요."

아저씨가 주문했다.

큰 상자를 살 돈이 없다고 아저씨에게 말하기도 전에 주인아저씨가 나에게 큰 상자를 주고는 돈을 받기 위해 손을 내밀었다.

50루피가 있었지만 이렇게 크고 화려한 사탕 상자를 사기에는 충분하지 않을 것 같았다.

"돈이 충분하지 않…."

"거 봐요, 내가 뭐라고 했어요? 이제 누가 이 녀석 대신 돈을 낼 거예요?"

빨간 사리를 입은 아주머니가 딱딱거렸다.

주인아저씨가 나를 봤다. 주인아저씨는 단테라스에 어떤 말다툼도 원하지 않았다. 락슈미 여신, 부의 여신의 날이었기 때문이다. 부의 여신이 자신의 특별한 날에 싸움을 본다면 불쾌할 것이고, 불쾌하면 떠날 것이다. 주인아저씨는 부의 여신이 계속 행복하길 바랐다.

물론 나에게 준 사탕 상자 값도 받고 싶을 것이다. 나는 창피해서 목구멍이 따끔거렸다. 하지만 산사태를 만난 개미처럼 살기 위해 갈라진 틈으로 빠르게 피할 수는 없었다.

주인아저씨가 해결 방법을 제안했다.

"지금 가지고 있는 걸 내고 나머지는 다음에 내렴."

내가 뭐라고 말할 수 있을까? 흉터에게 돈을 더 달라고 할 수 없을 것이다.

"전… 음… 작은 상자를 살 돈은 있어요. 혹시… 음… 괜찮으시면… 큰 상자를 작은 상자로 바꿀 수 있을까요?"

돈을 건네면서 주인아저씨에게 물었다.

아저씨는 지폐를 펼쳤고, 모든 것이 멈춘 것만 같았다. 주인아저씨는 잠시 멈추더니 눈썹을 치켜올렸고, 표정이 굳었다. 그리고 내가 준 돈을 돈 통을 가진 남자에게 주는 대신에 자신의 셔츠 주머니에 넣었다.

주인아저씨는 작은 상자를 들어 나에게 줬다.

"걱정 말거라."

주인아저씨가 말했다.

주인아저씨가 큰 상자를 도로 가져가지 않아서 나는 어찌할 바를 몰랐다. 물론 이 상서로운 날에 주인아저씨는 사탕 상자를 도로 가져가진 않을 것이다.

주인아저씨에게 무슨 말을 하기도 전에 울리는 목소리 아저씨가 말했다.

"못 들었니? 돈을 내지 않아도 된대. 어서 가렴."

빨간 사리를 입은 아주머니가 나를 힐끗 봤다. 아주머니의 넓은 콧구멍이 더 커지려고 했다.

나는 사탕아저씨에게 감사 인사를 한다는 걸 깜빡할 뻔했다.

뒤돌아보며 말했다.

"고맙습니다."

사탕아저씨는 손을 흔들며 마라티어로 말했다.

"조심하렴!"

울리는 목소리 아저씨가 물었다.

"이름이 뭐니?"

"고팔이에요."

"해피 디왈리, 고팔. 사탕 나눠 먹으렴."

울리는 목소리 아저씨가 말했다.

나는 빨간 사리를 입은 아주머니가 끔찍한 말을 더 내뱉기 전에 상자 두 개를 황마 자루에 넣고 출발했다.

돌아오는 길에 사탕아저씨가 내 쪽지를 어떻게 봤을지에 대해 생각했다. 반드시 읽은 것이 틀림없었다. 그래서 따로 넣은 것이다. 엄마처럼 나에게 조심하라고 말했다. 우리를 구할 것이라고 확신이 들었다. 경찰에 신고를 할지 궁금했다. 만약 신고를 한다면 오늘, 아니면 내일, 아니면 모레 우리는 자유가 될 수 있을 것이다. 디왈리에.

'해피 디왈리, 고팔. 사탕 나눠 먹으렴. 사탕 나눠 먹으렴. 해피 디왈리, 고팔.' 이 사탕이 내 것이 아니라는 걸 깨닫기 전까지 울리는 목소리가 마음속에서 메아리쳤다. 사탕아저씨가 나에게 준 큰 상자까지도 흉터는 가져가 버릴 것이다. 내가 선물로 받았다는 말을 믿지 않고 내가 훔쳤다고 생각하거나 더 나쁘게는 자기 돈을 내가 훔쳐서 샀다고 생각할 수도 있을 것이다.

하지만 내가 왜 큰 상자를 줘야 하지? 흉터의 것이 아니다. 내 것이고 친구들과 함께, 심지어 회색 구름과도 나눠 먹고 싶었다. 흉터가 모르게 숨길 방법을 반드시 생각해 내야 했다.

앞문으로 가는 대신에 뒷문을 확인했지만 역시나 자물쇠가 잠겨 있었다. 님바 나무를 올라가 상자를 아이들에게 줄 수도 있지만 흉터가 소리를 듣고 창문을 열어 나를 잡을 것이다. 사탕을 숨길 방법이 없었다. 흉터가 잠이 들었거나 나를 못 알아보지 않는 이상 나는 앞문으로 걸어 들어가 흉터에게 사탕 상자 두 개를 줘야 한다.

나에게 그런 행운은 없었다. 흉터는 일어나 있었다. 차를 마셔 말똥말똥했다.

"오래 걸렸네."

흉터가 말했다.

"사람이 많았어요."

흉터가 손을 뻗었다.

"이리 줘."

나는 우비를 내려놓고 자루에 손을 넣어 작은 상자를 꺼냈다. 흉터에게 건넸다. 내가 서둘러 황마 자루를 접어 흉터의 벤치 아래에 넣고 우비를 다시 집을 동안 흉터는 더듬거리며 빨간 끈을 풀었다.

흉터는 끈을 내팽개치고 상자 뚜껑을 열어 얼굴 가까이 가져갔다. 흉터가 은색 종이로 장식된 사탕을 감탄하며 바라보는 동안 나는 자루를 발로 멀리 찼다.

흉터는 나에게 가라는 손짓을 했지만 이내 다이아몬드 모양 은박 껍질 사탕을 나에게 줬다.

"가 봐."

흉터가 말했다.

내가 뒤를 돌아보니 흉터는 입에 사탕을 넣고 먹고 있었다. 흉터는 미신 때문에 나에게 사탕을 줬을 것이다. 아마도 나에게 음식을 나눠 주면 내가 악마의 눈길을 보내거나 배탈이 나도록 하지 않을 것이라고 생각하는 것 같았다.

오늘 밤 우리가 먹을 사탕 상자가 통째로 남아 있었다. 나는 그저 흉터가 집으로 돌아갈 만큼 상태가 좋아지길 바랐다.

그리고 벤치 아래를 확인하지 않기를 바랐다.

심부름을 다녀온 뒤 접착제를 바르고 구슬을 붙이는 일에 집중하기가 어려웠다. 폭풍우에 길 위를 흘러가던 빗물처럼 의심이 내 마음속에서 떠다녔다. 나는 사탕아저씨에게 도움을 요청했다. 만약 사탕아저씨가 경찰에게 말하지 않는다면? 만약 경찰이 나를 발로 찼던 그 경찰처럼 비열하다면? 만약 누군가 흉터에게 모두 다 말한다면? 눈앞에 사탕이 떠다녀서 손을 휘저어 사탕을 없애는데 회색 구름이 나를 빤히 보고 있다는 것을 알았다.

회색 구름이 실실 웃었다.

"뭐야? 왜 실실 웃어?"

내가 불쑥 말했다.

"네가 말해 봐."

회색 구름이 말했다.

회색 구름과 나 사이에 앉은 사힐이 흔들던 몸을 멈췄다.

회색 구름이 무언가 수상쩍어했다. 만약 회색 구름이 흉터에게 말한다면 나는 죽은 목숨이었다. 우리 모두가 그랬다.

오늘 밤, 내가 감춘 게 무엇이냐고 회색 구름이 물어볼까? 내가 꺼낸 사탕을 보고 회색 구름이 그것이 내 비밀이라고 생각하길 바랐다.

사탕을 나눠 먹을 생각에 입가에 미소가 떠올랐지만 우리의 구조에 대한 생각이 다시 떠올라 미소는 오래가지 못했다. 사탕아저씨가 과연 지금쯤이면 경찰에게 연락을 했을지 궁금했다. 나를 쳐다보던 그 눈빛을 보면 했을 것 같았다. 하지만 가게가 바쁜 기간이니 어쩌면 당장은 아무것도 안 할 수도 있었다. 그리고 며칠이 지난 후에 잃어버리거나 실수로 지폐를 써버린다면?

사탕아저씨는 믿을 만한 사람처럼 보였지만 의심의 고리는 내 머릿속을 계속해서 돌아다녔다. 내 심장은 사탕아저씨를 믿고 싶었다. 사탕아저씨는 좋은 사람이라고 생각했다. 하지만 만약 경찰에게 말했는데 경찰이 아무것도 하지 않는다면? 만약 흉터가 경찰 중 몇몇에게 뇌물을 줘서 경찰이 흉터에게 귀띔해 준다면? 로샨이 말하길, 전에 한 번 급하게 이동한 적이 있다고 했다. 그런 일이 다시 일어날 수 있었다. 만약 흉터가 내가 한 짓을 알아챘다면 우리를 뿔뿔이 흩어 뭄바이에서 멀리 떨어진 곳으로 나를 보낼 것이다. 그렇게 되면 나는 다시는 가족을 볼 수 없게 될 것이다. 바리슈와 아마르도 떨어지게 될 것이다. 어쩌면 내가 도움을 부탁한 것이 친구들과 나 자신을 위험에 빠뜨린 일인지도 모른다는 생각이 들었다.

일하는 오후 내내 시간은 한가로이 지나가며 나를 놀리는 듯했다. 이윽고 일곱 시쯤 흉터가 우리에게 저녁을 주고는 떠났다. 나는 두 시간이나 더 비밀을 안고 있었다. 사탕을 나눠 먹기 전에 흉터가 돌아오지 않는다는 것을 확실히 하고 싶었다. 마침내, 일을 끝낼 시간이었다.

"오늘 밤 불을 켜고 이야기를 하자. 디왈리 축제 기간이잖아."

내가 말했다.

내가 사탕 상자를 꺼냈을 때에 아이들이 어떤 표정을 짓나 보고 싶었다.

"그래, 빛의 축제지."

회색 구름이 말했다.

"시작하기 전에 잠깐 아래층에 내려갔다 올게."

내가 말했다.

"왜?"

바리슈가 물었다.

"기다려 봐."

나는 사다리를 뛰어 내려갔다.

사탕을 넣어 둔 자루를 찾기 위해서 벤치 밑 여기저기를 더듬거렸다. 마침내 자루를 찾아서 사탕 상자를 꺼내고는 상자를 묶은 끈을 풀었다.

"모두 두 눈을 감고 내가 뜨라고 할 때까지 뜨지 말고 있어."

사다리를 다시 올라가며 아이들에게 말했다. 다른 아이들은 그냥 눈을 감고 있었는데 아마르는 손으로 두 눈을 가리고 있었다.

"눈 떠도 될까?"

내가 자리에 앉는 소리를 들은 아마르가 물었다.

"아니, 잠깐만."

나는 상자 뚜껑을 열어 방 가운데에 상자를 놓았다.

"이제 떠도 돼."

아마르의 보조개가 얼굴을 밝혔고, 바리슈는 손바닥으로 입을 가렸고, 사힐은 툭 튀어나온 무릎을 껴안았고, 회색 구름의 회색 눈동자는 반짝거렸다. 로샨의 속눈썹은 흥분으로 파르르 떨렸고, 입은 쩍 벌어졌다.

"이… 이… 이… 이게 다 우리 거야?"

"응."

잠시 동안 모두들 나를 빤히 쳐다봤고, 나도 아이들을 봤다.

"숨기고 있는 게 있을 줄 알았어. 그게 이것인지는 몰랐지! 어떻게 된 거야?"

회색 구름이 물었다.

훔쳤다고 비난하는 게 아니라는 걸 알았다. 내가 사탕 가게에 갔을 때 무슨 일이 있었는지 말했다. 이야기를 끝내자 아이들이 감탄하며 사탕을 바라봤다. 하얀색과 초록색으로 된 다이아몬드 모양의 막대 사탕, 노란색의 둥근 라두스(설탕 반죽을 공 모양으로 튀겨 낸 후식—옮긴이), 벌집 모양 사탕이 있었다. 몇 개는 얇은 은박 종이로 싸여 있었고 몇 개는 견과류와 카르다몬 씨앗으로 장식되어 있었다. 나는 옆으로 상자를 돌렸고 아이들은 하나씩 집었다. 사힐은 꺼낸 사탕 하나를 쪼개서 나에게 줬다. 고맙다고 말하는 사힐의 방법이었다. 바리슈, 회색 구름, 로샨, 아마르도 따라 했다.

우리는 말없이 사탕을 먹었다. 달콤하고 견과류가 들어 있어 향이 강한 맛이 입안을 가득 채웠고 혀 위에서 춤췄다.

다 먹자 아마르가 손등으로 입을 닦았다.

"아직도 남았어!"

"아마도 이틀은 충분히 먹을 수 있을 것 같아."

내가 말했다.

"돈도 있었고, 착한 아저씨도 만났고, 혼자였잖아. 엄마한테

갔어야 해."

사힐이 말했다.

바리슈가 머리카락을 쓸어 올렸다.

"나도 똑같이 생각하고 있었어. 왜 돌아왔어?"

'거의 그럴 뻔했지.'라고 말하고 싶었다. 왜 버스에 계속 타고
있지 않았을까? 그랬다면 지금쯤 가족과 함께 있었을 것이다.
순간 후회가 밀려왔다.

"고팔이 도망쳤다면 보스가 우리를 갈라놓았을 거야. 우리
의 삶을 비참하게 만들었을 거야."

회색 구름의 눈이 공포심에 어두워졌다.

"그래서? 우리 삶은 더 나빠질 수도 없어. 적어도 고팔은 가
족이랑 있었을 거야."

사힐이 말했다.

아마르가 가까이 다가왔다.

"친구, 다음에는 도망쳤다가 다시 와서 우리를 도와줘."

"나는 우리 모두가 자유로워지길 원해."

내가 말했다.

회색 구름이 머리를 좌우로 흔들었다.

"네가 혼자 탈출하면 그런 일은 절대로 일어나지 않을 거야.
보스가 우리를 당장 어딘가로 보내 버릴 거야. 너는 우리를 찾

을 수 없을 거야."

아이들은 모두 침울한 표정으로 조용하게 앉아 있었다. 사탕아저씨에게 준 내 쪽지에 대해서 말할 수 있으면 좋겠지만 과연 누가 우리를 구하러 올지 알 수 없었다. 왜 친구들의 희망을 산꼭대기에 올려놓았다가 아래로 굴러떨어지게 해야 할까?

게다가 난 아직 회색 구름을 완전히 믿지 못했다.

"약속할게. 내가 이곳을 나가게 된다면 너희들도 그렇게 될 거야."

이 말을 하는 내 목소리는 마치 다리가 세 개뿐인 탁자처럼 흔들렸지만 속으로는 확신이 느껴졌다. 나는 약속과 함께 아이들이 계속 희망을 갖도록 노력할 것이다.

"우리 사탕 조금 더 먹어도 될까? 응?"

아마르가 물었다.

"응, 더 먹자."

우리는 사탕 몇 개를 더 꺼냈다.

"이 상자를 어디다 두지?"

내가 물었다.

"여… 여기 말고. 이… 이 방은 아무것도 없어서 상자를 숨길 곳이 없어. 마… 만약에 보스가 보게 되면 우리를 때릴 거야."

로샨이 떨면서 말했다.

로샨이 옳았다. 이 방에는 우리 책상, 황마 자루, 옷 몇 벌, 수건 말고는 아무것도 없었다. 나는 우비가 있었고, 로샨은 빗이 있었지만 그것뿐이었다. 만약 흉터가 올라온다면 이 크고 빨간 상자를 금방 알아볼 것이다.

"처음에 숨겼던 곳에 숨기자."

회색 구름이 말했다.

사힐이 상자를 끈으로 다시 묶었다.

나는 아래로 내려가 황마 자루에 박스를 넣고 흉터의 자리 밑에 깊숙이 넣었다.

노란 전구를 끄고 조용히 이야기 대형으로 앉아 사탕을 먹었다.

"비밀을 하나 말하고 싶어."

내가 다 먹고 나서 말했다.

"처음에 보스를 봤을 때, 흉터아저씨라고 별명을 붙였어. 근데 보스가 나를 발로 차고 때려서 별명 끝에 아저씨를 붙여 줄 자격이 없다고 생각했어."

흉터에 대해 말하자 기분이 좋았다.

아마르가 내 옆에 앉았다. 무슨 말을 했지만 중얼거리는 통에 제대로 알아듣지 못했다.

"크게."

바리슈가 말했다.

아마르가 머리를 가로저었다.

사힐이 말했다.

"고팔이 가족에 대해 말해 줘서 나도 엄마에 대해 떠올랐어. 사실 난 엄마를 생각하지 않으려 했는데 이제는 내 곁에 함께 있어. 엄마가 나와 함께 있을수록 엄마가 더 보고 싶어."

사힐의 목소리는 작고 부드러웠다.

"엄마랑 어떻게 헤어졌어?"

내가 물었다.

"땅이 흔들리고 집이 무너지고 사람들이 다치던 날이었어."

나는 사힐의 학교가 어떻게 무너져 내렸는지 들려줬던 것이 기억났다.

"너희 집도 무너졌어?"

내가 물었다.

"응. 학교에서 집으로 뛰어갔는데 집이 없었어. 그래서 난 계속 달렸어. 다시는 부모님을 볼 수 없었지."

아마르가 앞쪽으로 기댔다.

"그리고?"

"모래 폭풍이 일어났고, 그리고… 그리고 누군가 온 것 같아. 기억이 안 나."

사힐은 생각이 딴 데 가 있었다. 우리는 사힐이 지금은 더 말하지 않을 것이라는 걸 알았다.

로샨이 말했다.

"나… 나… 나는 아빠가 싫어. 낯선 사람을 믿고는 나를 보냈어. 그… 그리고…"

우리는 로샨이 계속 말하기를 몇 분 동안 기다렸다. 그러나 로샨은 아무 말도 하지 않았다.

아마르가 말했다.

"나는 나쁘지 않았어. 새엄마는 내가 집에서 나가길 원했어. 그래서 아빠한테 나에 대해서 나쁘게 말했어. 아빠는 사실이 아니라는 걸 알았지. 내 생각에는 아빠가 나를 사랑하지 않았던 것 같아. 왜냐하면 아빠는 절대로, 단 한 번도 내 편을 들어주지 않았거든."

"네 엄마는 너를 무척 사랑했어."

바리슈가 말했다.

"그래서? 엄마는 날 두고 떠났어, 안 그래? 엄마가 죽지 않았다면 애초에 새엄마가 있지도 않았을 거야."

아마르가 흐느끼기 시작했다.

바리슈가 아마르의 어깨에 팔을 둘렀다. 아마르는 한동안 울었다.

"여기에 어떻게 왔는지 말해 줄래?"

아마르가 바리슈에게 물었다.

바리슈는 시작하기 전에 잠시 망설였다.

"어느 날, 삼촌의 자전거를 묻지도 않고 빌렸어. 나는 타는 방법을 몰라서 나무를 들이받았지. 자전거는 부서졌고 나는 삼촌한테 말하기가 무서워서 삼촌이 알기 전에 도망쳤어. 그게 실수였지. 이틀 동안 절에 숨어 있었는데 거기서 도시에 있는 자신의 차 가판대에서 일을 하면 새 자전거를 살 수 있을 만큼 돈을 벌 수 있다고 말하는 남자를 만났어. 남자는 옷을 잘 차려입고 샌들을 신고 마을 사람들처럼 마르지 않았었어. 몇 달 동안 함께 지내면서 나에게 잘해 줬는데 죽었어. 나는 모아 놓은 돈이 좀 있었지만, 마을로 돌아갈 준비가 됐을 때는 그 돈을 잃어버렸지."

"어… 어디에 돈을 모았는데?"

로샨이 물었다.

"베개 아래에, 빈 담뱃갑 안에 넣어서. 돈 없이는 집에 갈 수 없어서 일할 곳을 구했고, 거기 보스는 돈을 잘 주겠다고 약속했어. 약속은 장미 같았어. 내가 받은 것이라고는 보스의 아주 커다란 가시 하나였어. 이 년 동안 차를 나르고 그릇을 씻고 바닥을 닦고 탁자를 치웠어. 그러던 어느 날, 한 손님이 잔이 꽉 차 있지 않다며 나에게 욕을 했어. 잔을 채우는 건 보스니까 내 잘못이 아니라고 말했지. 그러자 남자는 보스에게 돈을 돌려 달라며 따졌어. 결국 남자는 차를 보스에게 끼얹고 잔을 벽에 내던지고 가 버렸지. 그날 밤, 보스는 나를 두들겨 팼고 나는 지금 여기 있어. 그래서 난 흉터가, 그리고 흉터가 나에게 할 수 있는 행동이 무서워."

우리들 중 회색 구름만 자신의 이야기를 하지 않았지만 난 회색 구름이 자신의 이야기를 할 것이라고는 기대하지도 않았다. 내가 이제 자야 한다고 막 말하려던 찰나에 회색 구름의 목소리가 들렸다.

"나는 할머니를 많이 사랑했어. 우리는 소 세 마리랑 염소 몇 마리가 있어서 내가 주위 언덕의 초원에 데리고 가곤 했어. 할머니는 옥수수 로티와 마늘 처트니를 점심으로 싸 줬어. 함께 다니는 친구가 여덟 명 있었는데 우리 동물들이 풀을 뜯어 먹는 동안에 나는 친구들과 놀이도 하고 이야기도 하고 장난도 쳤어. 가끔은 다 함께 소를 농장에 풀어 놨지. 그러면 농장 주인아저씨가 달려나와 소리치며 소들을 쫓고 주인을 잡았지. 내가 저녁에 집에 돌아오면 할머니는 나와 함께 소와 염소의 젖을 짰고, 내가 우유를 배달했어."

내가 끼어들면 분위기가 깨질 것 같아, 마치 나렌이 그랬듯

나도 말을 하지 않기 위해 두 손을 발아래에 집어넣었다.

"진짜 우유를 마셨겠네?"

아마르가 물었다.

회색 구름은 계속 말했다.

"응. 마셨지. 마치 크림 같고 거품도 있고 신선하고 따듯했어. 긴긴 겨울 동안 할머니는 나에게 이야기를 해 줬어. 그러다 어느 날 할머니가 아팠는데 어떤 약도 듣질 않았어. 하나씩 염소와 소를 팔다가 결국 하나도 남지 않았어. 돈이 다 떨어졌지. 우리는 배고팠고 할머니는 약이 필요했어. 그래서 나는 이웃집에서 돈을 훔쳤어. 잡혔지. 그걸 알게 된 할머니는 울었어. 그리고 그날 밤에 할머니가 돌아가셨어."

사힐은 회색 구름에게 다가가 어깨에 팔을 둘렀다.

"할머니는 세상에서 나에게 있는 유일한 사람이었어. 할머니가 돌아가시자 나에겐 아무도 없었어. 내가 할머니를 죽인 거야. 나는 내가 죽였다는 걸 알아."

회색 구름이 속삭였다.

그때 길에서 만났던 나이 든 아주머니를 보고 회색 구름은 할머니를 떠올렸던 것일까.

"자책하지 마."

내가 말했다.

회색 구름은 눈물을 닦았다.

"할머니가 돌아가시고 나는 마을을 떠났어. 기차표도 한 장 없이 여기저기 돌아다녔어. 표 확인원에게 잡혔을 때는 기차에서 쫓겨났어. 하지만 다음 기차에 또 몰래 탔지. 가끔 기차에서 만난 착한 사람들이 나에게 음식을 주기도 했어. 그렇게 난 뭄바이에 왔어. 구두닦이랑 친구가 돼서 구두 닦는 걸 도와주기도 했어. 우리는 기차를 타고 돌아다니며 밤마다 다른 역에서 잠을 잤어. 나쁘지 않았지."

"어떻게 여기에 온 거야?"

내가 물었다.

"어느 날, 어떤 깡패들이 와서는 돈을 달라고 했어. 우리는 도망치려고 했지. 친구는 도망갔는데 나는 잡히고 말았어. 내가 가진 돈을 다 가져가고는 때리고 넝마로 나를 묶었어. 그리고 다음 날이 되자 그들 중 한 명이 내 보스라면서 자기 밑에서 일을 해야 한다고 말했지."

"무슨 일?"

바리슈가 물었다.

"소매치기. 난 소매치기를 잘하지 못했고 아주 많이 벌을 받았어. 어느 날, 한 남자가 자신의 주머니에 들어 있는 내 손을 잡았어. 나는 제발 경찰에게 말하지 말라고 빌었고, 남자는 액

405

자를 만들기를 원하느냐고 물었어. 소매치기보다는 낫다고 생각했고 여기에 왔지. 흉터가 나를 함정에 빠뜨렸다는 것을 알아챘을 때는 이미 너무 늦었었어. 나는 이곳을 빠져나가고 싶어서 두 번이나 도망치려고 했지만 보다시피 지금 난 여기 있어."

"친구, 도망갈 수 있었으면 좋았을 텐데."

아마르가 말했다.

"희망과 꿈속에서 절대로 뒤엉키지 마. 절대로 이뤄지지 않거든. 너무 늦었어. 우리 자야겠다."

회색 구름이 말했다.

회색 구름은 우리가 더 질문하지 않기를 바라는 것 같았고, 우리는 침묵했다.

왜 회색 구름이 자신의 이름을 말하지 않는지 궁금했다. 이름 빼고 나머지는 우리에게 다 말했다. 나는 자루를 펼치면서 회색 구름이 어떻게 우리 편이 됐는지 생각했다. 만약 우리가 구출되지 않아도 우리가 다 함께 힘을 모아 흉터를 공격한다면 자유를 얻을 수 있을 것이다. 흉터는 한 번에 여섯 명과 싸울 수 없으니 우리가 흉터를 제압하고 묶을 수 있을 것이다. 하지만 회색 구름이 그렇게 할까? 이곳은 나쁘지만 회색 구름에게는 집 같은 곳이었다. 아빠, 엄마, 쌍둥이와 함께 뭄바이에 도착했을 때 보도에서 잤던 것이 얼마나 힘들었는지 기억한다. 왜 회색 구름이 길거리에서 혼자 살고 싶어 하지 않는지 이해할 수 있었다.

26

다음 날인 칼리 차우다슈 날, 흉터가 아침 일찍 공장에 왔다. 우리는 일어나 있었지만 일을 시작하지는 않았다. 일을 하려고 준비한다고 움직이고 있었는데 흉터가 재빨리 사다리를 올라왔다.

"이 감사할 줄 모르는 추잡한 돼지들아! 아직 일을 시작도 안 했어?"

흉터는 사힐의 귀를 비틀고서 뺨을 때린 다음 나를 봤다.

"고팔, 넌 가장 똑똑한 녀석이 말이야. 시간을 낭비하는 것보다는 잘 이용해야지."

그러고는 내 뒤로 팔을 잡아당겨 비틀었다. 고통이 어깨까지 느껴졌다. 비명을 멈추기 위해서 입술을 깨물었다. 흉터가 나를 봤다.

"잘 지켜봐. 일이 끝나야 해. 잘. 누구 하나 망치면, 절대 잊을 수 없을 정도로 맞을 줄 알아."

구슬 통으로 흉터의 머리를 후려치고 싶었다. 흉터가 사다리를 올라올 때 우리가 함께 흉터의 머리를 공격한다면 흉터는 쓰러질 것이다. 어젯밤에 왜 친구들과 흉터를 공격할 계획을 짜지 않았을까?

"네, 보스."

"차에 넣을 우유를 가져왔다. 디왈리에는 너희들 얼굴을 보고 싶지 않으니 이틀 동안 먹을 차에 넣도록 해."

"그러겠습니다."

바리슈가 말했다.

"고팔한테 말한 거야."

"네, 보스."

흉터는 잔인하고 약삭빠르다. 많은 주문이 들어오니 우리에게 차를 주는 것이다. 일을 잘하도록 우리에게 경고를 하고 싶은 것이다. 하지만 그것이 다였다. 우리가 서로 믿지 못하도록 만드는 방식이 마음에 들지 않았다.

내가 차를 만들자 흉터가 나에게 말했다.

"새 디자인으로 하도록 해."

다른 아이들이 올라가는 동안 나는 새 디자인을 받으려고 기다리고 있었다.

"아직 여기서 뭐 하는 거야? 위층에 있어."

흉터가 말했다.

위층에 올라가서 보니 액자 더미와 디자인이 있었다. 전에 만들어 본 적이 있는 디자인으로, 새것이 아니었지만 흉터는 새것이라고 믿는 것이 틀림없었다.

일을 하면서도 내 마음은 마구 휘돌았다. 만약 경찰 아저씨들이 오늘 밤에 온다면 디왈리 축제에 가족들과 함께 있을 수 있다! 얼마나 행복할까? 나는 흥분해서 그만 틀린 색깔 구슬을 두 번이나 붙이고 말았다.

나는 일에 집중해야 했다. 그러지 않으면 벌을 받을 것이다. 내가 집중할 수 있는 한 가지 방법은 보통 때보다 일을 빨리해서 내 마음이 한가한 염소처럼 여기저기 돌아다니지 않도록 하는 것이었다. 이미 해 본 적이 있는 디자인이기 때문에 쉬워서 일찍 끝낼 수 있었다. 액자들을 아래층으로 가지고 내려가기 전에 작은 실수라도 했는지 꼼꼼히 확인했다. 나는 흉터에게 액자를 줬다. 흉터는 어제만큼 아파 보이지 않는 것으로 보아 약을 먹은 것이 분명했다.

"이렇게 빨리 끝내다니 그건 좋은데, 망치면 무슨 소용이야? 멍청아! 틀린 디자인을 사용했잖아!"

흉터가 소리쳤다.

"액자 옆에 있던 디자인이에요."

"누가 그걸 쓰라고 했어? 이 조심성 없는! 쓸모없는! 칠칠맞
지 못한 개자식아!"

흉터가 주위를 둘러보며 말했다. 쌓여 있는 신문을 흉터가
정리하자 종이 한 장이 바닥으로 떨어졌다. 나는 종이를 주워
서 흉터에게 건넸다.

"이게 내가 준 거잖아."

흉터가 말했다.

새로운 디자인은 맞았지만 나는 본 적 없는 것이었다.

"나는… 그러니까 보스가 저한테 주질…"

"네가 여기 두고 갔겠지, 이 바퀴벌레 같은 놈아."

내가 어떻게 신문 더미에 디자인을 놓고 갈 수가 있었을까?

"액자랑 디자인이…"

흉터가 내 얼굴을 갈겼다. 화를 덮고 있던 것을 아픔이 날려
버렸다. 온 힘을 다해 내뱉지 않으려고 했다.

'새로운 디자인을 나한테 준 적도 없으면서 나를 때리다니.
이 거짓말쟁이! 사기꾼!'

아무 소용 없었다.

"이 뚱뚱한 벌레 같으니라고! 누가 이걸 사겠어? 네놈이 그 똑똑한 입을 다물게 폭죽 공장에 보낼 때까지 기다리고 있어."

흉터가 다른 쪽 뺨을 아주 세게 때리는 바람에 나는 휘청거렸다.

"다시 일하러 가. 오늘 먹을 생각은 하지도 마."

위층으로 올라가자 이곳에 온 첫날 본 것과 똑같은 모습으로 아이들이 머리를 숙이고 일을 하고 있었다. 난 목구멍을 꽉 막고 있던 덩어리를 삼켰다. 우리가 구출되기도 전에 흉터는 나를 뭄바이에서 멀리 떨어진 공장에 보내 버릴 것이다. 나는 어떻게 해서든 사탕아저씨에게 우리가 당장 도움이 필요하다고 메시지를 보내야 할 것 같았다. 적어도 사탕아저씨는 우리가 어디에 갇혀 있는지 알고 있으니 경찰들과 함께 이곳에 올 수 있을 것이다. 곧.

난 아무 음식도 못 먹었지만 사탕이 있기 때문에 상관없었다. 우유가 내일 아침이면 상하기 때문에 흉터가 떠난 후에 우리는 차를 만들었다. 위층에서 차를 마시며 사탕을 먹고 아래층으로 내려와 텀블러를 씻어서 철제 선반 위에 올려놓았다. 바리슈는 전구를 꼈고 나는 손전등을 켰다. 손전등을 중간에 놓았다.

"누가 이야기를 할래?"

내가 물었다.

"네가 하나 말해 줘, 고팔."

회색 구름이 말했다.

나는 구슬 이야기로 시작했다.

"어느 날, 한 꼬마가 보물을 찾아 길을 나섰어. 은이나 금뿐만 아니라 돈이나 보석을 찾으려 하지 않았어. 아름다운 것을 찾고 싶었지. 꼬마는 커다란 선박처럼 키가 큰 나무가 가득한 숲속을 거닐었어. 한참 후에 꼬마는 반짝거리는 걸 봤어. 낙엽 더미 아래에 반짝거리는 게 있어서 낙엽을 치우려고 무릎을 꿇고 앉았어."

나는 숨을 고르기 위해서 잠시 멈췄다. 그리고 내가 다시 말을 하려는데 손전등이 깜빡거리기 시작했다. 나는 손전등을 껐다.

"무슨 일이야?"

아마르가 물었다.

"건전지가 거의 다 된 것 같아. 새 건전지를 넣기 전까지 사용할 수 없을 거야. 어두워도 이야기는 할 수 있어."

아마르가 울기 시작했다.

"왜 그래?"

내가 물었다.

"우리는 절대 새 건전지를 살 수 없을 거야. 손전등을 절대 다시 켤 수 없을 거야."

모두 아무 말도 하지 않았다.

이 구슬 이야기는 이상했다. 늘 끝내지 못했다. 어쩌면 저주가 걸려 내가 끝낼 수 없는 것일 수도 있다. 아니면 악마의 영혼이 나오는 칼리 차우다슈 밤이라 그중 하나가 내 이야기를 훔쳤기 때문일지도 모른다.

아니, 아니야! 나도 흉터처럼 미신 같은 거에 사로잡혀 가고 있다니.

사탕아저씨에게 쪽지를 건네고 서른 시간 이상이 지났고 아무도 오지 않았다. 내가 얼마나 더 오래 기다릴 수 있을지 알 수 없었다. 아마도 며칠 안으로 희망을 완전히 포기하면 기분이 좋아질 수도 있을 것이다. 하지만 내가 포기를 해야 할까? 희망이 없는 것은 어둠과 악마, 칼리 차우다슈의 밤과 같을 것이다. 그리고 항상 칼리 차우다슈가 지나가면 디왈리 축제가 온다!

"우리를 여기서 나가게 할 계획을 짰어?"

잠이 들려는 찰나에 회색 구름이 속삭였다.

나는 속으로 걱정되고 긴장됐지만 목소리에서 티를 낼 수는 없었다.

"난 네가 여기를 떠나고 싶어 하지 않는다고 생각했어. 네가 그렇게 말했어. 기억나지?"

나는 최대한 차분하게 물었다.

"응. 그때는 나한테 아무도 없었거든. 하지만 지금은 너희들이 있잖아. 우리가 함께 탈출한다면 그때는 혼자가 아니잖아. 맞지?"

마지막 말을 하는 회색 구름의 목소리가 갈라졌다.

나는 의심과 믿음 사이에서 갈피를 잡지 못했다.

"나 믿지? 그렇지?"

회색 구름이 물었다.

회색 구름의 목소리에는 거짓말을 하고 있는 것이 아니라는 듯한 무언가가 있었지만 아직 이름도 말하지 않은 상황에 내 비밀을 말해 줄 수는 없었다.

"고팔, 난 널 믿어. 무언가 계획하고 있다면 다른 아이들한테는 아무 말도 하지 말아 줘. 아마르는 안절부절못할 것이고, 로샨은 비밀을 지키지 못할 테고, 나머지 아이들도 흥분을 감추지 못할 거야."

"네 충고는 기억할게."

"내가 할 수 있는 게 있을까?"

"지난번처럼 우리가 친하지 않다고 흉터가 생각하게끔 해 줘."

"좋아. 그건 자신 있지."

회색 구름이 말했다. 비록 나는 회색 구름에게 어떤 것도 말하지 않았지만 여전히 회색 구름이 우리 편이길 바라며 기도했다.

회색 구름은 다른 아이들에게 말하지 말라고 적절한 조언을 했다. 단, 한 가지 마음에 걸리는 게 있었다.

로샨이 비밀을 지키지 못할 것이라는 말이 무슨 뜻이었을까? 흉터가 나렌과 시타에 대해서 알아낸 날을 떠올렸다. 로샨이 흉터의 머리를 자르러 아래층으로 내려간 날과 같은 날이었다. 아마도 흉터에게 말한 사람이 바리슈나 회색 구름이 아니었을 수도 있었다. 로샨일 수도 있었다. 흉터가 협박하는 바람에 로샨이 내 비밀을 말했고, 그래서 전보다 조용해졌던 것이다. 새로운 걱정에 땀이 났다.

내 마음은 소용돌이쳤고, 나는 동시에 깼다가 잠들었다가 꿈꿨다가 생각했다가 떠다녔다가 떨어졌다.

그러다 꿈을 꿨다. 흉터의 벤치 뒤에 있는 창문이 열려 있었는데 철제 창살이 없었다. 흉터도 없었다. 우리 모두 함께 몸을 옹

그렸고, 아마르는 누군가에게 손을 흔들었다. 우리는 왜 창문을 뛰어넘어 도망가지 않고 있을까? 발을 움직이자 잠에서 깼다.

27

　흉터도 없고 경찰 아저씨도 구출도 없는 디왈리 축제가 지
나갔다. 좋은 것은 흉터가 빵과 레몬 피클을 두고 갔다는 것이
다. 우리는 빵과 레몬 피클, 바나나칩을 먹고, 사탕을 먹으며
흉터 없는 축제를 즐겼다.

　"빈 사탕 상자를 어떻게 하지?"

　그날 밤, 회색 구름이 물었다.

　"숨겨야지."

　바리슈가 말했다.

　우리 모두 알고 있었다. 그러니까, 어디에? 방은 너무 작았고
상자는 너무 컸다. 혹시 흉터가 상자를 발견하면 우리를 때릴
뿐만 아니라 우리가 함께 뭉쳐 잘 지낸다는 것을 알게 될 것이

다.

"상자를 잘라서 창문 밖에다 버리자."

사힐이 제안했다.

상자를 자르는 것은 말이 되지만 우리 창문 바로 아래에 빨간 판지 조각 더미가 쌓이는 것은 마음에 걸렸다. 흉터가 님바 나무의 나뭇가지를 자르러 나가게 되면 금방 알아차릴 것이다.

"황마 자루에 다시 넣자."

아마르가 말했다.

"아니. 그건 위험해. 며칠 동안은 흉터가 아프기도 하고 축제 동안 없어서 괜찮았던 거지. 이 상자는 반드시 사라져야 해."

회색 구름이 말했다.

나도 동의했다.

"우… 우리가 태울 수 있잖아."

로샨이 제안했다. 나는 로샨을 바라봤고 로샨은 다른 곳을 쳐다보며 내 눈길을 피했다.

"그것도 위험하긴 마찬가지야."

내가 말했다. 사힐이 나무 벤치를 초조하게 두드렸다. 그걸 보자 갑자기 아이디어가 떠올랐다.

"상자를 잘라서 벤치 아래에 붙이자!"

다 함께 칼로 상자를 자르는 동안 사힐이 접착제를 섞어서 만들었다. 우리는 벤치를 뒤집고 벤치 아랫면에 상자 조각들을 붙였다. 상자가 감쪽같이 없어졌다. 흉터보다 한 수 위에 있다는 생각에 우리는 들떠서 낄낄대고 웃었다. 사힐이 끈을 가져도 되는지 나에게 물었다. 가져도 된다고 말하자 호주머니에 집어넣었다.

즐거운 디왈리 기간이었지만 나는 잠을 잘 수 없었다. 나는 친구들과 즐겁게 지내면 안 될 것만 같았다. 가족이 분명 나를 그리워하고 있을 것이다. 아빠가 살아 있는지 그리고 엄마와 나렌, 시타와 자마 외삼촌과 함께 있을지 궁금했다. 아마도 아직까지 나를 찾고 있거나 지금쯤이면 내가 죽었다고 생각할 수도 있었다. 가족이 아직 도시에 있을지도 의문이었다. 우리 마을로 다시 돌아가지 않았기를 바랐다.

다음 날 아침, 양파 한 상자를 자른 사람처럼 회색 구름의 눈이 빨갰다. 지난밤 밤새 깨어 있었던 건지 궁금했다.

"무슨 일이야? 나한테 옮기지 마."

우리가 차를 마시러 아래층에 내려가자 흉터가 회색 구름에게 경고했다.

"전 괜찮아요, 보스. 누구는 자기 건강을 걱정하겠지만 나는 옮기지 않는다는 걸 말해 주고 싶을 뿐이에요."

회색 구름은 마지막 말을 하면서 나를 쳐다봤다.

흉터는 회색 구름의 의도를 알아차리고 고개를 끄덕였다.

"네가 일만 잘한다면 난 그걸로 됐어."

"그럴게요. 언제나 절 믿으셔도 돼요, 보스."

회색 구름이 차분하게 말했다.

회색 구름은 똑똑하고 말을 잘했다. 그 짧은 순간에 흉터에게 우리 관계가 좋지 않다는 걸 알렸다. 나는 웃었다.

"넌 무엇 때문에 그렇게 즐거워?"

흉터가 말했다.

재빨리, 나는 머리를 숙이고 발을 바라보며 아무 소리도 내지 않기 위해 주먹을 꽉 쥐었다.

"넌 오늘 차 없어. 일하러 가."

나는 사다리를 올라갔다. 흉터에게서 멀어지자 안도감이 온몸에 퍼졌다. 차라리 내 얼굴을 흉터에게 보여 주지 않는 것이 나에게는 유리했다. 그러면 이미 충분히 문제가 많은 내가 더는 문제를 만들지 않을 수 있기 때문이다.

나는 일하며 생각했다. 만약 사탕아저씨가 경찰에게 말했다면 디왈리 때문에 올 수 없었겠지만 오늘은 와서 우리를 구할 수 있을 것이다. 그때까지 가능한 한 나는 평소처럼 행동해야 한다.

엄마는 웅장한 나무와 작은 잔가지에 대한 이야기를 하곤 했다. 웅장한 나무는 폭풍우가 오면 날아갈 거라며 작은 잔가지를 비웃고 놀리곤 했다. 그에 대한 답으로 잔가지는 그저 굽힐 뿐이었다. 폭풍우가 몰려오자 잔가지는 이리저리 휩쓸려 안쓰러워 보였지만 웅장한 나무는 그렇지 않았다. 나뭇잎 몇 개와 작은 가지들이 떨어졌을 뿐이라 아직 크고 장엄해 보였다. 그러다 어느 날, 아주 거대한 폭풍우가 몰아쳤다. 바람이 세차게 불었다. 휘익, 휘익, 휙. 바람이 사라질 때까지 잔가지는 살짝 부러지고 살아남았지만 웅장한 나무는 뿌리째 뽑혀 쓰러지고 말았다. 내가 살기를 원한다면 반드시 잔가지처럼 행동해야 한다. 심지어 흉터가 소리치고 때리더라도 차분하게 있어야 한다. 가장 중요한 것은 여기를 빠져나가는 것이기 때문이다. 그래야 다시 가족과 함께할 수 있다!

가족을 떠올리다 보니 친구들은 뭄바이에 가족이 없다는 게 생각났다. 친구들이 어떻게 될지 궁금해졌다. 경찰이 친구들을 보살피다가 가족을 찾을 수 있도록 도와주길 바랐다.

아이들이 사다리를 타고 위층에 올라오자, 흉터는 텔레비전을 켰다. 우리는 음정이 하나도 안 맞는 흉터의 노랫소리를 들으며 웃음을 참았다. 흉터가 화가 난 것 같았다. 노래를 멈췄다. 텔레비전 소리에도 불구하고 휴대 전화에 대고 욕하는 흉터의 목소리가 들렸다. 상대편 사람도 비슷한 언어를 사용하는지 궁금할 정도로 추잡한 말들을 휴대 전화에 대고 소리쳤다. 그러다, 갑자기 텔레비전을 끄고 아래층으로 내려오라고 손뼉을 쳤다.

"한 사람씩 몸을 씻고 머리를 감고 깨끗이 하도록 해."

이렇게 말하고는 사힐을 가리켰다.

"넌 손가락이랑 손톱에 묻은 접착제를 모두 확실히 씻도록 해. 오늘은 더 이상 접착제를 섞지 마."

우리는 너무 놀라 아무도 움직이지 않았다.

"서둘러라, 이 바퀴벌레 같은 놈들아! 시간이 없어."

양동이 한가득 물을 다 쓴다는 건 호사였다. 나는 머리를 감고 몸을 씻었다. 혼자 물기를 닦고 옷을 입었다. 화장실에서 막 나오려는데 흉터의 휴대 전화 벨소리가 들렸다. 나는 화장실 안쪽에서 문에 귀를 바짝 갖다 댔다.

"아이들이 마음에 드실 겁니다. 깨끗하고 건강하고 일을 아주 잘합니다. 내일 아침에 데려가겠습니다." 흉터가 말했다.

나는 벽에 기대고 있었던 덕분에 넘어지지 않을 수 있었다. 흉터가 우리를 어디론가 데리고 간다고 했다. 우리를 구하기엔 너무 늦은 것이다. 누군가 우리의 구출에 대해서 흉터에게 귀띔한 것이 틀림없었다.

내가 조심스럽게 문을 열고 빠르게 훔쳐보니 흉터는 다른 쪽을 보고 서 있었다. 아무 소리도 내지 않으면서도 몰래 가는 것처럼 보이지 않도록 노력하며 사다리 쪽을 향해 걸었다. 만약 흉터가 나를 발견한다면 땀으로 흥건한 이마와 소름 돋은 팔, 떨리는 무릎이 내가 통화를 엿들었음을 다 말해 버리고 말 것이다. 일단 위층에 올라온 나는 흉터의 전화 통화를 들으려고 노력했다. 하지만 평소처럼 큰 소리로 말하지 않아서 듣기가 어려웠다.

친구들의 젖은 머리카락은 반짝였고 티끌 하나 없는 얼굴은 밝은 빛에 생기 넘쳐 보였다. 친구들은 흉터가 우리를 어디론가 보내 버리려는 계획을 한다는 걸 몰랐다. 만약 내가 사탕 아저씨에게 아무 말도 하지 않았다면 이런 일은 일어나지 않았을 것이다.

우리는 망했다.

점심으로 흉터는 우리에게 달과 쌀 그리고 로티를 두 개씩 줬다. 우리를 빨리 살찌게 하고 싶은 것처럼 보였다.

"서둘러서 먹어."

흉터가 말했다.

"네, 보스."

회색 구름이 대답했다.

휴대 전화 벨소리가 울렸다. 내 심장이 쿵쾅거렸다. 흉터는 주변을 정리하며 말했다.

"네, 다 약속 잡았습니다. 잘 끝날 겁니다. 걱정할 필요 없습니다."

흉터는 휴대 전화를 끊고 우리를 한 명 한 명 찬찬히 살펴봤다.

"깔끔하게 있도록 해."

그리고 손뼉을 치며 말했다.

"일어나서 액자를 마무리해."

우리는 남은 음식을 마구 입에 넣고는 냄새나는 공간으로 다시 일하러 갔다.

여기저기로 뛰는 내 마음을 멈출 수 없었을 뿐만 아니라 불안은 다리에서 봤던 빌딩만큼 커질 때까지 점점 부풀었다. 나는 결국 끔찍하고 비참한 생각이 들었다. 만약 경찰이 오늘 밤에 흉터가 우리를 어딘가로 데려가기 전에 오지 않는다면 내일이면 나는 이곳에서 아주 멀리 떨어진 곳에 있을 것이다. 오늘 밤 흉터를 공격하는 계획을 짜지 않는 이상 영원히 나는 가족을 잃고, 가족도 나를 잃을 것이다. 내일 우리를 데리러 흉터가 왔을 때, 우리가 구슬 통으로 흉터를 공격하고 묶어 버릴 수 있을 것이다.

오늘 밤, 내 계획을 반드시 친구들에게 말해야 한다.

흉터의 휴대 전화 벨소리가 다시 울렸고 나는 엿듣기 위해 바닥에 귀를 바짝 붙였다.

사힐은 흔들기를 멈췄고 아마르의 눈은 궁금함으로 가득 찼다. 나는 흉터의 말에 집중했다.

"하지만 내일이라고 했는데요. 분명 실수가 있는 것이 틀림없어요!"

잠시 침묵.

"숨기겠습니다."

더 이상 아무 말이 없었다. 내가 다시 제자리에 앉자 커다란 손뼉 소리가 들렸다. 우리는 내려갔다. 흉터의 표정이 암울했다.

"잘 들어. 화장실 가고 싶으면 빨리 갔다 와. 그리고 위층에 올라가 있어. 사람들이 배달하러 오면 아무 소리도 내지 마. 만약 무슨 소리라도 내면, 죽은 목숨이나 다름없을 거야. 멀리 있는 공장에서 일하도록 그 사람들에게 데려가라고 할 거야."

흉터의 목소리에는 확고함이 있어 본인이 한 말은 꼭 지킬 것이라는 생각이 들게 했다.

우리는 화장실을 갔다가 일하러 위층으로 올라갔다. 흉터가 선풍기와 님바 나무의 나뭇가지 더미를 아래층으로 가지고 내려갔다. 그리고 사다리를 치웠다.

곧 목소리가 들렸고 무언가가 바닥에 놓였다. 그리고 문이
닫혔고 사다리가 옮겨졌고 흉터가 머리를 내밀었다.

"따라와." 흉터가 말했다.

아래로 내려가자 사방에 커다란 천 가방이 쌓여 있었다. 화
려한 천도 살짝 보였다.

"이것들을 위로 올려라." 흉터가 명령했다.

우리는 시키는 대로 위로 올렸고 천 가방에서 팔 한 짝이 튀
어나오거나 다리 한 짝이 나와 있었다. 아마도 새로운 일을 시
작하려는 흉터가 새로운 아이들을 찾아 단추를 달거나 단을
박게 하려는 것 같았다.

"방 중앙에 너희들이 있을 작은 공간을 남기고 벽 쪽에 그것
들을 놓아."

흉터가 말했다.

나무 책상을 방 중앙으로 옮기고 천 가방을 방의 세 면에 놓
았다.

"계속 일하다가 목소리가 들리면 아무 소리도 내지 마. 알았
지?"

나는 눈물을 참았다. 아이들은 조용해졌다.

침묵 속에서 우리는 계속 일을 했다. 구멍에 갇힌 느낌이 들

었다. 우리 주위에 커다란 가방이 벽처럼 둘러싸고 있어 일을 하기가 어려웠다. 우리는 계속 서로 무릎이나 팔꿈치를 쳤다. 모두가 내쉬는 숨 때문에 서로 질식할 것 같았다.

해는 곧 질 것이고 흉터는 떠날 것이다. 만약 경찰이 오늘 온다면 너무 늦을 것이다. 이 커다란 천 가방들 때문에 내일 흉터가 위층에 올라왔을 때 공격하는 것은 매우 어려울 것이다. 우리는 망했다.

"고팔, 하던 거 멈추고 내려와. 지금 당장."

흉터가 명령했다.

나는 구슬 통을 넣고 아래로 내려갔다. 무슨 일이 벌어지는지 미처 짐작도 하기 전에 흉터는 내 입에 액자를 닦을 때 쓰던 헝겊을 쑤셔 넣었다. 지독한 접착제 맛이 느껴졌다. 소리치고 싶었지만 입에는 재갈이 물려 있었다. 흉터는 내 입을 막고 줄로 팔을 묶고는 아이들이 사다리로 내려올 때 나를 못 보도록 화장실에 가 있으라고 했다. 한 명씩 차례로 흉터는 아이들을 불러 내렸고 입을 막고 손을 묶었다. 모두 다 하는 데 몇 분밖에 걸리지 않았다.

흉터는 완벽하게 계획했고, 우리가 나갈 방법은 전혀 없다는 걸 나는 알 수 있었다.

우리 모두의 입을 막고 팔을 묶은 흉터는 우리에게 사다리를 올라가라고 했다. 등 뒤로 팔이 묶인 채로 올라가는 건 어려웠지만 어떻게든 올라갔다.

일단 우리가 책상다리로 바닥에 앉자 흉터는 우리 다리를 묶었다.

"조금도 움직이지 마. 너희들 중 누구 하나 찍소리라도 내면 모두 다 문제에 빠질 거다."

흉터는 팔을 쫙 펼치고 덧붙였다.

"아주 커다란."

우리는 팔과 다리가 묶이고 접힌 채 옹기종기 모여 있었기 때문에 무릎과 팔꿈치로 서로 찔렸고 헝겊을 문 입은 막혀 있었다. 천 가방들 때문에 움직일 공간이 조금도 없었다. 질식할 것 같았다. 나는 무서웠고 땀으로 흠뻑 젖어 버렸다. 아마르는 눈을 꼭 감고 있었고 사힐은 초점 없이 멍하게 있었다. 로샨은 고개를 푹 숙이고 있었고 바리슈는 자신의 무릎에 머리를 올려놓고 있었다. 회색 구름은 지금 일어난 일이 마치 진짜가 아니길 바라는 듯 천 가방을 하나씩 바라봤다. 내 눈은 흉터를 쫓았다.

"그만 노려봐, 이 악마 자식아!"

흉터가 소리쳤다.

아, 흉터를 망칠 수 있는 진짜 악마의 힘을 내가 가졌다면 얼마나 좋을까.

흉터는 노란 전구를 떼어 냈다. 그리고 자신이 서 있던 공간을 더 많은 가방으로 채웠다. 방은 칠흑같이 새까매졌다.

사다리가 사라졌다.

나는 손을 빼려고 계속해서 꼼지락거렸다.

우리가 묶인 것이 내 잘못은 아니었지만 난 죄책감을 느꼈다. 아마도 사탕아저씨에게 도움을 요청한 것이 실수였다. 사탕아저씨는 경찰에게 말했고 누군가가 그걸 흉터에게 귀띔해 준 것이 틀림없었다. 이제 우리는 모두 뿔뿔이 흩어질 것이다. 아마도 내일 흉터가 우리를 다른 곳으로 보낸 후에 경찰이 나타날 것이다. 이런 비슷한 생각들이 내 머릿속에서 빙빙 돌았다.

나는 손을 빼낼 만큼 운이 좋지 않았다.

몇 시간 동안 갇혀 있었던 것처럼 느껴졌지만 사실 불과 몇 분밖에 지나지 않았다.

마침내 건물 밖에서 목소리가 들렸다. 급한 듯한 발소리가 나더니 누군가 문을 두드렸다. 그리고 침묵. 이 구멍 속 칠흑같이 새까만 침묵이었다.

여러 목소리가 들렸다. 동시에 두세 명이 말하고 있었다.

"여기뿐입니까? 위에는 뭐가 있습니까?"

엄격한 목소리가 들렸다.

"아무것도 없습니다, 선생님. 창고처럼 쓰는 곳이에요."

흉터가 말했다. 흉터의 목소리가 마치 덫에 걸린 원숭이가 내는 날카로운 소리처럼 들렸다. 경찰 아저씨가 우리를 구하기 위해서 이곳에 왔다! 눈물이 두 뺨을 간질였다.

"봐야겠습니다."

"그냥 옷밖에 없습니다. 꽉 차 있어요. 제 생각엔 시간 낭비일…"

"사다리를 가지고 오십시오."

"알겠습니다, 선생님. 가져다드리겠습니다. 뭐라도 한잔 하십시오. 무엇을 드릴까요? 차?"

흉터가 말했다.

"그런 말도 안 되는 짓거리에 허비할 시간이 없소. 위층에 뭐가 있는지 보여 줄 겁니까, 안 보여 줄 겁니까?"

목소리가 크지는 않았지만 단어들에서 단호함과 분노 같은 것이 묻어났다.

사다리가 옮겨졌다. 나는 숨을 참았다.

"빛은 어디 있소? 전원을 켜시오."

누군가 사다리 꼭대기에서 말했다.

스위치를 껐다 켰지만 아무 일도 일어나지 않았다.

"낮에만 물건을 옮기기 때문에 거기에는 전구가 없습니다. 전구를 달 필요가 없지요. 보시다시피 물건만 있고 아무것도 없습니다."

"거의 볼 수가 없긴 하지만 저자의 말이 맞는 것 같습니다. 조사관님, 옷을 담은 자루만 있고 다른 것은 없습니다."

누군가가 말했다.

"확실해?"

엄격한 목소리가 들렸다.

"여기 있어요!"

내가 소리쳤다. 하지만 아무 소리도 나오지 않았다.

"이리 와서 보십시오, 조사관님."

사다리를 내려가는 발소리가 들렸다.

"거기 아무도 없어요? 말해 보세요."

조사관의 목소리가 울렸다.

"네, 여기 있어요. 여기요."

나는 속으로 소리쳤다. 땀에 흠뻑 젖어 벌벌 떨면서 목소리를 낼 수 없었기 때문에 아무도 내 목소리를 들을 수 없었다.

"이것들을 옮겨."

조사관이 말했다.

내 손바닥은 여전히 묶여 있었다. 손바닥을 비비려고 노력했지만 둔하게 움직일 뿐이었다. 또 다른 누군가가 사다리를 올라왔다.

끈이 느슨해지기 시작했고 나는 손을 조금씩 움직일 수 있었다. 거의 풀었다.

누군가 주위에 있는 물건들을 옮겼고 천 가방은 나동그라졌다.

"저자의 말이 맞습니다, 조사관님. 옷만 있고 아무것도 없습니다."

경찰들이 우리를 확인하지 않고 가 버린다면? 숨을 쉬기 어려웠지만 손을 풀어야만 했다. 힘껏. 밀었다. 당겼다. 할 수 있는 한 빨리 끈을 풀었다.

"알았어. 알았어." 엄격한 목소리가 실망한 듯했다.

손 하나를 매듭에서 꺼낸 나는 손전등을 꺼내기 위해 움직였고, 손전등을 켜서 천장을 비췄다.

"저게 뭐지?"

나는 응답으로 빛을 앞뒤로 움직였지만 손전등은 꺼지고 말았다.

"깜빡거리는 거 봤어?"

누군가 물었다.

"그건 그냥…."

"닥쳐."

조사관이 흉터의 말을 가로막았다. 아무 소리도 들리지 않았다. 나는 손으로 바닥을 치기 시작했다. 몇몇 아이들도 손이 풀린 것이 분명했다. 우리는 함께 바닥을 쳤다.

"저기 있다! 이 보따리들을 치워!"

조사관이 굵은 목소리로 말했다.

"당장!"

"하지만 선생님…."

흉터가 투덜거렸다.

조사관은 사자처럼 으르렁거렸다.

"내 앞에서 비켜!"

순식간에 가방들이 사라졌다. 경찰 아저씨가 우리 다리와 팔을 풀어 줬고, 우리는 입에서 헝겊을 빼내고 사다리를 내려 갔다. 경찰 복장을 한 아저씨가 네 명 있었고 한 명은 어깨 끈 끝에 빨간색과 파란색의 줄무늬 리본과 별이 세 개 달려 있었다. 조사관이 틀림없었다. 줄지어 서 있는 우리를 본 조사관의 관자놀이에 있는 혈관이 팔딱거렸다.

"노예처럼 위층에 이 아이들을 가뒀군!"

조사관이 소리쳤다.

"저…저는….'

조사관은 사힐을 가리켰다.

"저 아이를 보시오! 아이를 굶겼군."

이어서 회색 구름을 가리켰다.

"저 아이도. 저 아이는 등이 굽었소. 아이들을 당나귀처럼 부려 먹은 것이 틀림없소."

"음식을 줬고 절대 때린 적도….'

"조사관님, 이것 보십시오."

경찰 아저씨 한 명이 고무 튜브를 들어 올렸다. 흉터는 말문이 막혔다.

조사관이 흉터에게 다가갔다.

"몇 번이고 반드시 당신의 잔인함에 대한 대가를 치르게 될 것이오. 끝까지 내가 확인할 것이오."

그러고 나서 조사관이 우리 쪽으로 몸을 돌렸다.

"겁먹지 말거라. 이제 아무도 너희를 다치게 할 수는 없단다."

조사관은 갈라져 튼 우리의 손을 보고는 다시 얼굴이 굳었고 눈빛이 차가워졌다.

"내가 아이들을 데리고 가겠네. 그리고 저자는 나중에 처리

하겠네."

홍터를 가리키며 경찰 아저씨 한 명에게 말했다. 경찰 아저씨가 수갑을 꺼냈다.

나는 여태 홍터를 똑바로 쳐다보지 않으려고 했었다. 눈이 마주치면 악몽이 반복될 것 같은 느낌이었다. 하지만 이제 홍터가 아무것도 할 수 없다는 걸 알기 때문에 홍터를 똑바로 쳐다봤다. 홍터는 손으로 얼굴을 가리고 있었지만 경찰 아저씨가 팔을 등 뒤로 돌려 수갑을 채웠다. 홍터의 얼굴은 잿빛이었다. 오염된 도시의 구름 색이었다. 땀이 홍터의 이마에 흐르고 있었고 볼에 난 상처는 구겨진 것처럼 보였다. 그 모습을 보니 내가 이곳에 오게 된 날이 떠올랐다. 하지만 오늘은 허둥지둥하는 홍터 때문에 얼굴의 홍터가 잔뜩 주름 잡혀 있었다.

친구들도 홍터를 빤히 봤다. 그중 회색 구름의 어두워진 회색 눈동자가 가장 명확하게 말하고 있었다. 회색 구름은 눈빛으로 홍터에게 침을 뱉고, 때리고, 두들겨 팼다. 우리의 고통, 배고픔, 아픔을 말했다. 홍터는 과연 자기가 얼마나 우리를 다치게 했으며, 우리가 얼마나 자기를 증오하는지 알기나 할지 궁금했다. 회색 구름의 눈빛을 피하고 그저 돌바닥을 내려다보는 걸 봐서는 아마도 모든 상황을 이해하는 것 같았다.

조사관이 아마르에게 손을 내밀었다.

"이리 오너라. 가자. 나는 너희를 보살피러 여기 왔단다."

아마르의 얼굴에서 눈물을 닦아 주고 부드럽게 말했다. 그리고 조사관은 내 손을 잡았고, 나는 사힐에게 손을 뻗었고, 우리는 모두 함께 걸어 나갔다. 우리는 뒤돌아보지 않았다.

일단 밖에 나오자마자 나는 깊게 숨을 들이마셨다.

"누가 고팔이니?"

조사관이 물었다.

"저요."

"도움을 요청하다니 용감하구나."

"감사합니다, 조사관 아저씨."

내가 말했다. 그리고 곧장 그동안 몹시 하고 싶었던 말을 불쑥 뱉었다.

"이제 집에 갈 수 있어요? 우리 가족이 뭄바이에 있어요. 어디 사는지 알아요."

"그래, 그래."

조사관 아저씨가 말했다.

침착하게 있기가 너무 어려웠다!

조사관 아저씨가 내 어깨 위에 손을 올렸다.

"친구들에게 작별 인사를 해야 할 시간이구나. 그리고 경찰 아저씨와 함께 집에 가렴. 우리가 네 친구들은 가족을 찾을 때까지 보살필 테니."

조사관 아저씨가 말했다.

"만약 가족을 못 찾거나 가족이 없다면요?"

"우리가 돌보마. 약속할게."

"언제 다시 만날 수 있어요?"

"대답하기 어렵구나, 얘야. 하지만 시간을 잡아 보마."

조사관 아저씨가 몇 발자국 떨어져 섰다.

우리 여섯 명은 동그랗게 섰다. 무슨 말을 해야 할지 몰랐다.

아마르가 내 팔을 붙잡았다.

"가지 마. 우리랑 함께 있어. 우리는 가족이잖아."

"우리는 언제나 가족일 거야. 고팔을 놓아주자."

회색 구름이 말했다.

나는 주머니에서 손전등을 꺼내 아마르의 손에 꼭 쥐어 줬다.

"이거 가져. 새 건전지가 필요하겠지만 이걸 가지고 있으면 나와 함께 있는 것과 같을 거야."

사힐이 앞으로 걸어 나와 주머니에 손을 넣더니 끈을 꺼냈다. 사탕 상자를 묶었던 끈이었다.

"여기 구슬 여섯 개가 있어. 우리를 기억해야 해."

"절대 잊지 않을 거야."

"나… 나는 좋은 친구가 아니야."

로샨이 말했다.

나는 두 팔로 로샨의 어깨를 감쌌다.

"아니야. 너는 좋은 친구야."

"아… 아니야. 흉… 흉터가 네 가족에 대해서 말하도록 시켰어. 가위를 내 목에 대고는 말하지 않으면 날 해친댔어. 미… 미… 미안해."

더 많은 눈물이 로샨의 얼굴에서 흘러내렸다.

나는 회색 구름과 바리슈를 봤다. 둘 다 흉터에게 로샨이 쌍둥이에 대해 말했다는 걸 알았지만 로샨과 나를 보호하기 위해 아무 말도 하지 않았던 것이다.

"이제 걱정 마. 우리는 안전해."

내가 로샨에게 말했다.

로샨은 주머니에서 신문 한 조각을 꺼냈다. 접어 놓은 종이 사이에 님바 나무의 나뭇잎이 들어 있었다.

"가족을 기억하려고 황마 자루에 이걸 가지고 있었어."

로샨은 나뭇잎 하나를 나에게 건네며 말했다. 나는 나뭇잎을 구슬을 꿴 끈과 함께 주머니에 넣었다.

"이걸 잊고 싶지는 않을 거야."

바리슈가 말하며 꾸러미 하나를 건넸다. 내 우비였다.

"언제 챙겼어?"

"아래층으로 내려오기 전에 챙겼지."

"고마워."

내가 말했다.

마지막으로 회색 구름과 내가 마주 섰다.

"고팔, 말하고 싶은 게 있어. 내 이름은 카비르야."

나는 너무 놀라서 아무 말도 못 했다.

"진짜 네 이름이야?"

바리슈가 물었다.

"우리 할머니가 지어 준 이름이야. 하지만 할머니가 돌아가신 후에 누구도 그 이름으로 나를 부르도록 놔두지 않았어. 일찌감치 내 이름을 말했어야 했는데. 카비르라고 불러 줘."

회색 구름이 내 어깨를 꽉 잡았다.

"카비르."

"카비르."

다른 아이들도 나를 따라 말했다.

카비르를 시작으로 한 명씩 안았다. 어둠 속이라 친구들의 얼굴을 정확히 볼 수는 없었지만 내 뺨은 우리의 눈물이 뒤섞여 젖었다.

아마르가 나를 한 번 더 안았다.

"고팔, 우리 만나러 곧 와."

"그럴게." 나는 작은 소리로 겨우 말했다.

조사관 아저씨가 목을 가다듬었다.

가야 할 시간이었다.

조사관 아저씨가 친구들을 차에 태웠고 나는 경찰 아저씨와 함께 택시를 타고 자마 외삼촌 집에 갔다.

디왈리 축제 후여서 집집마다 장식들이 반짝거리고 있었다. 나는 축제 분위기가 느껴져 기뻤다. 암흑은 끝났고, 나는 자유다! 친구들도 자유다! 조사관 아저씨가 바리슈, 아마르, 로샨을 집으로 보내는 데 그리 오래 걸리지 않을 것이다. 물론 사힐의 친척을 찾기까지 시간이 좀 걸릴지도 모른다. 아이들이 모두 가족에게 돌아갔으면 좋겠다. 카비르는 어쩌지? 카비르에게는 아무도 없다. 만약 카비르가 뭄바이에 살게 된다면 나와 만날 수 있을 것이다. 엄마에게 카비르가 집에 와도 되는지 물어봐야겠다. 분명 엄마는 된다고 할 것이다.

액자를 만들면서는 엄마, 아빠, 나렌, 시타, 자마 외삼촌을 생각했는데 이제 가족에게 돌아가면 카비르, 로샨, 바리슈, 사힐, 아마르가 생각날 것이다. 우리 여섯은 함께였지만 지금은 함께가 아니었다. 구슬 여섯 개가 달린 끈을 꺼내 구슬 하나하나를 손으로 더듬었다. 친구들이 안전하고 행복하길 기도했다. 우리는 서로 그리워하겠지만, 나는 지금 집에 가서 가족과 함께 지낼 시간이 너무 기다려졌다.

꽤 오랫동안 택시를 타고 가다가 차차지 아저씨 가게가 있는 모퉁이에서 내렸다. 밤 9시가 넘은 시각이라 가게 문은 닫혀 있었다. 자마 외삼촌 집이 있는 골목길을 달려가고 싶었다. 나는 우비를 한 손에 꼭 쥐고 뛰지 않으면서도 최대한 빨리 걸었다. 경찰 아저씨가 옆에서 나를 지켜보며 나와 속도를 맞춰 걸었다.

자마 외삼촌 집에 가까워지자 심장은 요란하게 뛰었고, 무릎은 벌벌 떨리고, 눈에서는 눈물이 나기 시작했다. 문은 열려 있었고, 집 안에서 불빛이 새어 나오고 있었다.

"너네 집이니?"

경찰 아저씨가 물었다.

"네."

내가 대답했다.

"들어가 보렴."

경찰 아저씨가 옆쪽으로 한 발자국 비켜섰다.

나는 서둘러 안으로 들어갔다. 나렌과 시타가 매트리스에 누워 있었다. 엄마는 소파에 앉아서 자마 외삼촌과 어떤 아저씨에게 말을 하고 있었다. 나는 순간 깜짝 놀랐다. 아빠였다!

"엄마, 아빠!"

나는 엄마, 아빠에게 달려가며 소리쳤다.

"고팔이니?"

엄마가 나를 향해 두 팔을 벌렸다.

"우리 고팔이구나!"

쪼그라들고 작아진 아빠의 몸이 떨렸다. 하지만 나를 안아 주는 아빠의 눈에서는 활기가 느껴졌다. 나렌과 시타가 일어나 내 다리를 껴안고 방방 뛰며 소리쳤다.

"고팔 형!"

"고팔 오빠!"

자마 외삼촌은 눈물을 닦았다. 우리 모두 울고, 웃고, 안았다.

나는 숨을 깊게 들이마시고 익숙한 냄새를 맡으며 마음을 안정시켰다.

"엄마, 아빠."

내가 작게 말했다.

"그래, 고팔."

엄마, 아빠도 작게 말했다. 나를 부르는 내 이름을 듣자 무
척 기뻐서 대답을 할 수조차 없었다.

나는 아빠에게 어디 있었는지 묻고 싶지 않았고, 가족들이
나에게 어디 있었는지 묻지 않기를 바랐다. 적어도 오늘 밤은.

　최근 몇 년간 아동 노동으로 상품을 만드는 유명한 다국적 기업에 대한 보고와 이야기들을 접할 수 있었는데 대부분은 유럽 기업이나 미국 기업이었다. 이런 이야기들이 내가 이 책을 쓰도록 만들었다.

　내가 태어난 나라, 인도로 떠난 개인적인 여행에서 가정부로 일하는 소녀들과 광범위하게 이야기를 나눈 적이 있었다. 2008년, 아동 노동에 대해 알기 위해서 한 번 더 인도로 여행을 떠나기로 결심했다. 나는 여행을 하면서 가난한 아이들뿐만 아니라 어른들과도 이야기를 나누었다. 빈민가의 아이들이 어떻게 일을 하고 사는지 알게 되었고, 농촌 빈곤이 어떻게 사람들을 큰 도시로 내모는지, 삶을 바꾸는지도 알게 되었다. 자이푸르의 기차역에서 열한 살 정도로 보이는 한 소년이 깔끔한 옷을 입고 머리를 말끔히 빗어 넘긴 모습으로 우리가 부탁하지도 않았는데 택시 운전사가 우리 짐을 싣는 것을 도와줬다. 나는 그 소년에게 돈을 주었고 운전사에게 우리가 머물 호텔을 말했다. 그리고 내가 소년과 말을 하려고 돌아섰을 때는 이미 그 소년은 사라지고 없었다. 나는 실망했었다. 소년의 밝은 눈과 친절한 미소가 인상 깊었다. 주인공 고팔의 모습은 그 소년의 모습에서 따왔다.

뭄바이 근처 마테란을 여행할 때, 한 부부를 만날 수 있었다. 남자는 우리가 머무는 호텔에서 일을 했고, 여자는 우리의 짐 가방을 들어 주었다. 그 부부의 친척들 중 일부는 일자리를 찾으러 뭄바이로 떠났다고 했다. 부부는 아주 유쾌했다. 행복해하며 현재에 만족하고 부지런히 일했다. 마테란 아래에 사는 부부는 마테란 언덕에 오르는 데 거의 두 시간이 걸리기 때문에 집에서 새벽 네 시 삼십 분에 나온다고 했다. 나는 고팔을 떠올리며 이런 부모와 가족을 만들어 줘야겠다고 생각했다.

마테란에서 말 두 마리를 가진 남자와도 말할 기회가 있었다. 그도 역시 마테란 아래에 있는 마을에 살았는데 오직 말두 마리에 생계가 달려 있다고 했다. 풍습을 따라 결혼 제의를받은 십 대 딸이 있지만 남자는 딸의 결혼을 거절했다고 했다. "딸은 똑똑하고 늘 학교에서 일 등을 하지요. 그래서 나는 좋은교육을 받게 해 주고 싶어요. 나은 삶을 살기 위해서요."라고 남자가 나에게 말했다. 그리고 나는 그 지역에서 풍작이 가져온양파 농부들의 가슴 아픈 사연들을 읽었다. 나는 이 사람들과이야기들로 고팔과 고팔의 가족을 만들었다. 그래서 고팔이 마하라슈트라주 출신으로, 마라티어를 모국어로 사용하게 된 것이다. (마하라슈트라의 공식어는 마라티어고, 수도는 뭄바이다.)

라자스탄으로 향하는 기차를 탔을 때, 허름한 옷을 입은 여덟, 아홉 살 정도의 소년이 객실로 들어왔다. 소년은 자신의 손으로 바닥을 청소하기 시작했다. 그리고 승객들 중 한 명이 두고 간 차를 흘린 소년은 입고 있던 스웨터를 벗어 걸레로 사용했고, 승객들에게 돈을 구걸했다. 소년은 극도로 부끄러워했고, 내가 말을 시키자 겁먹은 것처럼 보였다. 나는 소년이 열두 살이라는 것을 알게 되었을 때 아주 놀랐다. 내가 소년에게 부모와 가족에 대해서 묻자 소년은 머뭇거리며 할머니와 살고 있다고 말했다. 소년은 마치 누군가에게 겁먹은 듯이 몹시 긴장하며 창밖을 연신 바라봤다. 그러다 기적 소리가 들렸고 내가 다른 질문을 하기도 전에 가 버렸다.

  게다가 나는 가출하거나 일거리를 주겠다는 꼬임에 도시로 오게 된 아이들을 돕는, 뭄바이에 있는 비영리 단체와도 이야기를 나눌 수 있었다. 그들이 하는 도전적인 일은 나에게 아이들을 위해 무엇을 할 수 있는지에 대한 매우 귀중한 통찰력을 심어 주었다.

  부유한 나라의 아이들은 아기를 돌보거나 잔디를 깎거나 집안일을 도우며 용돈을 번다. 그러나 가난한 나라의 아이들은 매일매일 비위생적이고 잔인한 조건 속에서 새벽부터 해 질 녘까지 일을 해야 하고 아주 적은 돈을 번다. 어떤 공장이나 가게, 농장은 그런 아이들을 착취한다. 아이들의 공부할 기회를 박탈하며 가난의 굴레에 아이들을 몰아넣는다. 슬프게도 이런 문제는 널리 퍼져 있다. 자료 조사를 하면서 나는 아동 노동이 내가 생각했던 것보다 훨씬 만연하다는 걸 알게 됐다. 다음은 2008년 2월 25일 포브스 잡지에 실린 아동 노동에 대한 기사이다.

국제노동기구는 전 세계에 아동 노동자가 2억 1천8백만 명으로, 10명 중 7명이 농업 일을 하고 있으며, 서비스업(22%), 제조업(9%) 순으로 추측했다. 미성년 근로자의 비율은 아시아–태평양 지역이 1억 2천2백만 명으로 가장 높으며 그다음이 4천9백만 명으로 사하라 사막 이남의 아프리카 지역이 높다. 주목할 만한 곳으로 캄보디아, 말리, 부르키나파소, 볼리비아, 과테말라가 있다.

이런 아이들은 카펫을 짜거나 의류 산업, 폭죽 공장에서 일하거나 가정부나 종업원, 심지어 병사로도 일하고 있다. 아이들이 만드는 상품이나 제품들은 커다란 시장뿐만 아니라 세계 구석구석으로 팔려 나간다. 제품은 값싼 자수나 구슬 공예 지갑부터 정원 동상, 수제 카펫, 커피, 운동용품 등 다양하다. 이런 제품은 비싸지 않고 완성도가 높지만 제품을 만든 아이들은 교육과 어린 시절 그리고 자유까지 빼앗긴다.

심지어 미국에도 아동 노동이 존재한다. 대부분 불법 이민자의 아이들로, 학교에 가는 대신 하루 종일 집안일, 정원을 가꾸는 일, 농장 일을 한다. 이런 아이들은 교육을 받지 못하며 의료 보험 혜택도 받을 수 없다.

아동 노동의 끝은 어디일까? 아동 노동은 가난이 만연하고 아이들이 본인과 가족들을 먹여 살리기 위해 일해야 하는 한, 그리고 값싼 상품을 원하는 수요가 있는 한 지속될 것이다.

다음은 아동 노동에 관한 기사와 웹사이트이다.

·포브스 지에 실린 아동 노동 관련 기사

www.forbes.com/forbes/2008/0225/072.html

·유니세프

www.unicef.org/protection/index_childlabour.html

·반노예 웹사이트

www.antislavery.org/homepage/antislavery/

childlabour.htm#what

·국제 노동권 포럼

www.laborrights.org/stop-child-labor

·바차판 바차오 안돌란 웹사이트

('아이들을 구하자'는 뜻의 아동인권 비정부기구)

www.bba.org.in

카시미라 셰트

  청소년 소설 《열한 살 노동자》를 쓴 작가 카시미라는 인도에
서 태어나 자랐으며, 17세에 대학을 가기 위해 미국으로 이민을
갔다. 카시미라는 자전적 경험을 바탕으로 우아하면서도 힘이
있는 문장을 쓰는 작가로 알려져 있다. 사회에 대한 문제의식이
강한 주제를 다룰 뿐만 아니라, 인도 문화의 고유한 성격을 잘
담아내고 있다는 평가를 받는다. 우리나라에도 이미 몇 편의 작
품이 소개되어 있다.

  이 청소년 소설을 집필하기 위하여 작가는 실제로 인도 뭄바
이에서 소년들과 수많은 이야기를 나누었으며, 이렇게 나눈 이
야기와 작가가 어릴 적 겪은 경험을 섞어 작품에 사실성을 불
어넣었다.

가족과 함께 도시로 도망쳐 온 가난한 집의 열한 살 인도 소년 고팔. 고팔은 낯선 사람의 말에 넘어가 노동 착취를 당하고, 그 과정에서 같은 상황에 처한 소년들과 이야기를 나누며 스토리텔링의 중요성을 깨닫게 된다. 희망을 놓지 않고 생활하던 고팔이 결국 탈출에 성공하여 다시 가족의 품으로 돌아간다는 긴 서사는 아주 절망적인 상황에서도 희망의 끈을 놓지 않는 주인공 소년의 모습을 아주 감동적으로 그려 낸다.

소설은 가족과의 유대감, 친구와의 유대감 속에서 자신의 이야기를 타인과 나누는 스토리텔링과 대화의 중요성을 강조하고 있다. 이것은 자신만을 생각하며 개인적인 생활을 하는 현대 사회의 구성원에게 타인과의 소통과 유대감의 중요성에 대해 커다란 깨달음을 준다.

인도를 배경으로 한 《열한 살 노동자》를 번역하면서 새삼 생각하게 된 점이 있다면, 아시아 여러 나라에서는 여전히 아동 및 청소년 노동 착취가 현실에서 이루어지고 있다는 사실이다. 나라마다 산업과 노동 환경이 다를 뿐, 절대적 혹은 상대적 빈

곤이 사회의 보이지 않는 구석에서 사라지지 않고 있어, 아동 및 청소년이 열악한 노동 현장으로 내몰리고 있다.

　그럼에도 불구하고 이 장편 소설의 주인공을 보노라면 아시아 각국의 아동 및 청소년 노동자들 모두가 내일의 희망을 찾아서 가족들, 친구들과 대화하면서 열심히 일하고 있을 거라는 믿음을 가지게 된다. 우리나라에도 그 어딘가에서 자신과 가족을 위하여 법정 최저시급도 제대로 받지 못하며 노동하는 청소년이 있을 것이다. 이 장편 소설을 읽음으로써 그들을 생각해 보는 계기가 되기를 바란다.

하빈영

글 카시미라 셰트

인도의 구자라트에서 태어난 카시미라 셰트는 대학교 진학을 위해
17세에 미국으로 건너갔습니다. 《블루 재스민》, 《Koyal Dark, Mango
Sweet》, 《릴라가 꿈꾸는 세상》 등을 썼으며 IRA 어린이 책 상과 ALA 최
고의 청소년 책 상을 수상했습니다. 《열한 살 노동자》를 쓰기 위해 뭄바
이에서 일하는 많은 아이들과 이야기를 나누기도 한 카시미라는 두 딸의
엄마로서 미국 위스콘신 매디슨에서 남편과 함께 살고 있습니다.
www.kashmirasheth.typepad.com

옮김 하빈영

성공회대학교에서 영어학을 공부하고 어린이 책을 만들며 다른 나라 책
을 우리말로 옮기고 있습니다. 옮긴 책으로는 《너》, 《우리 친구하자》, 《모
든 것》, 《아무것도 아닌 것》, 《아빠를 찾아서》, 《괴테 환상 동화》 등이 있
고, 쓴 책으로는 《아빠 최고 나도 최고》가 있습니다.